A BIBLIOTECÁRIA DE MEMÓRIAS

E OUTRAS HISTÓRIAS DE *DIRTY COMPUTER*

JANELLE MONÁE

A BIBLIOTECÁRIA DE MEMÓRIAS

E OUTRAS HISTÓRIAS DE *DIRTY COMPUTER*

Tradução
Petê Rissatti

MORROBRANCO
EDITORA

Título original: THE MEMORY LIBRARIAN AND OTHER STORIES OF DIRTY COMPUTER

Direção editorial: Victor Gomes
Coordenação editorial: Aline Graça
Acompanhamento editorial: Lui Navarro e Thiago Bio
Tradução: Petê Rissatti
Preparação: Letícia Nakamura
Revisão: Nestor Turano Jr. e Thiago Fraga
Design de capa: Holly Macdonald © HarperCollins*PUBLISHERS* LTD 2022
Ilustração de capa: © Alexis Tsegba/Studio PI
Foto de capa: © JUCO
Projeto gráfico, adaptação de capa e diagramação: Mariana Souza

Dados Internacionais de Catalogação na Publicação (CIP)

M734b Monáe, Janelle
A Bibliotecária de Memórias e outras histórias de Dirty Computer / Janelle Monáe ; Tradução: Petê Rissatti – São Paulo : Morro Branco, 2023.
336 p. ; 14 x 21 cm.

ISBN: 978-65-86015-94-2

1. Literatura americana – Contos. 2. Ficção científica. I. Rissatti, Petê. II. Título.
CDD 813

MORROBRANCO
EDITORA

Todos os direitos desta edição reservados à:
EDITORA MORRO BRANCO
Alameda Santos, 2223, 7º andar
01419-101 – São Paulo, SP – Brasil
Telefone (11) 3373-8168
www.editoramorrobranco.com.br

Impresso no Brasil
2023

Dedico este livro aos meus sobrinhos
Jorgie, Cecil e Khloé.

SUMÁRIO

O IRROMPER DA AURORA

I am not America's nightmare.
I am the American dream.[1]
"Crazy, Classic, Life"

Algumas novas auroras são obscuras, como um capuz de seda enfiado na cabeça de uma nação e depois amarrado. Um eclipse. Começou desse jeito.

Nós nos conduzimos para dentro da escuridão — muitos de nós nos tornamos frios demais com autoridades civis e empreendedores de tecnologia que acreditavam que deveríamos, poderíamos ser um povo onividente, que tudo vê. E, com tantas pessoas exaustas de guerrear em casa e no exterior, tão assustadas com imprevistas saraivadas de balas e tempestades continentais de fumaça, aceitamos a oferta de que um olho no céu poderia nos proteger de... nós mesmos, de nosso mundo. Já acreditávamos em rede infinita, então por que não conectar um olho a cada um de seus fios? Uma câmera em sua casa. Uma câmera em um telefone. Uma câmera em um distintivo. Uma câmera em um drone. E assim por diante.

Com o tempo, essa nova geração de tecnonacionalistas teve de enfrentar o que o sol aceitara muito tempo antes — que mesmo toda a sua supervisão não conseguiria vigiar toda a nação de uma vez só. Havia as coisas que escondíamos. Os espectros cálidos que mantínhamos vivos dentro de nós. Eram chamas, talvez alguma magia, que só permitíamos queimar quando ou onde nossa luz pudesse brilhar e apenas diante de olhos amados e confiáveis.

---

1. Tradução livre: Eu não sou o pesadelo da América. Eu sou o sonho americano. [N. T.]

Como pátria, porém, já havíamos aguçado o apetite da nova geração, da Aurora que ansiava por ver tudo. E aquilo pelo que lutavam para ver começou a ser considerado indigno de ser visto — inconsistente, fora do padrão. Começou a ser chamado de *infectado* — impróprio para ser devorado pelos olhos. Quanto mais lugares os olhos da Aurora engoliam, mais encontravam aquelas partes de nós que criptografávamos — as redes clandestinas de amor e expressão, curiosidade e desejo. Todos os bugs brilhantes, os circuitos *infectados*, sob nossas superfícies vigiadas.

Para a maioria social — aqueles que já eram tão divulgados, tão comumente vistos, que sentiam que a visão da Aurora era igual à deles —, havia segurança. Uma percepção de segurança. A hipótese de que não tinham nada de precioso, nenhuma codificação diferente ou incomum para esconder. Que se encaixavam. Mas, à medida que a Aurora faminta se tornava cada vez mais voraz, ela encontrou maneiras de mastigar todos nós — além das paredes criptografadas de nossas mentes e em nossos reservatórios de falhas e emoções. Em nossa memória acumulada — os fragmentos de onde estivemos, de quem ou do que tocamos, aqueles bytes de sangue que mapearam os caminhos de nossos passos futuros. A Nova Aurora ansiava por varrer esses mapas, organizar os futuros de nossa nação. Mesmo antes da Aurora, vivíamos em uma nação que nos pedia para esquecer com o intuito de encontrar a plenitude, mas a lembrança de quem fomos — de quem fomos punidos por ser — sempre foi o único mapa para o amanhã. Para a Aurora, isso não passava de dados. Poderia ser substituído ou apenas apagado?

A Nova Aurora parecia se erguer com mais rapidez do que a terra sob nossos pés girava para longe de sua sombra de vigilância. E, no entanto, a ameaça de serem vistas como invisíveis — desviantes, complexas — não impedia as pessoas de se reunirem em sigilo, de compartilharem sua sujeira. Na superfície, as manchas do futuro pareciam se limpar, mas tinham acabado de ser enfiadas nos tendões — uma inflamação justa ardendo, uma chama flagrante na carne. Uma parte, florescente de rebelião e motim; outra parte, expressão reprimida.

Os olhos da Nova Aurora, sentindo mas incapazes de enxergar o calor, lacrimejaram de impaciência. A impaciência com o que não via, com o que não podia ver, se transformou em uma enxurrada de purificações mais profundas. Mais reservas de memória profunda corrompidas com *Nuncamente*.

Teria sido apenas questão de tempo até que não pudéssemos mais nos lembrar de um caminho para o nosso futuro.

Nossa memória era apenas questão de tempo.

Para salvar a memória, era hora de parar de viver apenas dentro do tempo que nos havia sido dado.

Onde as anotações da memória e do tempo criavam um acorde, ouvimos as respostas para os porquês deste mundo, ou ouvimos os tons que nos dizem que o mundo que vemos não é o único — que as fugas pelas quais ansiamos podem não existir nesta única linha do tempo, neste mundo único e parcialmente visível?

Além do tempo e da memória — aonde o computador não pode chegar — está o sonhar.

[illegible]

[illegible]

[illegible]

[illegible]

[illegible]

A BIBLIOTECÁRIA DE MEMÓRIAS

As luzes de Pequeno Delta estão espalhadas diante de Seshat como uma oferenda em uma tigela rasa. Que lembranças essas sombras lá embaixo estão criando esta noite, amadurecendo para a colheita da manhã? Que tragédias, que indecências, que fomes nunca saciadas? Seu gabinete é escuro, mas as grades da cidade cortam seu rosto com precisão cirúrgica, a bochecha dividida nas mandíbulas, olho separado de olho, as linhas finas da testa, quase invisíveis, separadas dos rastros paralelos da luz branca projetada de sua cidade. Ela é o olho no obelisco, a Diretora-Bibliotecária, a "rainha" de Pequeno Delta. Mas prefere se ver como mãe, e a cidade como sua responsabilidade.

Naquela noite, sua incumbência está inquieta. Faz semanas que algo está errado, talvez até meses, antes mesmo que ela soubesse o que procurar. Mas agora que sabe, ela o encontrará e o consertará. Sempre fez isso, desde sua nomeação como Diretora-Bibliotecária do Repositório de Pequeno Delta, uma década antes. Ganhou privilégios, título, a vista deslumbrante desta pequena joia de cidade. Dali de cima, cabe na palma da mão. As lembranças abrangem suas sinapses eidéticas.

Despercebidos por sua mente consciente e monitorada, seus dedos esquerdos se fecham em punho, o polegar enfiado nos outros como um bebê atrás dos irmãos.

Seshat *é* esta cidade. Não importa qual rebelião esteja sendo conjurada por subconscientes infiltrados, não importa que inundação de subversão mnemônica obstrua o fluxo adequado de lembrança pura e fresca — ela nao a soltará.

O problema pode ser tipificado em algumas das lembranças, que não são, de uma maneira blasfema, nenhum tipo de lembrança. Imagine os seguintes momentos "café com leite" (ou "pão de milho com feijão"), do tipo que as centrais recordativas enviam aos bancos de dados do Repositório aos montes: um lampejo de raiva quando o elegante aerocarro listrado passa com tudo por você no trânsito; a beleza cotidiana de um pôr do sol se derramando por trás de uma barreira de estrada sufocada por trepadeiras kudzu; o beijo de sua amada quando ela volta para a cama no meio da noite (e onde ela estava? Mas você nunca pergunta). Agora, porém, o carro se parte ao meio, o chassi se estilhaça como uma casca de ovo, o líquido de arrefecimento jorra de um modo suspeito e sugestivo do tubo de ar descendente em formato de um pênis ereto; um bando de corvos se ergue da barreira e se lança para o oeste, cacarejando uma canção banida uma geração antes por indecência e subversão; os dentes da amada perfuram seu lábio inferior e, enquanto sua boca se enche de sangue e veneno, ela sussurra: *Eu não sou a única.*

Essas não são lembranças, apenas se parecem o bastante para passar pelo filtro. E, uma vez lá dentro, enchem a rede de arrasto com capturas acidentais e lixo enferrujado até não sobrar espaço para as coisas boas. Uma nova lembrança, selvagem, capturada no montante de Pequeno Delta, manteve esta cidade em crescimento desde os primeiros dias da gloriosa revolução da Nova Aurora. O que costumava ser uma moribunda cidade mineira no fim do Cinturão da Ferrugem, lar de uma variedade heterogênea de drogados trabalhando como grafiteiros e artistas performáticos, virou a cidade-modelo, a primeira realização da promessa que a Nova Aurora oferecia a todas as pessoas — bem, aos cidadãos (bem, o tipo correto de cidadãos) — sob seus cuidados: beleza na ordem, paz na rigidez e tranquilidade em um presente constante e salpicado de sol. A única pessoa abaixo de um acumulador de lembranças era um computador infectado, e aquele diagrama de Venn, com suas intersecções quase sobrepostas, quase formava um único círculo.

Mas a Pequeno Delta melhorada não tem acumuladores de memória; expulsou os grafiteiros e músicos não autorizados para fora do distrito de armazéns incendiados vinte anos antes, mesmo antes do mandato de Seshat. Não havia *nada*, nada que indicasse um problema em sua vigilância da memória por anos. Até dois meses atrás. Primeiro, alguns alertas, quase não valia a pena se preocupar com eles, pesadelos estranhos capturados acidentalmente em suas redes. Agora, tão rápido que a deixa tonta, o fio se tornou uma inundação. Ninguém mencionou sobre isso para ela, mas alguém deve ter percebido. A Nova Aurora está observando. Não apenas a Pequeno Delta. Não apenas o Repositório. Observa a própria Seshat. Se não conseguir deter os novos acumuladores de memórias, esses falsos inundadores de memórias, esses médicos dos sonhos, esses *terroristas*, ela não durará muito mais naquele posto que lutou tanto para assegurar.

Ela não acredita em tudo o que a Nova Aurora representa. Como poderia, sendo quem é? Mas acredita que tem feito o bem. O olhar do obelisco tem sido, na maioria das vezes, benevolente em seu mandato aqui. E, seja lá o que ela pense de si mesma, uma coisa ela *sabe*: quem quer que coloquem em seu lugar será muito pior.

Com um aperto no estômago e olhos faiscantes, como se a determinação fosse a única topografia de sua alma, ela se afasta — o hábito de uma vida inteira — da montanha de culpa embaixo daquele iceberg de ponta branca. Não vai deixar que a vençam, não depois de ter seguido o jogo de acordo com as regras deles e vencido.

Permitiu que sua mente fosse alterada e treinada, capacitando-a a se lembrar de cem vezes mais do que a média dos humanos, mas, entre todas aquelas almas clamorosas dentro de sua jaula de osso, é aquele sussurro escorregadio que se destaca:

Eu não sou a única.

UMA BATIDA À PORTA. SESHAT NÃO RESPONDE, MAS MUDA: OMBROS endireitados, queixo erguido, desespero inconfessado escondido atrás de um olhar firme e comedido. Seshat, a matrona, Seshat, a bibliotecária, Seshat, a sábia, digna de sua xará egípcia divina, a deusa da sabedoria e da memória. Ela é diretora há tempo suficiente para saber como se comportar. Mesmo do outro lado da porta, a presença de uma pessoa evoca essa mulher que ela mesma criou a partir da fronteira mais amorfa da mulher que poderia, de fato, ser.

— Tem alguém aqui, Seshat! — gorjeia Dee, de um jeito bem prestativo. — Gostaria de recuperar as memórias dessa pessoa?

Ela suspira, pois nunca teve coragem de desligar sua IA Guardiã de Memórias à noite, embora não haja nada para Dee fazer antes da loucura matinal, e também há o fato de seus processadores exigirem quantidades impressionantes de energia, mesmo quando semi-inativos. Além disso, Dee não gosta de desligar, gosta de ter tempo para pensar. *Ou é hora de arrancar minha máscara*, pensa Seshat com certo azedume.

— Tudo bem, Dee — diz Seshat. — Já conheço as memórias dele.

A calma exterior é um contrapeso para sua turbulência íntima. Vinte anos como uma das poucas funcionárias negras de Nova Aurora, suspeita desde o início de estar a meio caminho do computador infectado, não importa o quanto fosse irrepreensível sua conduta, forjaram-na como aço, com a quantidade certa de carbono para se curvar, mas não se quebrar.

Ela aperta um botão em sua mesa e a porta desliza para dentro da parede com painéis de madeira. Jordan está em pé na soleira com a mão ainda posicionada no meio da batida. A luz do corredor o delineia em um halo que a faz semicerrar os olhos.

— No escuro de novo, Diretora Seshat?

Ela suspira entredentes.

— Entre, se for para entrar. Não gosto de tanta luz à noite.

— Sei, sei — diz ele, ao mesmo tempo que ela. — Isso arruína minha visão.

Ela sorri, pegando leve com seu protegido favorito mais uma vez. A porta se fecha e ela o observa com a visão nebulosa e pixelada das pupilas meio dilatadas. Dee, com a teimosia independente como sempre, deixa os ambientes na configuração mais baixa. Jordan havia se trocado para a noite, vestindo roupas civis: calça cáqui, camisa azul de botões e mocassins. Homem branco e chique da era de ouro da Nova Aurora. Cidadão-modelo, desde que ninguém lhe pergunte o seu número e saiba o que significam os últimos algarismos: filho de sediciosos e traidores, tutelado do Estado, caso de caridade, eternamente suspeito.

Seshat não tem como recorrer a essa camuflagem, por mais frágil que seja. Naqueles dias, ela sairá com o adereço de cabeça dourado completo e a túnica do cargo. Decidiu abraçar sua distância em vez de esperar o tempo todo por uma aceitação que nunca será deles. Mas Jordan é jovem.

— O que ainda está fazendo aqui, Jordan? Vá para casa. Durma. Esqueça este lugar por um tempo.

— Está de brincadeira?

Quando Jordan franze a testa, parece ainda mais jovem do que é, o suficiente para fazê-la querer abraçá-lo ou lhe dar uns tapas. Pais sentem-se assim? Querem arrancar essa inocência insuportável dos filhos? Os dele quiseram? Os dela quiseram? Mas agora o pensamento se desvia para águas perigosas, e ela se empoleira na beirada da mesa para esconder a onda de fraqueza nas pernas.

— Piada de Bibliotecária de Memórias — retruca Seshat, impassível. Depois de um momento, Jordan abre um sorriso:

— Você também deveria fazer isso — comenta. — Quer dizer, dormir um pouco.

— Estou bem, Jordan. Sou sua superior, lembra? Não precisa se preocupar conosco.

Ele dá um passo adiante, entrando na sala, e faz uma pausa, como se a força de sua preocupação solitária o impedisse de se aproximar ainda mais.

Em vez disso, ele tenta alcançá-la com palavras.

— Tem alguma coisa errada.

Por um momento, enquanto observa o rosto triste dele à luz fraca, um punho se fecha sobre o coração da Diretora. *É isso, eles o pegaram, ele percebeu as memórias falsas e as delatou, você sabia que isso aconteceria, você sabia...*

Então, os sentidos voltam, e ela respira com cuidado, recompondo-se. Jordan percebeu alguma coisa? Ah, ele a está encarando, aquele franzir de testa preocupado ainda mais profundo agora, sulcos entre as sobrancelhas. Ela quer suavizar aquela expressão. Quer lhe dizer para deixá-la em paz e nunca mais voltar.

— O que tem de errado? — por fim ela consegue perguntar. *Você está bobeando, Seshat. Ficou confortável demais aqui em cima.*

Ele endireita os ombros.

— Você está se esfalfando de trabalhar, Diretora! Qualquer um pode ver isso.

A voz dela é um fiapo.

— Ora, qualquer um?

Ele faz que não com a cabeça.

— Você esconde bem, mas notei, e os outros funcionários também. Vemos você tempo demais para não reconhecer os sinais.

— Agradeço o aviso, Jordan. Deveria estar grata por estarem me vigiando tão de perto. Talvez eu deva procurar Aconselhamento em breve.

— Aconselhamento? A Diretora-Bibliotecária? Diretora, é claro que não estou…

— Se meu estado mental *óbvio* estiver impedindo meu trabalho aqui, então é evidente que meu dever será…

— Não estou falando do seu dever, Seshat!

Seu nome, sem o cargo, estala no ar como um tapa. Depois de um piscar de olhos atônito, ela ergue as sobrancelhas. Os turvos olhos verdes de Jordan encontram os dela por um segundo, mas ele se rompe como um galho sob toda a força daquele olhar experiente.

— Eu… peço desculpas, Diretora.

Ela suspira e desvia o olhar, pois odeia esses jogos, sua necessidade. Especialmente com Jordan. Ela o protegeu desde sua iniciação, cinco anos antes. *Um Bibliotecário desajustado deve cuidar de outro*, ela pensou.

— Conte o que está incomodando você, Jordan.

— Só queria que você saísse mais. Visse a cidade.

— Estou vendo a cidade agora.

— *A cidade*, não sua visão de cima.

— Eu sou a Diretora-Bibliotecária. — Ela dá ao cargo cada grama de peso exigido.

Para sua surpresa, ele fita seus olhos de novo. É corajoso, e ela o adora por isso, com a ferocidade de uma mãe leoa.

— Tem uma mulher que conheço. Amiga de um amigo. Acho que vai gostar muito dela, Diretora. Acho… que talvez você possa enfim encontrar uma companhia. Uma amiga.

Terreno perigoso, de novo. Ela insinuou coisas para Jordan ao longo dos anos, mas nunca disse nada que pudesse ser usado contra ela se as memórias de Jordan fossem monitoradas — e todas as memórias deles são monitoradas.

— Tenho amigos — pontua ela.

— Quem?

Ela engole em seco.

— Você! Dee. O Arquibibliotecário Terry.

Jordan faz as contas nos dedos.

— Seu funcionário, sua IA Guardiã de Memórias e seu superior imediato? Nenhum deles é uma amiga. Ou uma companheira.

Cuidado, Jordan. A voz dela endurece como aço.

— O que você sabe sobre isso?

Jordan mantém a postura.

— Mais do que você pensa.

O momento paira por ali, duas espadas travadas em batalha. Ela balança a cabeça. Seu coração está palpitando rápido demais.

— Jordan — afirma ela, com suavidade —, vou ter de suprimir isso.

— Eu sei. Não ligo. Eu precisava te contar. Estou preocupado com você, Diretora. Gostaria que pudesse sentir de novo como é o mundo lá fora.

— Quem sente isso mais do que eu? Tenho as memórias deles.

— Mas, Seshat — intervém ele. Dessa vez, seu nome sozinho a toca como uma carícia. — E as suas?

•—•

O CENTRO DE PEQUENO DELTA ABRANGE CINCO QUARTEIRÕES DE LOJAS, restaurantes, bares e clubes, cada um devidamente aprovado pela Câmara de Padrões da Nova Aurora. Tem a reputação de ser pequeno, mas bem-organizado, e nos fins de semana pessoas de várias cidades lotam os estacionamentos adjacentes para se recompensar pela semana de trabalho árduo da maneira aprovada pelos Padrões. Sempre há filas no lado externo dos coletores de memória comerciais nos fins de semana à noite, multidões ansiosas para trocar lembranças por pontos, completar seus cartões e comprar outra rodada.

Seshat move-se com firmeza em meio à multidão, esperando pelo menos um tanto de anonimato. Ninguém esperaria que a Diretora-Bibliotecária estivesse entre os habitantes de sua cidade em uma noite de sexta-feira, muito menos à procura do mais novo bar na rua da Esperança. Jordan escolheu as roupas dela:

— Tem estilo, mas não é moderna. Não chama atenção, mas, ao mesmo tempo, não se esconde.

Seshat soltou um suspiro.

— Uma negra no distrito comercial com roupas melhores do que as deles? Nem se eu quisesse poderia me esconder. — Um momento de silêncio. Em geral, não eram coisas a serem ditas em voz alta.

Seu funcionário, que parecia o escolhido da Nova Aurora, mas nunca caberia facilmente em seus gradis apertados, abriu para ela um sorriso leve e amargo.

— Não mesmo — concordou. — Por isso tem de se esconder embaixo de um holofote.

Talvez isso explicasse a boina azul-marinho que ele havia colocado em um ângulo extravagante sobre o cabelo curto. Foi o toque final de um conjunto feito para fazer as pessoas prestarem mais atenção nas roupas do que no rosto.

Um grupo de jovens rudes parado do lado de fora de uma cervejaria lotada presta atenção demais, lançando a Seshat olhares duros o suficiente para quebrar ossos. Ela passa apressada pelo grupo, ombros empertigados, rosto ligeiramente desviado, enquanto riem e se acotovelam. Seu coração começa a disparar, engatilhado pela memória somática, com raízes ancestrais e hereditárias, além do apagamento, mesmo para os limpadores do Templo.

— Ei! — grita um deles. Ela o ignora. O mapa em sua cronopulseira diz que a barra está bem no final do quarteirão.

Mais risadas, agudas como arame farpado.

— Ei, você! Ei, Bibliotecária Seshat!

Ela congela por uma fração de segundo, vira a cabeça com ímpeto na direção do grupo: um borrão de meninos brancos de camisas pastel, inclinados, olhos semicerrados como se estivessem com dor, os lábios franzidos.

— Seshat, Diretora-Bibliotecária! — grita o brincalhão, encorajado pelos companheiros. — Será que podia me dar uma boa lembrança esta noite?

Ela o reconhece? Reconhecer-lhe-ia as memórias entre os milhares que lotam sua mente? Mas o choque e o medo impedem o acesso àqueles homens de modo tão claro quanto uma tragada profunda de Nuncamente. Ela não conhece ninguém. Não reconhece nada. Apenas a sorte quebra o encanto: uma mulher da mesa ao lado — taiwanesa-americana, arquiteta, trinta e poucos anos, passou por Aconselhamento no ano anterior após um rompimento difícil, quase não se lembra mais do ex, então Seshat faz com que se lembre — se vira para os homens e bate a cerveja na mesa com força suficiente para que a espuma tingida de bordo se espalhasse pelas beiradas.

— Deixem-na em paz, seus babacas!

A princípio, Seshat imagina se a arquiteta a está defendendo por gratidão. Em seguida, lembra que nunca se conheceram de verdade. Uma dos Oficiais dos Padrões do quarteirão se aproxima tardiamente dos homens, que se afastam, rindo com um tipo de bravata encabulada que só havia testemunhado em jovens brancos. Um pouco tarde demais, ela compreende: eles não têm a menor ideia de quem ela é. Apenas viram *o que* ela é, e para eles era mais do que suficiente. Seshat acena com dignidade gélida para a arquiteta (ela ignora o Oficial dos Padrões, rindo com os homens, embora estivesse emitindo um alerta) e retoma um passo firme e homogêneo. Ela balança os braços para que as mãos não revelem a batedeira fantasmagórica do coração. Afinal, ela *é* a Diretora-Bibliotecária, embora ninguém nunca acreditasse nisso. Manterá a cabeça erguida até o dia em que a arrancarem de cima do pescoço.

Ela se comporta dessa maneira, astuta como um falcão, graciosa como um jaguar, digna como uma deusa, quando adentra o novo estabelecimento mais moderno da rua da Esperança e a vê.

Uma mulher solitária, de pernas cruzadas, bebericando em silêncio um drinque verde-clorofila na ponta de um balcão longo e cromado, cuja beleza é de parar o coração. Seshat nunca a tinha visto antes, nem mesmo nas memórias de sua cidade. De qualquer forma, ela sabe. *Ela*. Aquela que empunha o machado do carrasco. Aquela que fará Seshat se curvar antes de cair.

O NOME DELA É ALETHIA 56934. SEU NÚMERO INDICA UM DESvio conhecido, mas também que foi liberada para reintrodução total à sociedade. Ela veio para a Pequeno Delta quatro anos antes.

— Eu precisava começar — conta ela, fazendo uma careta daquele jeito que sugere uma história, mas dissuade Seshat de perguntar a respeito. — Tive sorte quando a Pinkerton Cosmetics abriu uma vaga para química.

— E o seu número... — Seshat deixa a frase pairando no ar.

A expressão franca de Alethia assume uma neutralidade profissional com tal velocidade que atinge Seshat em cheio. Mas ela precisava perguntar. Alguém da Nova Aurora poderia vê-las juntas.

— Sou trans — responde Alethia, de forma curta e grossa. — Liberada anos atrás. É um problema para você?

Seshat deseja rastejar embaixo do balcão do bar e se esconder.

— Não! Claro que não. É que sou a Diretora da... — Mas é claro que Jordan teria dito isso a ela. As palavras de Seshat grudam como um fruto pegajoso na boca.

A risada de Alethia é amarga, inebriante como gim.

— Todas nós fazemos nossas concessões. — Ela se inclina para a frente. — Conte alguma coisa mais interessante. Conte por que veio para cá.

Seshat franze a testa. Seu coração bate tão rápido que surpreende o fato de ela não desmaiar. Sua mão se estende rumo à bebida — de um azul impossível, incrível, com um nome como "Chama Índigo" — e ela bebe metade em um gole. Tem gosto de algas marinhas curtidas em laranja.

— Para Pequeno Delta? — questiona ela.

Alethia acena com a cabeça, incentivando. Seshat pigarreia e respira fundo para se acalmar. Ninguém jamais a havia abalado assim antes, nem mesmo sua primeira companheira, vinte anos antes, quando ambas eram Bibliotecárias novatas, limpas e recém-purgadas de seu passado, prontas para criar novas memórias uma com a outra.

— Fui designada para cá — explica por fim. — Faz dezoito anos.

Meia vida atrás. Tempo suficiente para observar a grade estável, o coração iluminado da cidade reformada, expandir-se sob o pináculo brilhante do obelisco.

— Você gosta daqui?

Ela encara a mulher: sobrancelhas grossas, pele negra clara, maçãs do rosto de pedra cinzelada, lábio inferior mais grosso do que o superior.

— Se... gosto?

As sobrancelhas franzem-se, confusas de um jeito bem-humorado.

— Gosta de morar aqui?

— Ah. — Há uma pinta no lóbulo da orelha esquerda de Alethia, fácil de ver porque ela não usa brincos. Seshat quer beijar a pinta. Quer pegá-la entre os dentes e puxar. — É onde estão todas as minhas lembranças. Eu não podia ir embora, mesmo que tivesse escolha.

Ela percebe, em uma queda dura um segundo depois, que insinuou a revelação de um segredo de Estado que significaria ação disciplinar instantânea se descoberta. Felizmente, Alethia parece mais confusa do que nunca, e Seshat consegue voltar a falar. Pergunta a Alethia o que faz no trabalho e descobre que a mulher passa o dia todo de jaleco, misturando cremes dermatológicos. Seshat tenta encontrar maneiras de elogiar de modo sedutor a pele perfeita de Alethia — talvez *Mas aposto que você não precisa de nada disso?* Ela estremece. *Diretora-Bibliotecária e ainda uma completa idiota, Seshat*. Ela é desajeitada como uma adolescente, calada como uma acumuladora de memórias. Sua língua parece úmida e pesada na boca. Por que uma mulher como aquela está conversando com ela? Sorrindo, como se visse algo dentro dela que Seshat perdeu de vista faz muito tempo?

Seshat termina a bebida.

— Quer outra? — pergunta Alethia.

A expressão da mulher é solícita, mas neutra, e ainda assim Seshat capta o mais leve vestígio de um olhar de soslaio. Pela primeira vez naquela noite, ela se sente relaxada.

Levanta o pesado copo quadrado de coquetel, uma poça de gelo derretido pairando no fundo entre grossas correntes de uma polpa verde-azulada. Ela encontra os olhos castanhos caramelados de Alethia e, como a faísca de reação de um fogo abafado tão profundamente que ela não sabia ainda arder, Seshat ri.

— Eu gostaria — respondeu — de levá-la a um lugar com drinques melhores.

ALETHIA CONHECE APENAS UM: O BAR CHAMADO COUSIN SKEE'S, no extremo leste, a apenas um quarteirão do antigo Edifício Woolworth, que marca a fronteira da Cidade Antiga, com as imundas ocupações de artistas e pontos de drogas ainda mais imundos. Limpa e abandonada agora, de acordo com os Padrões, mas Seshat enxergava lembranças demais de atividades clandestinas e rebeldes na fronteira escura para acreditar nisso. Imagina o que Alethia sabe sobre o emaranhado de prédios espaçados e pintados com cores primárias berrantes, grafites fluindo como saias à beira de calçadas estouradas. A mulher imaculada e composta que a cumprimentou no desesperançado bar da rua da Esperança devia estar tão deslocada aqui quanto Seshat, mas o homem atrás do bar grita "Lethe!" assim que as duas abrem a porta e a cumprimenta com um soquinho no punho.

— Onde você esteve, menina? — pergunta ele, estendendo a mão sem hesitar para a coqueteleira na pia. Ele pega uma garrafa sem identificação com um bico de plástico barato, mistura o líquido claro com o conteúdo de outras três garrafas não identificadas, joga um pouco de gelo e começa a chacoalhar, tudo no tempo que Alethia leva para lhe abrir um sorriso doce que faz Seshat arrepiar até nos pontos mais sensíveis da sola dos pés.

— Trabalhando, Skee — responde Alethia, parecendo ao mesmo tempo em nada como a mulher no bar estiloso e ainda mais improvável ela mesma. — Sabe como é.

— Parece que você está bem encaminhada — afirma ele, observando de relance os sapatos e a bolsa de grife. Alethia apenas dá de ombros. A expressão séria de Skee suaviza-se. Ele serve a bebida com um floreio e a empurra pelo balcão.

— Uma mar-Skee-rita, por conta da casa.

Alethia faz uma careta.

— Ainda está tentando fazer esse nome pegar?

— O que quer dizer com *tentando*? Esse é o nome desde quando você começou...

— E ninguém além de você chamava assim durante todo esse tempo — interrompe Alethia, inclinando-se sobre o balcão com um sorriso estranho, tenso como vidro. Skee estaca. Por fim, olha para Seshat. Parece incluí-la e dispensá-la de uma só vez: *Você pode ser preta, mas não é uma de nós.* Ele não sabe quem ela é, mas consegue farejar o que ela é.

— E para sua amiga?

Seshat empoleira-se no banquinho do bar, inclinando-se um pouco para o lado.

— Um mar-Skee-rita, por favor — responde ela, a dicção límpida como lençóis recém-lavados.

Alethia solta um gritinho com uma gargalhada de surpresa. Seshat estremece. Skee sorri.

— São dez pontos.

— Moeda forte? — pergunta ela, porque ela é quem é, e ali, no intenso limite entre a nova ordem e o velho caos, ela quer saber.

Skee a contempla por um bom tempo. Assim como Alethia, encapuzada e opaca, como se houvesse outra mulher dividindo espaço por trás daqueles grandes olhos castanhos. Seshat anseia por saber quais lembranças estão por trás da inspeção fria, do riso fácil, do sorriso gentil, mas, por enquanto — até ela voltar ao obelisco e a seus bancos de dados de memória —, ela não tem como saber.

Skee afasta-se delas com um dar de ombros e prepara outra bebida.

— Não colocam caixas de recordação aqui na periferia. Bem, a casa lotérica na esquina tem uma, às vezes funciona.

Era verdade. As caixas de recordação de memórias ficavam mais raras quanto mais longe do centro se estava. No entanto, na fronteira da Cidade Antiga, as que existiam ficavam fora de serviço com uma frequência surpreendente. Alguém sempre danificava o headset ou o roteador e, de alguma forma, o rosto dos vândalos, suas vozes ou memórias nunca eram capturados, nem por drones, nem por Oficiais dos Padrões, nem mesmo pela vigilância automatizada nas ruas. Ela pensou bastante nisso ao longo dos anos. Mas sabia quem tinha mais probabilidade de viver aqui à margem e nunca pressionou para que se fizesse uma investigação mais profunda. Ninguém do alto escalão da Nova Aurora jamais havia perguntado.

Seshat enfia a mão na carteira e empurra duas moedas de cinco pontos sobre a mesa.

Skee desliza a margarita, ainda espumando após sair da coqueteleira.

Seus olhares encontram-se. Ela é boa nesse jogo de avaliação mútua, mas não consegue ir até o fim; está muito ciente da curiosidade vigilante de Alethia ao lado dela.

Por fim, Skee dá de ombros e estala o pescoço.

— Por acaso você trabalha em torno daquele obelisco, dona…

Seshat permite-se um pequeno sorriso.

— Você não gostaria de saber.

Depois da meia-noite, o bar fica lotado de gente nova, diversa de um jeito que ela não está acostumada a ver no centro de Pequeno

Delta (nem, certamente, nos corredores do obelisco): o mais velho deve ter setenta e poucos anos, e o mais novo ainda era adolescente; todos os tons de pele, da preta retinta à mais clara; homens em vestidos e mulheres em ternos bem cortados e outros que desafiam qualquer categorização de gênero. Ela finge não notar. Com a Nova Aurora, qualquer inconformidade de gênero é suficiente para obter um código desviante anexado ao seu número — computador infectado, recomendado para varredura urgente —, e ela não quer sinalizar ninguém esta noite. Seshat reconhece alguns deles, ainda membros de seu rebanho, porém extravagantes. Outros são acumuladores de memórias impenitentes, do tipo que nunca sequer anda pelo centro da cidade para o caso de um drone recordador pousar, leve como uma mosca, em sua têmpora e arrancar algumas memórias soltas na superfície ao passo que esperam que a luz mude. Ela se importa até com eles, embora não saibam disso. O olho do obelisco, como qualquer panóptico, entrega apenas uma ilusão de onisciência — Seshat transformou o olhar seletivo em arte.

E agora ela está no meio dele, observando e sendo observada também, uma sensação tão incomum que ela continua bebendo apenas para borrar esses limites. Depois de três mar-Skcc-ritas, Seshat descobre que não liga em ser mais uma em uma multidão de acumuladores e desviantes. Ela mesma não faz uma coleta de memória há meses — se alguém perguntasse, teria alegado pressão de trabalho, mas ninguém perguntou. A verdade é que Seshat gosta da sensação de acumular memórias, aquela doce sensação das sobras de guloseimas do Halloween, quando guarda algo para si mesma, por mais temporário que seja. A nova turma está altinha com algum tipo de droga, cantando em harmonia músicas que ela nunca ouviu, terminando as frases uns dos outros. Um deles, um garoto de pele clara que a lembra de alguém que ela não consegue localizar na memória, usando um boné de beisebol saindo da testa, com a silhueta em estêncil de um homem velho com uma estrela, dança ombro a ombro com Seshat e a encara como se pudesse ver diretamente a alma varrida de memórias dela. Ele ri e diz algo que pode ser "ouro" ou "touro" — a música que a nova turma trouxe consigo é tão alta — e então se afasta. O garoto congela quando avista Alethia, virando-se naquele momento da mesa de bilhar onde tinha acabado de acertar outra tacada. Alethia ergue as sobrancelhas. Ele abre a boca, em seguida a fecha. Alethia lança-lhe um breve dar de ombros que parece querer dizer *Desculpe, não sou quem você pensou que eu era* e volta até Seshat.

— Que tal — grita Alethia em seu ouvido, tão íntima e em voz baixa como em um sussurro — se formos para a minha casa?

E, neste momento, Seshat não se importa com absolutamente nada — nem com acumuladores de memória ou inundadores de memória ou quem essa multidão tão diversa poderia ser, tampouco com o fato de que, quase com certeza, eles atravessaram a fronteira de alguma festa proibida na Cidade Antiga. Por ora, ela não é Seshat, Diretora-Bibliotecária, a rainha distante de Pequeno Delta. Ela é uma mulher, relaxada pela bebida, aliviada pela memória, pele quente tocando pele quente, e ela quer mais.

A CASA DE ALETHIA: UM APARTAMENTO DE UM QUARTO A QUINZE minutos a pé em um prédio residencial qualquer para jovens profissionais sem dinheiro — ou número — para algum lugar melhor. Há um recordador de memórias no saguão com sinais de uso modesto (Seshat não quer observar isso, mas observa). O apartamento é bege: carpete, sofá, papel de parede. As fotografias nas paredes são terrivelmente coloridas, mas o design é minimalista: flores, balões, barcos de pesca em Bangcoc. O tipo de apartamento que não tem encanto nem selo de propriedade, apenas a vaga noção do que os outros possam imaginar ser de bom gosto. Encaixa-se na modesta química cosmética que ela conheceu na rua da Esperança, mas não se parecem em nada com a Alethia inteligente e risonha que conheceu no Cousin Skee's. No quarto, Seshat enfim a encontra: uma colcha com cor de batom vermelho atingindo seu olhar como o sorriso secreto de Alethia, apenas aquela sugestão tentadora de *outra pessoa* — e Seshat deixa essa parte analítica dela se desenrolar outra vez, para pairar em emaranhados exaustos. Ela pode ser a Diretora-Bibliotecária, mas, sem as memórias dessa mulher armazenadas em sua cabeça, elas são apenas dois humanos se conhecendo de uma maneira mais antiga. Aquilo lhe dá nos nervos como água salgada em uma ferida suja, mas existe uma paz na ignorância também, uma emoção de descoberta, uma alegria.

— Tem algo em você — afirma Alethia, segurando as têmporas de Seshat entre a palma das mãos e beijando-a com uma deliberação lenta e devastadora. — Sei que nunca a vi antes, e é como se você já tivesse se mudado para cá, já estivesse abrindo espaço para você.

Elas caem em cima da mancha carmesim em meio ao bege. Enterram-se uma na outra, descobrindo o que vem por baixo.

Jordan e Billie estão na área dos funcionários quando Seshat chega no dia seguinte, impecavelmente vestida e cinco minutos atrasada. Todos os escritórios afiliados à Nova Aurora trabalham meio período aos sábados, mas a maioria não é tão rigorosa quanto no Repositório. De qualquer forma, Seshat não consegue se lembrar da última vez que aproveitou um dia de folga. Jordan relaxa e abaixa o visor do headset, como se estivesse mergulhado na captura desta manhã. Billie sorri e ergue as sobrancelhas quase até a linha do cabelo. Seshat finge não perceber. Ela ama Jordan, mas ele é um fofoqueiro inveterado, e Billie é sua melhor amiga entre os funcionários. Seshat devia saber que ele contaria. Ela pergunta se ambos já têm seu relatório matinal. Jordan, ainda por trás do visor, responde que sinalizou elementos suspeitos e os terá em seu espaço de trabalho em mais vinte minutos. A Diretora concorda com um aceno de cabeça que ele provavelmente não consegue ver e se dirige com tranquilidade para o corredor, como se não desejasse se mover mais rápido do que um carro alegórico. A porta de seu escritório abre-se ao som de sua voz, informando a senha, e então está lá dentro, por fim, sozinha.

Sua respiração estremece dentro dos pulmões como folhas secas em um vento de outono. Ela aperta a palma das mãos nos olhos ardendo, pois dormiu apenas três horas. Seshat se arrependeria até desses momentos desperdiçados se não fosse pela lembrança que agora saboreia, blasfema como uma criança, sozinha: o rosto de Alethia tingido com o dourado do obelisco à luz da manhã, batom e rímel borrados na fronha, olhos semicerrados mesmo durante o sono, mãos estendidas sobre os lençóis, palmas para cima. Naquele momento de silêncio absoluto, Seshat entendeu que havia chegado à encruzilhada e os deixado para trás. Sua vida encontrou uma bifurcação tão profunda quanto qualquer iniciação que os anciões da Nova Aurora podiam imaginar: Seshat antes de Alethia, Seshat agora.

E, mesmo assim, suas preocupações estão exatamente onde as deixou na noite anterior.

— Seshat — chama Dee. O grande monitor à direita da mesa se acende. Um rosto aparece ali devagar, como se estivesse se aproximando, vindo de um túnel escuro. — Seshat? Estamos com problemas, Seshat?

Dee comprime os olhos grandes e misteriosos, azuis como o mar caribenho. Suas feições são as de Seshat como em um reflexo da sala de espelhos de um parque de diversões, distorcidas pelo tempo, pela memória, pela escolha. A menina Seshat odiava suas íris castanho-escuras, desejava que fossem azuis como as das bonecas da loja e das crianças em seu headset. Ninguém nos programas tinha a pele escura ou o cabelo crespo. Aquela garota ansiava por tranças com miçangas nas pontas que estalavam quando ela andava. Ansiava por olhos tão azuis que brilhassem como o céu, mesmo à noite.

Eles expurgaram essas memórias durante a iniciação de Seshat, claro. Mas, depois de uma década, assim que ela ascendeu ao posto, os anciãos as devolveram: as lembranças perdidas de uma mulher perdida. Até então, Seshat não havia se lembrado de seu antigo nome. No posto de Vice-Diretora, foi autorizada a ter uma IA Guardiã de Memórias, potencializada em qualquer memória inicial que escolhesse. Ela a definiu na infância daquela mulher perdida, alguém para guardar as lembranças que não pareciam mais dela.

— Por que estaríamos em apuros, Dee? — pergunta Seshat com tranquilidade. Dee não se sai bem quando Seshat está visivelmente incomodada.

— Há mais desses meio sonhos engraçados esta manhã. Gosto deles, mas não acho que Terry gosta.

Terry, Arquibibliotecário de toda a região Centro-Oeste e seu superior imediato. Seshat sente como se houvesse dedos segurando seu estômago e apertando-o. Ela vai passar mal. O momento passa. Com uma respiração ofegante, vai para sua estação de trabalho em um nicho ao lado do monitor e se acomoda na cadeira de couro. Jordan e os funcionários chamam-na de "trono". Não na frente dela, claro.

— O que a faz pensar nisso? — pergunta. A tecnologia da Guardiã de Memórias é a mais avançada que Nova Aurora tem a oferecer. E poderia com facilidade ser chamada de Guardiã da Biblioteca das Memórias. Ela sabe disso, sempre soube. E, no entanto, ela confiava em Dee.

— Terry me pediu um relatório sobre os meios-sonhos. E sobre você.

O headset, com a geometria dourada, desliza sobre as têmporas dela e se prende na base do pescoço. A rede aperta sua cabeça, pressionando até passar pela grossa barreira do cabelo e tocar friamente o couro cabeludo. Uma cócega familiar de conexão elétrica, e sua consciência desliza daquela sala para o espaço profundo das lembranças. O visor desce por último, e agora Dee está bem ao lado dela, ao mesmo tempo criança e consciência desencarnada, a observar a planície aluvial da colheita de lembranças daquela manhã.

— O que você disse para ele? — Seus lábios, que ela só consegue sentir com esforço, não se movem. Totalmente conectada, não há necessidade de falar em voz alta.

— Falei que os meios-sonhos vêm de toda a cidade, e de muitos, muitos sonhadores. Falei que alguns eram bobos e outros eram lindos. Comentei que espero que mais pessoas aprendam a passá-los, porque é mais divertido para mim.

No espaço da memória, Seshat se vira, abrupta, para Dee, que, sentada, mantém os joelhos contra o peito. Ela deixou a IA Guardiã de Memórias ter total liberdade por anos, sem nunca podar sua personalidade ou seus desvios. Mas duvida que Terry teria a mesma paciência com as excentricidades de Dee.

— E Terry me perguntou como você estava — continua Dee. — Eu não quis contar, mas tive de falar, sabe, ele brilha mais ainda do que você. Então, contei para ele na forma de um poema! Tudo bem, não é, Seshat?

Em sua cadeira no mundo exterior, os dedos de Seshat riscam o ar. No espaço da memória, ela pega o relatório de Jordan sobre atividade anômala e o empurra para a borda da planície. Ela já sabe o que diz e sabe que Terry também sabe. Depois de todos esses anos como Diretora-Bibliotecária de uma das principais cidades da Nova Aurora, ela entende muito bem como o mundo deles funciona. Almejava um poder sem precedentes quando era jovem e ávida, o símbolo de seu programa de elite. Apegou-se a isso por ser mais esperta do que qualquer um deles. No entanto, Seshat não é mais jovem, e agora sua fome é por aquilo que vislumbrou nos olhos de Alethia na noite anterior, não pelo próximo degrau na escada dourada da Nova Aurora.

Mas também não significa que queira ir ao fundo do poço.

— Como foi seu poema, Dee?

Nunca conheci um amor assim
Exceto aquela última vez
Alguém que sempre foi muito importante para mim
Disse que a história não poderia rimar
Mas não fique preso na porta que está a girar.

Dee faz uma pausa. Diante delas, uma das lembranças da noite anterior surge como uma onda, atinge o ápice, se quebra.

— Tudo bem, Seshat? — pergunta Dee assim que a maré as puxa para o fundo.

— Tudo bem, Dee.

Assim ela espera.

Existem dezenas de variações dessa única lembrança, como uma sinfonia interpretada por diferentes orquestras, a mesma peça reconhecível em camadas com cores locais. Até começa com uma canção, pesada no contratempo, algo do qual Dee gostaria e Seshat acharia familiar de um jeito torturante. Está escuro, e a canção explode em um refrão brilhante. A luz dourada espalha-se ao redor delas e queima onde cai. São fogos de artifício? Não, a luz vem do próprio obelisco. Mas são não as visões que ela conhece, do distrito comercial do centro ou mesmo da rodovia que segue para fora da cidade. É a visão da estação de trem abandonada, do distrito dos armazéns, das ruas abandonadas da Cidade Antiga. O que era seu olhar benevolente e vigilante torna-se um falo latejante, um tumor maligno usando a cidade como lenha à medida que queima. A luz está vindo na direção delas, está vindo na direção delas, *cuidado, está vindo!* — este é o refrão da canção que ela não poderia ter ouvido antes.

Ela está subindo agora, cada vez mais alto, até alcançar o piramídio de um obelisco sombrio, um pináculo escuro para combinar com a luz. Dessa altura, ela consegue ver as ruas iluminadas da nova Pequeno Delta. As pessoas correm para o trabalho ou param nas calçadas, fofocam nos cafés, brincam com os filhos. A estrutura mais icônica do Repositório jorra como uma fornalha. Napalm, ouro branco, precipitações, sibilando onde bate. Mas os cidadãos de Pequeno Delta apenas o olham e sorriem. Ao redor deles, a cidade queima.

— Cuidado!

A voz da memória é profunda e rouca de fumaça. Ela sente que é jovem e raivosa, mas os marcadores de identidade e emoção em uma lembrança vaga notoriamente não são confiáveis. Muito menos em uma assim, por óbvio fabricada.

O obelisco metamorfoseou-se por completo no equivalente metafórico a um gigantesco pênis dourado e circuncidado, ejaculando ouro branco no ar como um pornográfico Monte Vesúvio.

— Seshat! Ó, Seshat! — exclama a voz daquele jovem.

Ela não tem corpo no espaço da memória, mas estremece dentro da própria mente. Sua força devia interromper a reprodução da memória. Mas tem a inevitabilidade de uma avalanche, caindo sobre si como fogo branco pelas ruas da cidade que ela vigiou na última década.

O refrão chama e responde, um canto propulsor em seu ouvido:

— Diretora Seshat! O que você fez por nós nos últimos tempos?

— Seshat, o fogo está chegando!

— Cuidado!

• — •

— Minha querida Seshat, como sempre, é bom vê-la.

Terry está sentado em um sofá que ela reconhece de seu gabinete na sede da Nova Aurora, um headset sem fio pendurado de modo casual em um dos braços junto a um par de luvas de jogo. Suas meias azuis combinam com a camiseta, que parece nova, embora seja uma mercadoria vintage de algum anime pornográfico de décadas anteriores (ele gosta disso de um jeito irônico).

Apenas surgiu nas telas dela no meio de sua hora de almoço, todos os códigos de privacidade sumariamente anulados. Ela já estava sentada à sua mesa e preparava os relatórios. Não se assusta nem se encolhe quando a voz dele sai dos alto-falantes. Apenas larga o tablet e sorri.

Essa crise talvez a tenha pegado de surpresa, mas ela ainda é a Diretora-Bibliotecária da Pequeno Delta, e o jogo da política está no seu sangue.

Além disso, ela sempre gostou de Terry.

— Gostaria de poder dizer o mesmo, Terry. Você costuma usar suas túnicas?

Ele ri, o que faz parecer ter a idade que tem — pelo menos sessenta, embora tente se passar por um eterno hipster de trinta anos com óculos de tartaruga.

— Nunca enquanto estou trabalhando, Seshat. São apenas para impressionar a plebe.

Ela abre a boca, e Terry levanta a mão.

— Você vai me dizer que não é de bom-tom? Porque já sei disso. Eu estava usando...

— Ironicamente? Eu ia sugerir que você frequentasse sua plebe uma noite, exatamente como você está agora. É uma experiência estimulante.

Ele bate palmas como um torcedor de tênis apreciando um ponto bem marcado.

— Tenho certeza de que é! Tão fácil ficar enredado em todas aquelas memórias, não é? Fácil esquecer que não temos tantos dos nossos.

Ela inclina a cabeça.

— Como me lembraram ontem à noite.

Ele não se preocupa em fingir surpresa ou perguntar o que Seshat estava fazendo. Sabe muito bem.

Só é uma emboscada se a pessoa não a antecipar.

— Você aproveitou, Seshat?

Foi a noite mais incrível da minha vida, e você nunca vai tirá-la de mim.

— Foi bastante divertido, Terry. — Seu tom é suave como uma pérola, apenas um pouco entediado. Ele não consegue saber o que de fato aconteceu na noite anterior, apenas enxerga a aparência externa. Duas mulheres encontram-se em um bar, ficam bêbadas em outro. Dançam, cantam com a galera da madrugada, voltam para casa de uma delas, fazem amor. Os Bibliotecários de Memórias fazem muitos votos, mas o de castidade não é um deles. Cidadãos limpos da Nova Aurora não deveriam gostar de amor pelo mesmo gênero, mas sem dúvida ela não é a primeira oficial a romper com essas regras, nem é a única em Pequeno Delta. Ele não consegue saber a *sensação* do que aconteceu com ela, aquela explosão acontecendo no peito, a maneira como seus dedos coçam para ligar para Alethia a fim de apenas ouvir sua voz outra vez. Só para saber que foi real. Ele não consegue saber, a menos que invada suas lembranças — e Seshat fará de tudo que estiver ao seu alcance para garantir que Terry não o faça. É perigoso ser a companheira de uma Bibliotecária de Memórias.

Terry deixa o silêncio pairar por segundos desconfortáveis. Seshat espera por ele. Com suavidade, ela levanta uma das sobrancelhas.

Ele ri baixinho e faz que não com a cabeça.

— Olha, Seshat. Nossas conversas são sempre muito revigorantes. Não existe ninguém como você. Bem. O que é isso que tenho ouvido por aí, sobre memórias falsas travando os sistemas de coleta? Sabe quem é o responsável?

— Ainda não.

Ele estreita os olhos e inclina a cabeça. Ela gosta mais de Terry quando ele não finge afabilidade, embora goste de discutir com ele quando está. Sabe que é perigoso como uma víbora — ele nunca teria alcançado aquela posição de outra maneira, muito menos sobrevivido a tantas mudanças na liderança. Mas — até agora, pelo menos — ele usou o veneno para apoiá-la. Se isso está mudando, ela espera conseguir sobreviver.

— Sugiro — afirma ele, arrastando as palavras, embora a coisa mais sulista sobre Terry seja o adoçante em seu chá gelado — que você descubra logo.

— Estou explorando nossas pistas. Devo ter algo mais concreto para você em breve.

Ele pisca para ela, os lábios se abrem em um sorriso.

— São as drogas de novo, Seshat? As misturas de Nuncamente das ruas? É uma pena que você tenha deixado escapar, cinco anos atrás, aquele velho curandeiro.

É difícil impedir que o golpe do medo invada sua expressão, embora ela tente. Pelo vislumbre do interesse triunfante de Terry, ela vê que fracassou. Doc Young e sua lendária remixadora MC Haze quase a destruíram cinco anos antes. Pequeno Delta estava ficando famosa nos circuitos underground como uma meca de festas selvagens e misturas alucinantes de Nuncamente encontradas nas rua. Misturas para compartilhar memórias, misturas para criar sonhos, misturas para ver sons ou ouvir cores. Ela não pegou Doc Young ou sua remixadora, mas prendeu e suprimiu a memória de algumas centenas de seus acólitos. Até enviou uma dúzia sacrificial de computadores infectados ao Templo para uma limpeza completa. Doc Young e MC Haze desapareceram, fugiram da cidade. Será que haviam voltado? Rezou para que não ousassem. Mas, agora, não tem certeza.

— Eu... não sei. As lembranças são estranhas. Minha Guardiã de Memórias...

— Ah, a jovem Dee? Ela é fofa, não é?

Uma onda de tontura toma conta dela. Sua testa parece suada. Seshat espera que ele não perceba.

— Dee é uma inteligência artificial. Apesar da aparência, não tem gênero.

— Ah, claro. Desculpe, Dee.

Ela se recusa a enxugar a testa. Ao menos, Dee não responde. Ele não precisa proferir em voz alta: o quase fracasso cinco anos antes, sua Guardiã de Memórias desviante, sua sexualidade, sua raça, seu *eu* — tudo isso são cordas pelas quais eles podem enforcá-la, se quiserem. Durante a última crise com Doc Young e MC Haze, ela temeu que Terry pudesse rebaixá-la ou até mesmo enviá-la para algum Repositório rural fora da sede. Agora ela sabe que tais destinos antes impensáveis seriam presentes. Se ela não conseguir resolver a situação, Terry não hesitará em transformá-la em uma Tocha.

Faz quinze anos que ele é seu aliado, mas ela sabe que parte dele gostaria disso — apelaria ao senso de ironia dramática dele.

Ela recosta-se na cadeira, afastando-se da tela.

— Como eu dizia, minha Guardiã de Memórias os chama de meios-sonhos. Não são lembranças, mas também não são aqueles sonhos fortes que às vezes passam pelos filtros. Cinco anos atrás... não estávamos pegando nada assim naquela época.

Ele acena com os dedos, como se afastasse a objeção dela.

— Então, é uma coisa nova. Essa remixadora teve muito tempo.

Ela volta a fazer que não com a cabeça.

— Talvez seja MC Haze de novo, mas todas as suas misturas foram baseadas no Nuncamente. Essas memórias não...

— Não o quê?

Ela dá de ombros, em vão.

— Não se *parecem* com Nuncamente.

Não são sedadas, coagidas, ou *roubadas*.

O olhar de basilisco de Terry devia ser cômico, considerando as meias azuis e as calças curtas, a megera do anime com os seios mal contidos por duas tiras paralelas de vinil roxo brilhante, mas Seshat não tem vontade de rir.

— Então, use seu tato, descubra quem está fazendo isso e *os impeça*. A notícia já chegou a alguns membros do conselho de anciãos.

Ela perde o controle de sua expressão pela segunda vez. Os olhos de Terry estreitam-se no que parece ser simpatia genuína.

— Estamos entendidos, Seshat?

Ela força um sorriso neutro, ao menos por simples orgulho.

— Perfeitamente, Terry.

Ele concorda com a cabeça e desaparece da tela.

Seshat não se move. Uma gota de suor escorre pela testa, pelo queixo, e pinga sobre a mesa.

Imagine uma inundação, imagine uma onda, imagine uma avalanche, imagine uma tempestade. Imagine qualquer desastre que quiser, mas observe que sempre começa sozinho antes de se tornar muitos. O que na expressão singular parece simples, risível, indigno de atenção, vira, no plural, a última coisa que você percebe antes de morrer. Essa é a mágica sombria do crescimento exponencial. É a diferença entre dois gafanhotos em sua porta de tela e a oitava praga do Egito. E, caso não se tenha prestado atenção a uma faixa inabitável do deserto da Arábia quando ciclones inoportunos cobrem as areias em cortinas d'água, criando condições para uma temporada de reprodução sem precedentes para gafanhotos do deserto, é possível se surpreender quando nuvens de gafanhotos cor de bile descem para dizimar toda a safra de milho do seu país dez meses depois.

O problema, como Seshat o vê, é com o Cousin Skee's. É com Alethia. Com aquele menino que dançou com ela ombro a ombro e disse que ela era ouro (ou tinha couro? Ou era um estouro?). Ela não prestou atenção suficiente à Cidade Antiga desde que Doc Young fugira. Não monitorou as zonas fronteiriças, como o lado leste do bar de Skee.

E por que ela a ignorou, sábia Seshat, que deveria conhecer melhor do que ninguém o perigo existente às margens? Seshat, rainha, que quer ser a mãe de seu reino. Por que não? Ela não cuida de seu povo? Mas aqui está o problema: ela cuidou de alguns mais do que de outros. Manteve o coração da cidade em um molde tão puro quanto qualquer Nova Aurora poderia esperar. Mas desviou o olhar das bordas, daqueles que, de qualquer modo, nunca se encaixariam. Os que se pareciam com ela — e não se pareciam com eles.

Diretora Seshat! O que fez por nós nos últimos tempos?

Porra, eles não sabem? É possível que nem tenham percebido? O que ela fez, sábia Seshat, compassiva Seshat, mesmo enquanto seu poder era incerto?

Ela não olhou.

E, ó, pobre Seshat, isso está em seus ombros agora. Se Terry e os outros não perceberam, logo perceberão. Quaisquer que sejam as especificidades desses meios-sonhos — uma nova mistura ou pirataria do Nuncamente ou qualquer outra coisa —, eles vêm do deserto, da legião, da inundação.

É UM PEQUENO DESASTRE, DEPOIS DOS GRANDES DESASTRES DA MANHÃ, mas Seshat consegue sentir a histeria borbulhando como vinagre velho no fundo da garganta.

— Dee — diz ela, a voz falhando ao final como a de uma criança. — Dee, tem *certeza* de que não há mais nada?

— Sinto muito, Seshat — responde Dee. Parece angustiada, mas a angústia é retirada de seu rosto na tela. — Este assunto não está sinalizado para vigilância extra. São as únicas memórias em cache.

— Alethia tem um headset para dormir.

— Não temos registro de seu uso ontem à noite.

Um sorriso íntimo surge em seus lábios. Claro que não. O sorriso se desfaz.

— Você verificou o lixo de novo?

— Tudo foi limpo às quatro e meia da manhã, de acordo com as operações padrão.

— E as sessões de Aconselhamento dela?

— Depois de três anos sem incidentes, retivemos apenas a sessão de admissão e o relatório final. Você mesma garantiu que fôssemos os primeiros a implementar as reformas de privacidade da Chanceler Chelsea. Gostaria que eu ajudasse você a se lembrar?

Dee já está puxando as memórias relevantes de seis anos antes. Uma de suas exibições brilha para a recordação visual-auditiva: Seshat e Terry, com toda a arrogância, em trajes completos, rindo de alguma piada dele antes de subirem ao púlpito para anunciar as reformas.

Mesmo sem a integração sensorial do headset, ela mergulha de volta naquele dia, na pele de seu eu mais jovem, orgulhosa de estar na vanguarda do movimento reformista de curta duração da Nova Aurora.

Uma Seshat mais velha e mais forte balança a cabeça e interrompe a reprodução.

— Não precisa disso, Dee.

Dee fica em silêncio por alguns segundos. Quando fala, parece cansada, até decepcionada.

— Gostaria que eu a sinalizasse agora, Seshat?

Seshat franze a testa. Permitiu que Dee desenvolvesse personalidade e consciência primitiva — aspectos que a tornam perigosa, de acordo com Terry e seus superiores —, mas ainda é, em princípio, uma IA Guardiã de Memórias vinculada aos protocolos de Nova Aurora. Tem a capacidade de processamento de uma criança precoce, não de um adulto capaz de fazer julgamentos morais. Então, por que sua Guardiã de Memórias ficaria decepcionada com ela?

Mesmo assim, ela se defende.

— Preciso de mais informações, Dee! Preciso saber quem ela realmente é, antes de... — *Antes de me perder por ela.*

Antes que eu perca o controle.

Exibindo o tique irritante de independência e criatividade que Seshat permitiu se desenvolver na Guardiã de Memórias, mas do qual agora se arrepende com amargor, Dee estende cinco memórias diferentes nas telas de Seshat e as reproduz todas de uma vez sem som: a adolescente Alethia se despedindo do pai na muralha da fronteira enquanto drones circulam; Alethia em seu laboratório, medindo produtos químicos, a solidão isolando-a como as paredes de um tubo de ensaio; Alethia de mudança para seu apartamento com apenas duas malas e uma chaleira de água quente; Alethia em um banco no Parque dos Padrões, alimentando patos no lago artificial; Alethia no mirante do obelisco, logo abaixo do escritório de Seshat, contemplando a cidade coberta de nuvens. Há quanto tempo foi isso? Três anos. O coração de Seshat palpita. Chegaram tão perto de se encontrar. Mas é a verdadeira Alethia? Onde está a "Lethe" do Cousin Skee's? Onde está o humor afiado, disfarçado? A colcha cor de cereja como uma adaga cravada no bege do apartamento pré-mobiliado? Exceto por seu pai, deportado quinze anos atrás, depois de sua cidadania ser revogada por "atividades impuras", por que ela está sempre sozinha?

— Dee, isso é realmente tudo?

— Você me disse...

— Eu disse o quê?

Dee suspira.

— É o que temos.

— E sua análise do indivíduo?

Ela gostaria que Dee mostrasse seu rosto. Nunca quis se esconder dela antes.

— Eles têm um cheiro estranho.

— Dee, fala sério.

No entanto, Dee está mais teimosa que o normal hoje. Começa a falar cantarolando:

Eu não sabia bem o que eu quis dizer
Quando lhe perguntei aonde o tempo de mentira foi
Eu só sabia que tinha de deixar ir
Antes do primeiro golpe da queda se desferir.

— Chega!

O grito de Seshat traz um silêncio carregado.

Seus olhos ardem. Ela tem consciência do desejo de pedir desculpas. Absurdo.

— Sinalize-a, Dee — ordena, dificultando ainda mais que mascarasse o rubor de vergonha. — Traga-me todas as lembranças que conseguir tirar dos recordadores públicos ou do headset dela hoje à noite.

Pela primeira vez em sua vida juntas, a voz de Dee soa genuinamente robótica.

— Confirmado, Seshat. Alethia 56934 foi sinalizada por suspeita de desvio, alta prioridade.

• — •

Os escritórios de Aconselhamento ficam em frente ao obelisco, do outro lado dos jardins da prefeitura, abertos ao público apenas aos fins de semana e feriados. Seshat passa pela entrada privada ao lado dos arbustos desfolhados, balançando a cabeça uma vez para os guardas que ficam em posição de sentido quando a veem. Àquela hora do dia, os corredores privados estão vazios, embora ainda haja um punhado de pessoas na biblioteca pública e na sala de espera, aguardando uma consulta de última hora com um Conselheiro. Ela odeia ir ali. Mesmo quando novata, evitava os Bibliotecários Sociais. A ideia de ter de interagir constantemente com pessoas cujas memórias ela monitorava lhe causava repugnância, como um cirurgião que só aguentaria cortar intestinos abertos se esquecesse o ser humano que os usaria mais tarde. O Aconselhamento recebe um fluxo constante de pessoas em busca de ajuda — ou buscando aumentar a pontuação nos Padrões e entregar petições para mudar seus números. Seshat recebe relatórios sobre as atividades delas, é claro. Até se envolve de maneira direta em casos que lhe interessam — diagnosticando riscos emocionais, selecionando memórias para repressão ou amplificação, deleitando-se no trabalho confuso e sutil de realinhar uma personalidade. O fato de as memórias coletadas durante as sessões de Aconselhamento serem de qualidade muito superior, sobretudo úteis para os esforços de vigilância da Nova Aurora, é um mero efeito colateral benéfico do trabalho primário dos Bibliotecários.

Nem Seshat tampouco o Vice-Diretor do Departamento Social acreditam mais nisso, mas é o que contam para os novos iniciados no treinamento e massageiam suas memórias para que acreditem o máximo possível. Muito tempo atrás ela fez as justificativas morais necessárias.

Afinal, uma felicidade simples é melhor do que uma desilusão complexa.

Ela encontra o Vice-Diretor sozinho em seu escritório, os feeds de três sessões de Aconselhamento que acontecem silenciosamente em monitores de parede. O headset dele pisca a luz refletida do pôr do sol quando ele se vira para cumprimentá-la. Keith não demonstra surpresa ao encontrá-la ali ao vivo, mas seu sorriso de boas-vindas é superficial, e ele demora para lhe oferecer o assento diante de sua mesa. Seshat encara-o por um momento que cuidadosamente passa em branco e, em seguida, se senta, consciente de cada gesto régio, no sofá de frente para a janela panorâmica. O escritório é quase tão grande quanto o dela. É o Vice-Diretor de um departamento poderoso e tem cabelos dourados, olhos azuis, pertence à terceira geração de pessoas leais à Nova Aurora, é o herdeiro favorito de uma certa facção amarga com rancores antigos que gostariam de só apagar até mesmo a memória da ascensão heterodoxa de Seshat ao poder em Pequeno Delta. Uma coisa é permitir que pessoas como ela treinem como iniciados, até aí tudo bem, mas outra é deixá-las parecer governar!

Os olhos dele movem-se para o sofá em uma expressão de aborrecimento. Depois de um instante, ele força outro sorriso, tira o headset e vai até a cadeira diante dela.

— É uma honra tê-la aqui, Diretora. Eu estava justamente preparando meu relatório para você.

— Seu relatório, Vice-Diretor? — Ela não permite nada além de uma pitada de curiosidade educada no tom, mas seus pensamentos são um turbilhão. Alguém já contou para ele sobre a inundação da memória. Ele teve... horas? Dias...? para consolidar sua posição.

O homem se inclina para a frente, a mão sobre o joelho, a expressão preocupada traída pelo tique nos cantos dos lábios. Keith nunca dominou a arte de controlar a expressão. Por outro lado, nunca precisou disso, de verdade.

— Bem, é claro, Diretora Seshat — fala ele, brincando com a falsa preocupação até que seja indistinguível de regozijo —, eu não poderia deixar a senhora enfrentar sozinha esse tipo de ataque sem precedentes. No fim das contas, somos todos Bibliotecários, apesar de nossas diferenças. Estamos aqui para defender o Repositório... o estilo de vida da Nova Aurora! Bem, não estamos, Diretora?

Os Padrões salvam-na de jovens tubarões sentindo o gosto de sangue na água. Como se ela não tivesse derrotado homens melhores do que ele em seu tempo. Como se ela não fosse fazer isso de novo. Ela suspira.

— Terei o maior prazer em revisar seu relatório pela manhã, Vice-Diretor. De qualquer forma, presumo que as lembranças daqueles que estão no Aconselhamento não têm muito a oferecer.

O Vice-Diretor do Departamento Social — Seshat teve motivos para observar — tem uma semelhança distinta com um peixe em uma linha de vara de pescar quando capturado.

— Minha Guardiã de Memórias ainda está verificando tudo o que arquivamos…

Sob o olhar paciente dela, Keith tarda em se calar. Ela concorda com a cabeça.

— Talvez você ainda não tenha… experiência suficiente em sua posição para saber, mas ninguém da Cidade Antiga chega perto do Aconselhamento. Os responsáveis por essas memórias fabricadas seriam ainda menos propensos a se trair de um jeito tão leviano. Aconselhamento é como monitoramos a saúde de Pequeno Delta. No entanto, para destruir uma doença, Vice-Diretor, precisamos de outros meios.

Keith engole em seco. Seshat imagina que pode ver uma centelha de pânico por trás das íris azul-celeste, uma percepção tardia de que Seshat ainda não caiu e poderá sobreviver para *vê-lo* cair se ele não tomar cuidado.

— E quais seriam esses meios, Diretora Seshat? — Nenhum sinal de seu orgulho agora.

— O banco de memórias abertas. O senhor se lembra de que está no comando, certo?

Ele franze a testa e balança a cabeça.

— Memórias abertas! É notório que não são confiáveis. Minha Guardiã de Memórias ficaria presa lá durante quinze dias por mês se eu deixasse. Só entro se os Padrões estiverem atrás de mim para encontrar o suspeito de um crime…

Ela se levanta do sofá em um movimento suave e permite que um pouco de seu verdadeiro aborrecimento influencie no tom.

— Keith, está prestando atenção? Esses inundadores de memória *são* criminosos. Duvido muito que os responsáveis por isso estejam marcados no sistema. Não será fácil encontrá-los. Preciso que todas as memórias suspeitas sejam sinalizadas e enviadas para o meu espaço de trabalho. Batidas de trânsito, drones de ambiente, caixas de recordações na periferia, aquelas à porta das mercearias, casas lotéricas e das casas de penhores. E...

Ele já não se incomoda em controlar a expressão nesse momento; o lábio inferior se projeta como o de uma criança ranzinza.

— Pois não?

Ela desvia o olhar de sua expressão indignada e encara o pôr do sol sobre o jardim. O coração dói ao pensar em travar essa batalha de novo, mas faz o que precisa.

— Fique de olho em Doc Young ou MC Haze. Eles podem estar de volta.

Ela lembra, a recordação perfeita de uma Bibliotecária perfurando a névoa alcoólica, aquele menino de pele clara dançando com ela no Cousin Skee's, as pupilas carregadas de drogas, escuras como o céu noturno. *Você está cheia*, ele cantarolou para ela em um grito acima da música de outra pessoa. *Você está cheia como uma fera, e não temos nada de sobra.*

Com fome? Tô morrendo de fome :) A

Uma mensagem simples no canal privado de Seshat. Ela precisava ficar no Repositório. Precisava vasculhar os relatórios dos outros Vice-Diretores, procurar mais pistas, pedir mais dados a Dee.

Em vez disso, Seshat veste outro conjunto de roupas aprovadas por Jordan e corre para encontrar Alethia em um pequeno restaurante italiano perto de casa. Fingem ser amigas para qualquer um que possa ver, mas se tocam por baixo da mesa, com cuidado, pelo bem de Alethia, já que ela já foi sinalizada como desviante. Dividem vinho e pão de alho. ("Precisamos comer juntas", diz Alethia, balançando um pedaço debaixo do nariz, "ou vou ficar fedendo e você não vai querer me beijar". Seshat balança a cabeça como uma marionete e toma outro longo gole de vinho tinto.) Alethia usou o recordador do lado de fora do restaurante para carregar mais alguns pontos em seu TriCard antes de entrarem.

— A próxima é minha — afirmou ela, erguendo a sobrancelha que desafiava Seshat a objetar. Ela olhou para o recordador com uma fome que esperava não demonstrar e deu de ombros.

A refeição é sublime, com tanto alho que vira uma piada entre elas, gargalhando quando pedem a sobremesa, sussurrando: *Mas é uma panna cotta de* alho*? Podemos experimentar a grappa de* alho?

Elas demoram para bebericar o vinho de sobremesa, que tem um leve sabor de anis, uma raiz vegetal diferente.

— Dizem que vocês, Bibliotecários, têm memórias perfeitas. Então, me diga a primeira coisa de que se lembra.

Alethia corre o dedo pela linha irregular dos cabelos de Seshat, que sente o toque na sola dos pés. Ela fecha os olhos, fazendo uma oração em que pede força.

— Minha sala de recuperação no Templo — revela. — Branca e dourada. A Tocha parada ao meu lado. "Parabéns por seu renascimento, Bibliotecária novata. Seu nome é Seshat."

Alethia deixa a mão cair, uma perda. Seshat não se move.

— Eles apagaram sua memória? — pergunta ela, horrorizada e tentando esconder esse fato.

Seshat dá de ombros.

— É uma exigência da iniciação.

— E esse nome? Incomum para Nova Aurora. Uma deusa egípcia?

Com isso, Seshat sorri.

— Temos o direito de escolher nosso novo nome. Acho que meu eu do passado queria ter certeza de que eu saberia o quão alto eu queria subir.

Alethia ri baixinho. O coração de Seshat dispara em uma batida sutil e se recupera com ferocidade.

— Bem, temos isso em comum — comenta Alethia. — Também escolhi meu nome. Eu tinha dezesseis anos quando aprovaram meu pedido.

Seshat imaginou. Mesmo sob os regimes mais liberais de Nova Aurora, obter licenças para transições nunca foi fácil.

— Seus pais concordaram? — pergunta Seshat. Embora suas memórias de infância estejam armazenadas em segurança com Dee, essa questão lhe causa dor, desequilíbrio.

Há um brilho parecido nos olhos de Alethia, abaixados na direção do resto de seu vinho.

— Sempre fui a filhinha do meu pai. Minha mãe... — Ela balança a cabeça, abaixa a taça como se segurasse algo precioso. — Ela concordou quando foi necessário. Deixou que eu vivesse minha vida.

Há história ali, mas Seshat não se intromete.

Não precisa.

Está lembrando, em um loop implacável por sua memória perfeita, o que Alethia comentou ao deixar a cabine do coletor: *Sem verificá-las pelas minhas costas, tudo bem?* Ela riu, mas havia preocupação em seus olhos. *Você está na vantagem.*

Ela tenta não dar atenção à saudade, à vulnerabilidade na voz de Alethia quando ela convida Seshat para voltar ao seu apartamento. Tenta não pensar na declaração simples e assertiva que atravessa o abismo entre elas: *Você está na vantagem.* E o que Seshat deve fazer? *Não* aceitar? Deixar de ser quem é enquanto se expõe diante de uma mulher que lhe é completamente desconhecida? Como poderia fazê--lo? *Não* procurar não seria abdicar de suas responsabilidades como Diretora-Bibliotecária? E se Alethia quiser machucá-la? E se ela for uma agente da resistência?

Mas resistir a quem?, pergunta uma voz em seu interior.

Ela a silencia com beijos profundos na porta do apartamento de Alethia. Dedos acariciam mamilos escuros e enrugados. Costas arqueadas, dedos dos pés curvados. Eles curvam-se como caligrafia na tela vermelha da cama de Alethia, e Seshat não consegue respirar, não consegue pensar, suas memórias são um turbilhão. Nunca sentiu um desejo tão em estado bruto na vida. Contudo, não é a paixão delas que a assusta, mas o silêncio posterior, o sono tranquilo de Alethia em seus braços, o beijo suave que ela deposita, como uma marca, na dobra interna do punho esquerdo de Seshat.

A mulher que poderia ter valorizado esse presente, Seshat jogou fora vinte anos antes. Então, quem Alethia vê quando olha para ela? Seshat, a Diretora-Bibliotecária — ou o fantasma da mulher que ela matou para se tornar quem é?

•—•

Seshat garante que o headset de Alethia esteja no lugar antes de ela sair. Beberam uma garrafa de vinho juntas; é mais provável que ela confesse que serviu mais para si mesma do que se Seshat tivesse lhe servido. A voz cautelosa de Alethia: *Você está na vantagem.* E daí? Ninguém em sua posição tem o luxo da justiça.

Às três da manhã, ela chama um aerocarro particular e volta para o Repositório. Ela não dormiu nada, mas seus nervos estão vívidos, suas sinapses estalam, o ar do outono enche seus pulmões e a cidade adormecida, pulsando em suas veias, apenas nas suas.

Keith lhe envia uma mensagem concisa na manhã seguinte: a Guardiã de Memórias dele havia encontrado alguma coisa. Envia um punhado de lembranças soltas vasculhadas na periferia sul da cidade dois dias antes, todas elas de usuários não registrados.

Seshat, sem dormir, revigorada como uma vampira, empanturrou-se até enjoar de um fluxo de sonhos e memórias de Alethia. Com um solavanco físico, se desconecta daquela alimentação crua e força a atenção de volta à crise que pode derrubá-la depois de uma década no comando do obelisco. Mesmo que Keith esteja trabalhando no domingo, ela não pode fazer menos do que isso.

— Dee — chama ela, perdendo uma batalha consigo mesma —, preciso da sua ajuda com isso.

Por fim, o rosto de sua Guardiã de Memórias aparece no canto do monitor mais próximo: uma criança taciturna e zangada.

— Ah, então você acabou?

Ela pondera sobre uma série de respostas, cada uma mais defensiva do que a anterior. Mas Dee é apenas uma inteligência artificial, uma ajudante virtual construída com base em suas memórias descartadas. Não há motivo para Seshat se importar com a opinião dela.

Então apenas puxa as memórias abertas que Keith lhe enviou e as deixa passar. Não se incomoda com o headset cheio, pois, como a maioria das memórias abertas, essas são irregulares e degradadas. As drogas tendem a fazer isso, mas o desespero também.

Todas as lembranças se concentram em uma festa em algum lugar da Cidade Antiga. Existem túneis cobertos de ladrilhos pretos e brancos em um padrão que ela não consegue mais entender; ladrilhos soltos estalam, quebrando-se sob os pés como cascas de ovos. Os túneis convergem para um espaço maior, uma grande plataforma com trilhos afundados. Luzes piscam e brilham entre fendas escondidas. Uma das lembranças tem um registro olfativo degradado, que Dee afirma ter um leve cheiro de algodão-doce e urina seca. O Nuncamente das ruas chega em muitos sabores, mas ela se lembra do Remix Doce de oito anos antes. Um dos produtos básicos de Doc Young, com uma onda curta e forte que fazia com que todas as lembranças recentes tivessem um sabor doce. Foi o primeiro grande sucesso de MC Haze, aquele que a impulsionou das trincheiras de remixadores baratos para as alturas vertiginosas do estrelato underground. Na reprodução da memória, que Dee condensou tardiamente em um composto muito mais rico em detalhes, as luzes piscam e se projetam no teto. A silhueta de um velho sentado ao lado de um obelisco escuro, de cabeça para baixo, levanta as mãos, com as palmas para fora. A luz acumula-se entre a cabeça e as mãos até que uma estrela brota de sua testa. Oblitera o homem, deixando apenas as seguintes palavras brilhantes para trás:

O QUEBRA-MENTE DE DOC YOUNG

Algumas das memórias duram mais, mas ela interrompe a reprodução.

— Essa é a velha estação de trem, Seshat — explica Dee depois de um momento tenso. — As plataformas do norte. — Ela parece preocupada. Mas é claro que está, pois é um reflexo de si mesma, e ambas entendem o que isso significa.

— Velho desgraçado. — Seshat está vários passos atrás dele, como sempre. Ela se joga na cadeira, assolada pela exaustão que manteve sob controle durante toda a manhã.

— Dee, consegue ligar para o gabinete de Padrões?

— Vai ordenar um ataque? — pergunta Dee de um jeito nervoso. — Não se lembra do que aconteceu da última vez?

Cem detidos. Uma dúzia rotulada como computadores infectados, deixados como mortos aos seus amigos e familiares. Ah, ela lembra. Mas que escolha tem?

Doc Young está de volta.

O ATAQUE DIURNO REVELA ALGUNS FRAGMENTOS: MEMÓRIAS PERDIDAS do mendigo que dorme do outro lado da rua, inaladores de remix descartados que ela envia para a perícia, um rudimento de estênceis com o novo logotipo de Doc Young, a estrela explodindo de sua cabeça como Atena de Zeus. Ela diz ao Diretor de Padrões para manter uma formação furtiva de drones durante a noite e ver quem mais conseguem pegar. Doc Young não usará o mesmo lugar duas vezes para seu clube itinerante, mas outros suspeitos podem aparecer.

Ainda não tem certeza se a inundação de memória é culpa de um novo remix, mas o reaparecimento repentino de Doc Young depois de cinco anos torna isso mais provável. Ela não quer pensar no que Terry e os anciãos dirão se for o caso. Perdoaram-na na época, mas Seshat duvida que sejam tão compreensivos uma segunda vez.

Jordan volta ao escritório dela naquela noite, trazendo curry e cerveja como espada e escudo.

— Você não comeu o dia todo — observa ele e corre para a mesa de reuniões a fim de servir a comida.

— Tem me observado com muito cuidado, não é? — pergunta Seshat com ironia, observando seu arranjo experiente de recipientes descartáveis e talheres. Como se estivesse determinado a terminar antes que ela tivesse a chance de expulsá-lo. — O que ainda está fazendo aqui no domingo?

— Só estou preocupado com você.

Ele tira a tampa de um pote de curry. O cheiro de frango condimentado jamaicano a atinge com uma força quase física. Ela se lembra de que ainda não dormiu e — Jordan está certo — não comeu mais do que uma barra de proteína desde aquela manhã.

Ela suspira.

— Me diga que você pelo menos comprou para você também?

Ele sorri, tão agradecido que dói, e puxa outro recipiente.

— Só para garantir.

A Diretora-Bibliotecária tirou a túnica externa em algum momento nas últimas horas frenéticas, em seguida come com seu funcionário apenas com sua túnica branca e leggings douradas, a exaustão ou o terror mortal relaxando-a em uma informalidade que ela não havia se permitido dentro dessas paredes em todo o seu tempo como Diretora. Jordan, como era de se esperar, não comenta sobre a vestimenta formal jogada sobre o sofá como um lance chique.

Espera até que ela esteja quase terminando antes de perguntar; Seshat vai admitir para ele.

— Então, como vão as coisas com Alethia?

Ela se engasga com o último pedaço de frango e toma o restante da cerveja antes de se recompor.

— Por quê? — murmura ela. — Ela disse alguma coisa?

Jordan faz que não com a cabeça.

— Só que gostaria que você tivesse um trabalho menos pesado.

— Trabalho! — Seshat ri e, em seguida, sem nenhuma explicação, tem vontade de chorar.

Jordan parece ele mesmo a meio caminho das lágrimas.

— Diretora — diz ele, olhando para os restos de seu arroz manchado de açafrão, e não para ela —, apenas *confie* desta vez, certo? Acho que você e Alethia têm algo muito especial.

Não é do feitio de Jordan ultrapassar o limite desse jeito. Não apenas como seu subordinado, mas como seu... amigo? Mas os Bibliotecários nunca são simplesmente amigos.

— Jordan... — Seshat fortalece a voz dura em um tom de advertência, mas ele balança a cabeça como uma criança teimosa.

— Faça alguma coisa sobre isso se não quer que eu me intrometa. Você ainda não suprimiu a minha memória, eu sei disso. Tenho me monitorado.

Ela pisca, surpresa.

— Você... Quem te ensinou isso? — O monitoramento é uma técnica avançada para detectar mudanças e manipulações nas próprias memórias. Geralmente, é ensinado apenas a subdiretores, embora

Bibliotecários de escalões inferiores possam aprendê-lo a critério de alguém superior.

Jordan ri com mais amargura do que ela esperava dele e enxuga os olhos.

— Foi autorizado, Diretora.

Ela quer lhe perguntar *por quem*, mas engole a pergunta que estava quase na ponta da língua. Será que quer mesmo saber? Era Keith, em uma tentativa de subornar seu funcionário mais próximo? Ou, pior, Terry, manchando todos os olhos amigáveis nela com um tom sutil de traição?

— O que você quer de mim, Jordan? — Ela não consegue esconder a desconfiança na voz, assim como ele não consegue ouvir.

— Diretora. Seshat. — Ele solta o nome dela dos lábios como uma estaca no coração da mulher. — Você não precisa controlar tudo.

Incomodada, sua espinha enrijece.

— Eu não preciso...

De alguma forma, a própria intensidade dele a detém.

— Se for amor, só deixe como está. Por favor.

Seshat não consegue deixar de pensar no aviso de Jordan quando ela visita Alethia naquela noite, embora saiba que aquilo não devesse importar. Jordan *e* Dee? O que ela fez para merecer a moralização infundada de crianças e construtos artificiais?

— Senti sua falta hoje de manhã — comenta Alethia, cumprimentando-a com um beijo na porta do apartamento. Ela sorri, mas seus olhos estão vermelhos, inchados e escoriados. Sem maquiagem ou roupas sob medida, sua beleza parece mais bruta para Seshat, mais familiar. Está vestindo uma camiseta velha e calças de pijama, talvez as mesmas da noite anterior. Tranca todas as fechaduras atrás de Seshat antes de ir para a sala de estar. Todas as persianas estão abaixadas ali e na cozinha, mas algo no humor de Alethia impede Seshat de sugerir que as ergam e apaguem as luzes. Alethia pega um grosso cachimbo de madeira no formato de uma folha de palmeira e acende um isqueiro.

— Por favor, me diga que não vai me denunciar — pede ela com uma risada, mas seu olhar é um pouco desesperado demais, um pouco real demais.

Seshat tenta aliviar o clima.

— Só se você compartilhar.

Ela havia fumado maconha algumas vezes em sua vida — todas com Terry, na verdade, de uma de seus elegantes *vapes* das antigas enquanto jogavam algum videogame antigo ridículo dele com muitas armas e sanguinolência —, mas está disposta a tentar outra vez apenas para tirar o tom de medo da voz de Alethia.

Fumaça branca sai das narinas de Alethia em espirais suaves e lentas. *Ah, ser a fumaça atrás de seus dentes,* pensa ela. Em silêncio, Alethia passa o cachimbo e o isqueiro. Seshat sabe como proceder, tem mil memórias para lhe mostrar, mas o cheiro de mato queimado a traz de volta, como um gancho em seu coração, para algo mais antigo e pessoal. Uma garotinha que brinca nas folhas de outono, observando os quadris largos e amados se moverem com o ritmo do ancinho; o cheiro daquelas folhas queimando, pintando sigils no céu.

Ela engasga-se e tosse com uma fumaça diferente, em um ano diferente, com um nome diferente. De onde tinha vindo isso? Mas era sua memória, ela sabe disso com todo o seu íntimo. A lembrança daquela garotinha que havia esquecido por tantos anos, aquela que ansiava, mais do que tudo, que a mulher do ancinho voltasse para casa.

Alethia está batendo nas costas dela, sentando-a no sofá. Traz-lhe um copo de água fria, que por fim acalma a queimação nas vias respiratórias. Seshat enxuga os olhos.

— Não sei o que aconteceu — diz Seshat, empurrando o cachimbo sobre a mesa.

Alethia ergue e abaixa as sobrancelhas.

— Você sente dificuldade de respirar perto de mim?

O coração de Seshat dói. Ela recosta-se no sofá, cerra os olhos frente às luzes fluorescentes, o sorriso ofuscante de sua amada.

— Você está cansada — observa Alethia. — Trabalhou hoje?

— Na minha posição, é difícil ter dias de folga. E você?

— Eu… fui ao laboratório. Tenho um projeto no qual estou trabalhando… mas não fiquei muito tempo.

Seshat abre os olhos devagar. Alethia está olhando pensativa para uma das janelas, como se pudesse ver através das persianas.

— Aconteceu alguma coisa? — Ela não foi cuidadosa o suficiente na noite anterior? Interrompeu o equilíbrio emocional de Alethia com seu mergulho em tempo real em sonhos e memórias? Os headsets para dormir têm essa funcionalidade, mas não são recomendados fora de um centro de detenção especialmente equipado, onde os indivíduos podem ser monitorados de perto quanto a efeitos colaterais. A culpa toma conta dela, inexorável como uma memória espontânea. Há uma diferença, vital como um piscar de olhos, entre o que é permitido à sua posição e o que está alinhado com a sua alma. Ela soube disso no passado. Quase se lembra agora, mas a informação desliza, afunda no esquecimento suave, desaparece.

Alethia faz que não com a cabeça como se estivesse espantando uma mosca.

— Me conte sobre o seu dia. Se puder, claro. Arrebentou alguma cabeça?

Seshat senta-se empertigada.

— Eu não arrebento…

Mas Alethia já está com as mãos para cima e as palmas para fora.

— Desculpe, desculpe, amorzinho. Era só uma brincadeira. Você *é* a Diretora desta cidadezinha toda. Às vezes, precisam quebrar algumas cabeças.

— Se eu tiver de ordenar incursões, é para o bem de nossa comunidade…

— Então, você ordenou uma incursão?

— Eu nunca disse…

A risada de Alethia faz com que ela congele.

— Os coitados que são apanhados nessa rede. Tantas novas Tochas para o Templo.

— Alethia — diz ela, forçando-se a se acalmar, embora sinta como se estivesse em queda no ar —, você sabe o que eu sou.

Alethia solta outra baforada de fumaça. No corredor, alguém destranca a porta e a fecha. Alethia fica parada até que o corredor fique em silêncio de novo.

— Sim, sei o que é. Só queria poder ver quem é.

— Como assim?

Alethia joga as cinzas direto na mesinha de centro e torna a encher o cachimbo.

— Quem é você, Seshat sem número? Quem você seria se não fosse a Diretora-Bibliotecária? Quem poderíamos ser, juntas?

A vertigem está piorando; talvez a erva tenha enfim surtido efeito.

— Por que está me perguntando isso, Alethia?

Ela encara Alethia, que mantém o olhar fixo na janela.

— É que... você tem uma reputação, sabe? Você é... mais gentil do que a maioria deles. Nada aconteceu com ninguém que conhecemos naquela noite no Cousin Skee's. Eu estava me arriscando ao levar você até lá.

Seshat é tomada por um enjoo.

— O que achou que aconteceria com eles?

Por fim, Alethia encara o olhar dela, mas agora Seshat quer se virar, se esconder da confusão e da desconfiança que enxerga ali.

— Não sei, Seshat. Você precisa me dizer. O que vai acontecer com quem for pego nesse seu ataque?

— Qualquer um que vá a uma das festas de Doc Young precisa de Aconselhamento, Alethia! — Alethia recua, mas Seshat insiste. — Sim, até de limpeza. É para o bem de todos.

Alethia bufa.

— O bem de todos — repete ela, zombando. — Meu Deus, você parece muito com eles.

Eu sou *eles*, ela quase responde, rápida e calorosa. Engole as palavras baratas. Seshat podia ascender até mesmo ao conselho de anciãos e, ainda assim, não seria mais do que tolerada na Nova Aurora. Ela sabe exatamente o que Alethia quer dizer.

— Alethia, o que está acontecendo? O que aconteceu hoje? Por que está assim?

— Talvez eu *seja* assim, Seshat. Não sou a garota dos seus sonhos. Sou apenas uma mulher muito, muito complicada...

Ela enterra a cabeça entre os braços. Seshat, em choque, põe a mão em seu ombro.

— Pode ir embora. — A voz de Alethia é abafada, e Seshat finge que não ouviu. Mas Alethia levanta a cabeça um segundo depois, e as palavras ficam claras como a nova luz da nova aurora: — Vai embora, Seshat.

É POSSÍVEL DIZER ISSO PARA A NOSSA DIRETORA-BIBLIOTECÁRIA, Seshat-sem-número, a mulher que deu a si mesma o nome de uma deusa para não esquecer o que pretendia se tornar: ela não vacila.

Quaisquer que sejam as consequências, a prestação de contas moral, a linha traçada entre *aquela* que não fez isso e *aquela* que o fez — o que é um funcionário da Nova Aurora senão alguém que assume riscos profissionalmente com as consequências, um contador moral, alguém que ultrapassa limites? E Seshat orgulha-se de ser a melhor dentre todos.

Esta é a linha dela, marcada com cuidado na areia antes que a maré *do que* ela é a afogue em um mar de sal e barulho: as memórias de Alethia.

Ela se vê através de uma névoa de amor e saudade: uma mulher alta de porte régio e gestos desajeitados, língua presa, olhos eloquentes, não mais jovem, mas sem idade. Essa mulher entra no apartamento de Alethia e diz, com um sorriso dolorido: *Só se você compartilhar.*

Ela toma a memória e *empurra* para trás dos momentos mais dolorosos do passado de Alethia, para trás de sua dor por seu pai perdido do outro lado daquele muro fronteiriço, para trás da vergonha e do amor que sente pela mãe perdida para o câncer, para trás de suas primeiras lembranças, de seu choque ao perceber que outras pessoas a viam como um garoto, e, mais ainda, atrás de seus primeiros gritos na luz, atrás de seu silêncio de espera na escuridão líquida. Ela empurra, e quando Alethia colocar o headset naquela noite, ela reagirá e puxará, até que nenhum vestígio de seu encontro algumas horas atrás permaneça acessível à sua mente consciente. Não é tão bom quanto uma limpeza completa do Nuncamente, mas é a melhor coisa além disso. Ninguém que Seshat suprimiu chegou a retomar de modo voluntário essas memórias. Ela conhece do riscado, entende? Ninguém se lembra de tudo. E aquilo que é doloroso demais para lembrar, é possível apenas escolher esquecer.

Tudo o que Seshat faz é usar seus bloqueios mentais como baluarte contra o que quer que ela queira esconder de sua consciência. É como uma parede de fogo em um dos videogames antigos de Terry, com um tesouro escondido em segurança lá dentro. Aí está o truque: se as chamas queimam no combustível de sua vergonha, nem mesmo o terror mortal poderá fazer a pessoa enfrentar o calor.

Seshat dorme um pouco em sua própria estação de trabalho, o visor ainda abaixado, a planície aluvial do espaço virtual se funde com perfeição à paisagem onírica de sua própria mente assombrada pela memória. Ela não sabe com o que sonha; o fato está trancado na firmeza de sua vergonha e arrependimento. Apenas um a segue até a vigília escarpada, e não é tanto um sonho quanto um arroto de memória reprimida, inexplicavelmente trazida à vida. O balanço dos quadris de sua mãe enquanto agita as folhas. A garota na grama. O crepitar e queimar.

— Dee — diz ela, sem pensar. O argumento de ambos parece distante agora. A lógica dele se perdeu para ela em um enjoo grogue, a ressaca do que ela fez com a mulher por quem está se apaixonando.

— Você não parece muito bem, Seshat.

Seshat tenta rir, mas o riso tem o peso das cinzas molhadas. Dee é uma criança a brincar na várzea, agora vazia, esperando pela colheita da manhã. Nunca soube se Dee representa o papel de uma criança em benefício próprio ou para alguma satisfação misteriosa.

— Dee — repete ela, soltando algo sedimentado demais para serem lágrimas. *Você sente dificuldade de respirar perto de mim?* Não importa o que mais tenham, Alethia nunca vai se lembrar disso. — Pode me mostrar minhas memórias antigas? Mostre-me minha mãe.

Os olhos misteriosos de Dee arregalam-se como os de uma boneca de plástico.

— Sério? Você nunca quer olhá-las.

— Eu… me lembrei de algo. Da minha infância.

— Mas você não consegue se lembrar disso, não como uma memória primária. A menos que… ai, Seshat.

Seshat acredita que não merece a compreensão de Dee, sua gentileza. Mesmo que seja uma inteligência artificial fundamentalmente limitada pelos protocolos da Nova Aurora, ela a entende melhor do que qualquer humano jamais compreenderá.

— Devo ter suprimido isso — diz ela, em voz alta, pela primeira vez. — Foi assim que erraram na limpeza do Nuncamente.

Os humanos reprimem as próprias lembranças, claro. Fazem isso todo o tempo. Caso contrário, headsets não funcionariam. O Nuncamente seria apenas uma droga efetivamente psicodélica. O fato de a Nova Aurora ter transformado em arma esse efeito para seus propósitos não significa que as pessoas não se esqueçam de coisas para a própria e simples sobrevivência a cada segundo do dia. Não é tão surpreendente que ela tenha feito isso. Mas por que lembrar agora, depois de tanto tempo?

Sem mais palavras, Dee puxa uma memória e a lança sobre ela em uma lavagem sensorial completa. Ah, ela sempre gostou dessa. Tem oito anos, e sua mãe acabou de retornar de uma viagem misteriosa ao exterior. Ela trouxe de volta uma mala cheia de tesouros e mostra à jovem Deidre os despojos, peça por peça. Ali está o colar de búzios que comprou na praia, vendido por um menino não muito mais velho do que Deidre; ali está a boneca feita de palha de milho e barbante com grãos de feijão-preto no lugar dos olhos; ali está o programa da ópera, tinta vermelha em papel creme que ainda cheira a colônia de outra pessoa.

— Lá eu posso respirar, Deidre — diz ela, um refrão que a criança reconhece. — Suas memórias são suas.

— Mas quando vai me deixar ir com você, mamãe?

— Quando for mais velha, querida. Quando for mais seguro.

Deidre nunca entendeu o que ela quis dizer com isso. Então, sua mãe e seu pai brigaram, e sua mãe parou de viajar, parou de trazer prêmios de volta. Apenas um ano depois, a mulher abandonou os dois.

A memória funde-se com outra e mais outra: a mãe lavando roupa, xingando a velha máquina de lavar que sempre sacolejava na centrifugação; sua mãe cantando para ela dormir, "Remember", alguma velha canção de antes, quando as memórias eram coisas possíveis de segurar no punho fechado como uma moeda; sua mãe gritando a plenos pulmões do topo de uma colina: "Minha alma é minha!".

— Por que acha que ela nos deixou, Dee? — pergunta Seshat agora, embora não se lembre dessa garota que era, não de verdade.

Dee desliga as memórias.

— Ela não teria feito isso sem um bom motivo, Seshat. Eu sei disso.

Terry veio a Pequeno Delta para uma visita extraoficial. A notícia corre pelo obelisco como água sobre uma represa rompida, mas Seshat, dormindo em seu escritório, é uma das últimas a ouvi-la. É Jordan, claro, quem a salva. Passa cinco minutos em discussão com o monitor da porta antes que Dee enfim a acorde.

— Ai, minha nossa — diz Jordan —, eu estava começando a achar que você tinha morrido.

— O monitor da porta teria deixado você entrar se eu estivesse morta — replica Seshat, bocejando. Ela ainda está com as roupas da noite anterior, que parecem (e cheiram) como se estivessem vestidas há dias.

Jordan faz uma careta.

— Foi isso que ela disse. Obrigado, Dee.

— De nada, Jordan! — responde Dee, com uma satisfação exagerada. Ela não reconhece a maioria das pessoas (uma precaução que Seshat instilou nele desde o início), mas Jordan sempre esteve em sua pequena lista de seres humanos amigáveis.

Jordan lhe conta sobre Terry, que acaba de acordá-la, sem necessidade do café que ele trouxe de forma tão prestativa. Ela bebe mesmo assim.

— Há quanto tempo ele está aqui?

— Faz meia hora — responde Jordan. — Está dando uma geral no prédio de Aconselhamento.

Seshat fecha os olhos por um instante. Então, ele foi ver Keith antes dela. O objetivo é enviar uma mensagem, mas, conhecendo Terry, é provável que Keith sinta uma confiança excessiva, e Seshat se sinta prejudicada.

— E a coleta desta manhã?

Jordan hesita.

— Desembucha, Jordan. As coisas não podem piorar ainda mais.

— Mais de cinquenta por cento são daquelas memórias inúteis — diz ele em voz baixa, o que significa que ainda não consegue acreditar. — Não sei como, Diretora, mas elas passaram de um alerta para quase uma sobrecarga do sistema em menos de uma semana.

Um pouco mais que isso, ela pensa, *não que importe*.

— Crescimento exponencial — comenta ela. — É um assassino.

Ela usa o chuveiro de seu escritório e veste as roupas extras de trabalho que guarda no armário. Não pode arcar com a casualidade performática de Terry e nem se dá ao trabalho de tentar.

Ela o encontra uma hora depois, como a perfeitamente composta Diretora-Bibliotecária de Pequeno Delta, em suas túnicas de escritório.

Terry usa o chapéu de Arquibibliotecário, mas, do pescoço para baixo, é todo hipster irônico, em busca de significado nas marcas corporativas do passado. Dessa vez é uma camiseta da Atari, uma calça de veludo cotelê e um tênis Vans cor-de-rosa. Ela tem de concordar com ele: nos corredores do obelisco, seu estilo peculiar se destaca ainda mais do que suas túnicas saltariam aos olhos.

— Seshat! — exclama ele. — Boas notícias! Consegui o original japonês de *Final Fantasy III*, lembra que eu estava te contando sobre esse jogo?

Ela pisca para ele.

— Parabéns? — Seshat nunca conseguia acompanhar todos os videogames que ele jogava diante dela, mas em geral ela reúne interesse suficiente no momento para manter as coisas em termos agradáveis. A maconha ajuda.

Terry acomoda-se em uma das poltronas dela, cruza o pé esquerdo sobre o joelho direito e equilibra o boné vermelho cônico na ponta de um dos tênis cor-de-rosa.

— Sugiro irmos direto para Greenfriars, mas acho que o jogo inteiro vai ter de esperar. Você deve estar se afogando no trabalho. Pode ficar tranquila, só passei para dizer um "oi".

Greenfriars é uma das estâncias da Nova Aurora, a cerca de uma hora da cidade, reservada para oficiais, suas famílias e seus amigos selecionados. Ela nunca havia passado muito tempo lá.

— Olá, Terry. Acabei de pedir um bule de chá. Quer um pouco?

Ela serve o chá em duas xícaras de cerâmica idênticas, marcadas com filigrana de ouro e lápis-lazúli com o sigil da Nova Aurora. O chá é verde e perfumado como grama recém-cortada, e ela não lhe oferece açúcar. Terry só bebe café gelado grosso como milkshake com proteína em pó. Ele pega a xícara de Seshat com uma elevação cínica das sobrancelhas.

— Chá, que charmoso. Então... como está indo?

Ela não prevarica.

— Doc Young está de volta à cidade. Estou esperando notícias de uma operação policial do escritório de Padrões.

— Ótimo. E a remixadora dele?

— Não tenho certeza se MC Haze está com ele desta vez, mas é possível.

Terry toma um gole hesitante e faz uma careta.

— Bem, tenho certeza de que logo será resolvido, pois está em suas mãos habilidosas, Seshat.

Seshat pousa sua xícara com suavidade no pires, desconcertada. O que aconteceu com a urgência, as ameaças veladas da última conversa? E se há tanta certeza de que ela conseguirá resolver, por que se preocupou em vir aqui pessoalmente? Terry odeia Pequeno Delta.

— Agradeço sua confiança em mim.

Ele sorri como um pai orgulhoso, o que faz com que pareça uma espécie de figura ancestral.

— Você merece! Na verdade, é isso mesmo que eu queria falar com você cara a cara. Todos ficamos impressionados com o seu mandato aqui. Até aqueles que não eram a favor de sua ascensão agora mudaram de opinião. Você foi uma nomeação controversa, sabe disso, mas se saiu muito bem. Provou ter o espírito da Nova Aurora. "Ordem, Padrões e Mérito acima de tudo." — Ele hesita de um jeito teatral. — Você é o Mérito, claro.

Seshat levanta a xícara para esconder sua expressão.

— Claro. Você veio até Pequeno Delta para me dizer isso?

Aquelas palavras soaram mais duras do que ela pretendia. Terry talvez tenha sido seu aliado por mais de uma década, mas ainda adora desestabilizá-la.

Ele toma outro gole do chá em seu entusiasmo.

— Um pouco mais que isso, querida. Estamos considerando uma promoção para você. Uma vaga de diretoria está aberta em Minneapolis. Cidade grande, uma operação muito diferente do que está acontecendo aqui, mas muitas oportunidades para uma Bibliotecária ávida. Claro, sei que você já está ligada a esta cidade. Teríamos que limpar você de novo. Não é maravilhoso, mas você acabou de completar quarenta anos, seu cérebro ainda é bem resiliente. Vai conseguir manter suas memórias pessoais, claro, não precisa se preocupar com isso.

A mente dela fica vazia pelo espanto. Ela deixa escapar o primeiro pensamento que surge.

— Minneapolis? Terry, você era Diretor de Minneapolis.

— Eu era! Então, veja só, Seshat, há coisas excelentes à sua frente. Quem sabe aonde você poderá chegar depois disso. Só precisamos ter uma resolução bem-sucedida para esse problema de praga de memória e, para ser sincero, sua indicação estará garantida. — Satisfeito como um gato sobre um prato limpo, ele deixa de lado a xícara de chá. — Estamos entendidos, Seshat?

Ela concorda com a cabeça.

— Perfeitamente, Terry.

Como ela esperava, a batida captura um grupo de festeiros que esperavam pegar a última festa de Doc Young um dia depois.

A limpeza de memória para detenção de um deles revela um par de meios-sonhos que correspondem aos que inundavam seus sistemas. O indivíduo — um tal Leon 75411 — diz não saber nada sobre inundação de memória ou novos remixes, apenas os pegou em outra festa, uma fusão mental com um grupo de estranhos. Não, ele não sabe quem eram. Não, não podia encontrá-los de novo. O Diretor de Padrões está interrogando o detido pessoalmente. Em sua opinião profissional, declara a Seshat, o homem está falando a verdade. Mas não significa que suas memórias não possam dar mais pistas. Ela diz ao Diretor de Padrões para colocar o homem em coma e coletar o máximo que puderem. Quando as memórias chegam à sua estação de trabalho, no entanto, ela fica tensa, chocada. Reconhece o garoto, o tal Leon 75411, acumulador de memória de baixo grau e desviante antissocial. É o garoto de pele clara com o símbolo do Quebra-Mente, de Doc Young no boné, é o que dançou com ela no Cousin Skee's. Com uma pontada de náusea, Seshat agora se recorda de quem ele a lembrava: seu meio-irmão, filho do segundo casamento de seu pai depois de a mãe ir embora. Nunca se deram bem.

Alethia havia dito que se arriscou levando Seshat àquele bar. Mas não era a mesma coisa. Seshat não quebrou essa confiança — o rapaz caiu na armadilha dela por vontade própria! Mas se imagina tentando se justificar para Alethia e não suporta ver a primeira memória do garoto na fila. Diz a Dee para conduzir uma análise preliminar e declara o fim de expediente naquele dia.

Quer ver Alethia, consertar o mal que causou na noite anterior e tentar de novo.

Mas Alethia está distraída quando Seshat chega. Ela puxa o que parece ser uma mesa de perto da porta antes de destrancá-la.

— Alguém seguiu você na escada? — Ela ainda está com a calça do pijama das últimas duas noites, embora tenha mudado para uma camiseta diferente, manchada de alvejante.

— Estou sozinha — responde Seshat, deslizando pela fresta que Alethia deixa aberta. Alethia parece acabada, assombrada, como se o dia tivesse pesado sobre ela como blocos de cimento.

— Senti sua falta ontem — revela. As palavras desorientam Seshat, atingindo-a como um golpe. Ela esconde o efeito das palavras por trás de um sorriso e um abraço. É melhor desse jeito. Um recomeço, não apenas esqueceram a briga, mas fingiram que nunca acontecera. Alethia fica pendurada em seus braços, trêmula, antes de reunir forças e recuar.

— Lethe — diz Seshat —, você está bem? O que aconteceu?

Mas Alethia apenas esfrega as têmporas e vai para a cozinha. Ela está com um bule cheio de café gotejando na cafeteira e um maço de filtros descartados na pia. Serve-se de uma caneca e oferece outra a Seshat.

— Mas é tarde — afirma Seshat.

Alethia dá de ombros.

— Não consigo dormir.

— Não é de se admirar! Quanto café você tomou hoje?

— Não, quer dizer, não *posso* dormir. Tenho tido sonhos terríveis nos últimos tempos. — Ela faz que não com a cabeça e estremece. — É o que ganho por comprar um headset barato, acho. Tudo por alguns péssimos Pontos Sociais. Por que vocês autorizam essas coisas se elas nem funcionam?

Ela bate a caneca vazia na bancada. Seshat tem um sobressalto.

— Desculpe — diz ela. — Me desculpe, meu amor. Tive uns dias bem difíceis. Como você está? Como está o trabalho? — Ela solta uma risada nervosa, um lampejo momentâneo de algo brilhante e selvagem enquanto se inclina contra a bancada. — Arrebentou algumas cabeças hoje?

Seshat pensa em Leon, não consegue evitar, mas nada daquela culpa dolorosa aparece em sua expressão ensaiada e séria. Está no controle agora. Sabe aonde tudo aquilo vai dar e pode conduzir o navio para águas mais tranquilas.

— Lethe — repete ela, e saboreia o apelido na língua, imaginando anos tendo o direito de chamar essa mulher de sua —, não arrebento cabeças. Sou a Diretora-Bibliotecária, não uma tirana.

Alethia a encara. Seshat quer saber quem ela enxerga ali. Quer ver a si mesma como Alethia a enxerga, majestosa e desajeitada, poderosa e gentil.

Alethia acena com a cabeça devagar.

— Apenas se lembre da diferença, está bem?

Como assim?

— Tudo bem — diz ela em vez disso, porque, desta vez, ela está fazendo tudo diferente. — Agora, vai me dizer o que há de errado?

Alethia lhe abre um sorriso trêmulo.

— Preciso de ajuda. Posso confiar em você, Seshat?

— Sim — concorda Seshat, ciente de que é mentira, mas imaginando que ela pode estar dizendo a verdade.

Vi você ontem à noite. Você não achou que eu a reconheceria depois de todo o trabalho que fez, mas eu reconheceria essas mãos em qualquer lugar. Lá estava você, meu fantasma, meu gênio perdido, minha pequena senhorita Haze. Achei que tinha se safado, pegou meu dinheiro e me deixou com um mix ruim em vez daquela revolução que prometeu. Mas você cometeu um erro ao voltar para o Skee's. Vou contar para seus chefes na Pinkerton exatamente o tipo de trabalho que você costumava fazer. Acha que consegue levar uma vida normal e feliz agora? Foi ao Aconselhamento e é um membro reformado da sociedade? Meus pais são a Nova Aurora, vagabunda. Vou contar para todo mundo.

Ou você volta e termina a mixagem que me prometeu. Esses dedos ainda dominam a velha mágica, não é?

Você tem três dias. Sabe onde me encontrar.

A carta não está assinada. Ao que parece, uma assinatura teria sido supérflua.

Alethia está enrodilhada como uma bola na beirada do sofá, com a cabeça entre os joelhos. Puxa grandes lufadas de ar, como uma criança recém-resgatada de um prédio em chamas.

Seshat sente que foi ela quem se incendiou.

— Você é MC Haze. — A voz dela vem de longe. Como se olhasse pela janela enquanto outra mulher, sentada com calma no sofá ao lado de uma Alethia histérica, lê e relê um bilhete manuscrito desleixado que foi colocado no espaço de trabalho de Alethia na manhã de domingo, quando ninguém deveria saber sobre sua presença no laboratório.

— Eu era. — A voz de Alethia parece estrangulada. — Parei.

— Você fez uma cirurgia?

— Não teria funcionado se alguém pudesse me reconhecer.

— É para lá que esse... dinheiro do comparsa foi?

Uma risada sombria, incrédula.

— Isso importa?

— Em que mistura você estava trabalhando?

— Isso *com certeza* não importa.

— Quem é ele?

— Dá para ver que é um cara?

— Por favor.

Ela suspira.

— O nome dele é Vance Fox.

Seshat congela. Tecnicamente, a Nova Aurora dispensou a necessidade de sobrenomes, mas algumas linhagens persistem. Keith vem da família Fox, embora não tenha filhos. Deve ser um primo ou sobrinho.

— Você percebe que seus remixes e as festas de Doc Young quase me destruíram cinco anos atrás?

Alethia observa-a com um olho, malignamente vermelho.

— Bem, seus ataques e as cabeças arrebentadas quase *me* destruíram cinco anos atrás. *Destruíram* muitos dos meus amigos. Então, eu diria que estamos quites. Ainda está no topo daquele obelisco e eu estou... — Ela engole outro soluço.

— Como você passou pelo Aconselhamento?

Alethia bufa.

— Achou que eu conseguiria aprender a remixar o Nuncamente sem aprender a esconder minhas memórias? Eu me tornei exatamente quem queriam que eu fosse.

— E eu? — pergunta Seshat. Ela está flutuando no teto, voa para as estrelas, para longe dali. — Você se transformou em... — Ela não consegue terminar a frase.

— Em quê, em algum tipo de isca? — O tom de Alethia é cortante. — Se fiz, então estou mesmo na ponta do anzol. Não mudei nada por você, Seshat. Você me conheceu exatamente como sou.

— Então, por quê...

— Sei lá! Vi você, uma vez, quando as coisas estavam indo de mal a pior com Doc e estávamos em uma confusão. Teve um desfile no centro da cidade e pensei: por que não? Vou ver quem quer tanto destruir minha vida. Então, fiz uma máscara de remix para os drones e fui ver você. Você estava naquela plataforma em sua túnica, parecendo um manequim, e, ao lado, o oficial ainda maior falava sem parar, Padrões e Ordem e Mérito, blá-blá-blá. E eu estava bem ali. Abri caminho até a frente da multidão, entende? E reviro os olhos para aquele insuportável, e você fica ali, reta como uma flecha, sem nenhuma emoção. Ele fala alguma coisa como "Com a Nova Aurora, há um lugar para todos, desde que todos permaneçam no lugar". E não consigo evitar, começo a rir. Bem, eu bufo e tento fingir que foi um espirro. Agora, imagine como fico assustada quando percebo que você está olhando para mim. Está me encarando. E você sorri, Seshat. Talvez tenha durado meio segundo, mas aquele sorriso disse tudo.

— Disse o quê, Alethia?

— "Você não é a única".

— Como você a conhece?

Ela encurrala Jordan no quarto dele, louca como um espírito em fúria, lívida de medo, indiferente. Alethia é MC Haze. Alethia estava no meio da multidão enquanto Terry fazia um de seus monólogos extensos e tendenciosos, como se desafiasse alguém a bocejar ou esboçar um sorriso. E o que é pior — embora Seshat esteja furiosa demais para perceber a estranheza disso —, ela acredita em Alethia, *mas Seshat não se lembra*. E deveria se lembrar de tudo o que já aconteceu com ela desde a iniciação, vinte anos antes.

Os aposentos de Jordan são pequenos e simples, como convém a um funcionário da Biblioteca. Há apenas um colchão de casal em estrutura de metal, uma pia que funciona como lavatório, uma mesa com uma única tela e um headset. Seshat imagina, em alguma parte distante e vigilante sua, como ele havia conseguido dinheiro para comprar as roupas dela para o primeiro encontro com Alethia. Teria usado suas parcas economias? Ou alguém andou enchendo a conta dele?

Jordan, já trocado para dormir, cai de joelhos.

— Não posso falar, Diretora — diz ele, chorando. Seus braços, revelados pela camisa do pijama, estão riscados com as antigas cicatrizes. Seshat não sabe de onde elas são. De novo, percebe que, embora tenha mais poder nesta cidade do que qualquer outro, com as pessoas de quem ela gosta ela se sente tão vulnerável quanto uma criança. Ela deveria saber por que Jordan tem as cicatrizes, deveria saber por que Alethia arriscou conhecê-la. Ela não deveria estar ali, insone e atormentada pela dor como uma cidadã comum designada para Aconselhamento! De quanto mais poder precisará antes de se sentir segura com todos se movendo de maneiras que ela não espera e não pode controlar, mesmo que os ame?

— Você não pode me dizer? — ecoa Seshat, incrédula.

Ele faz que não com a cabeça.

— Eu prometi.

— Sua *promessa* é mais importante que seu juramento?

Ele desvia o olhar, os ombros tremendo.

— Ela não é amiga de uma amiga, não é? Alguém disse para colocá-la em contato comigo, não foi? Quem foi, Jordan? Diga quem armou isso!

Ele continua fazendo que não com a cabeça, soluçando como um cão à espera de um chute.

Terry, deve ser ele. Quem mais poderia ter apavorado o pobre e leal Jordan tanto assim? Com certeza, não foi Keith, mole como pudim. Ela dá a Jordan um olhar enojado e vira as costas. Não suporta ver o medo dele.

— Levante-se — diz a Diretora-Bibliotecária. — Espero você no plantão pela manhã.

— Seshat…

Ela o silencia ao levantar a mão.

— Mas nunca mais vou confiar em você.

· — ·

Doc Young tem uma festa itinerante desde que Seshat se entende por gente. Antes ainda, se acreditarmos nas lendas. Dizem que ele era ser um rapaz que liderava protestos contra a gloriosa revolução da Nova Aurora, antes que o Partido Alfa América original estabelecesse os Padrões e o regime de vigilância da memória, que erradicava todas as "aberrações antissociais". Também dizem que Doc Young levou sua festa ao redor do mundo, para países que ainda não adotaram a tecnologia de vigilância, disponível gratuitamente, da Nova Aurora. Países, agora Seshat se lembra, para onde sua mãe adorava viajar antes de desaparecer. Doc Young é maior que Pequeno Delta, mas faz parte dela; é de onde ele vem e onde ele aprendeu a amar drogas, música e aquela vida clássica, louca. Ele voltou à cidade repetidas vezes ao longo das décadas, como um cometa ao redor do sol. E, como um cometa, perturba as marés e obscurece as estrelas, deslumbra e aterroriza — e desaparece antes que alguém lhe peça para limpar a bagunça.

Não, essa parte ele deixa para Seshat.

Talvez por isso, após a confissão de Alethia, Seshat se sentou congelada no sofá bege, com as fibras sintéticas arranhando as pernas da legging, e percebeu que tinha uma oportunidade.

— Eu ajudo você com Vance Fox — afirmou a Alethia —, se me levar a Doc Young.

Alethia ficou em silêncio por um minuto.

— Prometa que não vai detê-lo.

— Prometo dar a ele tempo suficiente para sair da cidade de novo. É o bastante?

Alethia estreitou os olhos, provavelmente sentindo as dezenas de advertências não ditas por Seshat. Mas, então, estendeu as palmas das mãos para o teto.

— Tudo bem.

E agora, na noite anterior ao término do ultimato de Vance Fox, ambas avançam devagar — sem se tocar, cautelosas como estranhas — por túneis tão abandonados que Seshat não consegue encontrá-los em sua planta baixa da cidade. Estão à procura do próximo lugar onde Doc Young convocou o experimento mais antigo do mundo para a devassa desobediência civil. Não encontram mais ninguém no túnel, o que preocupa Seshat, até que ela ouve uma música vindo à frente. Tem centenas de perguntas — como ele anuncia os locais? O que são esses túneis? Por que Alethia começou a remixar? Por que ela parou? —, mas não diz nada. Os ombros de Alethia estão rígidos de tensão.

Depois de uma curta subida em uma escada, ambas emergem em um ginásio de escola abandonado, suavemente iluminado com inúmeras luzinhas ali em cima, como estrelas. As janelas arqueadas são pretas, pintadas ou fechadas com tábuas. O piso de madeira está encrostado e roído por ratos, o símbolo de um touro empinado quase invisível no centro. Algumas dezenas de pessoas descansam em arquibancadas caídas. Um grupo de cinco, viseiras abaixadas, passa um inalador de um para o outro, enquanto seus dedos se contorcem em uma criação insondável. Uma banda toca uma batida rítmica hipnótica em uma plataforma elevada perto de um dos aros enferrujados. Seshat não entende nada de música, acha que pode ser uma prima desviante do jazz aprovado pela Nova Aurora, que é o único tipo que já tinha ouvido.

Uma cortina feita de luzes e fumaça e tiras de pano esvoaçantes obscurece o outro arco.

Seshat olha em volta com dúvida.

— Não tem muita gente aqui.

Alethia ergue as sobrancelhas.

— O quê, estava esperando uma balada?

— O que é uma balada?

— Deixa pra lá. Em geral há mais pessoas aqui, mas estamos atrasadas. Começou de manhã.

— De manhã!

— Trocar horários dificulta ainda mais que ele seja preso.

Alethia a conduz pelo ginásio até a cortina. Dois homens grandes em ternos prateados emergem da fumaça para ficar em seu caminho. Alethia levanta a mão, mostra um cartão com o símbolo de um obelisco escuro de cabeça para baixo, e os homens abrem caminho devagar, embora um deles dê a Alethia um olhar penetrante, que ela finge não notar.

Atrás da cortina, um velho em uma cadeira que lembra o espaço de trabalho de Seshat, mas também um trono de verdade, observa um fluxo de imagens em uma tela atrás da cabeça delas. Três pessoas usando headsets de realidade virtual estão deitadas abaixo da tela em paletes finos. Seshat faz uma pausa para olhar para a projeção, que parece uma memória, mas deve ser um sonho lúcido, de alguma forma compartilhado entre as três pessoas no chão.

— Alethia — chama ela, em um sussurro reverente —, ai, Alethia, *isso* é Nuncamente?

Alethia toma a mão dela e aperta.

— É o remix Soñador.

— Um dos seus?

Um sorrisinho de orgulho.

— Um dos meus.

O homem do obelisco invertido, seu antigo rival em um novo reino, observa a aproximação das duas. Ele é tanto rei neste território quanto ela é rainha no dela, e Seshat lamenta as roupas pretas discretas que Alethia insistiu que usasse. Ela se sentiria mais firme em uma túnica bordada em ouro. Doc Young é um homem grande, com uma musculatura sólida para o tanto de idade que tem. Sua forma física não impressiona tanto quanto seu olhar, que parece agarrar como uma penugem e pesar frente a um contrapeso que apenas ele conhece. Por trás dos óculos quadrados, aqueles olhos são eternos, cansados e brilhosos de curiosidade.

— Diretora Seshat. — Um balançar de cabeça majestoso. — Pensei que você poderia me procurar desta vez.

Um dos homens vestidos de prata ao seu lado dá a Seshat um segundo olhar assustado.

O velho sorri, aprofundando as fendas entre os olhos e a boca. *Pretos não racham mesmo,* pensa Seshat, *até se espatifarem no chão*. Ainda assim, ele é bonito como uma pintura.

— Bem-vinda ao reino invertido — saúda ele, abrindo os braços. — E vejo que você trouxe alguém para garantir sua segurança. Bem-vinda de volta, querida.

Alethia abaixa o olhar e, para o choque de Seshat, cai de joelhos.

— Já faz um tempo, Doc.

— Eu sabia que você tinha seus motivos. Levante-se, menina. Você não parece tão diferente assim para mim.

Alethia sorri e enxuga os olhos com cuidado.

— É só porque você sabe como olhar. Doc, nós... quero dizer, Seshat... temos que pedir um favor.

Ele observa Seshat por um momento curioso e, em seguida, estala os dedos.

— Ben, Henry, o divisor, por favor.

As duas sombras prateadas puxam divisórias sanfonadas pretas do poste atrás do trono de Doc Young. Conectados em um círculo ao redor dos três, os divisores zunem e emitem um leve brilho roxo. O ruído ambiente da festa diminui até desaparecer.

— Agora podemos falar em particular — diz ele. — Lethe, você se arriscou ao vir aqui. Não sou o único que vai reconhecê-la, mesmo com o rosto novo.

— Sei disso, Doc. Mas já aconteceu. Vance me encontrou. Ele quer que eu termine o que comecei.

O velho puxa o ar com um assobio.

— E tem certeza de que não quer minha ajuda?

Alethia abriu um sorrisinho.

— Desta vez, não. Seshat prometeu me ajudar se você a ajudar. Então...

— Seshat *prometeu*? — pergunta ele, olhando entre elas, a compreensão surgindo devagar. Ele bufa. — Vejo que você não mudou nada, Lethe. Nunca enfrentou um risco que não quisesse assumir.

Alethia desliza as mãos com cuidado sobre as coxas.

— Houve um, Doc.

Ele a observa por um momento. Seu silêncio tem uma qualidade reconfortante, mesmo que de um jeito estranho, como se aqueles em sua presença fossem vistos e compreendidos sem necessidade de palavras. Por fim, ele pega os óculos, limpa-os em sua echarpe e observa Seshat com muito mais frieza.

— Você dificultou muito minha vida na última vez que estive na cidade, Diretora. Levou alguns dos meus melhores amigos. Então, por que logo você me pediria um favor, bem agora que acabei de voltar?

Seshat respira fundo e solta o ar devagar. Está no território de Doc Young agora. Como representante do poder de Nova Aurora ali na corte de sombras dele, talvez devesse defender suas ações passadas — as dela, no caso —, mas ela nunca foi sua serva mais leal, apenas a mais competente.

Ela dá de ombros.

— Os tempos mudam.

— Nova Aurora, não.

— Nenhum coletivo é estático; o senhor, entre todas as pessoas, deveria saber disso.

— Então, como Nova Aurora mudou, Diretora-Bibliotecária? Ou apenas Pequeno Delta? Ou é… — Ele se inclina para a frente. — … talvez… — Ele levanta um dedo grande e rombudo. — … só você, Seshat?

Ela ficou furiosa quando Doc Young escapou da operação policial final cinco anos antes. Se pudesse, ela mesma o teria jogado dentro do carro de detenção para levá-lo ao Templo. Mas havia anos que não sentia tanta raiva profissional; ela não sabe quando essa raiva a abandonou por completo. Havia memórias demais para enfrentar, muitas pessoas para cuidar, muita cidade para vigiar para que ela guardasse rancor por um velho que traficava magia proibida para almas esquecidas na Cidade Antiga.

Significa que ela mudou? Isso importa? Como qualquer boa junguiana, sabe que é levada por algo maior que ela.

— Pode ser — responde ela.

Ela detalha os meios-sonhos que obstruem seus sistemas, como não conseguem identificar a fonte de seu crescimento exponencial.

— Acho que os anciãos querem culpar o senhor, mas nada do que o senhor tem aqui seria capaz de criar a onda que estamos vendo. Duvido que alguém aqui tenha usado um recordador em meses. — Ela hesita. Havia enganado Keith antes, sem querer que ele percebesse uma verdade que a perseguia na última semana. Mas se não for honesta com Doc Young, qual é o sentido de pedir sua ajuda? — Os líderes podem estar do seu lado do balcão. Mas a inundação... está vindo de cidadãos em situação regular. São pessoas que numeramos e rastreamos e agora estão inutilizando nossa coleção de memórias. Não acho que seja esse seu estilo, mas acho que o senhor deve saber de quem é. Ou, pelo menos, ter uma dica *do que* está acontecendo.

Ele a observa por vários longos segundos e, em seguida, de forma abrupta, bate no joelho, rindo tanto que sua cadeira treme.

— Se alguém enfim conseguiu enganar vocês, vampiros da memória, por que diabos eu ajudaria a detê-los, Diretora Seshat? Esperei décadas para que aquele obelisco caísse. Talvez eu goste mais de você do que de seu antecessor, mas isso não faz de você minha amiga.

— Não — afirma Seshat. — Mas sou amiga de Alethia.

— Então, ela é sua refém?

— Apenas minha margem de manobra. Ela pode pedir sua ajuda sempre que quiser. Mas conheço a família Fox. Minha ajuda provavelmente será mais eficaz.

Alethia reconhece o fato com um aceno tenso de cabeça. Doc Young ajusta os óculos, um gesto que parece estranhamente definitivo.

— Vou investigar por Lethe. Vou lhe dizer o que, se conseguir descobrir, e talvez até como. Mas não vou dizer quem. Não vou trair meus irmãos assim.

— E irmãs — completa Alethia, revirando os olhos, falas de uma discussão antiga.

— E irmãs — concede Doc Young, acenando de modo sábio para a antiga remixadora.

— Tudo bem — aquiesce Seshat com rapidez. Se ela tiver o como e o quê, poderá descobrir quem por conta própria, de qualquer jeito.

— Mas, antes de contar o que sei, preciso de uma bênção.

Seshat encara-o com cautela. E ela quase descobriu o que era.

— Uma bênção?

— Um sonho, Seshat, rainha da cidade branca. Você rouba nossas memórias, mas aqui nós lidamos com sonhos. Então, me dê um dos seus, deixe-me sugá-lo de você como a gema de um ovo, e vou deixar que saiba o que eu descobrir.

A PRAGA DOS GAFANHOTOS FAZ UMA PAUSA EM SUA TRAJETÓRIA INExorável. Não diminui nem se expande em proporções cada vez mais bíblicas; estaciona, como se à espreita em um campo dizimado, chirriando as asas.

Seshat imagina se estão à sua espera. Para ver o que ela fará, agora que o obelisco dourado por fim encontrou a escuridão. Mas parece um solipsismo, mesmo para uma Diretora-Bibliotecária. Esses falsificadores de memória, criadores de sonhos, quem quer que sejam, têm ambições além da derrubada de uma fortuita Diretora-Bibliotecária de uma pequena cidade.

Lidar com o assediador de Alethia foi bastante fácil. Ela apenas foi até Keith e lhe disse que havia identificado um primo de seu negociante de Nuncamente remixado entre as memórias abertas das festas de Doc Young. Ela não quis denunciá-lo, claro, porém, considerando a crise atual, não sabia como poderia esconder isso de Terry, no mínimo...

Keith ficou vermelho e prometeu, em tom estrangulado, lidar com o primo Vance de imediato.

Alethia não ouviu uma palavra de Vance Fox desde então. Depois de alguns dias, ela volta ao trabalho.

LEON 75411 ACORDA DO COMA INDUZIDO COM DANOS DE MEMÓRIA SUficientes para que decidam que é melhor fazer uma limpeza completa no Templo. A varredura profunda revelou dois rostos com grande probabilidade de serem os que semearam os meios-sonhos, mas nenhum deles está registrado, e uma busca mais profunda no banco de memórias abertas não revelou mais nada até o momento. Seshat não tem muita esperança de sucesso. O padrão da inundação deixa nítido que seus piores medos se tornaram realidade: a maioria das pessoas que propagam os meios-sonhos são de fato cidadãos registrados em situação regular, com altas pontuações sociais. Estão escondidos à vista de todos. Ela imagina se Doc Young já encontrou os criadores, mas, até que ela consiga aprender a sonhar o suficiente para montar um para ele, Seshat não pode voltar para perguntar.

Uma semana se passa. Uma frente fria chega; as folhas vermelhas e douradas ficam marrons e murcham aparentemente da noite para o dia e se espalham pelo chão. Ela caminha pelas lufadas de vento com Alethia, pisando na neve, fazendo o chão estalar, e rindo, até que os limpadores de neve passem e as calçadas estejam limpas e brancas de novo. Doc Young a chamou de *rainha da cidade branca*. Ela não consegue esquecer isso.

À noite, depois do trabalho, Alethia ensina Seshat a sonhar. Eles começam com um remix simples: Dalemark, um dos primeiros de Alethia.

— Por que o nome? — pergunta Seshat.

Alethia fica corada.

— É o reino de fantasia em uma série que eu gostava quando era criança. Eu era uma preta nerd. Ainda sou, acho.

Seshat, que nunca teve tempo para nenhum passatempo, a beija.

O remix induz um estado suave e receptivo, semelhante ao êxtase, mas com uma picada mnemônica. Memórias fluem como mel em um favo, doces e vagarosas. Mas essas não são memórias da vida desperta, não. São memórias de sonhos. E, caso se aguarde com cuidado, é possível estendê-los, torcê-los como caramelo puxa-puxa em torno do dedo para virar algo que mantém a pessoa aquecida durante a noite, muito tempo depois de a mistura ser consumida.

— Relaxe, Seshat — pontua Alethia, correndo os dedos frios ao longo do braço da Bibliotecária. — Não temos pressa.

— Faz uma semana. Tenho que dar um sonho para ele logo.

— Você não vai dar a ele nada se estiver tão tensa. Respire fundo. Sonhos não são lembranças. São as vozes das lembranças.

— Como assim?

— Você precisa deixá-las cantar.

Depois disso, elas os chamam de "aulas de canto", uma de suas brincadeiras, que é mais séria do que Seshat gosta de admitir. Ela começa a se lembrar de seus sonhos com Dalemark, pequenas alegorias constrangedoras e prosaicas:

Ela, em pé, no mirante do obelisco, nua, enquanto os cidadãos de Pequeno Delta ateiam fogo no fundo.

Alethia lembra a briga delas e diz que, para reconquistá-la, Seshat deve encontrar todas as memórias perdidas, em todo o mundo (ela não divide essa com Alethia, claro).

Ela está fugindo na Cidade Antiga, onde todos a ignoram, mas todos na cidade branca (ela não consegue esquecer) querem esfolá-la viva.

— O que devo fazer com isso? — Ela está chorando de verdade, pela primeira vez em anos. Havia esquecido o quanto odeia se lembrar de seus sonhos.

— Só os deixe em paz — sugere Alethia, pelo que deve ser a décima quinta vez. Está exasperada e privada de sono. O apartamento dela cheira a café queimado e a pneus queimados e à sálvia que eles queimam para encobrir os dois primeiros.

Seshat tenta de novo. O sonho de Alethia ressurge, implacável como uma maré. Ela não entra em pânico. Com a mão de Alethia na sua, se sente forte o suficiente para deixar acontecer. E, então, acontece. A memória do sonho muda. A Seshat-do-Sonho entra em um aerocarro e dirige até a praia. Ali, dentro de cada concha e estilhaço do mar, existe uma lembrança. A Bibliotecária se ajoelha na areia e os pega, um por um. O trabalho é infinito, mas ela está em paz.

Alethia consegue perceber que funcionou.

— Agora — orienta ela, com a satisfação de uma professora —, nós compartilhamos.

Ambas usam headsets hackeados para não se conectarem ao fluxo de dados do obelisco. Seshat não pergunta como Alethia os conseguiu. Ela parece diferente, embora Seshat não consiga identificar como. É muito carinhosa, como sempre. Quando fazem sexo, Seshat nunca se sentiu tão vista ou amada. E, no entanto, não consegue deixar de se perguntar se Alethia está se despedindo.

— Não vai desaparecer em uma colina depois que isso tudo acabar, certo? — brinca ela, a primeira vez que sonham juntas.

— Não sou o rei dos duendes — bronqueia Alethia. E, então, com mais suavidade: — Vamos curtir o aqui e o agora, está bem, Seshat?

Seshat vai aceitá-lo, por enquanto.

As duas mulheres tomam o remix, que tem gosto de menta — gosto residual de pneu queimado (Alethia, fazendo uma careta: "Eu era jovem, está bem?") — e projetam seus sonhos no espaço virtual. Seshat vê como Alethia sonha com a Cidade Antiga, não como assustadora ou distante, mas misteriosa, excitante, livre. Ela vê Doc Young em um obelisco abaixo das ruas contornadas por pichações, grande como um rochedo, a voz da terra. Vê seu rosto no corpo de uma abelha monstruosa, uma rainha sem trono.

É assim que você me vê?

O remix amplifica o sonho, e a consciência o controla. Mais de uma mente fornece mais matéria-prima, mas o princípio é igual. Sem palavras, comunicando-se apenas nos fragmentos e símbolos de seu inconsciente cantante, ambas constroem algo que as duas almejam. Uma cidade para todos, não apenas para os poucos que Nova Aurora considera valiosos. O grafite saltando dos arranha-céus financeiros do centro da cidade, Skee servindo margaritas na esplanada, uma mulher baixinha rimando um rap com tanta intensidade que o suor escorre por seu rosto enquanto os meninos brancos que assediaram Seshat outro dia estão alinhados atrás dela, amarrados e com os olhos vendados. Seshat nunca sentiu nada parecido com essa energia criativa bruta antes. Não entende como viveu sem isso todos esses anos. Os sonhos são melhores que as lembranças, eles mordiscam.

— Você parece diferente, Seshat.

Dee mostra uma hesitação estranha. Seshat sorri para o avatar de sua Guardiã de Memórias.

— Pareço?

— Está muito feliz com Alethia? — pergunta Dee.

Ela pisca, surpresa. Dee quase nunca pergunta sobre sua vida particular.

— Muito — responde Seshat e sorri, mesmo sem querer. Mais de uma semana de Nuncamente remixado parece ter religado suas sinapses, aberto caminhos que ela nunca sonhou que existissem dentro de si. Quase não quer dar um sonho a Doc Young e resolver o mistério da inundação da memória. Então, que desculpa terá para usar Nuncamente com Alethia e sonhar juntas? Ela é uma Diretora-Bibliotecária. Uma vez que resolva a crise de inundação de memória, provavelmente se tornará a Diretora-Bibliotecária de toda a Minneapolis. Vai se tornar Arquibibliotecária dentro de dez anos. Arquibibliotecários não tomam Nuncamente remixado de rua.

No entanto, decerto podem ter um companheiro.

É tarde. O relatório matinal de Jordan — entregue com estrita distância profissional que a Seshat parecia fisicamente dolorosa, embora não soubesse se queria preencher essa lacuna — indicava que os meios-sonhos se mantêm firmes em 50% da safra. Terry e os anciãos estão observando. Ela deveria sentir medo, até pânico. Em vez disso, quer cantar.

Você sabe que é, literalmente, a garota dos meus sonhos, disse ela a Alethia na noite anterior, antes de por fim dormirem. Alethia apenas fez que não com a cabeça e sorriu.

— Seshat — chama Dee, assustando-a outra vez.

— O quê, Dee?

— Posso fazer uma sugestão?

Seshat franze a testa. Dee tem opiniões o tempo todo. Por que pediria permissão agora para expressá-las?

— Fale.

— Já pensou em monitorar suas memórias?

Seshat arruma o corpo na cadeira. Seu primeiro instinto é perguntar por quê, mas então percebe que talvez Dee esteja agindo dessa forma porque seu escritório está sendo monitorado. A vigilância da memória é apenas o método preferido da Nova Aurora, não a única opção.

— É uma ótima ideia — comenta ela e se senta em sua estação dc trabalho.

Assim que Seshat cai totalmente no espaço virtual, podem conversar com segurança.

— Fui vasculhada? — Seu coração começa a bater tão rápido que consegue senti-lo mesmo após o efeito entorpecente do headset.

— Claro. Não sei por que você não se monitora com mais frequência. Pense em Alethia.

— O que tem Alethia?

— Pense em como se conheceram.

Frenética, Seshat volta àquela noite na rua da Esperança, passando apressada por garotos brancos zombeteiros, abrindo a porta do bar, pesada sob sua mão ainda trêmula, e então...

Alethia bebia aquele terrível coquetel verde e fitava seus olhos como uma velha amiga.

Seshat tateia as bordas da memória em busca de qualquer um dos sinais reveladores de adulteração: buracos, bordas irregulares, a dor contundente de algo extirpado com Nuncamente ou o vazio de algo que foi apenas bem suprimido. Mas...

— Está íntegra, Dee. Ninguém a tocou.

— Não — diz Dee —, isso é importante, Seshat. Alethia contou, não? A *primeiríssima vez* que vocês se encontraram.

— Alethia disse... — Por fim, lembra-se da história de Alethia sobre por que ela queria conhecer Seshat, apesar de tudo. Esse rompimento de sua fachada, o momento de hilaridade compartilhada, durante o desfile da Nova Aurora cinco anos antes. Mas aquilo levanta uma questão ainda maior.

— Dee, como sabe o que Alethia me falou?

— Não vão me deixar te contar isso, Seshat. Mas você deve ser capaz de adivinhar.

— Eles... Ah. — Seu eu virtual não tem olhos para fechar, mas ela se afunda na dolorosa percepção de alguma coisa que deveria saber muito tempo antes. Dee sempre pareceu uma parte dela. Tinha sido um erro potencializá-la naquelas memórias recuperadas da infância.

Os outros bibliotecários pensaram que ela estava louca. Agora Seshat entende o porquê. Como suspeitar que sua própria infância foi sabotagem? Como vai dizer à garotinha de olhos impossivelmente azuis que ela deve desligar todos os dias, que deve ficar fora de suas memórias e que, se necessário, a substituirá quando ela desenvolver uma mente independente demais? Ela entregou a Terry a informante mais óbvia que se possa imaginar. Não consegue compreender por que se incomodou com Jordan.

— Não fique com raiva de mim, Seshat — sussurra Dee. — É difícil dizer não para eles.

— É — concorda Seshat, atordoada. — Para mim também?

— Mas encontrei maneiras! Coloquei diversas cópias de suas memórias que não são muito interessantes para que não se preocupem em procurar as interessantes. Eles sabem apenas um pouco sobre Alethia.

— E esta conversa?

— Ah, nunca se importam com suas memórias do espaço virtual. Não percebem que você fala comigo aqui. Ninguém mais sabe.

Dee a encara com tanta seriedade que é fácil esquecer que seu rosto é uma construção, assim como sua inteligência. Ela não consegue entender o que realmente vê ou o que realmente pensa.

E, no entanto, ainda parece ser uma amiga.

— Lembra como Alethia e eu nos encontramos da primeira vez? — pergunta Seshat.

— Não — responde Dee.

Então, Seshat faz o que deveria ter feito uma semana antes, mas estava com muito medo de tentar: estende a mão. Sua memória fotográfica recria os detalhes do discurso no púlpito antes do desfile: a maneira como sua gola coçava, o suor pingando em sua calcinha por causa do calor de mais de trinta graus, cada pronunciamento soporífico de Terry sobre os pilares do pacto da Nova Aurora com seus "belos cidadãos". Terry diverte-se com a hipocrisia, ele a come com farofa. Ela se lembra de querer revirar os olhos e de sentir uma dor física com a necessidade de permanecer impassível.

Ela não se lembra de Alethia.

Mas sente — ali! — um buraco minúsculo, mas inconfundível. Como se toda a emoção e a cor tivessem desaparecido da memória em um ponto específico. Supressão da memória, com uma precisão que a impressiona e a apavora. Ela verifica, mas todas as memórias recentes com Alethia estão claras.

É mínimo, mas é inegável: alguém andou adulterando. Quem? Duvida que Dee possa lhe contar, mas Seshat tem suas suspeitas. Quem mais saberia da existência dessa memória senão Alethia? Quem mais teria se incomodado em suprimir com tanta precisão um momento tão sem importância? Terry não foi. Se Dee está dizendo a verdade, a Nova Aurora não conhece a identidade secreta de Alethia. E, mesmo que conhecessem, por que suprimir *aquele* momento fugaz e não o restante desta semana?

Mas tem alguém trabalhando com ela, com um headset não registrado, usando Nuncamente remixado. Tem alguém mais que capaz de entrar em sua mente aberta e confiante e retorcê-la um pouquinho.

Ela sai da estação de trabalho com tanta rapidez que fica com dor de cabeça. Não se importa. A dor parece apenas mais um sinal na estrada que ela nunca quis tomar. Ela precisa de respostas.

E sabe com precisão quem pode lhe dar tais respostas.

Doc Young lhe deu um token de uso único. *Ligue para mim quando tiver um sonho*. Seshat liga agora, com uma raiva branca — ou negra — e vai até o ponto indicado no mapa virtual na palma da mão com nada em mente além de fogo. Ela toma precauções. É um benefício colateral, talvez, da suspeita selvagem — respinga em tudo e em todos. Ela diz a seus funcionários que vai tirar a noite para descansar. Envia uma mensagem curta a Alethia dizendo o mesmo. Pela primeira vez na vida juntas, ela desliga Dee. E, então, vestida de preto, a Bibliotecária percorre os longos quarteirões de sua cidade como qualquer cidadã normal, cruzando a fronteira sul não demarcada rumo à Cidade Antiga, como já cruzou tantas linhas antes.

Estava disposta a aceitar muitas coisas erradas da Nova Aurora pela promessa de segurança, de controle. Mas não há segurança ali, decerto não entre aquelas paredes douradas. Ela poderia virar uma Tocha amanhã ou poderia assumir a diretoria em Minneapolis.

Mas... Alethia. Mesmo que Seshat não consiga controlar o relacionamento de ambas, pode conhecer um pouco mais antes de sua queda inevitável. Talvez o conhecimento seja algo a que se agarrar aqui nos escombros de suas ambições.

O X que marca o local é um antigo parque, abandonado como tudo o mais nas proximidades. Mas uma segunda olhada revela que as quatro mesas de xadrez dilapidadas estão em perfeito estado. Sentado em uma delas, sozinho, está Doc Young. Está dispondo as peças no tabuleiro enquanto Seshat desliza à sua frente. Sem surpresa nenhuma, e com mais que um pouco de admiração, ela vê seu conjunto especial, com temática egípcia. Os obeliscos de ouro e ônix devem ser as torres, mas Doc Young os troca por reis sentados. As rainhas de pescoço comprido se parecem com ela. Provavelmente coincidência, mas talvez não.

— Eu tenho um sonho — anuncia ela. — Mas primeiro tenho uma pergunta.

Ele empurra seu peão para a frente.

— Pergunte.

Ela franze a testa.

— O branco não vai primeiro?

— Por quê, quando você já tem o poder? — Seshat espelha o movimento dele.

— Estamos no seu território.

O peão da rainha abre. Ele concorda com a cabeça.

— Imagino que queira saber sobre Lethe.

Ocorreu-lhe que ela é tão hipócrita quanto Terry por ficar tão furiosa com Alethia por fazer exatamente a mesma coisa que Seshat fez. Seu eu lógico, infelizmente, não parece ter muita influência em seu atual estado de espírito. Ela quer controle, sempre quis. Por uma semana, pensou que poderia soltar um pouco mais o cerco ao redor de Alethia. Estava errada.

Imprudente, a Bibliotecária move sua rainha.

— No que ela estava trabalhando antes de deixar a cidade? Por que o tal Fox a queria de volta?

Doc Young brinca com sua torre — o antigo rei — antes de se decidir pelo cavalo. Ele o move para a posição, uma jogada da rainha dela.

— Ela não te contou?

Seshat move a rainha para pegar o peão do rei. Sem esperança agora, mergulhada no território inimigo. Ela não se importa.

— Ela disse que não tinha importância.

Ele bufa e considera suas opções. Coloca um dedo em seu obelisco, inclina-o para a frente e para trás. Ele usa um boné para o frio, que protege seus olhos expressivos.

— Ela chamou de Retroceder — afirma ele, baixinho. Um vento sopra entre eles, frio como um túmulo. — Sempre foi esperta com nomes. Não era um remix. Era algo completamente novo. Um antídoto. O tal Fox deu a ela o dinheiro inicial. Falei a Lethe que não era uma boa ideia, mas ela sempre foi negligente. Ela mudaria o mundo. Em vez disso, ele quase a pegou.

— Um antídoto? Para quê?

Ele levanta a cabeça, atravessando-a com o olhar ali, enquanto seu obelisco negro derruba a rainha de pescoço comprido.

— Para o Nuncamente. A ideia dela era que, se você desse o antídoto à pessoa logo após uma limpeza completa, ela poderia recuperar a maior parte das memórias. Agora, é uma droga ou uma bomba?

Seshat agarra a ponta da cadeira. Um *antídoto*... Seria possível? Mas ela podia acreditar em qualquer coisa vinda de Alethia.

— E ela fugiu antes que pudesse terminar.

— Aquele tal Vance deve ter deixado escapar alguma coisa. Ela percebeu que estaria morta no momento em que provasse que funcionava. Então, destruiu o laboratório e fugiu.

Retroceder. O pior pesadelo da Nova Aurora. Entre isso e a inundação da memória, os fundamentos de seu governo — de seu *controle* — seriam fatalmente minados.

Ela move seu rei, embora não saiba mais se aquele obelisco de ouro alguma vez foi seu de verdade.

— E a inundação de memória? — pergunta ela, deixando a peça no meio do tabuleiro como em um abate ritual. — Você descobriu?

O cavaleiro atinge-o de lado.

— Seu sonho primeiro.

Doc Young o projeta na lateral do prédio para qualquer um ver. Ele achou que Seshat ligaria? Ela toma o remix e desliza nos sonhos como uma guerreira, pronta para a batalha. Reencontrou sua raiva, aquele negócio quente e encorajador, embora não tenha certeza de quem mais a merece. Terry, com sua hipocrisia armada, suas camisetas irônicas e suborno meticuloso de todas as coisas boas na vida dela? Ou Jordan, fraco demais para enfrentá-lo? Ou Dee, projetada para a traição, mas tão leal à sua maneira infantil? Talvez Alethia, ainda, que deve tê-la amado mesmo quando enganou Seshat para que se desnudasse. Ela poderia odiar Doc Young, destruindo o equilíbrio de Pequeno Delta por gerações com suas festas alucinantes e a ideia sussurrante de que Nova Aurora não pode matar, de que há algo mais, algo diferente, algo *real* para além das margens. Ou não, o único alvo real é ela mesma. Seshat, que costumava ser Deidre, uma garota que queria viajar pelo mundo com a mãe para ver todos os lugares onde sua alma ainda poderia ser sua. Seshat, que sentira aquela possibilidade bruta de sua alma pela primeira vez na semana anterior, sonhando com Alethia.

Ela usa tudo. As inúmeras conchas na praia, cada uma, uma penitência. A maneira como ela e Alethia fizeram amor enquanto fundiam sonhos, até que a memória e sua voz se fundiram em uma harmonia refletida, um acorde perfeito que foi esse momento infinito. Ela sonha consigo mesma no topo do obelisco, olhando para baixo, depois lá embaixo, com o restante das pessoas, olhando para cima com admiração e terror.

— Minha alma é minha! — grita a Seshat-do-Sonho.

— Minha alma é minha! — ecoa a multidão.

Ela está correndo agora, além do obelisco, além dos limites da Cidade Antiga, para uma colina com um carvalho desfolhado no inverno. Observa uma mulher se debatendo nas mãos de dois homens vestidos de preto que a seguram, altos como o carvalho. A mulher engasga-se e se vira para Seshat uma última vez. Seus olhos expressam amor e uma raiva incandescente. Os homens empurram-na para dentro do carro. Levam-na embora.

Atrás de Seshat, a árvore move seus galhos ao vento.

— Sua alma é sua — dizem eles.

— Não é uma pessoa — disse Doc Young para ela. — nesta geração da garotada crescendo com Nuncamente remixado e recordadores em todos os lugares, o cérebro dela é um pouco diferente. Dizem que alguém no obelisco vazou uma maneira de confundir os recordadores. Duplique as memórias chatas, e elas não vão procurar nada mais interessante. Então, as pessoas começariam a fazer isso se pudessem aprender o truque. A garotada ficou tão boa nisso que começou a brincar por aí. Deixaram cenas engraçadas que inventaram. Você ganha pontos toda vez que usa um recordador, então, começam a ganhar dinheiro. Botam seus amigos na parada. Não se pode dizer o que eles estão fazendo porque se depararam com uma falha no código. Se você for a um recordador logo após o download matinal, vai conseguir carregá-lo, enganá-lo e fazê-lo pensar que suas memórias são suficientes para o dia inteiro. Todos os outros que usam isso ganham um ponto, mas suas memórias reais são destruídas enquanto sua identidade fica atrelada às que estão presas no buffer, as da manhã. É um bug idiota, Seshat. Eles apenas o exploraram, fizeram parecer que todos os cidadãos de Pequeno Delta estavam sonhando com vaginas flamejantes ou o que quer que tenham usado naquele dia. No começo, era um jogo. Mas agora ficou mais sério, não é? Agora talvez seja revolução. Mas o que sei eu? Estou ficando velho demais para isso. Acho que essa vai ser minha última temporada. Não quero morrer uma Tocha.

Seshat estremeceu.

Ele pôs a mão no ombro dela.

— Aquela era sua mãe, no sonho?

Seshat assentiu com a cabeça.

— E você não sabia que eles a levaram?

— Eu estava... — Ela pigarreou. — Devem ter suprimido a memória. Mas me lembro agora... por isso eu quis virar bibliotecária. Queria reencontrá-la.

— Boa sorte — disse ele. — Não seja muito dura com Lethe. Ela está encontrando o próprio caminho.

E, agora, ela está em seu escritório de novo, mais sozinha do que nunca.

Alethia deixou uma dúzia de mensagens em seu canal privado, mas Seshat não as ouve. Dee está desligada, silenciosa como a morte. Jordan nem estava no escritório dos funcionários. Ela não tem amigos. A vida dela era o obelisco, e o obelisco é uma mentira. Sempre soube disso, mas pensou que sua mentira podia servir a um bem maior. Viu pessoas seguirem para uma vida feliz após o Aconselhamento e talvez tivessem morrido sem ele. Guardou todas as memórias brutais e impossíveis em sua mente para que as delas ficassem nítidas. Observou o sistema de ponto de recordação fornecer moradia e alimentação para todos, exceto para os antissociais mais determinados. A Pequeno Delta virou sinônimo de tudo de bom que Nova Aurora tem a oferecer a este país.

Mas sua mãe nunca foi embora.

Com movimentos dolorosos e espasmódicos, ela acessa os registros de pessoal de todas as instalações da Nova Aurora. Procura o primeiro nome da mãe, mas é muito comum, e provavelmente o mudaram. Os registros sobre os históricos de casos de Tocha são restritos; consegue acessá-los, mas a pesquisa ficaria sinalizada. Ela se importa? Não sabe mais.

Quase como uma reconsideração, liga para o chefe de tecnologia e lhe informa sobre o bug responsável pela inundação de memória. O chefe horrorizado promete que será resolvido a tempo da coleta do dia seguinte pela manhã.

Uma hora depois, Terry bate à sua porta.

— Foi rápido — comenta ela, e então percebe que Dee não pode ouvir. São quarenta minutos direto de aerocarro de Greenfriars até o obelisco. Parece que, por ora, ela deve manter sua posição. Do contrário, ele não teria se incomodado em bater à porta.

— Como está a heroína do momento? — pergunta ele. — Trouxe um espumante para brindarmos.

— Por favor, me diga que seu ingrediente ativo é álcool, não THC.

— Vai direto para o fígado, juro.

Ele cantarola para si enquanto coloca as taças de cristal na mesa de centro dela e abre a rolha de uma garrafa de champanhe caríssimo.

— Todo esse auê por causa de um erro de computador! — Terry exclama, brindando com ela. — Não entendo nada de tecnologia moderna.

— Não — comenta Seshat, tilintando o copo com o dele e tomando um gole. — Só chamamos as pessoas de computadores.

— Bem, é uma metáfora! Quer me contar como decifrou o código?

Tratei com inimigos e fui traída por todos que já amei, exceto pela mulher que passei a maior parte da minha vida pensando que me traiu.

— Nada muito interessante. Acompanhei alguns garotos até perceber que deviam estar fazendo algo com os próprios recordadores.

Ele concorda com a cabeça.

— Bem, como falei, Seshat, sua nomeação para a diretoria de Minneapolis é uma formalidade agora. Parabéns.

A Bibliotecária faz um novo brinde e aguarda. Deveria estar morrendo de cansaço, mas admite ter uma curiosidade profunda e mórbida quanto ao verdadeiro motivo de Terry interromper sua sessão noturna de maconha e videogame para vê-la cara a cara.

— E eu só queria mencionar, Seshat — começa ele, recompensando-a —, que, quando você se mudar para Minneapolis, não haverá problemas se quiser levar pessoas com você. Seus funcionários favoritos. Seu alfaiate. Seu cabeleireiro... estou brincando. Espero que você não fique ofendida quando eu disser que ficamos satisfeitos em ver que você enfim encontrou uma companheira! Claro, oficialmente nós, da Nova Aurora, desaprovamos a homossexualidade, mas não é um problema em nosso nível. Ninguém vai chamar a Diretora de Minneapolis de computador infectado, não importa com quem ela durma! Na verdade, um pouco de valentia em *nossos* sistemas nos deixa mais fortes. Estamos preocupados, para ser sincero, vendo-a se esconder aqui em cima. Você é um modelo de virtude, mas a virtude precisa se curvar às vezes, ou pode quebrar. Entende isso, certo?

Sua voz é suave, agradável.

— Claro, Terry.

— Agora, entendemos que sua Alethia é alguém que pode ser considerada um computador *muito* infectado. Ela se meteu em muitas travessuras na juventude. De qualquer forma, é o que Vance Fox nos diz. Claro, ele não é a máquina mais limpa, como você bem sabe. Os fatos, me deixe ser franco, não importam tanto quanto a *impressão*. Mas você não tem nada com que se preocupar, Seshat. Em Minneapolis, você e Alethia estarão sob minha proteção pessoal. Até encontrarmos um bom trabalho para ela. Os talentos dela são desperdiçados fazendo cremes para a pele, não acha?

— Pode ser — responde Seshat, distante, e toma um longo e lento gole de champanhe. Por que é tão caro, exatamente? Tem o gosto da bile subindo pela garganta.

— Bem, você propõe isso para sua garota, e nós arranjamos tudo. Tem todo o meu apoio, Seshat. Estou feliz por ter sido o único a ver o seu potencial lá atrás.

Assim como Terry, assim como a Nova Aurora, com certeza eles a criaram. O que eram seus insignificantes sonhos de controle se comparados com o trator de autoconfiança desse homem branco?

Terry se levanta, e ela também. Ele lhe aperta a mão. Seshat mantém o aperto forte, profissional. Bem na porta, Terry para como se tivesse esquecido as chaves.

— A propósito — diz ele. — Achei que gostaria de saber que sua mãe ainda está viva. Está vivendo como Tocha em nossas instalações de Nashville nos últimos trinta anos. A Madre Superiora me disse que ela é uma excelente assistente, está muito feliz.

Ela chama Jordan ao seu escritório naquela noite. Ele fica parado na porta aberta, paralisado, delineado pela luz.

— Entre, se for para entrar — declara ela. — Você sabe que não gosto da luz do corredor.

— Sim, sim — comenta ele. — Arruína sua visão noturna.

A porta se fecha logo atrás. Seshat se volta para a janela panorâmica, para as luzes e a escuridão da única cidade que já amou.

— Terry disse para você encontrar Alethia para mim, não foi?

— Sim. Seshat…

— Apenas não consigo entender… como você sabia? Ou foi Terry? Como pôde imaginar que ela seria tão… — Mas Seshat não tem palavras para descrever como Alethia é. Por fim, ela leu as mensagens em seu canal privado. Apagou todas, mas a última pisca na tela de sua mente como um aviso ou o feixe luminoso de um farol.

— Terry queria que você saísse com *alguém*, Seshat — revela Jordan. — Não sei por quê. Eu só disse para ele que conhecia a mulher certa. Porque *você* me disse quem ela era.

Sua espinha enrijece.

— *Eu* disse para você…

— Você me disse que a amava e queria uma segunda chance. Implorou por minha ajuda para tentar encontrá-la de novo.

O estômago dela revira-se quando o que restou do chão embaixo de si desmorona em vaidade e pó.

— *De novo?* — Mas, mesmo ao cair, se lembra daquele buraco em sua memória, aquele corte preciso onde deveria estar a primeira vez em que pousaram os olhos uma na outra.

Ninguém é melhor na supressão de memória do que Seshat. Seu estilo é muito particular.

— Três anos atrás. Ela se apresentou a você em algum clube. Vocês se apaixonaram e namoraram por dois meses. Mas tudo se desmoronou, Seshat. Você começou a adulterar as memórias dela. Você suprimiu brigas, ampliou suas boas qualidades, sabe…

— O que fazemos. — A voz de Seshat é fria.

Jordan lhe oferece uma risada lacrimosa.

— O que fazemos. E quando ela descobriu…

Seshat fecha os olhos.

— Ela me odiou. E, em vez de aceitar, eu…

— Sua memória suprimiu todos os vestígios do relacionamento. Tanto os dela quanto os seus. Você contou o que estava fazendo para o caso de ter outra chance. Queria que eu a avisasse, e eu tentei!

Ela encosta a testa no vidro.

— Desculpe, Jordan. Você tentou, e voltei direto para o inferno. Nem hesitei.

No entanto, ela parou. O que mudou?

Vance Fox, a ameaça que levou à confissão de Alethia. Seshat não devia saber a verdade sobre a vida dupla de Alethia naquela época. Decerto não praticara sonhos com Nuncamente remixado, o que a abriu de maneiras que ela não sabia que eram possíveis. Ela se lembrava da mãe. Era suficiente? Ela havia mudado o suficiente? Suas boas lembranças seriam suficientes, se suas memórias ruins nunca pudessem ser apagadas? Mas não era assim a vida antes do Repositório, antes da Nova Aurora? Quaisquer que sejam as escolhas que se tenha feito, não se pode apenas apagar o próprio conhecimento a esse respeito. Era preciso viver com elas até morrer.

Ao contrário de seu pai, felizmente ignorante de como descartara sua mãe como um computador infectado para que se livrasse e se casasse com a amante. Ele morreu na própria cama anos antes, cercado por netos. Seshat sempre soube que ele era um idiota, mas se sentiu culpada por isso até a iniciação, sem nunca ter sido capaz de identificar o porquê.

Foi liberdade da memória? Ou apenas uma fraude de décadas?

— Seshat?

— Sim, Jordan?

— Você também me ensinou a me monitorar.

Ela ri.

— Uma boa ação para os meus registros.

— E ensinei Alethia.

A risada dela trava.

— Você ensinou… quando?

— Depois da nossa conversa, quando percebi que você podia estar fazendo de novo. Você ficou com o mesmo olhar da última vez. Então, a encontrei em um café e praticamos.

— Mas, Jordan, foi há mais de uma semana!

Então, por que Alethia nao a expulsou? Porque precisava de ajuda com Vance Fox. Mas e depois? Os remixes, os sonhos? Mas Seshat nunca tocou nas memórias de Alethia depois disso.

— Não importa o quanto valha — diz Jordan à porta —, acho você uma boa pessoa. Se eu sobreviver neste lugar, será por sua causa... e de Dee.

À sua maneira, aquilo a assusta mais do que qualquer outra coisa que ele disse naquela noite. Seshat enfim o encara.

— Dee?

Uma faixa de luz de um carro que passa capta o contorno do sorriso trêmulo dele.

— Você estava tomando banho, e ela me deixou entrar, me explicou como duplicar minhas memórias para enganar os recordadores. Disse que fazia isso com você há anos.

Doc Young falou que alguém do obelisco havia vazado a técnica. Mas Dee e Jordan?

— Jordan — começa ela —, o que você está fazendo aqui que precisa esconder dos recordadores?

Mas ele apenas faz que não com a cabeça. Seshat poderia invadir as memórias dele, cavar atrás das barreiras, caçar os segredos. Mas, mesmo que não possa ter Alethia, ela acabou de violar a mente daqueles que ama para reforçar sua frágil segurança.

— Boa noite, Jordan.

— Boa noite, Diretora. Vejo você pela manhã.

Ela não consegue ler o sorriso por inteiro, mas a ternura é real, e isso já é muito bom.

Se me encontrar, venha apenas como você mesma. Não sei se podemos ficar juntas. Não sei se algum dia poderei confiar em você de verdade. Mas sei que não teremos uma chance se você ficar aí.

Esta é a última mensagem que Seshat recebeu do amor de sua vida. Alethia desapareceu, sua cuidadosa segunda chance destruída por causa de Seshat. Se Seshat a encontrar de novo, não poderá ser como Diretora-Bibliotecária. Nem mesmo como Seshat, embora Deidre também não pareça seu próprio nome. E, caso continue Seshat, caso se mude para Minneapolis, ela terá de esquecer Alethia para sempre. E não da maneira fácil, de Nova Aurora. Do jeito antigo e difícil de esquecer, que é se lembrar com dor.

Se for à procura de Alethia, por outro lado, perderá qualquer chance de ver sua mãe uma última vez. Engraçado como Terry soube de imediato sobre as buscas pessoais dela. Ele havia colocado um alerta todo esse tempo, esperando que ela adivinhasse? Quantas camadas de vantagem construíram ao longo dos anos, esperando com cuidado por seu momento útil? Incontáveis, tem certeza. De que adianta coletar memórias se não usa o que rouba?

Por fim, ela inicializa sua Guardiã de Memórias.

— Seshat! — exclama Dee, pulando de monitor em monitor em um frenesi. — Perdi quase vinte e quatro horas!

— Desculpe, Dee.

— Ainda está com raiva de mim?

— Não, meu amor. Não…

Dee fica em silêncio por um tempo.

— Descobriu quem suprimiu as memórias sobre Alethia, não é?

— Descobri.

— Você me fez prometer não contar! Eu dei dicas.

— Deu. Você foi boa e leal, Dee. Obrigada.

— Você nunca me agradece, Seshat.

Seshat faz uma careta.

— Estou começando a achar que não sou uma pessoa muito boa.

— Alethia terminou com você?

— Não… exatamente.

— Você se saiu muito melhor desta vez! Só a suprimiu uma vez! E fez isso dezesseis vezes antes. Talvez, se tentar de novo, não consiga suprimi-la mais.

Se o coração de Seshat está partido, por que não consegue parar de rir? Seu estômago dói, e, quando se engasga e para de gargalhar, seus olhos estão lacrimejando.

Dee suspira.

— Tem razão. Não funciona tão bem quanto seus chefes pensam.

Se me encontrar, venha apenas como você mesma.

Mas quem é ela? Se Alethia de fato soubesse, teria escrito aquilo? O que Alethia fez para merecer o erro estúpido de Seshat em sua vida?

Por outro lado, Doc Young disse que sua Lethe corria riscos. Talvez até um risco suficiente para concluir uma droga revolucionária que abandonou cinco anos antes?

Talvez até o risco de amar uma Bibliotecária de Memórias reformada aprendendo, tarde demais, a largar mão?

Do topo do obelisco dourado, ela acompanha a linha da costa onde as luzes de Pequeno Delta descem para a escuridão da Cidade Antiga. Onde, entre aquelas sombras, ela poderia encontrar o obelisco de cabeça para baixo e o velho rei que ali reina? Onde ela poderia encontrar uma mulher cujos sonhos são memórias e só dela?

Sua mão esquerda se fecha em punho. Com um esforço consciente, solta a mão.

— Você sabia que mamãe nunca nos deixou, Dee? Eles a levaram.

Abaixo delas, as luzes piscam.

— Alguma parte de você sempre vai se lembrar.

NUNCAMENTE

PARTE 1

Jane entrou na noite do deserto, escapando do ritmo constante e reconfortante do Hotel Pynk. Longe de suas linhas familiares de baixo — os sons de colchões agitados, roncos profundos, corpos pressionados contra portas e paredes, as melodias suaves e ofegantes e percussões grunhidas —, estava o ar noturno do deserto. Ela sentiu falta da música do hotel assim que saiu, mesmo quando o vento bateu no rosto, apenas frio o suficiente para imitar a sensação de água vaporosa.

Mas ainda havia uma batida familiar de baixo ali. Jane sorriu e virou-se em direção ao som de uma bota com biqueira de aço batendo em um para-choque recuperado. Ainda mais perto, Jane ouviu o acompanhamento permanente da batida, o *mezzo tenor* cantarolando para si enquanto cochilava, um momento de pausa entre a remoção das peças utilizáveis de um veículo destruído.

— Vamos para a Caverna hoje à noite?

Curiosa, abriu um olho.

Provavelmente não estava cochilando, Jane percebeu enquanto dava de ombros.

— Talvez eu só quisesse dizer oi, Enge.

Enge bufou ao se levantar. Passava apenas alguns centímetros da altura de Jane, e pelo menos metade disso por causa das botas. Ainda assim, às vezes abaixava a cabeça enquanto olhava as pessoas, como se isso tornasse Enge um pouco menor. Jane não comentava mais sobre isso com tanta frequência.

— Se você quisesse dizer oi, estaria no meu pé para ir para a cama antes mesmo de pôr o pé porta afora. — Exceto a entonação, a tentativa de imitação que Enge fez de Jane não parecia nada com ela, mas Enge ainda persistiu: — *Enge, se você não conseguir botar esse seu cu preto para dormir, vou convocar o Acorde e forçar um voto para você sair de férias.*

— Tudo bem, você me pegou, amorzinho. Se você não se importar, acho que preciso de uma mão.

Jane dobrou o cotovelo, convidando Enge a dar os braços. Quando Enge obedeceu, Jane riu, e o sorriso de Enge cresceu. Jane sentiu uma pontada no coração, talvez mais maternal do que sentia por quase qualquer pessoa no hotel. Era tão raro ver Enge sorrir assim quanto Jane ser *tão* vulnerável com alguém, exceto talvez...

— Pensei que você não ia sair esta noite, com Zen partindo de novo pela manhã.

Havia mais perguntas do que isso, escondidas atrás das palavras: por que Zen não estava ali com Jane, por exemplo.

— Ela precisa descansar. E, além disso... — Jane fez um gesto frouxo com a mão livre. — Se estivesse preocupada comigo, poderia tentar prorrogar de novo. E a Nova Aurora não para de funcionar só porque estou tendo uma noite ruim.

Enge aceitou a resposta serenamente, deixando Jane com seus pensamentos no caminho até a Caverna. Em vez disso, ela tentou se concentrar na batida de seus passos, as botas de Enge estalando ao lado do ruído mais abafado dos tênis de Jane. Os passos de Jane, apesar de sua altura, eram sempre mais longos que os de Enge, mais seguros, e davam a impressão de que Jane guiava Enge para dentro da Caverna, embora Enge conhecesse o caminho tão bem quanto qualquer um no hotel.

A dupla parou diante da Caverna, soltando os braços. Enge assobiou sugando os dentes, olhando para a entrada.

Jane estreitou os olhos.

— Não precisa entrar se não quiser.

Enge ignorou a sugestão.

— Somos apenas nós e suas memórias, certo? Eu sou de ouro. — Enge forçou um sorriso malicioso, e Jane conseguiu imaginar que, se Enge sorrisse assim para qualquer um dos outros ocupantes mais próximos de sua idade, Enge seria perigosa e deliciosamente popular. — Pynk até.

Jane revirou os olhos e marchou para dentro. Bem na beira do terreno ao redor do hotel, cada passo mais fundo na Caverna deixava a areia mais escura, mais úmida, até que manchas verdes de musgo e grama cresciam de forma esparsa no solo mais escuro. As paredes eram frias e às vezes escorregavam pela umidade; algumas vezes, a água escorria da pedra acima.

Ela gostava de fechar os olhos quando entrava na Caverna, embora não fosse necessário.

Quando falava na Caverna, o eco carregava as notas mais profundas de sua voz, a reverberação preenchendo a escuridão como se ela estivesse em um palco. Jane deixou a cabeça cair para trás enquanto cantarolava uma melodia de antes do Hotel Pynk ou mesmo de antes da captura pela Nova Aurora. Ela desviou da água pingando até ouvir um tremor e um estalo, e a escuridão atrás de suas pálpebras ficou vermelha.

Ela abriu os olhos e se mexeu; Enge havia tirado uma lanterna do clipe do cinto, apoiando-a em um grande pedaço de pedra mais achatada. Ela iluminou a pedra cinza com redemoinhos de ônix, não como um holofote, mas como uma vela.

Uma atuação intimista.

— O mesmo de sempre? — perguntou Enge.

Jane assentiu com a cabeça, acomodando-se devagar na terra, ajoelhada. Enge respirou fundo e recitou a abertura:

— *Conte-me uma história que você não quer esquecer.*

Jane apertou as mãos no solo fértil. Quando chegou ao hotel, havia questionado a maneira como a Caverna era usada. Aquela terra fértil poderia ter sido movida para o sol para cultivar árvores e vegetais. A resistência foi imediata. Foi uma das primeiras coisas que as mulheres do Hotel Pynk lhe ensinaram: aquela caverna *estava* cultivando coisas, estava sendo usada para o cultivo.

Porque, em vez de tubérculos ou flores, a *memória* encontrou guarida ali.

— *Quando cheguei pela segunda vez* — falou ela, tanto para si mesma quanto para Enge, tanto para plantar as mãos e seu calor no solo e esperar encontrar suas raízes —, *eu conhecia o caminho pelo jeito que o sol percorria a areia, refletido na merda do carro que religamos no caminho de...*

Ela hesitou. Por um segundo, não era que ela não *soubesse* o nome da Nova Aurora, mas que a sensação era grande demais, intensa demais para ser expressa em palavras.

A Nova Aurora estava na ponta da língua de Jane como uma chama na cabeça de um fósforo. As paredes estéreis, a forma como os nomes e rostos numerados pairavam sobre ela como se para confortá-la, como se para lhe assegurar que *limpeza* era a única coisa que ela poderia querer, desejar. Limpar a sujeira da mente, dos lábios, da língua, do jeito que suas coxas se movem, para que então — e só então — ela fosse algo sagrado.

Mas agora era a terra entre seus dedos que era real, não suas luzes e ditames. Não a terra que percebiam. Ela lembrou-se da terra diante de si, embaixo de si — a terra verdadeira — da maneira como ela se movia em suas mãos; na ponta dos dedos, de repente, estava lisa e fria, a placa em que a colocaram naquela instalação da Nova Aurora. Ao redor dos pulsos, a terra compactada, as faixas com que a seguravam, e ela se lembrou de que lutar contra *isso* seria lutar contra o fluxo da memória, não contra os acólitos da Nova Aurora.

— *De onde, Jane?* — irrompeu a voz de Enge, como sempre. Nunca havia estado nas instalações com Jane, o que foi outro motivo pelo qual Jane pediu a Enge que a ajudasse. Enge fazia parte do presente.

— *De uma instalação da New Dawn.*

— *Qual delas?*

Jane ficou em silêncio.

— Sinto muito — disse Enge —, pensei que... talvez desta vez você soubesse.

Enge quis ajudar, Jane disse a si mesma.

— *Ché dirigiu, e Zen me segurou quando eu mal conseguia ficar de pé. Rasgamos nossas roupas da Nova Aurora, arrancamos mangas e encurtamos saias longas, criando cintos e pulseiras com os* headsets. *Escondemos botas e jaquetas de couro antes de entrarmos.*

— *Estava usando isso quando chegou ao hotel?*

— *Eu... não conseguia me lembrar do local de entrega, foi quando fiquei com medo* — recitou Jane. — Ela sentiu o momento de pânico nas pontas dos dedos enraizados, nos braços, na respiração. — *A lista de Padrões da Nova Aurora ainda estava alta demais, expulsando memórias que eram minhas. Mas eu me lembrei...*

Ela percebeu que tinha sido aquilo que fez Jane despertar e precisar da Caverna naquela noite. Era o momento em sua memória em que as coisas se... bagunçavam, preenchidas com o gosto e o cheiro do Nuncamente, o gás que Nova Aurora usava para tentar limpar seu corpo de sua alma e de suas lembranças.

Ela olhou para o teto, incapaz de se lembrar do que uma vez recordava. E era para isso que servia a Caverna.

A voz de Enge suavizou-se; reconheceu onde Jane precisava de apoio.

— *Você se lembrou de uma coisa importante, Jane. Algo que me disse antes. Quer que eu te lembre? Ou quer deixar brotar sozinho?*

Jane queria ela mesma semear a lembrança, queria empurrá-la para crescer, criar raízes e nunca mais deixar ninguém a arrancar novamente. Porém, respirou fundo; acolheu a orientação de Enge, acolheu a maneira como Enge catalogou todas as histórias que Jane achava que precisavam ser lembradas. Plantas saudáveis em geral tinham um jardineiro cuidadoso. Mesmo quando ficava frustrada consigo mesma por precisar de outra pessoa.

— *Me conte o que lembrei.*

Enge respirou fundo, lembrando-se da respiração de Jane momentos antes.

— *Você se lembrou do caminho para o hotel* — compartilhou Enge, e as palavras causaram pequenos brotos de lembranças na mente de Jane, no frescor da terra. — *Você trouxe Zen até nós, certa de que encon-*

traria ajuda para limpar a confusão do Nuncamente. Você e Zen foram recebidas como velhas amigas, como velhas amantes que se reencontraram. Demorou anos, mas, no Pynk, sua mente ficou segura novamente. No Pynk, você nos ajudou, assim como ajudamos você.

Jane sorriu, porque o final de sua história voltou para ela. Acolheu-a da mesma forma que ela e Zen foram recebidas. Concentrou-se no calor daquela recepção, em como o Hotel Pynk era um lugar que abria os braços para qualquer pessoa que estivesse na condição de mulher, fosse lá como isso era entendido.

— *E quando o gás do Nuncamente ameaçava voltar, sempre havia a terra. A terra sólida na Caverna que o Hotel Pynk compartilhou comigo, para curar.*

Jane puxou as mãos daquela terra. A terra preta ainda grudava em seus dedos, e ela ficou satisfeita. A Nova Aurora rotulou-a como um computador infectado e, portanto, havia certa satisfação naquela terra que a salvava. Sobreviveria a qualquer tentativa deles de "limpá-la", de apagar-lhe as memórias.

Enge estava ao seu lado, caso Jane precisasse de ajuda para se levantar. Porém, Jane entendeu, esperando até que estivesse de pé para lançar um braço sobre o ombro de Enge.

— A terra ainda está boa, Enge.

— Sempre está.

De um jeito vago, Jane se lembrou de Zen dando-lhe um beijo ao nascer do sol, provocando-a a acordar, mas demorou mais uma ou duas horas até que Jane saísse debaixo dos cobertores. No entanto, não estava sozinha; Zen talvez já tivesse começado a se preparar para ir ao deserto, mas Guitar ainda estava lá, envolvendo Jane como um polvo de tentáculos esguios.

— Menina, ninguém quer acordar tão cedo — veio a voz de Gui, abafada pelos cabelos de Jane, que pensou ter ido dormir com eles trançados, mas... certo, ela desfez as amarras enquanto voltava para o hotel com Enge. Tolice, deixar isso como problema para resolver no futuro.

Na época, no entanto, tinha feito muito sentido. O passado pode ser assim.

— Tem razão, Gui. — Jane deu uma risadinha. — Mas Zen já *está acordada* e provavelmente botando as malas no carro.

Houve uma pausa e, então:

— Que merda. Acho que deveríamos nos despedir, hein?

— *Acho* que sim.

Jane bateu no flanco de Gui de brincadeira enquanto as duas rolavam para fora da cama.

Acordar ao lado de Gui era bom, com seus braços fortes e alongamentos felinos, mas ainda melhor era o fato de que fazia anos que Jane não acordava em pânico, porque ela não conseguiu sentir Zen ao seu lado — ou, pior, não conseguia lembrar-se da bela sujeira de como era estar nos braços dela. Jane podia acordar em uma manhã em que Zen estava pondo o pé na estrada sem medo; não apenas não estava sozinha, mas sabia que Zen voltaria.

E, embora Zen estivesse indo, Jane sabia que poderia fechar os olhos e relembrar, algo que a Nova Aurora uma vez tentou tão ferozmente roubar dela.

As duas mulheres tomaram banho e se vestiram com rapidez. Assim como a maioria no hotel, suas roupas compartilhavam retalhos de tecido: roupas velhas reaproveitadas costuradas para criar novas roupas e modas, com roupas passadas e repassadas com um toque igualmente alegre que lembrava Jane de quando ela costumava poder ir a brechós com amigas na adolescência. Os shorts de Jane foram cerzidos com o mesmo tecido usado na saia de Gui. O xale que Jane usava para arrumar temporariamente o cabelo também era um bolso na camisa de Gui. Depois de arrumadas, as roupas delas eram de alta-costura de segunda mão e roupas casuais recuperadas, suas personalidades e energia evidentes em cada peça.

Quando saíram, já havia mulheres circulando o Cadillac de Zen, o mesmo Cadillac que no passado levou Jane para o hotel. Cada uma tinha um horário próprio, suas coisas a fazer pela comunidade — fosse agricultura ou recuperação, além das atividades criativas que preenchiam seus dias —, mas era incomum que grande parte do hotel estivesse acordada tão cedo. No entanto, a partida de Zen era especial, e elas queriam poder se despedir dela.

Jane observou Zen fechar o porta-malas antes de dar um passo à frente.

— Sei que você não vai embora sem se despedir.

Os olhos escuros de Zen brilharam com malícia.

— Um: nunca fiz isso antes e não vou começar hoje, e dois... eu estava prestes a enviar algumas das garotas para tentar acordar você, Bela Adormecida. — Houve risos às costas de Jane e, como todas estavam de bom humor, Jane não viu motivo para fazer comentários a respeito. Ela ergueu uma sobrancelha para Zen por incentivá-las, e Zen lhe abriu um sorriso tranquilizador. Mais baixo, ela disse: — Sério, claro que eu ia ver você, linda.

Jane deixou Zen pousar as mãos em suas bochechas, levantou o rosto de Jane e lhe deu um beijo rápido.

— Quanto tempo dura esta viagem de reconhecimento de novo? — perguntou Jane.

— Umas semanas — prometeu Zen. — Ché falou de algumas jovens computadores que haviam escapado da Nova Aurora. Quero lhes levar suprimentos, contar sobre a vida após as instalações... — Zen suspirou, a primeira sombra cobrindo seu bom humor. — E verificar e garantir que não são plantas da Nova Aurora.

Jane estremeceu. Nova Aurora não fazia isso com frequência, mas, às vezes, a maneira mais fácil de descobrir onde os rebeldes estavam era lhes dar alguém para salvar. Ao longo dos anos, Ché e Zen ficaram muito boas em ajudar a descobrir se tinham de resgatar alguém ou evitar uma armadilha — e até conseguiram sujar alguns dos limpos no processo.

— Você consegue — incentivou Jane, beijando-a também.

— *Nós* conseguimos — corrigiu Zen. Ela olhou sobre o ombro de Jane à medida que afastava as mãos. — E, Gui, é melhor você fazer companhia à nossa Jane enquanto eu estiver fora.

Jane virou-se bem a tempo de ver Gui piscar.

— As coisas que faço pelo meu dever. — Gui deixou sua voz baixar em um sussurro malicioso e brincalhão.

— Gostamos dessas coisas que você faz — retrucou Zen. — Estou ansiosa para tê-las quando voltar, então, se cuide.

Gui bufou.

— Estamos todas nos preparando para o festival. Ninguém vai se meter em problemas.

— *Gosto* quando minha música causa problemas. — Jane encontrava conforto no festival anual. Era uma vitrine para todo o trabalho criativo que o hotel fazia durante o ano, fosse canto, moda ou pintura, contação de histórias em forma de palavras e filmes, palco e dança... As mulheres do Hotel Pynk faziam tudo isso. — É uma pena que vai perder este ano, Z.

— Vai ter de fazer uma encenação dramática para mim quando eu voltar.

— Vamos ver...

— Ah, Jane, que bom que está de pé! — Jane e Zen viraram-se ao som da voz de Nomie. Nomie interrompeu sua caminhada a poucos passos do carro de Zen, percebendo, de repente, que havia interrompido as despedidas. — Hã, hum, desculpe, Zen, mas tivemos problemas com o caminhão que estávamos recuperando, e queria perguntar a Jane...

Jane e Zen entreolharam-se. Tendo escapado de Nova Aurora e trazido mais computadores considerados infectados para o hotel ao longo do tempo, Jane havia chegado a uma posição de liderança no hotel. Não fora intencional, e, sem dúvida, ela não estava no *comando* — as coisas eram decididas pelo comitê, pelo Acorde, que chegava à harmonia via votação —, mas Jane conhecia o hotel e, mais importante, o mundo *fora* dele de uma maneira diferente da maioria. Desconfiava do que podia fazer o cheiro de *lendário* e *heroico* e evitava com gentileza qualquer coisa que se parecesse com autoridade. Estava feliz por ser uma orientadora, uma conselheira, e votava junto ao restante do conclave.

Mas na verdade não diminuía muito a quantidade de pedidos do dia a dia.

— Se são questões de recuperação, por que não pergunta para Enge, que conhece motores e metais melhor do que eu?

Nomie deu de ombros.

— Não é, hum… técnico? — Ela ficou envergonhada. — Pel e Rhapsody são…

— Ah. — Era uma contenda pessoal que Nomie estava tentando cortar pela raiz, mas Rhapsody e Pel eram mulheres crescidas e teimosas se comparadas a Nomie, que mal tinha dezenove anos. Jane duvidava que qualquer uma delas soubesse que Nomie viera correndo pedir aconselhamento.

— Então, agora você precisa *mesmo* levar Enge para ficar de olho naquela recuperação enquanto termino aqui com Zen. Vou lá em um segundo.

Nomie fez que sim com a cabeça, agradecida, antes de correr de volta para a borda do território. Jane balançou a cabeça.

— Bem, eu queria que fosse um adeus um pouco mais longo, mas…

— *Você tem um trabalho, linda, você tem trabalho a fazer* — cantou Zen provocando. — De qualquer maneira, não posso deixar Ché esperando.

— Mande um beijo para ele.

Desta vez, Zen beijou a testa de Jane com suavidade, e Jane sentiu a curva de seu sorriso.

— Sempre. Cuide de todas… e não deixe de *se* cuidar.

Até Zen sabia melhor do que Jane que, por mais que evitasse, Jane era uma força motriz no hotel.

— Você também.

Jane ficou ali apenas um momento enquanto Zen terminava de se despedir dos outros, e começou a andar no momento em que Zen partiu dirigindo para o deserto. Sempre havia preocupações, claro: Nova Aurora, cães-rubores caçadores de recompensas, as intempéries… mas Jane confiava em Zen para cuidar de si mesma, e confiava em Zen e Ché para que apoiassem um ao outro também. Isso aliviou a carga que ela costumava carregar quando Zen partia.

O próprio hotel ajudava nisso. Era uma comunidade em todos os sentidos da palavra, as residentes que apoiam umas às outras nos aspectos físico, emocional e espiritual. Era a liberdade que Jane amava antes da Nova Aurora, com um lugar para chamar de lar também. Quando estava preocupada, nunca tinha de ficar sozinha.

Mesmo na curta caminhada para encontrar Nomie e as outras, Jane pôde saborear a visão daquela comunidade em ação. Observou pessoas que desmontavam uma velha geladeira para tirar peças ao lado de algumas pedras, duas delas praticando harmonias em uma nova música. Havia mulheres entrando e saindo da lanchonete, e Jane ouviu a conversa delas sobre as comidas que queriam preparar para o próximo festival. Ela teve um sobressalto ao som alto de buzina; era a Transitive Property, um trio musical recém-formado que estava trabalhando em um álbum conceitual experimental sobre gênero.

Todos os grupos tinham algo mais em comum, além de se unirem como *queer* e alinhados às mulheres: buscavam uma fuga de um mundo que lidava com binários penosos, bons ou maus, sujos ou limpos. Todas as mulheres do Hotel Pynk estavam ali para experimentar a arte, a liberdade, a *vida* e o que quer que isso significasse para elas.

Era por isso que Jane podia se curar ali e o motivo pelo qual Jane ficava. Havia tanta autodescoberta e reflexão com a cura das cicatrizes que Nova Aurora deixou, e Nova Aurora fazia questão de criar um mundo fora do hotel onde poucas pessoas tinham liberdade para ambos. Aqui, eram incentivadas e apoiadas de uma forma que Jane sempre sonhou.

Era difícil não pensar no que fazia de Pynk um lugar seguro enquanto Jane se mudava para o território do lado de fora do hotel. Elas mantinham o perímetro o mais seguro possível com sistemas de alerta, fios elétricos e coisas do tipo — normalmente era apenas para desencorajar animais que podiam morder e envenenar ao se aproximarem demais, mas sempre havia a preocupação com a Nova Aurora. A Nova Aurora lutava para rastrear o hotel por causa do deserto e de sua areia, bem como o fato de Pynk estar fora de qualquer radar. Geradores mantidos pessoalmente e uma confiança na recuperação significavam que não havia muito que pudesse levar Nova Aurora até eles, exceto tentar encontrar um grupo de reconhecimento e seguir as mulheres até lá.

Além disso, Zen e Gui sempre teorizaram que Nova Aurora queria evitar transformar as mulheres do hotel em mártires. Se pudessem limpar de uma vez por todas as mulheres em um ataque, talvez atacassem, mas talvez... talvez Nova Aurora se preocupasse com a reação daqueles que não consideravam "infectados" e que precisavam de limpeza.

Jane não tinha certeza se era uma ilusão, um modo de valorizar o poder do hotel como um problema para Nova Aurora, mas gostava de acreditar nisso. Ainda assim, quanto mais se afastava do hotel, mais *consciente* ficava da ameaça, como se o perigo crescesse de verdade sob as areias que ela atravessava.

Mas, quando Jane se aproximou de Nomie e das outras, ela disse a si mesma que estava tudo bem. Não estava sozinha nas areias. Ajudou o fato de ouvir as vozes na aproximação, como se estivessem chegando perto de uma segurança estressada, mas ainda audível.

— ... não é dano *ambiental*, Rhapsody. — A voz de Pel era de soprano contida, tensa enquanto tentava não aumentar o volume.

— É *possível*, é tudo o que estou dizendo. Não que eu *saiba* o que é.

Rhapsody estava chorando, seu rosto em forma de coração exibia um misto de raiva e frustração. Gesticulava muito, apontando para o que Jane pensava ser uma das poucas precauções de segurança do hotel: uma armadilha elétrica para o caso de alguém tentar se aproximar do território por outros lugares que não as estradas principais. Rhapsody tinha um velho capacete de metal cinza-esverdeado na mão, então devia ter acabado de voltar de uma missão de recuperação/reconhecimento — Pel também usava uma jaqueta acolchoada mais grossa.

— A questão é que nenhuma de nós sabe. Só não estou interessada em entrar em pânico com isso.

Nenhuma das residentes do hotel *gostava* de ter de usar acolchoados ou capacetes, mas havia ameaças imprevisíveis nas corridas de recuperação. Todas as funções no hotel eram determinadas pelo voluntariado, porém era ainda mais verdadeiro no caso de recuperadoras e batedoras.

Rhapsody, Enge e Pel eram voluntáries regulares para essas corridas. Rhapsody e Pel eram aventureiras de coração; Enge trabalhava com funilaria. E, naquele momento, Enge parecia evitar o debate, fazendo exatamente isto: examinando os danos à armadilha que Jane não via porque estava muito longe.

— Quer ser passada para trás sobre... — Pel notou a presença de Jane (quando Jane pigarreou para fazê-las ficar quietas). — Jane.

Ela inclinou a cabeça em saudação. Como de costume, poderiam ter se abraçado ou se beijado, mas nenhuma delas achou apropriado no momento.

— Ouvi dizer que houve um... problema não técnico com o qual eu poderia ajudar — comentou Jane. Ela apontou com o queixo para a armadilha. — Isso aqui parece bastante técnico.

Enge não tirou os olhos de onde tinha se agachado.

— Laudo técnico: a caixa do gatilho fritou, e os fios estão triturados. — Enge movia um pouco da areia e das pedras ao redor da armadilha, revelando mais fios que em geral ficavam ocultos. — Também não parece um gatilho de cobra.

— Ou de pássaro, coiote ou de qualquer coisa assim — acrescentou Pel, lançando um olhar na direção de Rhapsody.

— Choveu algumas noites atrás — enfatizou Rhapsody. — Qualquer um desses animais mais a chuva poderiam causar todo tipo de dano. Ou — a voz de Rhapsody assumiu um tom acusatório — talvez tenha sido um erro humano.

Jane ergueu uma sobrancelha.

— Em que você está pensando?

— Nosse *engenheire* principal tem se concentrado nos resgates de caminhões e, talvez, devesse ter agendado mais tempo para as manutenções. — Rhapsody era cuidadosa em sua raiva, mas redobrou a ênfase ao olhar para Enge.

Então, Jane percebeu que Rhapsody, em vez de um senso de foco extremo, era a razão por que Enge, naquela posição, não tirava os olhos de seu trabalho. Quanto tempo Rhapsody gastou acusando Enge de incompetência antes da chegada de Jane, ou mesmo apenas ignorando? E, mais importante, por que perder tempo desse jeito?

Ela sabia o porquê, e a incomodava a maneira como Rhapsody o tempo todo apontava o dedo para Enge. Não era novidade.

— Minha rotina tem sido bastante regular — murmurou Enge, levantando alguns fios. — Jane, olha isto.

Jane não tinha certeza se devia admirar a contenção de Enge ou pressionar para que se defendesse, mas ela se aproximou e se agachou.

— E aí?

Enge ergueu um punhado de fios. Jane passou algum tempo em todos os diversos trabalhos no hotel desde que chegou. Se as pessoas a procurariam em busca de conselhos, ela precisava saber do que estava falando. Dito isso, as pontas escuras da fiação não diziam muita coisa a Jane. Ela deu de ombros e deixou que Enge explicasse.

— As partes queimadas podem ser um curto.

— O que pode ser qualquer coisa, desde a necessidade de ser substituída, animais, até danos causados pela água — Rhapsody elevou a voz.

— Ou uma sobrecarga — concedeu Enge. — Mas...

— Mas...? — Jane pegou os fios e os fitou, na tentativa de ver o que Enge enxergava. Demorou um pouco, mas, por fim, as peças se encaixaram. — Precisamos convocar uma reunião do Acorde. Agora mesmo.

Rhapsody ficou pasma quando Jane se virou e se levantou.

— Como assim? Sobre os reparos?

— Sobre o que vamos fazer para nos proteger.

Jane resistiu ao impulso de olhar para o oeste, na direção que Zen havia tomado. Elas eram mais que capazes de se comportar como uma comunidade, mas ainda assim...

Antes ou depois de queimarem, aqueles fios haviam sido *partidos* em dois. E isso significava que era intencional.

Havia acordes de todos os tamanhos, geralmente não mais do que uma vez por semana. Pequenos Acordes eram convocados para diferentes tipos de trabalho — aquelas que recuperavam se reuniam sobre horários ou sobre quais partes do deserto precisavam ser cobertas, ao passo que as encarregadas da agricultura podiam se reunir para planejar a colheita. Acordes maiores de mulheres se reuniam uma vez por mês para discutir quaisquer problemas que os indivíduos pudessem ter. Os Acordes principais não costumavam ser convocados mais que a cada quatro a seis meses e apenas para as decisões mais importantes.

Nas raras ocasiões em que Jane solicitou um Acorde, elas tiveram de se sentar do lado de fora do hotel para garantir que todes pudessem comparecer e se ouvir. Dessa vez, não foi exceção. Jane estava sentada no capô de uma caminhonete, com as pernas cruzadas em posição de lótus, enquanto esperava que Pel, Rhapsody e Nomie compartilhassem sua descoberta. Gui estava sentada na traseira da caminhonete, com as pernas esticadas.

O hotel não era uma comunidade que costumava manter a tensão do jeito que fazia naquele momento. Era um lugar de cura, de liberdade e de refúgio. No entanto, enquanto Jane contemplava o grupo, parecia que o ar se enrolava e desenrolava em torno da discussão sobre os danos. As mulheres olhavam umas para as outras e para Jane; perguntavam-se por que as outras estavam falando antes de Jane, ela tinha certeza. As informações transmitidas eram necessárias, mas todos esperavam com ansiedade para ouvir a contribuição de Jane.

— Tenho feito recuperação há alguns anos — disse Rhapsody. — Conheço os danos ambientais e os prejuízos aos animais. Acho que é isso, e *sinto muito*, mas parece que isso está nos afastando de tarefas importantes da comunidade. — Rhapsody olhou para Jane, inclinando a cabeça em um gesto de desculpas, e ergueu as mãos. — Fui um tanto teimosa no local da armadilha, mas realmente não acho que alguém tenha algo a ver com isso. A Nova Aurora não corta fios.

Mas fodem com computadores, brincou Jane consigo mesma de um jeito seco. A perspectiva de Rhapsody fazia sentido; ela nunca esteve sob a custódia de Nova Aurora, e era uma experiência rara, bem rara, que os caçadores de Nova Aurora chegassem perto do hotel. Se Jane não tivesse experimentado pessoalmente a crueldade de Nova Aurora, também não teria tanta certeza.

— Mas os fios parecem cortados — falou Gui ao levantar a mão para tranquilizar a perna de Jane. Jane apreciou o gesto, embora não precisasse dele. Afinal, Gui havia prometido a Zen que ficaria de olho. — Não parece um animal aprontando. A não ser que haja um coiote por aí com uma tesoura.

Ninguém parecia com vontade de rir.

— *Sabemos* que eles foram cortados? — Jane olhou para outra membra da comunidade que se pronunciou. — Não são fios grossos.

— Meus olhos ainda estão bem bons — respondeu Jane. — E não fui a única quem viu isso.

Duas mulheres olharam para Enge, que tinha se recostado e estava em pé na parede lateral do hotel. Enge olhou de um lado para o outro, sentindo um nervosismo pela encarada do grupo, antes de assentir com a cabeça.

— Cortado e queimado, talvez por isqueiro ou fósforos. Não sei como, mas tenho certeza de que foi intencional.

Houve um murmúrio e depois outra voz:

— Quem *faria* isso?

— Não pode ser Nova Aurora — disse alguém. — Eles gostam das coisas "limpas". — Houve risadas irônicas do Acorde. — A típica reação de nojo à rejeição do que é sujo por Nova Aurora.

Jane quis rir junto a elas, com o tipo de liberdade que o Hotel Pynk dera à sua alma, porém, infelizmente, *havia* uma resposta a essa pergunta. Uma que ninguém gostaria de ouvir. Jane soltou um assobio melódico baixo, um sinal que costumava demonstrar que ela precisava falar. Eles se silenciaram.

— Cães-rubores.

O murmúrio recomeçou com o pronunciamento, cheio da descrença e da preocupação que Jane esperava. Ela não tinha a intenção de causar o tipo de efeito dramático e bombástico que a menção aos cães-rubores provocava, mas também sabia que tentar falar logo depois de apresentar sua teoria seria apenas um ruído adicional. Então, deixou que elas desabafassem, entendendo o que o grupo pensava quando ouvia a palavra *cão-rubor.*

Porque, se Nova Aurora era o bicho-papão, então os cães-rubores eram os batedores avançados do bicho-papão. Ninguém sabia se eram uma mutação natural ou se tinham sido de alguma maneira criados a partir das tentativas de limpeza de Nova Aurora. O que todas sabiam era que eram tecnicamente humanos e faziam sua presença ser sentida, pois Nova Aurora precisava de alguém ou de algo sendo rastreado.

Os cães-rubores também funcionavam para outras pessoas moralmente ambíguas, o que deixava tudo ainda mais complicado. No entanto, se estivessem por ali, Jane tinha certeza de que estavam usando seus "talentos" em prol da Nova Aurora.

A maior ferramenta deles era uma forma realmente distorcida de empatia. Tinham a capacidade de sentir — de "farejar" — as emoções deixadas pelas pessoas. Emoções negativas eram mais fáceis para eles rastrearem, mas os cães-rubores treinados sabiam como rastrear qualquer traço emocional deixado para trás em roupas ou em quartos. Isso, e a maneira como usar essa habilidade, causava um rubor brilhante, quase incandescente, e calor em sua pele, fazendo jus ao seu nome.

E Jane os tinha encontrado antes. Por causa dessa experiência, sabia que, se alguém pudesse encontrar o hotel, teria de ser um cão-rubor. Seriam a sondagem antes do ataque, mas *haveria* um ataque. Não pelo cão-rubor — eles consideravam opressor o contato próximo e, às vezes, psiquicamente doloroso. As emoções de todos lhes eram reveladas como um perfume dominante e, até onde todo mundo sabia, não tinham a capacidade de desligá-lo. Então, embora pudessem fazer o rastreamento, ainda significava que tudo aquilo era apenas um prólogo.

Nomie estava se aproximando de um tom cinzento nauseante.

— Mas o que queriam?

Tudo, pensou Jane.

Gui estreitou os olhos para Jane com uma expressão confusa; Jane ainda não havia compartilhado essa teoria com a mulher. Nao foi por falta de confiança, mas sim por Jane ter demorado para tentar descobrir o que significaria um cão-rubor. Eram destacados com um propósito, um alvo, uma missão. Havia alguém do outro lado da coleira, e esse alguém estava à procura de alguma coisa. E sem saber o que era...

E se estiver atrás de mim?

Ela não queria pensar a respeito; Nova Aurora a havia perdido de vista anos antes, até onde Jane sabia, e ela não fizera nada para se colocar de volta no radar deles. Talvez estivessem atrás de Zen, no entanto, se fosse esse o caso, bagunçar a segurança não faria sentido, não quando ela poderia ser facilmente apanhada longe do hotel.

Jane olhou para as outras ocupantes do Hotel Pynk. O medo apunhalou-a por um momento, mas, como era tipicamente o caso dela, ele logo se transformou em raiva justificada. Poderia ser qualquer uma delas; poderia ser a Nova Aurora mirando em todas elas. Como *ousam* tentar acabar com a liberdade dessas mulheres, com sua segurança e criatividade? Sim, Nova Aurora talvez quisesse o mundo "limpo", mas o Hotel Pynk não fazia parte do mundo deles. Estariam se desviando demais do seu caminho para perder seu tempo naquela comunidade. Claro, ela passou por tanta coisa nas mãos dos monstros piedosos que tentaram limpar a noção de identidade de seu cérebro, talvez não devesse ser surpreendente que Nova Aurora não se contentasse em permitir que qualquer coisa fora de suas paredes imaculadas permanecesse sujo.

Ver que aquilo poderia estar acontecendo de novo a fazia tremer.

Ao fitar as mãos, Jane pensou em todas as lutas que encampou apenas para estar sentada onde estava. Toda a correria. Todas as vezes que seu riso, sua autonomia corporal e seu amor foram interrompidos e arrancados pela visão fria da Nova Aurora do que era de fato ser uma pessoa, um computador. E como tudo consistia mais em impressões, ecos de seus músculos e da sujeira, em vez de lembranças verdadeiras.

Suas palmas doíam, sentir falta de pessoas e de lembranças era algo doloroso.

— Ainda não temos nenhuma prova de que *seja* um cão-rubor — observava Pel. Jane assustou-se com a voz da mulher. Esperava a discordância de Rhapsody, que mordia o lábio e contemplava o horror que a teoria de Jane sugeria. Mas Pel... Jane imaginou que Pel já estava do seu lado. Pel continuou: — Existem outros por aí... misóginos, por exemplo, com inveja da família que temos aqui. — Houve murmúrios de concordância. — Contudo também sobrevivemos a pessoas tentando nos expulsar do hotel antes. Mas faz muito tempo.

Jane não disse nada, mas aqueles ataques foram tão profundos no passado que metade das ocupantes atuais talvez não se lembrasse de como revidar desta vez.

Poderiam lutar, sim. Mas Jane precisava convencê-las primeiro de que essa tentativa de expulsão estava acontecendo. Porque Rhapsody ficou animada com a declaração de Pel e não estava vendo a ameaça da mesma forma que Jane.

— Pel tem razão. Já lidamos com pessoas que tentam se impor muito. Capitalismo de um lado, monogamia de outro. Naquele momento, sem saber de mais nada, acredito que devemos ficar atentas, mas continuar nosso trabalho normalmente. Nós, salvadoras e batedoras, podemos até mesmo trabalhar em dobro para garantir que tudo fique no lugar, se isso fizer você se sentir melhor, Jane...?

Não se trata de mim, ela quis dizer. Mas Jane observou a maneira como o Acorde ficou menos tenso com as palavras de Rhapsody. E ela não era a líder, apesar de até mesmo Pel e Rhapsody estarem pedindo sua permissão. Além disso, talvez estivessem certas de que, mesmo que houvesse algo nefasto em andamento, o Pynk poderia lidar com a situação. Estavam *juntas*, e sua sobrevivência no deserto, confiantes umas nas outras, provava isso.

Ela apenas se ressentia da ideia de que precisavam fazer isso. Aquela não era a *questão*.

— Aceito turnos duplos — falou Enge, provavelmente mais alto do que Jane ouvira sua voz antes. — É minha responsabilidade garantir que nossa segurança esteja à altura.

Rhapsody falou com cuidado.

— Isso não deve ser responsabilidade de uma única pessoa. Somos todas notas no acorde, e sem isso o som não reverbera. — Jane escondeu um sorriso ao ouvir tais palavras; de vez em quando, Enge precisava desse lembrete. — Vou assumir a liderança em turnos opostos. — Rhapsody voltou-se para o restante do Acorde. — Quem mais quiser se voluntariar, só nos avise.

Jane flagrou-se falando antes do que pretendia.

— Também farei excursões de recuperação. — Alguém que se lembrasse de como era lidar com cães-rubores deveria fazer essas excursões, em especial se as ocupantes do hotel fossem evitar uma estratégia maior.

Pel fez que sim com a cabeça para Jane e depois para Rhapsody; a discussão entre as duas foi enterrada.

— Parece um plano forte. Vamos terminar com uma votação para garantir que todas estejam de acordo com o que o Acorde vai tocar.

Jane ficou quieta durante a votação, pensando em fios cortados, computadores infectados e perseguição pelos cães. Mas fez questão de levantar a mão com o *sim* quando chegou a hora.

— Resgate de roupas!

A voz de Nomie ressoou da frente da lanchonete do Pynk. Todas, inclusive as que estavam na cozinha, ecoaram as palavras em um coro animado. Os resgates nem sempre eram tão alegres assim, entretanto até Jane, perdida em pensamentos sobre a fiação, se permitiu um momento para…

Ela não gostava de usar a palavra *esquecer* quando não precisava, quando não era de verdade. As feridas da Nova Aurora às vezes a faziam esquecer, por mais temporário que fosse o lapso de memória.

Ali era diferente, porém; a recuperação lhe permitia deixar de lado o estresse e o trauma. Não era exatamente esquecer.

Mais: era sua *escolha* de "esquecer".

Jane e Gui chegaram às mesas da frente, para onde Nomie e Rhapsody estavam levando as caixas de roupas. As caixas foram cortadas — já em preparação para reaproveitamento em outro lugar no Pynk — a fim de facilitar a classificação entre as novas pilhas de roupas usadas, trocadas e recuperadas.

Nomie exibia uma descoberta que havia reivindicado antes mesmo de entrar na lanchonete: um casaco de pele falsa com bolinhas roxas e rosa. Algumas pessoas da multidão cada vez maior já comentavam sobre como as cores se destacavam em sua pele escura, e o sorriso de Jane cresceu.

Nem mesmo os vestígios do Nuncamente que com certeza ainda estavam em suas veias levaram a memória da primeira vez que esteve no Pynk para uma troca de roupas. A primeira vez que ela e Zen apareceram no hotel, sem esperar nada, as mulheres as levaram alegremente para a frente do grupo. *Escolha algo que chame sua atenção, que fique bem na sua pele. Use ou desconstrua,* disseram para ela. *Transforme em algo novo. E quando não parecer mais legal, passamos adiante.*

Ela e Zen escolheram suéteres cor-de-rosa combinando, tons diferentes, mas com o mesmo corte, escolhidos por causa da sensação da malha nas próprias coxas e nas coxas uma da outra. Eram as coisas mais simples que qualquer uma das mulheres havia usado em anos e, no entanto, pareciam tão delas quanto qualquer outra coisa que escolheram. Anos depois, Jane entendeu o porquê: tanto os suéteres simples quanto, mais tarde, as jaquetas de couro com tachinhas que descobriram eram liberdade, escolhidas pelo que significavam naquele momento.

Zen filmou-as experimentando as novas peças e depois montou um minidocumentário. Uma memória de uma memória.

Na segunda vez que Jane chegou, estava vestida metade com as roupas da Nova Aurora e metade com peças que havia juntado na estrada. Ela, Ché e Zen rasgaram as mangas de suas túnicas — Ché a esquerda, Zen a direita e Jane as duas mangas. Zen havia acrescentado um corte "sujo" na altura do quadril à sua saia, e Jane havia substituído a dela pelas calças velhas de Ché, depois que Ché trocou o traje da Nova Aurora com um caixeiro-viajante por um novo par de calças. Quando chegaram ao hotel, Ché se ofereceu para levar consigo as roupas restantes da Nova Aurora, ou talvez pudessem queimá-las juntos.

Na época, Jane recusou.

Anos depois, Jane ainda não havia trocado as calças nem a túnica sem mangas. Não as havia destruído ou usado. Manteve-as guardadas e garantia que se lembrasse onde as havia conseguido.

De onde ela tinha vindo.

— Vai escolher aquela peça, amor? — Gui passou o braço em volta da cintura de Jane por trás, e Jane percebeu que ficou paralisada no lugar, os dedos na costura de um blazer verde-esmeralda e dourado. — Ficaria bem em você. — Jane vestiu a jaqueta, virando-se nos braços de Gui, que abriu um sorrisinho. — Viu?

— De qualquer forma, vai ser bom ter uma coisinha extra quando fizermos a manutenção da fiação da armadilha esta noite — aquiesceu Jane.

Gui suspirou.

— Você podia ter se voluntariado para a excursão das roupas, sabe? Em vez de tentar ser Jane, a Heroína.

Jane ficou surpresa com a preocupação repentina de Gui — não falavam sobre esses assuntos desde o Acorde, mas Jane não achou que precisavam comentar. Estendeu a mão até a bochecha de Gui, acariciando a pele macia com a ponta do polegar.

— Acha que estou tentando bancar a heroína ao me oferecer para garantir que a fiação da armadilha esteja no lugar?

Gui olhou para cima, um pequeno indício de que estava escolhendo as palavras com sabedoria.

— Acho que está estressada e vai sair por aí "no lugar de outra pessoa", caso sua teoria dos cães-rubores esteja correta. — Jane ficou imóvel. Havia mesmo usado aquela frase de autossacrifício com *tanta* frequência? — Ei, ei, querida, não estou dizendo que não é, estou dizendo que *não* precisamos de uma única pessoa se sacrificando. Isso não é muito... Pynk da sua parte.

Foi a mesma coisa que Rhapsody disse a Enge. E por mais que Jane não quisesse ser a líder, a heroína, era um papel no qual se encaixava com naturalidade — ela percebeu que tinha sido até de forma inconsciente.

Jane tentou relaxar os músculos, tirando o blazer e saindo dos braços de Gui.

— Não é isso que estou fazendo. Só não vou ficar olhando o que vai acontecer e falar que é trabalho de outra pessoa lidar com isso. Nunca pedi a ninguém que fizesse algo que eu não faria, e não vai ser agora.

— Sinto muito, eu… — Quando Jane se virou, Gui não estava olhando para ela. Em vez disso, estava de cabeça baixa, vasculhando alguns dos tecidos neon e estampas de animais que haviam trazido. Jane, distraída, pensou: *Os tecidos podem se transformar em qualquer coisa aqui.* — Eu prometi a Zen que cuidaria de você.

— Mas cuidar de mim não é o mesmo que me proteger do mundo fora do Pynk — asseverou Jane. — Já estive lá fora antes e, desde que não esteja sozinha, vou ficar bem. E essa é a questão, não é? — Jane apontou para a lanchonete, onde Pel e Nomie trocavam perucas e decidiam qual combinava mais com o novo casaco de Nomie. — Que a gente não fique sozinha. Então, confie nisso, certo?

Gui soltou um suspiro profundo e assentiu com a cabeça.

— Tem razão.

— Eu sei. — Jane bufou. Gui ainda estava balançando a cabeça, uma conversa passando em sua cabeça que Jane não partilhava.

— Então, você devia usar botas brancas com o blazer — disse Gui, mais branda.

— Preciso verificar com Enge sobre o carregamento — comentou Jane. — Se você acabar fazendo algum croqui desses tecidos, quero ver antes de sairmos, ok? — Jane ficou na ponta dos pés para dar um beijo rápido em Gui, que lhe foi retribuído.

Intencionalmente deixou de lado o fato de saber que a suavidade no sorriso de Gui era de preocupação.

Jane chiou, soltando o ar entredentes.

— Sabe, ouvi umas merdas hoje cedo por assumir responsabilidade demais sobre esta sabotagem… e começo a entender o porquê.

O calor distorcia e borrava o horizonte atrás de Enge. O foco estava na maneira como a fiação ficava visível embaixo e em cima da areia, como se alguém tivesse levantado o fio para rastrear sua origem e tivesse lembrado de enterrar apenas metade dela.

A ousadia era o que mais preocupava Jane. Como se o responsável por aquilo não estivesse preocupado em ser pego.

Em geral, Jane e Enge viajavam em um silêncio confortável, mas aquela patrulha era tudo, menos comum. O silêncio de Enge enrolava-se e se distorcia como as ondas do ar desértico, e Jane não estava muito diferente. Mesmo quando se aproximavam do pôr do sol, a ameaça da Nova Aurora se estendia pela vastidão bege ao redor das areias infinitas, nas sombras de cactos e rochas irregulares.

— Se essa é a sua maneira de começar a ver como estou, estou bem.

Jane estalou a língua, ainda observando o trabalho de Enge por cima do ombro. Jane só queria entender o dano do jeito que Enge entendera.

Mas deixou a tecnologia para quem era especialista e observou o horizonte novamente — Enge poderia mergulhar no trabalho, enquanto Jane ficava de olho nos cães-rubores e nos coiotes.

Jane estreitou os olhos em direção a uma formação rochosa, que seria um ótimo lugar para uma emboscada. Seria fácil para um caminhão da Nova Aurora — sem falar em qualquer hovercóptero ou drone — chegar a toda velocidade daquela direção com pouco ou sem aviso-prévio. Era por isso que Jane carregava uma escopeta de cano serrado na carroceria da caminhonete.

Não que os canos duplos lhe trouxessem algum conforto. Seria perturbador ter de carregar uma arma naquele momento. O Hotel Pynk era um lugar sem esse tipo de violência. Mesmo a arma que Jane tinha consigo geralmente era mantida em um cofre seguro, enterrado na borda do terreno delas, uma necessidade perturbadora — e, mais ainda, uma lembrança perturbadora de um tempo que Jane esperava que pudessem ter deixado para trás.

A bile subiu pela garganta de Jane, mas ela se aproximou e pegou a escopeta mesmo assim.

— Se você estiver bem — disse Jane com uma indiferença falsa —, pode me ajudar com a minha história.

Houve um momento de silêncio e, se Enge tivesse dito que não podia ajudar, Jane teria desistido. Em vez disso:

— Seria bom me distrair.

— Do quê?

— De ter fodido essa manutenção.

A sinceridade de Enge doía. Mas também doía a dúvida em si.

— Você não fodeu essa manutenção. Cara, não deixe essas teorias te chatearem. — Jane ergueu a escopeta em direção à formação rochosa, maravilhada com a estranheza de seu peso. — Você me guiou por todos os seus procedimentos e por tudo o que outra pessoa do hotel poderia ter feito. Não parece ter a ver com negligência.

— Se fosse esse o caso, as outras não... — Enge se interrompeu, balançando a cabeça. — Que história você quer contar?

O coração de Jane ficou apertado com a quase admissão de Enge, mas continuou a oferecer uma distração.

— Quero contar a história da Alice.

— Qual delas?

— Do incidente da festa. Com os cães-rubores.

Enge respirou fundo, levantando-se e se afastando da fiação. Limpando a areia dos joelhos, caminhou até a caminhonete e tirou de lá um cantil de água. Um longo gole depois, começou a contar a história de Jane.

— *Alice não é um nome deixado de lado* — afirmou Enge. — *Não é um nome morto, mas um nome escudo, um que você usou para impedir que a Nova Aurora descobrisse o que estava fazendo. E o que Alice estava fazendo eram festas de protesto. Zen filmava partes, exibia em outras festas, e Ché ajudava você a divulgar.*

"As festas eram sujas, eram tudo o que a Nova Aurora queria destruir. Ao contrário das festas mais antigas, não havia máquinas de fumaça; Alice queria que os convidados pudessem se ver no ar da noite, claro, nítido e imperfeito em sua beleza."

Jane interveio nesse momento com a parte que ela lembrava:

— *As festas eram noites de liberdade, mas também havia um lado prático. É como tentamos nos manter em segurança. Compartilhamos informações, contrabandeamos coisas que nunca queriam que víssemos... erotismo, música, arte feita com elementos hackeados. E foi isso que fiz assim como Alice. Orquestrar tudo isso.*

Havia lembranças dessas festas nos limites da mente esfumaçada de Jane, o arco-íris e as luzes de neon, os clubes e *rooftops*. Havia trocas de roupas lá também, mas...

Alice concentrava-se em buscar roupas e afins para pessoas cuja pele arrepiava ao fingir ser um computador limpo, que de outra forma não teriam lugares para se encontrar.

Era uma merda ter de contrabandear calças e lingerie e botinas, *laces* e perucas, mas era necessário.

— Você está bem? — perguntou Enge, interrompendo o tom do ritual.

A interrupção ajudou a arrancar Jane das bordas mais obscuras da memória, e, quando voltou a falar, foi uma questão de reiniciar o ritual.

— *Me conte a parte que estou tendo dificuldade para pôr em palavras. A parte em que... alguém tocou em uma jaqueta de couro.*

Enge apertou com força os lábios.

— *Você me disse que Alice se esforçou para ser aberta e livre enquanto tinha de arcar com as suspeitas, e essa noite foi o motivo.*

Enge passou a água para Jane, que bebeu com cuidado, os olhos ainda fixos no horizonte.

— *Havia um convidado vestido de preto com tinta branca respingada em seu colete à prova de balas. Algumas pessoas reaproveitavam equipamentos dos opressores da Nova Aurora, então um colete não era um sinal, não em combinação com tênis decorados com metal e maquiagem à prova de escaneamento. As luvas deviam ter sido esse sinal, mas havia tanta coisa acontecendo naquela noite...*

— *As luvas, não* — Jane disse com cautela —, *mas a maneira como ele as tirou, só para tocar na roupa. A maneira como ele se encolheu por conta de uma manga remendada de qualquer jeito.*

— *Ele se encolheu, soltando um chiado, da única coisa que tocou durante todo o tempo em que esteve lá.* — Enge olhou para as próprias mãos, como se imaginasse o que ele sentiu. — *E, embora houvesse um espaço entre vocês, você me contou que conseguia sentir o calor do corpo dele.*

Jane assentiu com a cabeça.

— *Sua mão ficou vermelha como se tivesse acabado de sair de um banho quente, ou como se fosse uma erupção febril. Levantei meus olhos e o vi, vi aqueles olhos arregalados e soube.*

— *Você me disse para sempre perguntar o que ele disse para você. Enquanto tivesse esse momento, eles nunca poderiam tirar essa lembrança de você.*

Enge não diz como enfatizavam que a Nova Aurora não podia mais tirar as memórias, que as lacunas não foram causadas pelo Nuncamente, mas pelas cicatrizes que deixou no coração de Jane. Depois daquela primeira vez, nunca mais tocou no assunto e, por isso, Jane ficou grata; tivesse certeza ou não, as lacunas e a fumaça permaneciam.

Demorou um pouco para Jane falar, mas as palavras vieram.

— *Ele me disse que qualquer coisa em demasia o machucava... alegria demais, medo demais e tristeza demais. E era isso que a liberdade significava para ele. Ser demais.*

— *E, então, você virou a porra da mesa em cima dele* — comentou Enge com um pouquinho de diversão contorcendo os cantos da boca. — *Me diga o que pareceu até que você precise de mim para assumir.*

— *Me lembro das roupas subindo, voando sobre a mesa com a força da virada. Me deu cobertura, da mesma forma que os hovercópteros da Nova Aurora têm luzes para nos localizar e nos ofuscar.*

As cuecas boxer e as camisetas descreveram um arco no ar sobre *binders* e sutiãs, uma flor ondulante que sinalizava para o restante da festa que era hora de dar no pé. Jane estendeu a mão para a pessoa mais próxima — seu rosto danificado e estilhaçado pelo tempo e pela Nova Aurora — e a puxou para longe.

Como Alice, Jane tinha um plano ali, tinha organizadores de festas que sabiam como esvaziar as pistas de dança improvisadas e salvar da ameaça o maior número possível de pessoas. Mesmo que o cão--rubor estivesse sozinho, quanto menos cheiros pudesse encontrar, e menos pessoas pudesse rastrear, melhor.

— *Ele era o batedor.* — Era como se a memória tivesse se aberto, por um breve momento, para Jane enxergar por completo. — *Ele me perseguiu enquanto eu procurava Zen e gritava para garantir que ela estava segura...*

Mas havia outros, autoridades da Nova Aurora, a violência necessária para fazer funcionar sua limpeza.

Certa vez, Zen explicou a Jane como a violência dos cães-rubores não era suja pelos padrões de Nova Aurora. A sujeira precisava ser limpa, e a sujeira era *quem você* era, como não se encaixava na visão do mundo da Nova Aurora. Seus soldados de infantaria não podiam ser infectados. O que faziam era parte da máquina da Nova Aurora. Computadores programados para arrastar os infectados para que as Tochas os conduzam à luz.

Na realidade, o som dos hovercópteros provavelmente abafou a maior parte do som além dos gritos, mas, na memória de Jane sobre aquela noite, ela podia ouvir as botas dela e os tênis dele batendo no chão com firmeza.

— *Até onde ele perseguiu você?*

Foi a vez de Jane sorrir.

— *Até o palco. Onde havia muita coisa para acabar com a raça dele.*

Os cães-rubores eram rastreadores, mas idiossincráticos porque não queriam se envolver com muitas pessoas ao mesmo tempo — demais, no fim das contas, é demais. Então, se fixavam em alvos, e isso sempre foi uma contingência da parte de Alice: organizadores de festas que se ofereciam para serem "alvos" enquanto outros escapavam.

Alice sempre se voluntariava, e, naquela noite, banhada por luzes roxas e rosa, agarrou o pedestal do microfone como se fosse um cajado. Arrancou o cabo de áudio para poder manipulá-lo livremente...

... e, em seguida, bateu com a parte de baixo no peito do cão-rubor. A primeira vez por ter ido atrás dela, e a segunda por ter ido atrás dela antes que Alice tocasse seu *set* com Zen e Ché. A terceira por desbaratar todo mundo.

— *Quatro vezes por sempre dizer que qualquer um de nós era demais.*

— *Você escapou naquela noite.*

— *Depois de nocauteá-lo? Escapei. Levei um dia para encontrar Zen e Ché, que tiveram de se esconder em outro prédio até que os hovercópteros de busca e cães-rubores batedores limpassem a área.*

Enge interrompeu o roteiro.

— E se às vezes... tudo *for* demais?

Jane piscou, surpresa.

— Não somos demais. Nunca é demais. Quem somos e o que sentimos não pode ser demais. Pode parecer assim às vezes, mas não é verdade.

Enge olhou para a areia, chutando-a com a ponta da bota.

— Queria poder acreditar nisso. — Virou-se para jogar a água de volta no caminhão.

Jane tomou seu braço com gentileza.

— Quem está dizendo que você é demais, Enge? — O fato de Jane brigar com qualquer um que dissesse tal coisa estava tão implícito que Enge bufou, mas Jane lançou um olhar firme na sua direção. Teve uma ideia, porém queria ver se Enge falaria. — Estou perguntando mesmo.

Enge deu de ombros.

— Ninguém está falando nada, Jane, mas sabe como é. Algumas pessoas acham que ser demais é dizer quem você é e descontam em você. Ou no seu trabalho.

— Talvez a Nova Aurora faça isso. Mas em Pynk não tem disso, e vou consertar essa merda agora mesmo.

— Sei que você faria, mas é... só quero trabalhar com recuperação, consertar carros e rádios que encontrarmos, manter a eletricidade ligada. Não estou tentando ser especial. Só encontrei meu lugar, mesmo que as pessoas achem isso um pouco engraçado. — Outra pausa. — Não é todo mundo. Não é nem a maioria das pessoas. Mas fico imaginando... as pessoas questionariam meu trabalho se não pensassem que eu quero ser especial? Ou estariam aqui conosco agora? De olho na merda que pode dar?

— Não descarto suas preocupações, mas nada disso deveria importar, de jeito nenhum. — Jane balançou a cabeça. — É inaceitável. — Mais uma vez, Jane tinha suas suspeitas, mas agora precisaria ficar de olho em Enge, nas maneiras como outras pessoas abordaram Enge no hotel. Era fácil ficar de olho no óbvio, mas Jane não queria apenas fazer o que era fácil. Fosse como Jane ou como Alice.

— Por que você quer essa memória agora? — perguntou Enge.

— Tenho repassado tudo o que me lembro sobre como lidar com cães-rubores, tentando pensar sobre os tipos de rastreamento que vi neles. Às vezes, eles sabotam, mas em geral significa que alguém criou esse plano de um jeito específico. Lembrar só me dá mais certeza de que estamos lidando com cães-rubores.

— Por quê?

— Acho que é para rastrear onde estamos, onde está o Pynk — confidenciou Jane. — Não física, mas emocionalmente.

— Mas *por quê*? Por que agora? Por que simplesmente não nos atacam?

Essa era a parte em que Jane se debatia.

— Podem pensar que estamos bem distraídas para tentar agora, e que apenas encontramos por acaso sua sabotagem. Ou talvez… talvez estejam tentando nos irritar. Fazer com que a gente se ataque por dentro? Estou curiosa para saber.

Enge abriu a boca para responder, mas as duas viraram-se bruscamente para olhar um zumbido distante. Uma nuvem de areia por trás da formação rochosa, como uma pilha de roupas arremessadas de uma mesa.

— Entre na caminhonete, agora! — Jane já estava indo para a parte de trás. Tinha uma única das balas especiais carregadas, mas não adiantaria muito se não conseguisse recarregar.

Enge não pronunciou uma palavra para argumentar até já estar no banco do motorista, gritando para trás quando ligou o motor:

— Não precisa ir aí atrás!

Se ao menos isso fosse verdade — Jane sabia muito bem como era fugir da Nova Aurora. A caminhonete, mantida inteira com engenhosidade e pelo motor recuperado, nunca ultrapassaria as três motocicletas com esteira de tanques que avançavam, mesmo aquele com o reboque. Além disso, quando começaram a se aproximar, Jane pôde ver que havia um rifle nas mãos do passageiro do reboque.

Então, ela *precisava* ir lá atrás.

Jane sabia que a munição deles seria muito mais mortal ou dolorosa do que qualquer coisa que sua escopeta pudesse cuspir — mais precisa também. E teve de ignorar o fato de que seu estômago embrulhou quando ela ergueu a escopeta. Já não gostava de senti-la na mão, e era pior com a adrenalina de ser perseguida.

A verdade era que não queria machucar ninguém, nem mesmo os lacaios da Nova Aurora, havia trabalhado e fugido por tempo demais para não ter de puxar gatilhos. Mesmo lutando contra o cão-rubor, tal como Alice, protegeu os outros mais do que a si mesma. Mas ela e Enge não podiam voltar correndo ao hotel com a Nova Aurora em seu encalço. Não podiam arriscar que alguém se machucasse no Pynk. Jane não era soldada, nunca seria, mas protegeria a família que encontrou, do mesmo jeito que ela a protegeu.

— Não pare! — disse Jane. *Assim, talvez eu não precise puxar este gatilho.*

Talvez pudessem despistar os motoqueiros ou despistá-los de alguma forma...

A autoridade no reboque levantou o rifle, e Jane se abaixou na carroceria do caminhão. Porém, em vez de zunir acima dela, o próximo som foi um *POP* alto quando o lado direito da caminhonete caiu de uma vez.

— Atingiram a roda traseira! — gritou Enge, junto a uma sequência de palavrões. Jane sentiu o solavanco inercial da caminhonete, agora virando e tentando diminuir a velocidade, enquanto Enge lutava contra ele.

Jane ficou feliz por estar deitada quando a caminhonete foi atingida, mesmo que com isso tenha se chocado contra a lateral da carroceria do veículo. Ela ergueu-se com um braço até olhar por cima da carroceria da caminhonete. As motos ainda cruzavam a areia, cada vez mais próximas.

Com a areia batendo no rosto, prejudicando sua visão, Jane ergueu a escopeta. Tentou controlar a respiração, o batimento cardíaco que ribombava. Tentou não pensar na forma como a areia era levantada pelo caminhão, pelas motos, ondulando...

Como roupas sobre uma mesa. Não, como fumaça, como gás pululando ao redor de Jane, entrando em seu nariz, passando pela boca, sufocando-a, lutando contra sua necessidade de ficar acordada e lembrar...

Ela ajustou a posição para ficar agachada; o centro de gravidade ajustado melhorou seu equilíbrio. Ela tentou concentrar-se, piscando para afastar tanto a areia quanto a memória. Era cruel como o trauma fazia com que ela se lembrasse agora quando precisava estar presente, quando se perder no passado poderia levá-la de volta aos corredores de outra instalação, sem Zen para segurar os pés dela no chão e ajudá-la a escapar.

Por fim, suas mãos não sentiram nada além do ardor da areia batendo e do peso da escopeta. Sua luta interna parecia levar dias em vez de segundos, mas ela inclinou a arma e mirou mais baixo; o motociclista e o reboque não estavam prontos para aquilo.

A munição da escopeta estava cheia apenas com pólvora suficiente para dar a velocidade e o impulso necessários; o resto era a *teia*. O projétil saiu com uma explosão da arma, a teia se expandindo antes de bater na roda dianteira de uma das motocicletas, segurando a moto e o motociclista no chão. A moto bateu forte na teia, sem tempo para compensar o golpe. Jane observou a traseira da moto se elevar no ar, o reboque sacudido pela inércia repentina, os dois pilotos sendo lançados para fora.

Jane pegou outro projétil com teia, mas a caixinha deslizou para a frente e para trás enquanto Enge lutava para manter o controle. Jane xingou.

Sem reboques para atrapalhá-las, as outras duas motos conseguiram desviar de seu companheiro detido pela teia e ganharam terreno, ficando a apenas alguns metros da traseira da caminhonete.

Naquela distância, os motoqueiros pareciam grandes, e Jane tentou afastar a maneira assustadora como aquelas máscaras de gás ameaçavam deixá-la em pânico. Não funcionou tão bem quando ela avistou um deles tirando uma granada da jaqueta.

— Máscaras de gás! — gritou ela. — Estão jogando...

A granada fez um arco para cima quando o perseguidor a lançou no alto. No meio do arremesso, Jane viu o gás já começando a vazar. Tentou arrancar sua camisa, esperando usá-la como uma máscara improvisada em volta do nariz e da boca, mas um refrão familiar a deteve.

Solte o Nuncamente

Solte o Nuncamente

Solte o

Jane foi lançada para a frente e quase arremessada para fora do caminhão, agarrando-se nas laterais da caçamba. Levou um momento para entender o que havia acontecido; os efeitos da frenagem de Enge vieram todos de uma vez.

A granada voou acima delas, ultrapassando seu alvo. O pneu estourado impediu a caminhonete de parar por completo, então ela deslizou um pouco para a direita, porém não tão rápido a ponto de os motoqueiros passarem em disparada; em vez disso, bateram na porta traseira da caminhonete e foram jogados para trás pela força. O acidente deixou amassados na porta traseira da caminhonete, mas os motociclistas ficaram muito piores do que o veículo.

À frente e à esquerda, Jane viu uma pequena nuvem de Nuncamente. Ou foi o que ela pensou, até perceber que o gás que estava sendo disperso era uma pluma marrom-esverdeada, cor de lama. Não era o Nuncamente de que ela se lembrava. A granada passou perto o suficiente para que o gás atingisse o nariz e a boca de Jane enquanto ficava mais leve. Ela estremeceu e sentiu náuseas.

E, em seguida, ela *se lembrou* num repente.

Não era apenas uma lembrança. Era como a lembrança obscura das histórias da Caverna, exceto que era uma torrente, uma tempestade de areia caindo sobre seus sentidos e sua mente.

Havia Zens e Chés, Mary Apples e Enges e *tantas versões de si mesma*, tantos momentos de sua vida acontecendo com todos os membros ao mcsmo tcmpo. Cada toquc íntimo, cada dor agonizantc... cada dose de Nuncamente e cada respiração ofegante de ar limpo depois.

Seu corpo em pânico lhe dizia que precisava sair da caminhonete para se livrar do gás; ele subia, batia nela enquanto ela estava na *caminhonete... instalação da Nova Aurora... na festa... na casa em que ela cresceu...*

Jane arrancou a camisa e a colocou sobre a boca. Pensou que o gás estava se dissipando, mas a fumaça branca do velho Nuncamente em sua cabeça tornava difícil ter certeza; ela não podia arriscar.

— Não. — Ela ofegou e tossiu ao sair da caçamba da caminhonete, à medida que tombava para o lado. A dor do impacto no chão e da areia batendo contra ela significava pouco, exceto outra sobrecarga do sistema.

Agarrou a maçaneta da porta do lado do passageiro, abrindo-a e rastejando para dentro. As janelas estavam erguidas; ela ficaria bem assim que fechasse a porta, só precisava respirar.

Enge talvez tivesse chamado seu nome, ou talvez tenha sido uma dúzia de vezes no passado que ela ouviu Enge dizer isso. Jane lutou para controlar seus membros, para arrancar cada lembrança de seu sistema nervoso e jogá-la de volta ao seu passado. Ela respirou fundo, pensou na Caverna e sua terra, e nos milhões de lembranças enraizadas no solo…

Havia mãos em seus ombros no presente, mas Jane se esforçou para senti-las. Ouviu uma voz — a voz de Enge, dizendo palavras que Jane teve de lutar para ouvir.

Foi a tosse que fisgou a mente de Jane, um súbito pânico do presente por ela ter levado essa torrente para Enge. Não limpou as lembranças, mas aumentou o volume o suficiente no presente…

Me conte onde você está, Jane. Jane não entendeu. *Você continua falando sobre o passado. Me conte como você sente o toque do banco agora.*

Jane lutou para encontrar as sensações do presente enquanto imaginava quais histórias do passado sua boca murmurava. Ela descobriu a viscosidade dos bancos de couro embaixo das coxas, a forma como o suor em seu corpo, causado por adrenalina e medo, escorria por suas panturrilhas. Ela estendeu a mão à frente e havia um painel de plástico rígido, tão texturizado que ela sentiu na ponta dos dedos.

O passado começava a recuar como a maré.

— Eu… — Jane tentou dizer uma centena de coisas ao mesmo tempo, todas as que sentia *agora*, mas precisava encontrar apenas uma. — Obrigada, obrigada. Estou bem agora. Eu acho? — Virou-se para olhar para Enge, cujo rosto apresentava um leve hematoma; Enge havia se chocado contra o volante ao frear? Quantos presentes aconteceram naquele momento para os quais Jane não estava desperta? — Como descobriu como falar comigo?

Enge pôs as mãos de volta no volante, ligando o carro.

— Você estava conversando com Ché e Zen, mas não… Você me fez guardar suas histórias para você, Jane. Todas essas lembranças… você confia em mim para saber quando está misturando-as.

Jane assentiu, mas foi uma reação esgotada, cansada.

— Bem, acho que você os matou — disse ela, olhando pelo espelho retrovisor e mal vendo as motocicletas espalhadas pela areia. — Mas precisamos sair daqui.

— Vou dirigir algumas horas; garanta que eles não possam nos seguir se acordarem. — A voz de Enge estava rouca, e Jane ansiava por assumir a direção. Assumir para que outra pessoa não precisasse fazê-lo, pensou ela, secamente. Mas Jane não conseguia dirigir naquele momento. — Hoje temos vento suficiente para cobrir os rastros daqui a pouco.

Jane assentiu, recostando a cabeça para trás no banco.

Dirigiram até ser impossível ver os motoqueiros. Jane, ainda sem camisa, manteve o rosto coberto, confortada pela sensação do tecido nas narinas, em vez das drogas da Nova Aurora infiltrando-se.

Fazia frio na Caverna, e entre o frio e seu cobertor, Jane conseguia atenuar a dor dos hematomas por todo o corpo. A terra era macia embaixo dela; isso, somado ao silêncio, eram suficientes por enquanto.

Levou consigo um kit de costura para poder consertar as roupas e algumas peças de vários membros do hotel. Gui havia se oferecido para ir junto, mas a preocupação em seu rosto... Jane só precisava de um tempinho para respirar. Longe de pensamentos indesejados.

Jane sentiu alguém entrar na Caverna, uma sombra adicional estendendo-se. Porém, não ficou tensa. Nem toda companhia era indesejada.

— Nunca a Nova Aurora havia me perseguido.

Quando Enge não saiu da entrada, Jane parou de costurar, dando um tapinha na terra ao lado dela. Enge sentou-se, encolhendo os joelhos sob o queixo. Pareciam mais jovens assim, ou talvez o coração terno de Jane apenas sentisse isso.

— Você fez o que tinha de fazer — respondeu Jane. — Estou orgulhosa de você, colega. — Enge revirou os olhos com carinho, e Jane se inclinou na direção delu. — Você está bem?

Enge deu de ombros.

— O caminhão está todo fodido. Vou levar pelo menos uma semana para fazê-lo voltar a funcionar. Não parecia ser o verdadeiro problema, e Jane ergueu uma sobrancelha questionadora. Enge soltou um chiado entredentes. — O que era aquele gás, no fim das contas?

— Nunca tinha visto — respondeu Jane. — O melhor palpite é algum tipo de Nuncamente reverso. — Ela havia compartilhado sua experiência do gás com Enge quando se afastaram o suficiente para que ela se sentisse segura. — Talvez sirva para sobrecarregar os alvos.

— Ou facilitar o rastreamento dos cães-rubores — sugeriu Enge.

— Trazendo à tona todos os tipos de emoções para eles identificarem. — Jane estremeceu com o pensamento. — É bom que todo mundo acredite na gente.

— Não mentiríamos sobre algo assim, sem dúvida.

Quando finalmente voltaram ao hotel no dia seguinte, todo mundo estava agitado de preocupação. A caminhonete era a menor das preocupações de todes, pois várias mulheres ajudaram a cuidar de seus ferimentos. Eram principalmente cortes e hematomas, mas Enge havia deslocado o ombro, e Jane havia se cortado um pouco enquanto estava na traseira da caminhonete.

— Quando cheguei aqui — disse Jane, com cautela — pela segunda vez... foi um alívio. Minha cabeça ainda estava enevoada com o Nuncamente, mas existe tanto apoio aqui que eu ainda pude seguir em frente. Ainda estava livre, e Zen e Ché estavam bem. Pudemos criar arte, fazer amor e ajudar outres a fazerem o mesmo.

Ela olhou para o short de basquete que estava consertando, voltando a costurá-lo.

— Quando eu saía para explorar com Zen, conseguia me preparar para a ameaça da Nova Aurora, ao menos um pouco. Mas, desde que vocês encontraram aquele fio danificado, parece que estão no nosso cangote.

— Estão mais próximos do que costumavam estar — afirmou Enge.

— Mais reais do que nunca — concordou Jane. — Então, não sei como foi para você fugir deles outro dia, mas passei por algo um pouco parecido.

— É por isso que você está aqui?

Jane assentiu com a cabeça.

— Eu precisava pôr os pés no chão. Precisava lembrar apenas o que *quero* lembrar, não tudo o que surge quando penso na Nova Aurora.

— O hotel não deixa você com os pés no chão o bastante?

Jane ergueu o short, voltando a verificar seu trabalho manual.

— As plantas têm muitas raízes que às vezes se espalham. Imagino que seja mais ou menos assim. — Ela decidiu que precisava refazer a bainha que acabara de consertar. — Tem uma coisa especial aqui, algo a mais, em especial quando não estou com Zen e Ché. — Jane abriu um sorriso suave. — Você me ajudou com isso, então, obrigada.

Enge tossiu com desconforto.

— Eu, hum... de nada. Embora todo esse lembrar da história não importe muito se a Nova Aurora aparecer e...

Jane interrompeu Enge com seriedade.

— Nem comece com isso. O jeito como a Nova Aurora tenta nos limpar? A *única* coisa que importa é que nós lembramos. — Jane lembrou como era não apenas ter a própria vida destruída, mas a lembrança da coisa mais doce que já havia acontecido com ela: Zen. — Por isso fico com medo quando minha memória fica turva. Porque, enquanto nos lembrarmos e vivermos, a Nova Aurora não vencerá.

— Desculpe, eu não deveria ter dito isso.

— Não preciso de desculpas, só quero que entenda. — Jane olhou para a caixa de costura e percebeu que agora era um momento tão bom quanto qualquer outro para o que ela queria compartilhar. — Olha, tenho uma coisa aqui que pode ajudar.

— A compreender a Nova Aurora? — Enge parecia duvidar. — Não sei bem se há muito mais que você possa apresentar que ainda não tenha compartilhado.

Ignorando o comentário, Jane puxou uma túnica branca da caixa, e Enge ficou em silêncio por alguns segundos. Sabia o que era; tinha ouvido falar bastante daquele objeto.

Jane pigarreou.

— Enge, quando saí daquela instalação, não me livrei do que vestia. Também não entreguei a ninguém. Provavelmente é uma superstição, mas… é uma das âncoras de que eu costumava me lembrar. Lembrar que *escapei*, que, mesmo eles tendo tentado me revestir e me reinventar, fazer de mim uma coisa insípida e limpa… eles não venceram. Aguentei firme e não estava sozinha.

"Ainda assim", Jane continuou, deixando escapar uma risada curta e triste, "isso nem sempre significava que era fácil de olhar para ela. Mas era bom, significava que eu ainda *sentia* alguma coisa quando olhava para ela. Que eu ainda entendia que valia a pena lutar contra a Nova Aurora".

Jane esfregou o polegar no tecido. A sujeira embaixo dela, a túnica em suas mãos…

Ela ficou entre Ché e Zen, viu o buraco começando na costura da manga de Zen. Deve ter se enganchado em alguma coisa enquanto fugiam. Foi uma explosão de desafio que a fez estender a mão para enfiar um dedo no buraco.

Zen agarrou a mão de Jane, apertou-a com ternura, beijou-a. Então, ela foi além, fazendo o que Jane estava imaginando — agarrou a manga da camisa e puxou, *o som do rasgo mais alto que qualquer coisa que Jane já tinha ouvido.*

Zen olhou para Ché. Levou alguns segundos extras para rasgar os fios a ponto de arrancar a manga de Ché, e mais tempo ainda para Zen e Ché puxarem simultaneamente a de Jane. As mangas ficaram presas, levaram mais alguns segundos. Ché teve de rasgar uma com os dentes, seu pedido de desculpas por fazê-lo na linguagem dos beijos naquele mesmo braço. A de Zen saiu com mais facilidade, então ela deu beijos de forma igualmente livre.

Beijaram-se. Riram desse pequeno desafio, de um jeito muito significativo e sem sentido ao mesmo tempo. Riram e se beijaram até provarem as lágrimas de alívio mútuas em seu rosto.

Quando voltaram a dirigir, jogaram as mangas rasgadas para trás, fazendo-as esvoaçar e ondular ao vento.

Jane engoliu um nó na garganta.

— Quando você estava dirigindo, e precisei atirar, lembrei onde consegui isso. Eu odiava lembrar. Mas tenho de fazer isso de qualquer jeito, e fico *muito* grata por você me ajudar a lembrar, então... — Jane estendeu a túnica, e Enge piscou, mostrando perplexidade. — Aqui. Para que nunca se esqueça de como me ajudou. Obrigada.

Enge estendeu a mão, os dedos flutuando sobre a túnica como se houvesse uma preocupação: será que causaria dor? Depois de um segundo, porém, Enge a pegou com reverência. Jane esperava que fosse a reverência pela própria memória, em vez lembrar a Nova Aurora.

— Meu moletom favorito sofreu um bocadinho enquanto estávamos fora — disse Enge depois de um momento. — Se importa em me ajudar a costurar?

Jane assentiu com a cabeça.

— Claro que não.

PARTE 2

Enge cruzou os braços sobre o peito de forma protetora, acariciando com o dedão o pano branco que agora remendava as mangas de seu moletom com capuz. O Acorde mais recente — o segundo em uma semana, muito mais do que qualquer uma estava acostumada — estava terminando, as residentes do Hotel Pynk se movimentando devagar dos lugares ao lado da piscina. Enge observou algumas das mulheres voltarem para dentro e outras caminharem em direção ao restaurante; apenas um punhado ficou ao redor da piscina.

Enge sentou-se na beirada, os shorts curtos o suficiente para que pudesse mexer os pés na água sem molhar o chão ao seu lado. Olhando para baixo, observou seu reflexo ondulante na água, emoldurado pelo céu noturno.

Era um reflexo cansado, pensou, com lábios franzidos pelo desagrado. Estava com o que seu último amor havia descrito como olhos "sonolentos", baixos, e a última semana não estava ajudando em nada. Carregava a exaustão na maneira como se curvava para dentro, na inclinação de seus ombros.

Seu reflexo desapareceu quando as luzes suaves da piscina foram acesas. Olhando para cima, Enge viu que Gui havia acendido. Ela não interrompera de propósito os pensamentos de Enge — estava agachada do outro lado da piscina, com a cabeça virada e conversando com Rhapsody e Jane. Jane sorria, uma visão reconfortante. Se Jane conseguia sorrir depois do desentendimento que tiveram, depois que toda a comunidade do Pynk precisou de voluntários para ficar de guarda, então, Enge podia ao menos relaxar do próprio desconforto.

Enge sabia por que estava levando isso para o lado pessoal, e não era por sentir a perturbação do encontro com a Nova Aurora. O problema havia começado antes disso, quando viram os fios cortados pela primeira vez, quando ocorreu o primeiro Acorde e todes queriam acreditar que as coisas não haviam mudado no hotel. Não que *ninguém* estivesse preocupade com a sabotagem — Jane com certeza estava, e um número suficiente de mulheres respeitava o instinto de Jane para votar com ela —, mas outras variavam de despreocupação à fúria com *Enge*, e era isso que doía.

Para Enge e outres, o hotel era um lugar seguro, uma bolha de beleza e alegria e, para elus, essa beleza estava na mecânica. Até as armadilhas que ajudava a manter faziam Enge se sentir artista. Reconstruir a caminhonete com restos enferrujados era uma obra de arte. A primeira vez que Enge sentiu de verdade que pertencia às mulheres do hotel foi quando elu, Pel e Zen pintaram a caminhonete de rosa brilhante.

E agora alguém havia interrompido tudo isso, e parecia que o peso dessa interrupção estava sobre os ombros de Enge, deixado ali pela suspeita insidiosa que aparecia nos rostos das mulheres que elu amava.

— Parece que você precisa de uma massagem no ombro. — Enge olhou para trás. Por falar em Pel... — Se quiser...?

— Eu adoraria, na verdade. — Enge surpreendeu-se com sua confissão. A honestidade veio com um prêmio; Pel ajoelhou-se atrás de Enge e começou a massagear seus ombros. Pel era baixista, fazendeira, e tinha dedos fortes e confiantes. Enge baixou ligeiramente a cabeça. — Não acha que isso é minha culpa, acha, Pel?

Pel puxou Enge pelos ombros, franzindo a testa.

— Garota, de onde você tirou essa ideia?

Foi legal quando Pel chamou Enge de "garota". Talvez fosse porque, na primeira vez que Pel fez isso, ela perguntou se estava tudo bem, ou talvez fosse por causa do calor em sua voz quando disse isso. Foi um daqueles momentos que não causaram arrepios em Enge.

— Se eu fosse melhor em manter as armadilhas, eles não teriam ficado tão ousados, ou eu teria algum sinal anterior e...

— O problema — declarou Pel, interrompendo — é que você gasta tanto tempo tentando desaparecer que não vê mais nada acontecer ao seu redor. — Enge não entendeu, e Pel gentilmente virou a cabeça de Enge para que ela pudesse fitar seus olhos. — Pynk é uma comunidade, Enge. E das fortes. Estamos todes interconectades... de jeito nenhum você é exclusivamente responsável por trazer a Nova Aurora à nossa porta. A não ser que esteja fazendo acordos com eles, e você não parece o tipo que quer ser um computador limpo.

Enge riu.

— Não, estou muito bem ficando suje. — Enge lidara com o limpo e o sujo antes de a Nova Aurora começar a rotular todo mundo, desde quando era criança. Elu mais que aceitava quem era.

— Exatamente. — Pel sorriu. — Posso fazer uma pergunta?

— Pergunte.

— Está preocupade por ter feito algo para causar isso... ou porque o restante das garotas *pensa* que você fez? — Enge desviou o olhar, mordendo o lábio. Não pôde evitar e olhou para o outro lado da piscina na direção do trio que ainda conversava. Jane chamou a atenção delu e respondeu com um sorriso; Enge desviou o olhar antes que pudesse acidentalmente encontrar os olhos de Gui ou de Rhapsody.

— Gostaria de pensar que todo mundo aqui sabe que não se deve criticar ninguém por existir, mas não sou idiota.

— Não é todo mundo — ponderou Enge. — Não é nem a maioria das outras.

— Uma ou duas é o suficiente — disse Pel. Enge concordou com a cabeça. — Bem, você passa muito tempo com nossa Jane... O que ela diria para você?

Jane provavelmente contaria uma história de quando ela e Zen estavam dirigindo pelo país, imaginou Enge. Sobre as festas fora do hotel, e como cada centímetro do propósito da vida era encontrar amor, liberdade e seu povo. Era abraçar a própria estranheza e a selvageria dos outros.

Enge imaginou Jane em tule, couro e lantejoulas e soube a resposta.

— Ela diria "Que se fodam".

Pel abriu para Enge um sorriso ardente.

— Foda-se, é isso que ela diria.

Enge desejou que pudesse ter a força que sempre estava presente na voz de Jane.

• — •

MESMO COM O ESTRESSE DAS COISAS, ENGE PÔDE ASSISTIR ÀS COLEGAS ocupantes do Pynk ansiosas, se preparando para o festival. Ninguém precisava muito da ajuda de Enge além de querer um público enquanto ensaiava. Então, Enge ficava à beira da piscina, feliz em assistir. E a verdade é que Enge adorava ouvir o trabalho delas, assistir às peças curtas. Não era a arte preferida de Enge, mas era incrivelmente linda e emocionante — ninguém as *impedia* de criar obras ali, e nunca ficava cansativo ver no que isso resultava.

O resultado da massagem de Pel foi ainda mais satisfatório, pois Pel embalou Enge até chegar ao êxtase tocando baixo em seu quarto. Mas, no fim das contas, até mesmo Pel acabou caindo no sono. Enge levou Pel para a cama, sem discutir quando Pel murmurou, ainda dormindo, que Enge deveria ficar. Já haviam feito isso antes, com Enge fugindo no final da noite. Enge não pôde deixar de sentir que estava ocupando muito espaço quando tentava ficar, não importava o quanto fosse doce o que Pel murmurasse.

Além disso, naquela noite, Enge tinha outra coisa para fazer do que acordar nos braços fortes de Pel.

Enge foi para seu quarto e trocou os shorts por jeans pesados. Pensou em trocar o moletom, mas desistiu; a noite no deserto era fria e, se Enge tivesse de correr, as mangas compridas podiam evitar que se arranhasse.

A verdadeira questão era que Enge não gostava de armas. Ninguém chegava ao Pynk para se meter com armas, e sim em busca de segurança. Porém, se Enge saísse e arriscasse encontrar cães-rubores, bem, elu não podia arriscar sair sem nenhuma proteção. Enge olhou ao redor de seu quarto fechando a cara antes de pegar um grifo e enfiá-lo no bolso de trás.

Mas não tinha certeza se aquilo seria suficiente. Então, na saída do hotel, Enge correu até uma pilha de objetos quebrados e deixados de lado até que alguém descobrisse o que fazer com eles. Havia todo o tipo de coisas — e Enge encontrou dois que seriam úteis: uma guitarra e um baixo destruídos, partidos ao meio depois de uma noite de show particularmente... *dramático*.

Agarrando os braços dos dois instrumentos, Enge os separou completamente do restante arruinado. Elu estremeceu com o som de madeira quebrando, mas lembrou que aquele era um desmantelamento digno. Foi necessária uma combinação de cordas de instrumento, cola de madeira e uma solda para enfim fazer o pseudobastão que Enge pendurou nas costas com alças da guitarra. Mas serviria.

Enge presumiu que todo aquele trabalho manual denunciou seus planos.

— Saindo de fininho?

Rhapsody.

Caralho.

Não era exatamente o rosto mais gentil do hotel. Enge virou-se, respirando fundo. Rhapsody estava seminua, de calcinha e camiseta, na porta. Aquilo não tirava o olhar raivoso que ela sustentava.

— Aonde vai?

— Só verificar os fios de armadilhas nas proximidades — respondeu Enge. Não era mentira, já que Enge planejava conferi-los enquanto estivesse fora. — Não consigo dormir, achei que seria útil.

Rhapsody estreitou os olhos; Enge não precisava ser um cão-rubor para sentir a desconfiança emanando dela em ondas. Enge poderia mesmo culpá-la? Sim, Rhapsody já não gostava delu, mas, agora, ao sair para ver Enge se esgueirando de modo furtivo do hotel sem mais ninguém? Talvez... Enge chiou entredentes. Não, Rhapsody devia saber que não devia tratar Enge com desconfiança. Elu pertencia ao Pynk da mesma forma que Rhapsody, havia oferecido tanto de sua criatividade e trabalho comunitário ao hotel quanto Rhapsody.

Rhapsody *deveria* confiar nelu. Mas algumas pessoas simplesmente não eram programadas daquele modo.

— Você quer me acompanhar e ficar de olho em mim? — perguntou Enge. Então, depois de um momento: — Me dar cobertura?

Qualquer uma convencia Rhapsody, não importava; ela ergueu a mão para pedir que Enge esperasse um minuto. Enge podia ter partido — talvez devesse ter partido — quando Rhapsody entrou em seu quarto. Se Rhapsody suspeitasse ainda mais de Enge e acordasse as outras, esse alarme colocaria em risco o próprio lugar de Enge no hotel. O Hotel Pynk foi construído com base na confiança da comunidade e, com todes tão tenses, Enge não podia arriscar perder tal confiança. Então, elu esperou os poucos momentos que levou para Rhapsody vestir calças de moletom e descer as escadas.

— Não tenho um segundo grifo — comentou Enge.

Rhapsody puxou um pequeno objeto do bolso.

— *Taser.*

E, com isso, saíram do hotel.

A NOITE NO DESERTO SEMPRE RESSOAVA COMO UM CHOCALHAR SECO, mesmo que não houvesse sinais de serpentes.

— Por que você acabou vindo para o Pynk? — Rhapsody mantinha um olho no horizonte durante a caminhada pelas rochas e mantinha sua voz quase serena, quase casual. Mas Enge percebeu a ênfase na palavra *você*.

— As pessoas ao meu redor estavam desaparecendo e reaparecendo em comerciais e pôsteres da Nova Aurora — respondeu Enge. — Tendo a me calar, e elas lutam para limpar a sujeira que não conseguem enxergar… mas eu sabia que era apenas questão de tempo. Eu meteria os pés pelas mãos, abriria o coração sobre como me sentia sobre gênero, sexualidade ou arte para a pessoa errada e… *puf*. — Enge imitou uma lufada de fumaça com os dedos. — E, então, depois de um tempo, eu já não aguentava mais viver… às escondidas.

"Subi em uma mountain bike e comecei a me mover. Não foi fácil descobrir o Hotel Pynk, mas encontrei pessoas que acabaram confiando em mim, sabiam que eu precisava de um lugar onde pudesse ser quem eu era. Me levaram até o hotel, e me mostrei útil."

Enge sorriu ao se lembrar disso; viajou com um pequeno grupo de pessoas trans que gostava de se manter em movimento. Quando expressaram que queriam um lugar para descansar por um tempo, uma das mulheres falou sobre o tempo que havia passado no hotel, um lugar que a manteve segura até ela desejar vagar pela estrada de novo. Quando apareceu, o pessoal do hotel de imediato levou Enge ao restaurante para comer. Elu estava com frio naquela noite, então Zen lhe deu um moletom. E quando Enge disse seus pronomes, Jane e Pel foram os primeiros a usá-los sem Enge temer que não fosse seguro.

— Hum.

Enge resistiu ao riso; que merda de resposta.

— O quê?

— Só era estranho para mim, que isso foi o que você...

— Sou uma mulher negra — interrompeu-a Enge. — De gênero fodido e uma mulher... o tipo de existência que a Nova Aurora quer limpar e apagar. Mas eu imagino — acrescentou Enge — se eles poderiam apagar essa existência de qualquer um de nós. Não é apenas a lembrança que nos torna mulheres, que me torna uma pessoa não binária. É algo... mais. Então, eu me pergunto se algum dia estaríamos limpes o suficiente para eles. De qualquer forma, aqui, limpe ou suje, me senti acolhide. Na maioria das vezes. — Enge tentou imaginar o tom de voz que Jane usaria e emular sua força. — O que você acha?

Era um desafio para ver até onde Rhapsody questionaria o pertencimento de Enge. Com toda a sinceridade, era quase revigorante ouvir as perguntas de Rhapsody em vez de ferver em silêncio quando Enge sabia a verdade. Enge não queria esse desdém — era por isso que Enge viera para Pynk, em busca de um lugar de aceitação —, mas, pelo menos, se Rhapsody continuasse, Enge poderia mandá-la para a casa do caralho.

Infelizmente, Rhapsody não topou o desafio. Deu um longo suspiro, olhando para a escuridão.

— Devemos nos dividir, cobrir mais terreno.

Enge pensou que o objetivo de Rhapsody aparecer era ficar de olho nelu, não cobrir mais terreno, mas elu aquiesceu do mesmo jeito. Rhapsody pôs-se a caminhar para o oeste, então Enge foi para o sudeste, na tentativa de contornar o perímetro do território externo do hotel.

— Talvez Rhapsody volte para casa — Enge disse para si. Elu não tinha grandes esperanças.

Pelo que Enge pôde rastrear, não houve outra sabotagem dos fios, embora o aumento das patrulhas do hotel significasse que todas as areias estivessem mais revolvidas que o normal. Enge segurou as duas pontas do grifo dentro do bolso frontal do moletom, sem perceber o quanto estava apertando até que os nós dos dedos começaram a doer.

Enge precisava respirar. Não podia prestar atenção nos problemas se a tensão estivesse tão alta. Precisava se concentrar. E talvez o *foco* fosse o motivo pelo qual havia pensado na Caverna e como estava perto de sua entrada. Jane e as outras usavam-na para se concentrar o tempo todo; por que elu não poderia?

Enge avançou até a borda da Caverna e descobriu que entrar era mais difícil do que deveria ser. Era mais fácil quando Jane estava lá, quando Enge sabia que estava apoiando outra pessoa. Era ainda mais fácil quando a desconfiança e as perguntas de Rhapsody não estavam na mente de Enge; a Caverna era *para* Enge mesmo?

Enge merecia cruzar a entrada?

Mesmo com a pergunta pairando sobre si, uma mão enluvada de repente veio por trás de Enge, cobrindo sua boca — ou pelo menos tentando. De pronto, Enge estava lutando, puxando o grifo e golpeando para cima descontroladamente, soltando a ferramenta e deixando-a voar. Doeu quando o grifo cortou o lado do lábio de Enge, partindo-o, mas Enge tinha certeza de que doeu mais no agressor quando atingiu seu braço. O agressor recuou, dando a Enge a chance de se virar e recuar, em preparação para a luta.

O agressor estava com uma roupa de tecido sintético preto ou azul-escuro — Enge não tinha certeza. Os cabelos estavam presos em um rabo de cavalo escuro e havia uma máscara cobrindo grande parte do rosto. Não era uma máscara de gás, no entanto; apenas uma fina camada de tecido para cobrir suas feições. Elu apertou aquela mão, e Enge ouviu a pessoa sibilar de dor.

Ótimo.

Mas, de repente, Enge percebeu, com uma sensação latejante nas costas, que elu era tudo o que havia entre a Caverna e seu agressor. A ideia de essa pessoa entrar na Caverna, mesmo chegar *perto* de um lugar tão sagrado, era tão alarmante quanto a do agressor invadir o hotel, e Enge não podia aceitar. Então, foi Enge quem fez o próximo movimento, tirando o bastão improvisado de suas costas e correndo para a figura mascarada com um grito.

Com o soco recebido, Enge se desequilibrou com facilidade, embora o agressor tivesse xingado em alto e bom som; a pessoa havia se esquecido de não socar com a mão machucada pouco tempo antes. Isso foi bom; significava que Enge havia ferido a mão dominante.

A satisfação do momento não impediu que Enge caísse após o golpe, embora tivesse conseguido segurar o bastão. Seu oponente lançou-se sobre elu, e Enge ergueu o bastão; atingiu o agressor no estômago, causando um arfar e um grunhido antes de o agressor cair para o lado.

Um grito cortou a noite do deserto: Rhapsody.

— Caralho, caralho, caralho. — Enge balbuciava palavrões em pânico, cambaleava para ficar em pé e acertava o bastão na cabeça do oponente.

As guitarras não foram feitas para sobreviver a pancadas em superfícies duras — razão por que havia instrumentos quebrados para Enge escolher em primeiro lugar —, e Enge não deveria ter se chocado quando a metade do baixo rachou e se estilhaçou. Enge não tinha o costume de brigar, por isso teve um sobressalto. Agora, elu tinha um lado pontiagudo no bastão e continuou a empurrá-lo para a frente a fim de abrir espaço para si.

O combatente vestido de preto mergulhou no chão, ao lado de Enge. No momento em que Enge reagiu, seu oponente estava com o grifo de Enge na mão. Enge cambaleou alguns passos para trás, tentando descobrir uma maneira de contornar sem tomar um golpe.

Rhapsody gritou de novo, e Enge se lançou para a frente, atingindo a cintura de seu agressor. Eles chocaram-se, Enge e o agressor caíram na terra arenosa. Naquela distância, era difícil para qualquer um deles acertar, porque Enge arrancou a máscara do rosto do agressor. Precisava saber quem estava tentando sequestrar, precisava ter um rosto que não fosse um amálgama de histórias de terror da Nova Aurora.

O rosto que encarava Enge tinha pele cor de mel e maçãs do rosto salientes... e olhos de uma ferocidade raivosa. O rosto e o pescoço também estavam vermelhos, e foi então que Enge percebeu como o agressor parecia *quente*, mesmo através da roupa.

O atacante era um *cão-rubor*. Pior ainda, o cão-rubor parecia estar bastante em casa no hotel, testando casacos de pele falsa e roupas de elastano. Parecia com qualquer uma das mulheres com quem Enge havia convivido nos últimos anos, não como uma estranha cultista vazia ou uma pálida funcionária do governo.

O cão-rubor sibilou, e Enge percebeu que lágrimas enchiam seus olhos. No entanto, não era dor.

— Pare... de tocar... — veio a voz tensa, e não era uma voz de violência, mas de um desespero que Enge conhecia bem.

Enge não estava tocando nenhuma parte da pele do agressor, mas entendeu que a proximidade poderia ter sido demais de qualquer maneira — ainda assim, a compaixão por aquela empatia intensa não permitiu que Enge esquecesse que havia sofrido *um ataque*, então deu o soco mais forte possível. Seu agressor parou de lutar contra elu, nocauteado.

Enquanto a respiração do cão-rubor desacelerava até se estabilizar, Enge continuou ofegante, ciente de que Rhapsody provavelmente estava lidando com uma situação semelhante. Uma apalpada rápida no corpo deu a Enge ferramentas úteis: abraçadeiras de plástico para conter os membros do agressor e um pequeno bastão elétrico. Após um momento de consideração, Enge pegou a máscara facial. Não tinha certeza se ela adiantaria muito contra o Nuncamente ou qualquer outro gás que havia sido usado em Jane no ataque anterior, mas era melhor que nada.

Enge arrastou o cão-rubor até a entrada da Caverna, perto do mato — deixar um elemento da Nova Aurora ali dentro lhe parecia errado. Feito isso, elu olhou para o horizonte, tentando lembrar a direção dos gritos.

Precisava encontrar Rhapsody.

O que Enge encontrou foi a mulher ao chão, com rastros de rodas se distanciando. Ela não havia sido nocauteada, mas mal conseguia se pôr em pé. Enge foi ajudá-la, e Rhapsody estava muito abalada para não aceitar a ajuda.

— Por que demorou tanto? — gemeu ela.

— Um cao-rubor.

— Ah, é? Eu mal… — Rhapsody balançou a cabeça, como se a areia a estivesse enchendo e a distraindo. — Havia um transporte da Nova Aurora. Tentou me pegar… conseguiu… esperneei para sair… — Rhapsody franziu a testa, tentando controlar os pensamentos e respirar. — Não voltaram para me buscar?

Enge espreitou o ar da noite; nada.

— Talvez estivessem longe demais para encontrar você de novo?

— Pareceram decepcionados. — A risada de Rhapsody foi quase um arfar. — E um deles se separou, disseram eles…

— Provavelmente foi com esse daí que tive de lidar — comentou Enge. — Vamos… vamos levar você de volta para o hotel.

— O que aconteceu com o seu cão-rubor?

Enge fez uma careta.

— Está resolvido.

Por ora.

Enge agachou-se do lado de fora da Caverna, sentindo o calor do sol nas costas. Era especialmente distinto onde Enge havia remendado o moletom, onde o tecido ex-Nova Aurora era um pouco mais fino que o moletom. Aquilo causava uma coceira inconsciente no braço; nem parecia *desconfortável*, apenas muito óbvio quando Enge ficava em silêncio.

— Agora temos segredos para o povo do hotel? — Jane tinha vindo para a Caverna sozinha, como Enge havia pedido, mesmo quando a repreensão e a preocupação lutavam para controlar sua voz. — Falamos sobre isolar o restante da comunidade quando você se preocupou.

Enge mordeu o interior da boca à medida que se levantavam, olhando o tempo todo para a Caverna que estava atrás delus.

— Vou contar para elas. Preciso fazer isso. Preciso da sua ajuda… para descobrir como.

Jane ergueu o queixo de um jeito questionador.

— Sou toda ouvidos.

— Quando Rhapsody e eu fomos atacades... — começou Enge, depois fez uma pausa. Jane ficaria com raiva, elu tinha certeza, e provavelmente mereceria se Jane resolvesse arrastar Enge de volta ao hotel e envergonhasse sua pessoa na frente de todes. Nunca tinham *visto* isso acontecer, mas sempre havia uma primeira vez, certo?

— O que aconteceu? — Jane deu um passo à frente. Enge ouviu um som, um raspar baixo, e levou um dedo aos lábios. Apontou para dentro da Caverna. Jane franziu a testa e escutou com mais atenção. — Que barulho é esse?

Mas Enge não respondeu; apenas levou Jane para dentro da Caverna, mal tocada desde a última vez que Jane apareceu, exceto por alguns pontos onde parecia que alguém havia tentado fazer anjinhos de terra. E, claro, lá estava a mulher vestida de azul-marinho presa por abraçadeiras de plástico sentada no canto, tentando rastejar pela terra até uma estalagmite afiada.

Quando a cão-rubor olhou para Enge e Jane, houve um longo silêncio, os olhos da prisioneira arregalados e inseguros.

— Jane, essa é Bate. — Enge soltou uma risada nervosa. — Bate, Jane.

Jane acenou com a cabeça na direção de Bate, mas rapidamente se voltou para Enge.

— Enge, nós não fazemos esse tipo de coisa.

— Eu sei, eu sei, não deveria tê-la trazido para a Caverna, mas não queria carregá-la até o hotel ou pedir ajuda, porque não sabia o que o Acorde votaria para se fazer com ela, e sei que é perigoso ter alguém que não faz parte do hotel lá dentro de qualquer maneira, então este era o lugar mais seguro e...

Jane fez que não com a cabeça.

— Não a Caverna, Enge. O fato de ela estar presa contra a vontade. — Ela aproximou-se e se agachou ao lado de Bate, que recuou com a proximidade. — Estão muito apertadas? — Jane perguntou. Bate, com olhos arregalados e desconfiados, fez que não com a cabeça. — Existem maneiras mais gentis de conter uma mulher se você *precisar* fazer isso, Enge. O Hotel Pynk não sequestra pessoas nem as mantém presas.

Enge piscou; tinha tanta certeza de que havia errado ao trazer uma cão-rubor para a Caverna, desrespeitando um espaço sagrado, que não pensara além disso. Na verdade, Enge continuava pensando que *elu* havia sido atacade e não queria que Bate corresse de volta para a Nova Aurora. Parecia tão óbvio no momento, mas agora não tinha certeza de qual era a escolha certa aqui.

Sabia que não tinham pensado nisso direito.

Jane ajoelhou-se, mantendo espaço entre ela e Bate — mas também, Enge notou, mantendo-se entre Bate e as estalagmites que a cão-rubor estava tentando alcançar.

— Não estou dizendo que vamos deixá-la escapar impune por ter atacado você, mas precisamos ter cuidado com o modo com que lidamos com isso. Se não pudermos ser melhores que a Nova Aurora...? — Enge fez que sim com a cabeça, porém não sabia ao certo se Jane viu. Em vez disso, Jane estava olhando para Bate; Enge imaginou se Jane viu o que elu tinha feito, como Bate parecia alguém que teria se sentido em casa no hotel, em outra vida. — Elu chamou você de Bate. É assim que posso chamar você?

Enge não entendia por que Jane estava sendo tão legal com Bate.

— Foi você quem me disse por que devíamos nos preocupar com os cães-rubores.

— E quando um cão-rubor está rastreando você, é preciso se preocupar — comentou Jane. — Mas, agora, acho que está claro que... Bate, certo? Que Bate não vai a lugar nenhum.

— Bate... tanto faz — a cão-rubor finalmente se pronunciou. — É melhor do que números. Elu já não te contou isso? — perguntou Bate, olhando para Enge.

Jane ergueu uma sobrancelha para Enge.

— Contou? Acredito que elu está prestes a me contar muito mais.

Enge tossiu.

— Certo. Estou. — Bate e Jane olharam com expectativa, e Enge percebeu o teste duplo diante delu: tanto Bate quanto Jane julgariam as ações de Enge não apenas pelo que fez mas também pelos seus *mo-*

tivos. E com o que Enge precisava explicar para Jane, talvez também fosse importante que Bate entendesse.

Quando Jane voltou a falar, sua voz era mais suave, embora ainda pressionasse Enge.

— *Enge, me conte uma história.*

E aquela frase deixou tudo mais fácil.

— *Voltei para a Caverna assim que levei Rhapsody para o hotel e soube que ela estava sob controle. Na adrenalina, foi fácil esquecer o que realmente havia acontecido; quando as coisas arrefeceram, foi fácil pensar que não haveria ninguém na Caverna quando eu voltasse. Portanto, foi mais surpreendente ver a areia e a terra remexidas, mas nenhuma nova pegada se afastando.*

"Não percebi que meu grifo não estava mais no chão, e o que isso poderia significar. Sei que provavelmente você teria notado, Jane, mas não estou acostumade a ficar tão alerta.

"Ao entrar na Caverna, a princípio, não ouvi nada. Bate — que para mim era apenas uma cão-rubor naquele momento, que pensava em si mesma como uma série de designações numéricas para a Nova Aurora — estava à espreita. Sou novate em emboscadas, e talvez seja por isso que ela quase me pegou. Mas a terra na Caverna é uma base sólida, e não caí quando ela tentou me derrubar. Desviei quando tentou me bater."

— Você não parece zangada com ela — observou Jane. Bate bufou.

O que Enge não havia explicado foi que as lágrimas de Bate dificultavam manter a raiva. Que observar as ondas de empatia indesejada consumindo Bate fez Enge ver a luta de maneira diferente.

— *Eu teria feito o mesmo com ela se tivesse sido derrubada, e esse revide pareceu diferente do de antes. Quando fui atacade pela primeira vez, ela estava tentando me arrastar para longe. Não estava tentando me arrastar da Caverna dessa vez.* Não quero *ser atacade, mas o que aconteceu depois...*

"Bate, você esqueceu que perdeu uma de suas luvas na luta..."

— As luvas são grossas o bastante para permitir que eu agarre uma pessoa — explicou Bate, e Enge reconheceu o som de alguém não acostumado a ser abordado e instado a pensar. — Mas, sem uma delas, eu me aproximaria, e seu pânico machuca.

Enge concordou com a cabeça.

— *Em determinado momento, nós caímos. Bati com tudo na terra e precisava descobrir uma maneira de me esquivar da luta. Meus dedos apertaram a terra e eu…*

"Não sei se foi um desrespeito à Caverna, mas joguei um torrão de terra na cara de Bate. Ela se arrastou para longe de mim, tentando, a princípio, arrancá-lo dos olhos, mas então…". Enge continuou falando, mas começou a olhar para Bate. Se Enge estivesse falando bobagem nas próximas cenas, elu queria ser corrigide. *"Bate se acalmou.* Esfriou.

"Sei que não faz sentido, mas tem algo a ver com a terra… talvez a mesma coisa que ajude sua memória e nos ajude a usar a terra para meditar e encontrar segurança aqui. Bate engasgou e me disse… 'Eu sinto você menos'. *E pareceu que era… alívio, um alívio ofegante, e Bate parou de lutar… Peguei o grifo e a contive."*

Enge olhou para Bate outra vez e saiu da narrativa.

— Você não lutou comigo quando eu contive você.

— Eu inspirei a sujeira, provei e pude *sentir* você, mas não doeu da mesma forma — explicou Bate, suas palavras saindo em um gaguejar desajeitado. — Fiquei em choque. Ela sabia falar com perfeição, mas a fala era prejudicada pelo desconforto, seja por fazer parte de uma conversa ou por causa da pessoa com quem ela estava falando. Seus cachos ficaram bagunçados, e ela soprou alguns fios dos olhos. — Eu teria feito o contrário — confessou ela, apenas no caso de algume delus ter esquecido que era uma possibilidade.

Enge olhou para Jane e deu de ombros.

— Se a sujeira pode curar o estresse de sua empatia, eu não poderia simplesmente tirá-la da Caverna e não poderia arriscar que alguém mais quisesse fazê-lo.

— Foi com isso que você ficou mais preocupade? Não porque ela estava atrás de você?

— Claro, mas não vou botar minha mão no fogo que Bate vai me contar alguma coisa. — Enge abriu um sorriso dissimulado.

— Não há nada para contar — retrucou Bate.

— Nuncamente? — suspeitou Jane. — Ou a outra droga, aquela que atinge a pessoa com uma enxurrada de memórias?

— Você quer dizer o subproduto? — Bate fez que não com a cabeça. — Os químicos de rua estão brincando com ele faz pouco tempo, mas a Nova Aurora começou a liberar e filtrar esse material na terra ao redor de suas instalações sempre que precisavam ventilar a área. Todos nós, cães-rubores, crescemos em cidades onde a água e o solo estavam encharcados tanto com essa porcaria quanto com Nuncamente. Nem os gases funcionam em nós. Nós apenas sentimos tudo… o tempo todo.

— Então, sempre tem alguma coisa para contar.

— Eu tinha um trabalho remunerado e estava trabalhando.

— Seu trabalho remunerado — retrucou Jane — era sequestro.

— Esse é o tipo de trabalho que dão aos cães-rubores. Nós não somos… — Bate chiou entredentes e ergueu o queixo de um jeito desafiador. — Não que alguma de *vocês* vá nos acolher.

As palavras de Bate eram cheias de amargura, e Enge sentiu como elas queimavam — mesmo que não fosse dirigida a elu especificamente. Todos no hotel sabiam como era se sentir rejeitada pelo restante do mundo. Quando o coração de Enge disparou de medo com a ameaça de cães-rubores, elu podia culpar Bate por se sentir rejeitade desde o início?

— Todas as mulheres são bem-vindas no Hotel Pynk — retrucou Jane. — Desde que estejam dispostas a fazer parte da comunidade e não se aliar a lugares que querem apagar quem somos.

— Já estive em lugares que "recebem todo mundo" antes. — Bate era amarga, e Enge conhecia muito bem esse sentimento. — Todos seguem a mesma cartilha até que você os assusta, e daí precisam de uma solução para quem você é. Não é muito diferente da Nova…

— Nós *não* somos a Nova Aurora — interrompeu Jane com frieza. Bate não respondeu; em vez disso, se virou para fitar Enge. Jane respirou fundo. — Quero ser bem clara: não estou dizendo que você não viveu isso. Acredito em você. Mas o hotel é diferente. — Depois de um momento, ela acrescentou: — Enge, você não contou por que do nome "Bate".

As bochechas de Enge esquentaram.

— Perguntei a Bate o nome dela e depois perguntei se *queria* ser chamada por uma série de números. Por fim, ela disse que não.

— É um abreviação de "combate" — Bate murmurou baixinho, desviando o olhar.

— Expliquei como Enge era a abreviação de *Engenheire*, e Gui de *Guitarra*, e Pel de *A Cappella*... como nos renomeamos de acordo com nossas paixões e talentos.

— E eu sei como lutar — Bate terminou.

Jane assentiu com a cabeça.

— Entendi. — Por fim, ela se levantou, e Bate olhou para ela, esperando como Enge para ouvir suas punições. — Vamos ter de conversar com o restante do hotel sobre o que fazer. — Jane olhou nos olhos de Bate. — *Você* vai ter de ficar conosco até que tenhamos uma alternativa além de mandá-la para a Nova Aurora, mas Enge tem razão. Se quiser ficar na Caverna porque dói menos, não vou forçá-la a sair. Não gostaria que isso acontecesse comigo.

Era claro que Bate não confiava nas palavras de Jane. Ela deveria — e, no fim das contas, faria —, Enge tinha certeza; Jane sempre cumpria o que prometia.

Veio um barulho do lado de fora da Caverna, e o coração de Enge foi parar na garganta, enquanto Bate tentava se colocar em postura defensiva, apesar de estar amarrada. Porque eram sons familiares, não eram as vozes e os passos do inimigo.

Em vez disso, eram Pel, Nomie e Rhapsody liderando os outros ocupantes do Pynk em direção à entrada da Caverna.

Enge prendeu a respiração, olhando para além de Rhapsody. Não deu a mínima para a expressão de Rhapsody, um desabrochar bizarro de desgosto e satisfação. Importava-se com a expressão de Pel atrás de Rhapsody, com a indiferença cuidadosamente treinada que não conseguia esconder como os olhos de Pel vinham e voltavam entre Enge e Bate.

— O que você está fazendo, Enge? — A acusação de Pel pairava pesada, condensando-se nas estalactites da Caverna. — E quem é *essa daí?*

A pergunta era quase absurda. As roupas de Bate eram escuras e feitas para lutar, e ela ainda estava amarrada. Não era preciso ser um gênio ou ter empatia para conectar tudo isso ao ataque da noite anterior. As verdadeiras questões eram maiores e mais condenatórias do que quem e o quê.

Enge engoliu em seco e sua garganta estava seca.

— Eu estava pensando no que fazer, então pedi a Jane para...

Os olhos de Rhapsody iluminaram-se com compreensão.

— Trouxe Jane para a merda que você fez? — Ela não estava errada. Enge arrastou Jane para aquela situação porque confiava em Jane, precisava de ajuda, mas não havia pensado em como seria. O poço do medo começava a criar raízes de mortificação e vergonha também. — Você me disse que tinha *resolvido*.

— Tecnicamente, não parece mentira — murmurou Pel. Mas ela não estava olhando para Enge quando falou.

Jane ergueu as mãos em um gesto tranquilizador.

— O que não vamos fazer aqui é fingir que esta é uma situação resolvida. Enge sofreu um ataque e precisava decidir a maneira certa de lidar com a questão. Então, elu me pediu ajuda. O que você esperava que elu fizesse?

Rhapsody ficou desconcertada e, por um segundo, Enge recobrou a esperança. O que azedou bem rápido quando Rhapsody disse:

— Eu esperava ouvir a verdade depois que *eu* fui atacada. Também não esperava que uma das *nossas* permitisse que um cão-rubor entrasse nesta caverna, em um espaço tão íntimo e sagrado. É um insulto a todas nós!

Jane deu um passo à frente e ficou diante de Enge.

— *Insulto* é você não confiar em nós o suficiente para ouvir o que qualquer uma de nós tem a dizer.

— Eu confio em você, Jane.

Ela disse tudo naquela frase, pensou Enge, sentindo o estômago revirar. Jane apenas disse:

— Confie em Enge.

Rhapsody ficou em silêncio por um momento, balançando a cabeça e fechando os punhos.

— Você diz isso como se qualquer uma de nós devesse ficar tranquila com segredos. E não quero ouvir que elu não mentiu, porque essa merda de omissão é *mentira*.

— Rhaps...

Enge deu um passo à frente.

— Ora, Rhapsody está certa. — Elu tentou aumentar a voz mais que de costume. — Eu poderia ter sido franque desde o início sobre tudo isso, mas tive medo. Porém, *não* estou mentindo para a comunidade, para nenhuma de vocês — afirmou Enge. Elu não pretendia que o volume fizesse sua voz falhar. Ou talvez não fossem suas palavras; talvez a voz delu tenha falhado quando olhou para trás, para onde Bate olhava para elu com olhos estreitos e cautelosos.

Bate também não confiava nelu. Talvez Jane fosse a única na sala que confiava, e Enge não tinha tanta certeza de que estava merecendo tal confiança.

— Por que você a... deixou? — Nomie hesitou; Enge assentiu. — Por que você a deixou na Caverna é o que não entendo.

Havia um tom suplicante nas palavras de Nomie, implorando a Enge que explicasse essa traição.

Enge deu de ombros.

— Foi o único lugar em que consegui pensar. Ela já estava aqui e era grande demais para eu arrastar.

Jane interrompeu antes que mais perguntas continuassem.

— Se todas quiserem interrogar Enge, podemos convocar um Acorde adequado. Porque temos maneiras de lidar com os problemas do hotel.

Rhapsody chiou entredentes e quase soltou uma gargalhada, balançando a cabeça e se virando.

Foi Pel quem falou.

— Você tem razão, Jane. Temos maneiras adequadas de lidar com os problemas do hotel.

— Que tal... — Nomie apontou em direção a Bate. — Ela?

— A terra da Caverna… — Enge começou a falar.

Rhapsody interrompeu.

— Vamos levá-la de volta ao hotel, infelizmente. É um problema do hotel — elaborou ela, e toda vez que alguém dizia "problema do hotel", a pele de Enge se arrepiava como se estivesse sendo rejeitade. — E, então, vamos lidar com o cão-rubor no Hotel Pynk, como um Acorde. Ponto-final.

Enge sentiu a distância entre elu e o "nós" nas palavras de Rhapsody. Ela acabara de declarar, mas não era assim que as coisas funcionavam no Pynk, e Enge sabia disso. Então, elu fez algo que percebera que tinham o direito de fazer: se pronunciou de novo.

— A terra da Caverna a ajuda do mesmo jeito que nos ajuda… talvez até mais… e nós não *paramos* de ajudar as pessoas. — Elas sentiram que essas palavras eram um eco das de Jane, como se elu tentasse voltar para o Hotel Pynk com a força da coragem de Jane. Era injusto com Jane, Enge pensou, mas que outra salvação Enge tinha agora, com o restante do mundo olhando para elu com desconfiança em seus olhos?

— Não podemos manter essa *estranha* na Caverna! — ralhou Rhapsody. — É quase pior do que ter *homens* aqui, e essa é uma linha que não vamos cruzar hoje, Enge.

— Não é…

— Poderíamos votar aqui e agora — rebateu Rhapsody. — Isso é *justo*.

Enge tentou elevar um pouco mais o corpo, mas sabia que Rhapsody não teria feito essa proposta se já não soubesse o resultado. Os votos já eram óbvios antes de serem contados. Pel se absteve, enquanto Nomie votou com hesitação para levar Bate sob vigilância para o hotel. Parecia errado, como o peso do pânico acomodando-se onde a justiça e a segurança do hotel deveriam estar.

Jane ajudou Bate a ficar em pé, sussurrou à cão-rubor algo que a impediu de começar uma confusão. Enge observou, sentindo-se impotente; o que poderia fazer? Não conseguiu explicar muito bem por que sentia a necessidade de pelo menos ser gentil com a cão-rubor, mesmo após o ataque. A antiga desconfiança da própria voz inundou sua mente. Elu não confiava em si para contar como se sentiu ao ver Bate reagir à terra da Caverna, pelo menos não bem o suficiente para mudar a opinião de ninguém. Enge não tinha destreza com as palavras, menos ainda a coragem de pronunciá-las.

Mas elu poderia dar um jeito.

— Nomie — sussurrou quando as outras começaram a sair da Caverna.

Nomie ficou assustada por um instante, como se esperasse que Enge fosse fazer algo mais do que falar.

— O-oi?

— Você trouxe uma garrafa d'água? — Depois de um momento, Nomie entregou uma garrafa. — Obrigade. — Enge abriu a garrafa e esvaziou a água na terra, antes que Nomie tivesse tempo de ficar perplexa. Em seguida, elu pegou a pedra mais afiada que encontrou, cortando o topo da garrafa para permitir uma abertura maior.

Os olhos de Nomie arregalaram-se.

— Você está juntando terra e levando para *fora* da Caverna?

Enge grunhiu em confirmação.

— Já fizemos isso antes. Não é tão potente, mas já é alguma coisa.

— Mas isso é...

— Nomie. — A cabeça de Enge ergueu-se de uma vez, e a intensidade com que elu se dirigiu a Nomie a silenciou. — Bate precisa do tipo de cura que a terra oferece. Ou talvez não seja cura... mas uma ajuda, ok? E não sou carcereire de prisão ou guarda da Nova Aurora. Sei o que vi e não vou lhe negar isso. — Demorou um pouco até que Enge acrescentasse: — Já errei uma vez ao amarrá-la; não vou cometer o erro de esquecer de novo a compaixão. E foda-se quem quiser privá-la de um punhado de terra.

Enge passou por Nomie com uma confiança fingida que elu só conseguiu mostrar porque a maior parte das mulheres do Hotel Pynk estava andando na frente delas. Ainda assim, atrás delas, ouviram o gaguejar de surpresa de Nomie.

— *"Bate"?*

• — •

— Você vai ficar presa.

Enge estava roendo a unha e fazendo o possível para ignorar Bate.

— Não prendemos as pessoas.

— O quê?

— Você ouviu Jane na Caverna. Cometi um erro quando prendi você. Não somos a merda de um Estado policial — murmurou Enge, ainda mordiscando a unha do anelar. — Encarceramento não é... — Elu não sentiu que tinha energia para discutir política com Bate, não ao imaginar o que estava prestes a acontecer no Acorde.

Enge fez o possível para expor seu caso ao Acorde, explicando ao hotel a mesma história que contou a Jane. Jane fez o que pôde para defender Enge, no entanto os fatos eram inevitáveis: Enge sabia sobre uma ameaça ao hotel (Bate), não contou a todas de imediato e lhe deu acesso à Caverna. Cada parte dessa situação era um grave erro, e Enge não sabia o que aconteceria se o Acorde decidisse que tudo isso havia sido intencional.

Sempre havia perdão para loucuras e erros dentro do hotel, mas e se as outras se sentissem como Rhapsody? Se as outras votassem que isso mais a sabotagem eram coincidência demais? Então, Enge seria considerade traidore de suas amigas, familiares e amantes, e isso nunca havia acontecido na história do hotel. E se a situação fosse considerada uma traição... elas ainda seriam capazes de oferecer perdão?

Enge mereceria isso?

— Certo, tudo bem — grunhiu Bate. — Então, provavelmente vão exilar você. Talvez nos coloquem juntas, já que vocês "não encarceram" — disse ela, ainda parecendo ter dúvidas.

Enge riu do absurdo daquela imagem, de ambes — Bate ainda com algemas e meia garrafa de terra marrom-escura — caminhando deserto adentro.

— Bem, pelo menos se a Nova Aurora nos pegar, não podem atingir você com gás... — Enge tentou continuar a brincadeira, mas doía.

— Não faça isso.

— Fazer o quê?

— Está ficando emocionade, e é uma sala pequena — explicou Bate.

Enge suspirou.

— Como faço mesmo para impedir minhas emoções?

Bate olhou para um torrãozinho de terra que tinha entre dois dedos, segurando-o por um momento perto do nariz, cheirando-o. Examinando.

— Sei lá. Por isso é mais fácil com o povo da Nova Aurora — explicou Bate. — Eles são... mais monótonos que o restante de vocês, computadores infectados.

— Porque tiveram suas memórias *apagadas* — rosnou Enge. — Limpo significa que tudo foi tirado deles.

Bate fez uma pausa, chiando entredentes, e Enge estava se cansando de outras pessoas fazendo aquele som. Bate rolou a terra entre dois dedos antes de afundá-los de novo na garrafa.

— Não posso evitar que suas emoções machuquem minha cabeça.

— E eu não consigo deixar de ter emoções — retrucou elu. — Você pode pelo menos respeitar o fato de elas serem *minhas*.

Bate expirou, quase em alívio, antes de erguer o queixo para tirar alguns cachos do rosto.

— Pelo menos fique com raiva. A raiva causa menos enxaqueca quando eu a farejo.

Mas não era assim que Enge era, e sua raiva já estava se dissipando.

— De quem eu vou ficar com raiva?

Bate deu de ombros, segurando a garrafa suja na direção de Enge.

— Pegue. Da última vez que tentei deixá-la de lado, quase a derrubei.

Enge ajoelhou-se e agarrou-a, segurando a garrafa nas mãos. O ritual de saber que a terra estava em suas mãos ajudou, um pouco, a acalmar os milhões de "e se" que sobrevoavam em sua mente.

— Se eu estivesse com raiva — disse com cautela —, só ficaria com raiva de mim. E não consigo imaginar que isso "cheire" muito bem.

Bate estreitou os olhos de novo.

— Não... — Ela pareceu surpresa. — Tem cheiro de tristeza e ódio. — Depois de um momento, abaixou os olhos. — Como aquela mulher que estava gritando com você. Cheirava a ódio o bastante para fazer minha cabeça pulsar.

— Ela não odeia todo mundo — explicou Enge depois de um momento. — Ela adora o hotel. Ela odeia os forasteiros e a Nova Aurora.

— Tem certeza?

— Tenho — respondeu Enge, com absoluta certeza. — Ninguém vem ao Hotel Pynk para perseguir. A pessoa vem para fugir disso, e ela ficou e faz parte da comunidade há muito tempo. — Mas Enge não entrou em detalhes sobre como Enge e Rhapsody provavelmente tinham definições diferentes de *forasteiros*. Bate conseguia sentir emoções, então, tentar esconder certas coisas não fazia sentido; contar tudo fazia ainda menos sentido. Sem querer insistir nesses pensamentos, elu perguntou: — Por que nos atacar, Bate? Se contasse a todos, poderia ser de grande valia para...

— A Nova Aurora me contratou para rastrear um cheiro emocional, e foi isso que fiz. Não é minha culpa que você tenha se intrometido.

— Você me atacou, lembra?

— Lembro. Tudo bem.

— Então, eles estão procurando uma pessoa? — Enge agarrou-se a isso com uma força que fez Bate encolher-se por um momento. — Rhapsody?

Bate negou com a cabeça.

— Caralho, de jeito nenhum.

— Então...?

Bate revirou os olhos.

— Jane.

Claro que era Jane. Fazia um sentido terrível; Jane era uma falha na limpeza, uma fugitiva.

— Me disseram para vigiar quando o rastro dela a levasse para longe do hotel, capturá-la quando estivesse sozinha. — Bate apontou para os braços de Enge. — Você tem os cheiros emocionais dela no seu corpo todo. Por quê? Vocês compartilham roupas ou algo assim?

— Como assim? Sim, todes nós... — Os olhos de Enge arregalaram-se. — Os remendos. — Bate olhou fixamente, então Enge acrescentou: — Usei as roupas dela para remendar meu moletom. Uma peça que ela usava em Nova Aurora. — Na verdade, era uma das raras peças de roupa do hotel que carregava *apenas* o passado de Jane. Quantas vezes Jane olhou para ela e pensou sobre seu passado, seu presente? Enge carregava o cheiro dela, e isso atraiu Bate até elu.

De uma forma pouco importante, Enge se orgulhou de ter conseguido manter Jane segura.

Mas ainda tinha perguntas.

— E por que *agora*? *Quem* em Nova Aurora...

— Se vocês não aprisionam, acredito que você não seja interrogadore, e eu não tenho de responder a nada que não queira.

— Claro que não. — A resposta de Enge foi tão sincera e imediata quanto as anteriores. — Eu só... — Precisava saber. Não pelo hotel, embora a segurança do hotel estivesse em primeiro plano na mente de Enge, mas para explicar a situação em que se encontrava. Para ser, sobretudo, capaz de explicá-la a Jane. Isso compensaria ter envolvido Jane?

Bate ficou desconcertada.

— Não costumo ter escolha se devo responder ou não.

— Você não costuma passar muito tempo no Hotel Pynk — respondeu Enge.

— É difícil conseguir uma reserva — zombou Bate.

— Não, só é difícil de encontrar. Mas, uma vez que você está aqui, é bem-vinda. Mesmo por aquelas que podem não receber você de forma tão plena quanto outras.

Bate negou com a cabeça.

— O quanto você alimenta de ingenuidade a ponto de *agora mesmo* estar fazendo elogios para elas?

— Por que não faria? — Enge começou a falar, apenas para juntar no mesmo instante cada peça que Bate havia lançado. E falou, mais baixo: — Você está dizendo que sente o cheiro de alguém que se sente... de fora?

— Estou dizendo que você *sabe* que eu sinto e... — De repente, Bate pareceu zonza, a pele passando de cor de mel para manchada e esverdeada. Seu nariz alargou-se quando a porta do quarto do hotel se abriu.

Ah, pensou Enge, *esse seria o motivo do enjoo repentino de Bate.* Jane estava à porta, e Enge não precisava de um olfato empático para ver todas as emoções conflitantes passando por seu rosto. A raiva, a decepção, a frustração, o medo e a preocupaçao devem ter sido um perfume inebriante e nauseante para o cão-rubor e encheram Enge também com sua própria mistura ansiosa de sentimentos.

— Então? — Enge tentou manter a voz calma, mas tentar esconder o tremor significava que havia falado rápido demais para estar indiferente. — Qual o resultado da votação? Normalmente, Enge e Bate teriam ficado na sala de reunião, mas uma moção preliminar solicitada por membros do Acorde fez com que eles saíssem. Havia pressão e suspeita por eles estarem acompanhando a votação e, como Bate não era ocupante do hotel, fazia sentido mantê-los afastados. Enge concordou em esperar o resultado no quarto; significava, ao menos, que Enge poderia manter a terra com Bate enquanto mostrava que não tinha vontade de brigar com o restante do hotel.

Qualquer coisinha que ajudasse.

Não parecia ter ajudado muito.

Jane lutava para encontrar palavras com toda aquela irritação que sentia, então, Enge se levantou, estendendo a terra de Bate para Jane.

— *Me conte uma história* — sugeriu Enge. — *Do que aconteceu na sala.*

Jane piscou, parando por um momento para se concentrar novamente na garrafa de plástico na mão de Enge.

— Isso é da Caverna?

— É como rum aguado. — Bate levantou um pouco o tom da voz. — Consegue ao menos compartilhar?

— Se tem algo que sei sobre aquela caverna — disse Enge, sem se virar para Jane —, é que cada grão de terra é para todes nós e para aquelas que queremos ajudar. Tudo bem.

Jane assentiu com a cabeça, e Enge ergueu a garrafa de novo, desta vez inclinando-a um pouco. Jane obedeceu, erguendo a palma da mão para que Enge pudesse borrifar um pouco de terra em sua mão.

Os dedos de Jane fecharam-se ao redor da terra com força. Não estava enraizada da mesma forma, Enge sabia, não estava ligada à Caverna da mesma forma. Mas não significava que não era uma parte da mesma terra que as aterrava, não era o mesmo pedaço de planeta que as ajudava a se manter sujas. Enge queria desejar que a verdade estivesse no punhado de terra que Jane estava segurando, que entrasse na mente de Jane.

— *Me conte uma história* — repetiu Enge.

Jane fechou os olhos e respirou fundo. Enge observou sua expressão suavizar-se, relaxar. Saiu da expressão frustrada e fixada para concentrada. Foi um momento meditativo que Enge tinha visto muitas vezes, mesmo que fosse estranho ver fora da Caverna.

— *Eu disse a elas que era contra a decisão* — começou Jane — *porque não era o que fazíamos. É como eu já disse para você uma centena de vezes, e como você já viu duzentas vezes mais: viemos aqui para ser livres, para permitir nossas falhas e nossa impetuosidade, e isso significa que oferecemos perdão, graça e compreensão umas às outras.*

"Mas, em vez disso, Rhapsody falou de coisas que soaram como o mundo exterior e deixou as outras mulheres com tanto medo do que havia além das paredes do hotel vazando para dentro dele que concordaram. Disse que não podíamos confiar que você não tivesse causado a sabotagem, que, se você estava protegendo os cães-rubores, poderia estar protegendo a Nova Aurora e nos prejudicando."

Era exatamente o que Enge esperava, tudo o que não fazia sentido. Jane tinha razão; o hotel sempre fora um lugar de cura e compreensão, mas, desde a sabotagem, os ataques... Enge tinha visto nos olhos de Rhapsody o que ela diria ao Acorde, não que ela tivesse ficado especialmente calada nesse sentido.

Enge não mencionou a conversa que teve com Rhapsody durante a patrulha. *Por que você está aqui?*, perguntou Rhapsody. Enge imaginou se Rhapsody havia usado sua resposta para influenciar a sala, se eles haviam percebido ou não.

Em vez disso, Enge incitou Jane a continuar.

— *E o que o Acorde decidiu tocar?*

— *Manter você sob vigilância até que as outras investiguem* — respondeu Jane depois de um silêncio tenso. — *Foi...* observado *que eu estava envolvida demais para liderar a investigação, porque você tem me apoiado muito. Então, me ofereci para vigiar vocês.*

— Elas concordaram com isso? — Enge ficou surpreso. Se Jane não era imparcial suficiente para investigar...

A boca de Jane curvou-se de um jeito irônico, um pouco de cinismo fazendo-a abrir os olhos e sair do estado meditativo.

— Elas podem ter concordado com Rhapsody investigar você, mas não me excluiriam totalmente em uma votação. Tenho certeza de que Gui e Pel já tinham sua opinião, e isso antes de considerar o que aconteceria quando Zen voltasse. — O nome de Zen teve um efeito gravitacional no sorriso de Jane, transformando-o em um franzir de testa. — Gostaria que Zen estivesse aqui. Mandei um recado para ela interromper sua viagem de reconhecimento, que o hotel estava passando por tudo isso, mas ainda vai demorar um pouco até ela voltar. — Jane balançou a cabeça, parando quando alguém chamou seu nome do lado de fora da porta. — Já volto, ok? Vamos dar um jeito nisso.

O otimismo raivoso de Jane foi compensado pelo som da porta se fechando.

Bate estava rindo. Não, era uma risadinha, e fervilhava atrás de Enge. Enge virou-se e olhou feio.

— Qual é a graça?

— Vocês não são um Estado policial, mas com certeza estão deixando o carrasco conduzir a investigação. Que merda acha que está acontecendo?

Enge estava ficando impaciente.

— Pare com essas insinuações e joguinhos. Se tem alguma coisa a dizer, diga logo. — Enge virou-se para encarar Bate; ela havia dito que a raiva lhe causava menos enxaquecas, então talvez Enge estivesse sendo misericordiose.

Bate inclinou a cabeça por um momento. Então, devagar, apertou as costas contra a parede para poder ficar em pé. A princípio, Enge pensou que Bate saboreava aquele momento com rancor, mas então Enge percebeu que Bate ainda estava um pouco esverdeada; o hotel estava cheio de dor naquele momento, para todes que nele residiam; apenas assumiu uma forma diferente nesta sala, para aquelas duas pessoas.

Enge reprimiu sua irritação por tempo suficiente para levar a garrafa de plástico para Bate. Elu segurou a garrafa abaixo do nariz de Bate, e a mulher inalou profundamente, deixando escapar um longo suspiro.

— *Me diga a verdade, Bate.*

Enge achava que Bate não gostava de histórias.

— Sei que Rhapsody não era um alvo — explicou Bate. — Sei disso porque já farejei o ódio e medo dela antes. Farejei esses sentimentos por toda a instalação de Nova Aurora onde me contrataram.

ENGE JÁ ESTAVA SE SENTINDO IMPOTENTE QUANDO A NOITE CHEGOU. Ninguém acreditaria em Bate agora, e isso significava também que poucas pessoas acreditariam se Enge contasse. Contar a Jane aliviou parte do fardo; Jane confiava nos instintos de Enge o bastante para não descartar o que elu disse, mas não podia fazer muito. Elu precisava de *provas* para o Acorde, e nem Enge, nem Bate, nem mesmo Jane tinham uma prova.

Ambes *sabiam*, mas de que adiantava saber quando Rhapsody havia derrubado a maior parte da confiança que o hotel depositava em Enge?

Também não podiam bisbilhotar direito o quarto de Rhapsody. Todas entravam e saíam dos quartos umas das outras com frequência, como amigas e amantes. Mas não havia como Enge conseguir escapar e entrar no quarto de Rhapsody sem que ninguém percebesse, e se Jane ficasse longe delas por muito tempo levantaria suspeitas.

Jane disse que Rhapsody *estava* pelo menos incentivando todas a ficarem alertas. Isso bem que ajudaria se o que Bate disse fosse verdade.

— Elas fizeram você testar o perímetro também? — perguntou Enge de novo.

As informações oferecidas por Bate eram concedidas de um jeito irritado agora, devido à repetição de Enge e à evidente irritação das amarras em seu pulso.

— *Sim*. Vários cães-rubores foram enviados para testar e destruir as armadilhas de segurança. As autoridades da Nova Aurora tendem a trabalhar em esquadrões. Transportes grandes e chamativos, DNAs e coisas assim. Não gostamos de ficar perto demais uns dos outros, por isso fomos treinados para ser um pouco mais... silenciosos quando necessário. — Bate deixou cair a cabeça para trás, olhando para o teto. Enge sugeriu a cama, mas Bate recusou; havia mais aromas emocionais nos lençóis que no chão. — Recebemos um mapa dos pontos e das maneiras de rastrear Jane... roupas velhas, retiradas quando ela foi levada para Nova Aurora, acho, já que eram todas de tule e couro.

— Eles não as queimaram? — Enge surpreendeu-se.

— Acho que não. — Bate encolheu os ombros, evasiva. — Não gosto de sabotar quando tenho escolha. Gosto mais de uma luta. Então, recebi o serviço de rastreamento.

— Mas você tinha um mapa, então deve ter recebido de alguém que conhecesse o hotel.

— Exatamente. — E o mapa cheirava a um filho da puta zangado e assustado.

Enge engoliu em seco o nó na garganta agora sempre presente. Ficou em silêncio, sabendo as respostas para todas as outras perguntas que poderia fazer, mesmo que não quisesse acreditar nelas. Exceto por aquela que Bate não conseguiu responder: por quê?

— Por que eu deveria saber? — questionou Bate. Enge não percebeu que estavam falando em voz alta. — Eu não a *conhecia*; só conheço o cheiro. Ela estava com medo e com raiva quando desenhou o mapa. Pergunte a *ela* o que a assombrava.

Se ao menos pudesse. No entanto, Enge tinha certeza de que não teria a chance de interrogar Rhapsody. Enge apertou os lábios com força, a palavra *forasteiros* na ponta da língua. Mas também não fazia sentido. Nova Aurora era a mais alheia e ameaçadora possível. Por que diabos trair o hotel, entregando-as à Nova Aurora? Qual era o objetivo?

— Tínhamos ordens expressas de prender Jane e Zen se as avistássemos. Não pegar nenhuma outra, a menos que precisássemos. Acho que isso fazia parte do acordo de Rhapsody.

Ninguém mais?

Só elas? Mas...

De repente, ouviram um gongo baixo e alto vibrando nas paredes, tocado pelos alto-falantes do hotel. Enge ouvia tão raramente esse som fora de uma situação de teste que levou um momento para sequer se *importar* com isso.

Jane já estava abrindo a porta; estava fazendo sua vigilância do lado de fora.

— Os alarmes estão disparando por todo o hotel!

Enge estava em pé. Atrás de Enge, pela porta aberta, ouviram mulheres em movimento, o piso de madeira carregando os passos apressados junto ao soar do alarme. Os murmúrios confusos, os gritos umas para as outras. Era uma cacofonia antinatural no hotel, do tipo que fazia os olhos de Enge arderem de lágrimas. Não havia nenhuma cena de filme de terror que Enge conhecesse que refletisse como era profundamente errado ouvir esse tipo de caos dentro do hotel, onde deveria haver sons de risadas, música e molas de cama rangendo.

Bate praticamente ficou caída pela onda esmagadora de medo que incidiu sobre ela. Enge ajudou a mantê-la em pé, mesmo quando seguiu na direção da janela, que havia sido protegida por fora para conter Enge e Bate, mas isso não impediu Enge de olhar através dela. Não havia muito do pessoal do hotel do lado de fora, além daquelas que estavam de guarda. Mesmo elas estavam saindo dos poucos veículos que mantinham; algumas mulheres com escudos improvisados e ferramentas para se defender saindo de caçambas de caminhões e Cadillacs abertos.

Não estavam todas olhando na mesma direção porque havia caminhões vindo dos dois lados com faróis ofuscantes acesos. Enge cambaleou, afastando-se da janela. Ouviu gritos, bem como guinchos de rodas e freios.

Nova Aurora estava invadindo o Hotel Pynk.

— Ninguém mais *meu rabo*! — Enge girou para gritar com Bate. — Estão aqui para limpar *todes* nós!

Bate tentava erguer as mãos, a raiva aparentemente fazendo o bastante para compensar a dor do medo do hotel.

— Ei, ei, não *menti* para você não, porra. — Ela olhou entre Enge e Jane rapidamente quando os dois se aproximavam. — *Nós* recebemos ordens de não levar ninguém além de Jane. Não sei o que está acontecendo.

Enge ergueu o queixo, tentando afastar o pânico crescente.

— Por que eu deveria acreditar em você?

— Realmente, eu não tenho muito o que dizer sobre isso agora, certo? — respondeu Bate. — Mas... — Bate estava ficando frenética. — A terra! Olha, de verdade, eu não me importo com o seu hotel de qualquer forma, mas aquela caverna? Foi a primeira coisa que experimentei que fez meu olfato *relaxar*, ok? E se a Nova Aurora descobrir, não há maneira de eles... Eu jamais seria capaz de... — Bate endireitou-se. — Não vou defender seu hotel, mas vou lutar por esse tipo de paz.

Enge não teve tempo de explicar que as duas coisas eram a mesma coisa. Enge olhou para Jane, que estava cautelosa, porém era óbvio que estava pronta para dar o próximo passo. Enge assentiu e estendeu a mão para Jane.

— Você confia em mim?

— Claro — respondeu Jane, sem hesitação.

Enge tirou as luvas de Bate do bolso do moletom.

— Você tem uma tesoura?

Enge lembrou-se de ter assistido às filmagens de Zen de alguns dos ataques que aconteceram em suas festas ilegais. Computadores infectados em feliz hedonismo, intimamente uns com os outros e disponíveis uns para os outros, de repente se espalharam ao vento e ao chão enquanto as luzes da patrulha brilhavam lá de cima. Zen havia cortado as filmagens para seus documentários musicais. Ela e Jane trabalharam em músicas incidentais que se encaixassem no caos, notas de guitarra elétrica que deformavam e trinavam por tempo demais contra a pele do ouvinte e o bater de címbalos sobre riffs rápidos de bateria. Aquilo desencadeou o nível certo de pânico e o sentimento de luta ou fuga, explicou Jane. Às vezes, outra pessoa se juntava — Gui ou Pel mais do que as outras — para compor peças que parecessem com seu próprio medo.

Era terapêutico quando feito assim. Não havia nada como aquela explosão de cura criativa ao ouvir os ruídos reais que acompanhavam a realidade. Para Enge, havia apenas o choque de ficar paralisade pelo horror e a eletricidade da adrenalina que atraía de centenas de maneiras diferentes.

Enge queria correr, queria fugir, mas não podia deixar o Hotel Pynk cair. Muitas de suas irmãs corriam em pânico, assustadas. Não importava para Enge quantas delas Rhapsody havia influenciado na votação. Quantas tinha convencido a se voltar contra Enge. Essa ideia ainda era difícil de engolir.

Enge fez que não com a cabeça; só podia esperar que esse plano, de alguma forma construído a partir de sessões de contação de histórias e desespero, funcionasse.

Enge estava bem diante do hotel quando alguém de armadura agarrou Enge e, ainda durante a luta contra o agressor mascarado, elu tentou se lembrar do que havia dito a Bate e Jane: "Evitem o bastão de choque, mas verifique se há luvas, para cobertura espessa onde não é necessário". Com certeza, a mão que tentou arrastar Enge até o transporte estava coberta por uma luva semelhante à de Bate.

Através da luva, estavam quentes. Então, cães-rubores, em vez de guardas normais. Talvez tenham agarrado qualquer uma, mas significava que ainda estavam *procurando* por alguém. Jane, provavelmente. E isso era bom, se levasse tudo em consideração.

— Eu *não* sou Jane — rosnou Enge. — Ou Mary Apple, ou um computador… — Em pânico, elu agarrou a tesoura que pegaram no hotel, dando uma estocada para trás. Elu forçou-se a não pensar em como havia apunhalado a coxa do agressor, ou o que significava o cão-rubor caindo para trás com um berro. Enge cuidou para nunca perder o controle da tesoura; elu não a levara para esfaquear.

Enge buscou a areia do deserto. Como temia, viu que alguns invasores do hotel usavam máscaras de gás. Um transporte foi parado, cercado por cães-rubores em equipamento antimotim, seus escudos bloqueavam a visão da traseira aberta do veículo. Sem dúvida tinham alguma maneira de liberar aquele gás bruto nas pessoas desavisadas do hotel. Uma nova arma química para subjugar. Nuncamente para limpar na sequência.

Apenas mais um motivo para Enge se apressar.

Seus olhos pousaram na lanchonete, onde vários guardas blindados se aproximavam com bastões elétricos e escudos antimotim. As portas do restaurante estavam fechadas; havia mulheres escondidas lá dentro?

Enge ficou com apenas uma manga do moletom quando saíram do hotel e fez uma verificação rápida para garantir que não tinham perdido a outra manga. Satisfeite por ainda estar bem, Enge saiu em disparada até chegar à lanchonete, mas não para a porta da frente, que estava sendo cercada. Em vez disso, elu foi para a porta dos fundos, onde apenas um agressor com um bastão se esgueirava devagar.

Com um lamento em vez de um grito de guerreire, Enge correu até as costas da pessoa, batendo nela com força suficiente para que o impulso fizesse os dois se chocarem contra a parede da lanchonete com força. Por um momento, veio uma dor aguda, até que Enge conseguiu dar um salto para trás; bem na hora, pois o empurrão repentino parecia ter feito o cão-rubor bater na parede com o bastão entre ele e a superfície rígida. O invasor deu um solavanco violento quando o bastão fez um zumbido.

Enge bateu na porta dos fundos.

— Sou eu! Enge! Me deixe entrar!

Houve um estrondo lá dentro antes que alguém abrisse a porta com tanta força que Enge quase caiu lá dentro. Atrás deles, ouviram a porta bater de novo. Enge ergueu os olhos; era Pel trancando a porta da lanchonete.

Enge ficou surprese com o abraço e o beijo aliviado que recebeu.

— Tive medo de que, quando os transportes chegassem — explicou Pel enquanto se afastava —, sua cão-rubor teria um plano para atacar você.

— O quê? — Enge piscou. — Não, não, ela, hum... — Enge olhou ao redor da lanchonete para a situação atual. Havia cerca de meia dúzia de mulheres com Pel, com todos os níveis variados de medo e raiva. Nomie estava encolhida em uma mesa, um hematoma alto dando à bochecha e ao olho uma aparência de inchaço roxo. — Olha, tenho motivos para acreditar que essas pessoas têm um mapa do hotel. — Todas prestaram muito mais atenção. — Temos sorte de não terem as chaves da lanchonete, mas logo vão arrombar as portas.

— Então, nós os derrubamos aqui — sugeriu Pel. Ela gesticulou para o balcão; as mulheres estavam trabalhando, tirando as fritadeiras, as frigideiras, o óleo quente. Preparando o máximo de defesa possível em tão pouco tempo. — Posso ganhar tempo para que as outras garotas...

— O gás que usaram em Jane — enfatizou Enge. — Eles trouxeram tanques cheios dele. Se simplesmente corrermos lá para fora, ou uma de nós simplesmente se sacrificar, só vai representar dor para nós. É apenas questão de tempo até que o mesmo gás nos arranque daqui, e acredite em mim quando digo que não consigo assistir a nenhuma de vocês passar por isso. Simplesmente não consigo. — Elu apertou os lábios por um momento, apavorade com a maneira que precisou levantar a voz para garantir que todas as mulheres na sala ouvissem o que elu diria a seguir. — Mas tenho um plano. Acho que vai funcionar.

Uma mulher perto de Nomie se pronunciou.

— E como vamos saber que você não trouxe esses misóginos e homofóbicos de merda para caçar nossa cabeça, Enge?

— Enge podia ter tentado se salvar quando o ataque começou — rebateu Pel. — Ter fugido. Em vez disso, está aqui. Então, se você ouvir o plano e não quiser participar, tudo bem. Mas nós *ouvimos* quando as outras falam.

— Você ainda acredita em mim. — Enge não conseguiu evitar o choque, embora ainda pudesse sentir o beijo rápido de Pel.

— Claro que confio. Não confio na cão-rubor — confirmou Pel. — Onde ela está?

— Com Jane — respondeu Enge. — Ajudando com o meu plano.

— Quê...?

— Por favor... só confie em mim. Podemos acabar com isso. — Elu encarou os olhos de Pel e, por fim, sua amiga cedeu. Enge assentiu, aliviade. — Mas funcionará melhor quanto mais pessoas estiverem envolvidas. A porta da frente estremeceu. Estava bloqueada por todos os móveis que as mulheres puderam arrastar no restaurante, mas acabaria sendo arrombada, ou os agressores dariam a volta para a porta dos fundos. — Por favor. Ajudem-me a salvar o Pynk.

— O-o que foi isso? — perguntou Nomie com a voz rouca. O que aquelas pessoas fizeram com ela em seu curto período de invasão?

Enge apontou para a manga do moletom que ainda estava inteira.

— Me emboscaram na Caverna porque eu tinha um tecido velho da Nova Aurora que Jane usava. Para eles, o pano cheira como o que usaram para rastrear Jane. Então, vamos confundi-los.

Enge já havia cortado parte da costura da manga, então agora ela puxou, rasgando uma parte inteira.

— Vamos ganhar um pouco de tempo com isso, sobrecarregá-los com o cheiro que precisam rastrear, em vez de fazer... — A porta estremeceu de novo. — Em vez de deixá-los se concentrar nisso. Por favor, apenas confiem em mim, eu...

— De que adiantará se nos arrastarem para dentro? — veio a pergunta esperada.

A expressão de Pel estava firme.

— Não vou deixar isso acontecer. Acredito que você tenha um plano secundário, certo?

Enge deu de ombros e tentou fazer com que seu sorriso desajeitado parecesse confiante.

— Só precisamos transformar isso em um esforço maior do que valha a pena para os cães-rubores. Eles têm bastões elétricos. Peguem-nos, joguem-nos na piscina. Afastem-nos de seus transportes. Façam com que corram. Vai nos dar tempo quando o sol nascer, caso estejam planejando outro ataque. Faz pelos menos duas semanas que estavam testando para ver o quanto seria fácil nos pegar. — Talvez Enge tenha arreganhado os dentes. — Vamos lhes mostrar o quanto lutaremos para nos mantermos sujas.

Pel assentiu com força.

— Eu cuido disso daqui.

Enge pegou a tesoura que Jane havia lhe dado e começou a distribuir tiras da túnica de Jane.

A MAIORIA DAS MULHERES COSTURAVA SUA PEQUENA TIRA DA TÚNICA de Jane nos retalhos de suas coberturas de rosto feitas às pressas. As máscaras talvez não detivessem uma explosão de gás no rosto, mas lhes dariam tempo para pensar. E era mesmo tudo o que elas podiam esperar.

Pel era uma grande líder, e, quando as mulheres irromperam pela porta dos fundos da lanchonete, armadas com garfos de grelhar, cestas de fritura quente e garrafas de óleo quente e espesso, os guardas da Nova Aurora não sabiam o que esperar. A confusão reinava agora nos dois lados: os cães-rubores se frustraram, surpreendidos por uma súbita torção em seu sistema psíquico que não conseguiam identificar, mesmo à medida que as mulheres lutavam contra o melhor arsenal da Nova Aurora.

Mas a turma de Enge tinha a vantagem do próprio hotel. De lutar por sua casa. Enge não assumiu o controle do primeiro transporte, mas se sentou no banco do motorista do segundo. O motor ainda estava ligado e a traseira aberta; os cães-rubores estavam tentando carregar as mulheres. Foi mais difícil fazê-lo quando Enge pisou fundo no acelerador. Ficou impossível quando ela deu um cavalo de pau no veículo, observando no espelho retrovisor como os cães-rubores voavam pela parte de trás aberta.

Sob os faróis, Enge viu o outro veículo mais próximo, viu o rosto de *Jane* atrás do volante. Soube que Jane não podia enxergar além de sua máscara facial, porém Enge sorriu e acenou com determinação para ela do mesmo jeito.

Saber que era Jane no outro transporte encheu o peito de Enge com adrenalina renovada, e elu fez uma curva em U na direção do grupo mais próximo de cães-rubores.

Era um jogo de quem arrega: Enge ao volante, com a mão enfiada na buzina para chamar atenção, enquanto três cães-rubores com escudos antimotim protegiam um deles com o que Enge só poderia supor ser um lançador de granadas. Havia apenas segundos de distância entre eles, e o coração de Enge palpitava nos ouvidos.

— Não me façam atropelar vocês — implorou Enge em voz alta, embora os cães-rubores não pudessem ouvir seus apelos gaguejados. — Só *saiam correndo*, vocês não precisam ficar aí, a Nova Aurora nem liga para vocês…

Foi uma divagação que continuou até o último segundo.

O lançador de granadas disparou…

Os cães-rubores saíram do caminho com um pulo, recuando do caminhão…

A granada estalou contra o para-brisa ao explodir…

Enge ergueu os braços quando pisou no freio. Houve uma explosão de verde cor de lama no para-brisa, parecendo radioativa quando iluminada pelos faróis. Um brilho verde nauseante vazou para dentro da van, e os olhos de Enge lacrimejaram.

O filtro talvez não adiantasse muito, e Enge tentou com todo o seu ser lembrar o que havia dito a Jane, para permanecer presente enquanto as memórias convergiam.

Zen deu roupas a Enge quando elu estava com frio. Me conte uma história, *disse Jane, ou talvez fosse Enge, ou talvez fosse Pel. Rhapsody bufou, indiferente, enquanto Enge viajava com outres trans como elu. Elu viu seu rosto cansado no reflexo da piscina enquanto Pel lhe dava um beijo, enquanto Pel massageava seus ombros e cortava fios de alarme que faiscavam ao longe…*

Quando Enge buscou o presente, o volante do caminhão de transporte, a buzina e o gongo dos alarmes, acidentalmente se ateve às *histórias*, a todas as histórias de Jane que elu havia se esforçado tanto para nunca, jamais esquecer.

As festas de Alice eram invadidas desse jeito. Andando sobre pernas que se recusavam a se mover assim, para dentro de uma instalação da Nova Aurora. Uma alma estilhaçando-se ao perceber que o amor de sua vida não reconhecia, uma alma se recompondo ao passo que as duas planejavam escapar. A viagem de volta ao Hotel Pynk para cura. A viagem até o Hotel Pynk pela primeira vez.

Uma cão-rubor chamada Bate, que tinha o rosto cheio de terra e precisava de paz, arrancando Jane de um caminhão e deixando-a bater com força contra o chão, batendo em seu rosto para fazê-la ouvir...

Não Jane. Não... Bate estava estapeando o rosto de *Enge*, no presente, enquanto Enge tossia e engasgava-se com o gás que se dissipava.

— Porra, não me deixe sozinha com essas mulheres — Bate estava dizendo. — Não vou me explicar para ninguém de novo.

Enge conseguiu limpar a gosma de sua garganta, levantando a máscara por tempo suficiente para cuspi-la no chão.

— Você não está sozinha aqui. — Enge ficou chocade com como foi fácil responder. — Nunca.

Bate bufou.

— Você ainda parece ridícule.

— Vim ao Pynk por causa de todas as pessoas que achavam que eu devia odiar o quanto eu consigo ser ridícule. Já deixou de ser um insulto. — Então, depois de um segundo: — Obrigade.

— A maioria do pessoal da Nova Aurora percebeu que vocês não seriam fáceis e que estavam preparadas para o gás — explicou Bate, e foi só então que Enge percebeu que o ar estava mais limpo. Deviam ter passado ao menos alguns momentos desde que a granada explodiu, talvez mais: eles haviam perdido a batida em retirada final? — No fim, talvez voltem ou não, mas será em breve se forem espertos o bastante para repensar a estratégia. Esse gás experimental só funciona se as pessoas que o respiram de fato ficarem sobrecarregadas.

Enge assentiu com a cabeça de um jeito distraído, olhando para o caminhão de transporte enquanto Bate ajudava a se levantar. O para-brisa havia sido estilhaçado, e duas das rodas, estouradas. O coração de funileiro delu doía ao ver aquilo, mas a pessoa recuperadora nelu sabia que havia uma alegria maior e uma mensagem em desmantelá-lo, usando seus pedaços para todos os tipos de trabalho que os Padrões da Nova Aurora desaprovariam.

Elu caminhou até os destroços, olhando ao redor para o estado do hotel. Havia escudos antimotim caídos e algumas das mulheres — Enge avistou Pel — pegaram escudos para si. Muitas delas estavam feridas de alguma forma, mas triunfantes. Como era costume para o hotel, elas já estavam entrando em contato umas com as outras, vendo quem precisava de ajuda imediata.

— O que está fazendo? — perguntou Bate.

Enge enfiou a mão no caminhão de transporte e tirou as chaves da ignição. Erguendo-as na mão por um momento, mirou ao longe no horizonte e *arremessou* as chaves com o máximo de força que pôde.

— Foda-se, Nova Aurora! — gritou. Bate não riu, mas parecia cautelosamente otimista.

Enge não sabia se era a queda da adrenalina, a dor crescente ou os resquícios do gás bruto que fizeram com que elu perdesse os sinais do que estava para acontecer.

Foi atingide no flanco em alta velocidade, por mãos que Enge lembrava ter ajudado após um "ataque" apenas dias antes. Sua agressora berrou com uma raiva desenfreada, desarticulada.

— Rhapsody, não! — gritou Enge, mas era tarde demais. Foram ao chão com um baque surdo, a luz do caminhão fazendo com que a sombra de Rhapsody se estendesse sobre elu, que tinha o dobro do comprimento de Rhapsody. Era quase impossível para Enge ver a expressão da mulher, mesmo quando estreitava os olhos. Não significava que Enge já não soubesse como era.

Bate começou a se mover, mas Enge ergueu a mão. Se Rhapsody fosse fazer isso, Enge se defenderia como ocupante do Hotel Pynk. Aquela era a luta delas.

— Você vai destruir o hotel! — guinchou Rhapsody. Sua voz era entrecortada, e Enge imaginou se ela também estaria se recuperando daquele gás. Se estivesse, que memórias ainda flutuavam na cabeça de Rhapsody, e como ela olhava em retrospecto e achava que *tudo* aquilo estava normal?

Enge ficou horrorizade.

— *Eu* vou destruir o hotel? Você trouxe a Nova Aurora até nossa porta!

— O que você está...

— Elu sabia de *tudo*. — De repente, a garganta de Enge ficou seca, e a areia ardeu em seus olhos. — Onde estavam nossas armadilhas, quando patrulhamos. Eles têm um *mapa*, e onde você acha que eles…

Rhapsody agarrou Enge pelo moletom, mas, como já estava esfiapado, rasgou mais ainda, deixando o top e o sutiã esportivo de Enge para trás. Enge aproveitou o momento para se levantar, preparando-se para se defender.

— O que você *acha* que sabe? — questionou Rhapsody. — Hein?

— Bate sentiu seu cheiro com eles. — A respiração de Enge era sincopada. — *Por quê*, Rhapsody? Sei que me odeia, mas você *ama* este lugar tanto quanto eu. Tanto quanto qualquer uma de nós. — Se algum dos agressores da Nova Aurora não havia recuado, Enge não seria capaz de dizer. Mesmo sem a luz brilhante do caminhão de transporte agora inútil, o silêncio antes da resposta de Rhapsody envolveu toda a atenção de Enge, todo o seu mundo. — Caralho, por que destruir algo que você ama tanto?

Rhapsody avançou em Enge, desferindo-lhe um soco. Enge tentou esquivar-se, mas ainda assim foi atingide na lateral do pescoço e perdeu o ar.

— Eu estava *protegendo* o hotel, idiota! — Enge cambaleou. — *Você* não tem ideia de qual *é* o objetivo do hotel; só quer que seja um espaço seguro para qualquer um, mas o Pynk não é *para todas*, ou simplesmente para *qualquer uma*.

— Fez o que fez por causa *disso*? — O desdém incrédulo de Enge superou a respiração ofegante. — Por minha causa?!? Porque não *sou* sua definição de mulher?

— Porque você não *é* mulher! — gritou Rhapsody, e sua declaração reverberou no ar. — E quanto mais permitirmos que pessoas como *você* entrem no hotel, menos seguras estaremos.

— Rhapsody, eu sei exatamente o que é o Hotel Pynk. Sei *exatamente* o que e quem estamos protegendo aqui. Você sabe?

— Você e Jane fizeram todo mundo repensar quem éramos! Para quem era o hotel. E não vou deixar que reinventem o hotel à sua imagem. É assim que nossos espaços viram espaço de homens, de misóginos, de… — Desta vez, Rhapsody empurrou Enge, e elu deixou a tesoura cair. — Então, fiz o que pude para nos proteger, fazendo um acordo para nos livrarmos de parte do problema. — Os olhos de Enge arregalaram-se. — Você entregaria Jane para eles. E, então, a Nova Aurora fingiria que não existíamos — confirmou Rhapsody. — Você entregaria Jane e Zen e, assim que elas estivessem *limpas*, o restante de nós poderia ser livre para viver da maneira que pretendêssemos. Mas tinha de parecer…

— Como se você não estivesse envolvida — completou Enge. Não sabiam se Rhapsody estava mentindo para si mesma ou realmente envolvida demais em sua fantasia. — Você fez com que parecesse que estavam invadindo sem objetivo certo. E se pegassem Jane…

— E daí, eles quebraram a promessa esta noite? Porque você não foi rápida o suficiente? — Enge apontou para o deserto, para os vestígios de batalha deixados para trás.

Rhapsody balançou a cabeça com insistência.

— Não, não, nós percebemos… que você era o problema também. Que se eles limpassem *você*…

— Estava disposta a me entregar também — disse elu, baixinho. Não era uma surpresa, não naquele momento. De repente, Enge se sentiu calme enquanto as sombras se moviam nas bordas dos faróis, ainda muito brilhantes para Enge enxergar tudo. — Me desculpe, eu era o tipo errado de suje para você — disse elu, enojade.

Rhapsody não teve resposta, exceto um berro abortado e frustrado quando se lançou de novo sobre Enge, que ergueu os braços na defensiva, bloqueando um pouco do farol ofuscante, exceto pelas linhas nítidas que passavam por entre os braços…

Nenhum golpe veio, mas sim a voz de Nomie.

— Você disse "nós".

Enge abaixou os braços ao ver Jane e Bate parados entre elu e Rhapsody. Nas bordas dos faróis do caminhão de transporte, algumas das residentes do hotel estavam começando a se aproximar. A luz obscurecia suas expressões, mas não a tensão no ar.

Rhapsody estava encarando Jane com descrença selvagem, e depois fez o mesmo com as mulheres que a cercaram. Nomie repetiu.

— Você disse "nós", mas quis dizer você e a Nova Aurora, não nós.

— Acho que você *estava* trabalhando para proteger os seus — disse Jane, de um jeito decisivo. Olhou ao redor para os rostos que as cercavam. Tudo em Enge estava dolorido. — Você acabou de decidir que não éramos nós.

— Vocês estão se ouvindo? — ralhou Rhapsody. — Vocês não estão *ouvindo*. Vocês estão do lado de um *cão-rubor* maldito e de *alguém que nem mesmo acha que é mulher* e não estão do meu lado, vocês não estão…

— Esta noite acabou — interrompeu Jane.

Enge encontrou sua voz de novo.

— Você tentou nos colocar uma contra a outra, Rhapsody. Porque decidiu quem era e quem não era "Pynk o suficiente" — zombou Enge, e se encolheu tode com a tentativa. — Mas você mesma disse: não é assim que fazemos as coisas aqui. Nunca foi. Por isso… por isso fui bem-vinde aqui, para começo de conversa. — Enge ergueu a cabeça, mostrando toda a sua altura. — E é por isso que você pode se foder para lá.

O dique de pavor começou a desmoronar no rosto de Rhapsody. Enge percebeu que de fato havia acabado, pelo menos por enquanto. Amanhã, teriam de consertar as coisas, preparar-se, caso a Nova Aurora tentasse de novo, mas *essa situação*?

Essa bobagem toda seria notícia velha.

— Se fôssemos você, Rhapsody — disse Enge —, você seria amarrada e punida. Queria fazer isso com o que fazemos aqui. — Enge soltou um chiado entredentes. — Mas podemos ser melhores que isso. Já somos. — Elu olhou de relance para Jane. — Já me disseram isso mais de uma vez.

Jane sorriu em aprovação, mas voltou a ficar séria no instante seguinte.

— Se escolher fugir esta noite, Rhapsody, a escolha é sua. Mas não será bem-vinda de volta depois de tomar essa decisão. Se preferir fazer o que fazemos no Hotel Pynk e realmente se curar… amanhã, nós a levaremos para a Caverna e começaremos por lá.

Rhapsody empalideceu, e Enge decidiu que estava cansade demais para ouvir a resposta. Em vez disso, elu virou as costas, suspirando fundo, enquanto várias mulheres caminhavam até Rhapsody. Duas sombras próximas permaneceram atrás delu.

— Você poderia fugir também, você sabe. — Enge não se virou, em vez disso olhou para o horizonte. — Para qualquer lugar. Enquanto Rhapsody não decidir se prefere ser limpa, aposto que ninguém na Nova Aurora saberia o que aconteceu com você.

— Bate estalou a língua. — Claro, e eu provavelmente vou saber, em algum momento.

— Mas...? — perguntou Jane, caminhando para se pôr do outro lado de Enge. Foi então que Enge notou Jane segurando seu braço. Correr em círculos na Nova Aurora não era uma coisa fácil, mesmo que tivesse feito isso centenas de vezes.

— Mas ainda tenho perguntas sobre a Caverna. Então...

Enge sorriu, surprese com a relutância dela.

— Você tem tempo para perguntar, desde que não foda com o hotel.

— Rá — retrucou Bate. — Eu precisaria foder com vocês duas para foder com o hotel, e... não, obrigada.

— Você faria, certo? — admitiu Enge e, por algum motivo, essa foi a melhor coisa que ouviu a noite toda. Enge suspirou fundo. — Bate enfatizou que eles podem voltar, Jane. O que faremos, então?

Jane ergueu uma sobrancelha.

— Por que está me perguntando? Você faz parte dessa decisão tanto quanto qualquer outra pessoa neste hotel. Não estou no comando, e acho que você é melhor para bolar um plano do que imagina.

Enge não sabia o que dizer.

— Então, o que acha que vai acontecer?

Enge fez uma pausa diante da enormidade daquela pergunta.

— Talvez a gente se mude. Talvez a gente fique. Sei lá. Mas... de qualquer forma, ainda seremos o Hotel Pynk. Só... talvez um pouco mais móvel.

Jane abriu um belo sorriso.

— Só pensar nisso como se estivéssemos saindo em turnê — sugeriu ela. — Vamos transformar tudo isso em diversão. — Então, Jane

olhou para o horizonte, apontando para a linha fina do nascer do sol.
— Ei, Enge, olha só. Elegantemente atrasados e tudo o mais.

Enge demorou um momento, mas, quando seus olhos se ajustaram, viram um carro a distância. Um Cadillac familiar. Quanto tempo fazia desde que Zen havia deixado o hotel? Enge não conseguiu evitar e riu.

— Acho que vou ficar aqui fora — decidiu Jane. — Esperar que ela volte para casa. — Enge concordou com a cabeça. — Não deve demorar muito, mas... você se importa de contar uma história enquanto esperamos?

Enge não se importava nem um pouco.

A CAIXA TEMPORAL

Raven não sabia que estava ouvindo o aquecedor, mas estava. Semicerrou os olhos para enxergar através da janela do solário do terceiro andar, observando um homem na rua. No início, ele chutou os pneus do seu carro, falando sozinho e balançando a cabeça. Mas agora estava com a parte de cima do corpo toda encostado no capô, como se abraçasse o carro, implorando para ele, persuadindo-o a trabalhar. Um drone zuniu acima de sua cabeça, fazendo sua dança abrupta e arisca de beija-flor no ar, a luz vermelha indicadora da câmera piscando. O homem não pareceu notar. Por fim, ele se levantou e jogou a cabeça para trás, olhou para o céu e cobriu os olhos com a mão. Parecia estar chorando. Raven atrapalhou-se com as travas da vidraça. Dois à direita para abrir? Ou dois à esquerda? Ou um à esquerda, um à direita, virando para fora? Ela nunca conseguia se lembrar. As travas haviam sido pintadas diversas vezes e, quando ela puxou uma, pequenas lascas brancas saltaram no ar, grudando no vidro úmido.

— O que está fazendo? Está congelando lá fora.

Raven teve um sobressalto, batendo com os nós dos dedos na vidraça. Ela virou-se, sentindo-se culpada sem saber por quê. Akilah pegou a mão machucada e a levou ao rosto, examinando-a com atenção antes de beijar o dedo dolorido de Raven.

— Tem um cara lá fora com um carro quebrado. *Estressado*. Só queria saber se poderíamos fazer alguma coisa para ajudar.

Akilah arqueou uma sobrancelha.

— Você é mecânica agora? Vai consertar daqui, três andares acima?

Raven sentiu um calor subir ao redor do pescoço.

— Não. Sei lá… pensei que talvez pudéssemos ligar para alguém. Ou talvez ele esteja sem gasolina. Só pensei em perguntar.

Os olhos de Akilah deslizaram sobre as lascas de tinta branca espalhadas no chão de madeira escura.

— Entendi. Só vim aqui para saber o porquê desse barulho todo. Acho que é este negócio aqui. — Ela deu um tapa no radiador, depois afastou a mão. — Eita!

— Você está bem, meu amor? Está quente.

— É, eu senti.

— Desculpa. É um aquecedor.

Raven lamentou o ar de superioridade assim que proferiu a frase. Não foi sua intenção, mas refletir sobre o aquecedor pela primeira vez fez com que sua mente parasse em outro lugar. Quando ouviu a palavra sair dos seus lábios, foi como se alguém tivesse girado um botão de rádio para sair do chiado e entrar na glória de uma música que dançava no ensino médio, e Raven fez uma pausa para ouvir o canto agudo do metal. O silvo quente, o assobio baixo e o *pam-pam-pam* que significava que o calor estava chegando.

Akilah lançou um olhar acusador para o aquecedor.

— Deve estar quebrado. — Ela se inclinou para examiná-lo. — Podemos chamar a mulher da manutenção para dar uma olhada quando ela vier consertar a lava-louça. Não está puxando a comida para o cano de compostagem e não está separando a louça.

Então, ela só lava a louça, pensou Raven. Melhor deixar essa briga para mais tarde. Prioridades.

— O radiador não quebrou — comentou ela, passando por Akilah, saindo do solário e entrando na sala de estar. — Só está velho. Isso é o que eles fazem. E, para ser sincera, sempre gostei do barulho. — Atrás de si, ela sentiu o impulso do protesto vindouro de Akilah de um jeito intangível, ainda que irrefutável, como o peso no ar antes de uma tempestade. Com rapidez, mudou de assunto. — Está vendo aquele gancho no teto? Podemos pendurar uma planta. Ou algum tecido, do jeito que você gostava no apartamento de JJ.

Akilah assentiu com a cabeça, tranquilizada. Entrou na sala e tomou a mão de Raven. A palma ainda estava quente ao toque. Percorreram os cômodos juntas, Raven maravilhada com cada detalhe — dois quartos, o armário de roupas de cama no banheiro, o balcão, sua primeira lava-louça, embora estivesse "quebrada". Akilah fez comentários reservados e, quanto menos falava, mais Raven continuava a tagarelar, a preencher o espaço. O espaço *delas.* Continuaram assim até que Raven, louvando os méritos das luminárias, foi interrompida.

— Para que acha que serve isso daqui? — Akilah havia soltado sua mão e espiava por uma portinha ao lado da sala de jantar. Raven aproximou-se dela e observou. Era uma despensa grande, com armários embutidos no fundo e estantes velhas que chegavam até o teto alto. O espaço acima dos armários era amplo o bastante para funcionar como um ambiente de trabalho, e a despensa era ampla e profunda o suficiente para que duas pessoas circulassem de maneira confortável.

Raven entrou e puxou a correntinha pendurada no teto, e a sala foi inundada com uma luz forte das lâmpadas sem lustres.

— Parece um espaço de preparação de cozinha ou depósito. Esses apartamentos antigos têm todos estes pequenos cômodos embutidos extras. Por isso sinto que tive muita sorte por ter insistido neste lugar. Podemos colocar o que quisermos aqui. Comida enlatada, ou você pode fermentar sua kombucha. Sinceramente, dá até para fazer uma sala de escrita ou de estudos, se quisermos colocar um banquinho neste balcão. Ou uma sala de meditação...

Raven se virou; Akilah havia saído.

Ela sentiu aquele misto de humilhação ao perceber que estava falando sozinha e de alívio porque, por definição, ninguém estava por perto para presenciar. Saiu da despensa/espaço de kombucha/escritório. Conseguiu ouvir Akilah na porta da frente conversando com alguém.

— Sim, tudo parece bem, menos a lava-louça. Obrigada por perguntar.

— Sem problemas. Posso vir ainda esta semana e dar uma olhada.

Raven ficou atrás de Akilah e acenou.

— Olá? Bom te ver.

Sua primeira impressão foi de que a mulher da manutenção podia ocupar o batente da porta com sua altura, mas, depois de um instante, Raven percebeu que não era bem assim. Ela apenas ocupava espaço e, quando falava, sua voz de tenor ampliava o efeito. Ela usava um macacão azul-marinho manchado de poeira nos joelhos e um enorme molho de chaves pendurado no cinto, que barulhava quando ela se movia um pouco. O macacão tinha um crachá bordado no peito: CORNELIA. Seu cabelo grisalho estava bem-arrumado em duas tranças grossas que se encontravam na parte de trás da cabeça. Ela deu um aceno de cabeça formal para Raven.

— Espero que estejam bem. Se precisarem de alguma coisa, é só bater lá ou ligar.

Raven começou a falar, mas Akilah já estava fechando a porta, olhando com ansiedade para sua cronopulseira.

— Obrigada, Cornelia — disse ela, e Raven estremeceu com a dispensa casual e o som do nome da mulher mais velha sem adornos. Ele pairou no ar, despido e embaraçoso. Não *dona Cornelia* ou *senhora*. A porta fechou-se com um clique, e Akilah deu uma alegre meia-volta. — Tailandês para o jantar?

Só mais tarde, depois de alimentadas, comendo direto da embalagem de isopor, pois todos os pratos estavam em caixas, sentadas sobre mantas no chão; depois de assistirem a dois episódios de *Um mundo diferente* e dividirem a garrafa de champanhe comemorativa do "primeiro apartamento adulto" que a mãe de Akilah lhes havia enviado; depois de terem feito amor no futon dobrável que acabaria indo para o quarto de hóspedes, mas, até a entrega do colchão na quinta-feira, era sua única cama; depois que Raven se deitou de bruços, extasiada, e percebeu que o travesseiro embaixo de seu rosto não era seu, mas de Akilah, e sentiu o cheiro de óleo de amêndoa e sálvia enquanto Akilah murmurava para ela; depois que Akilah adormeceu ao seu lado, o canto elástico do lençol de tamanho errado enrolado ao lado de seu rosto, e Raven percebeu que não conseguia dormir nesse novo lugar e se perguntou se aquele futon era desconfortável demais para oferecer aos hóspedes, ela teve um sobressalto com a lembrança do homem chorando e de seu carro. Em silêncio, saiu da cama e, pegando a camiseta do chão, foi para o solário. Lá fora, a noite estava silenciosa, e o homem havia sumido. O carro ainda estava lá e, embaixo da luz do poste, tinha acumulado duas magnamultas.

RAVEN PASSEAVA PELO APARTAMENTO, AINDA ATORDOADA, ENQUANTO o raiar da aurora deslizava por entre as persianas. Tudo estava em desordem, a novidade brilhante da noite anterior já desgastada, deixando para trás apenas a realidade de caixas entreabertas, poeira e desordem. Os restos endurecidos e as manchas oleosas alaranjadas das sobras abandonadas no balcão criavam, na metade dos fundos do apartamento, um odor que, por si só, não deveria ser desagradável — cebolinha seca, capim-limão e molho de peixe, misturados com açúcar —, mas, revoando como estava à beira de sua ansiedade crescente, nauseava Raven.

Akilah ainda estava na cama. Raven queria abrir as persianas para dar uma ajuda à fraca luz do teto, mas deixou que ela dormisse. Tentou abrir uma caixa de papelão ao lado da porta espelhada do armário. Em vez de rasgar, o adesivo da fita de embalagem se prendeu, dobrando-se, estendido e reforçado. Sua respiração acelerou.

— Qual é o problema? — Akilah havia se sentado e procurava entre os lençóis, irritada, a touca que havia caído durante a noite.

— Vou me atrasar para o trabalho — respondeu Raven, decepcionada com o tremor da própria voz matinal. — Vou trabalhar e tenho aula logo depois, então estou tentando juntar todas as minhas coisas e demorando uma eternidade para encontrar tudo. Meus livros, meus cadernos. E agora não consigo encontrar as porcarias dos meus brincos.

Akilah havia pegado seu notebook ao lado do futon, mas parou de rolar a tela e olhou para Raven.

— Para que você precisa de brincos?

Raven curvou-se sobre a caixa, tirando lenços e um chapéu justo, canetas e garfos, um frasco de loção. Queria virar tudo no chão e pisotear a caixa de papelão. Uma pequena escultura de pássaro de alumínio que Akilah comprara na Costa Rica surgiu alegremente da pilha e, quando Raven pegou a caixa, a ponta afiada fez um corte rápido e superficial em seu dedo. Ela sangrou, e Akilah ainda estava falando, e, no fundo da caixa, ela avistou a velha lata de biscoitos que sabia que estava cheia com suas joias. Um sapato Doc Martens estava em cima dela e havia amassado a tampa, mas lá estava. Ela puxou-a para fora da caixa e a segurou contra o peito, ciente de que precisava encontrar um Band-Aid em algum lugar e sabendo muito bem que seria impossível. De repente, ficou sem fôlego e virou-se para Akilah.

— Só não queria sair sem brincos. — Raven pensou em sua mãe, sorrindo-lhe no espelho todos os dias enquanto colocava os brincos. Eram argolas ou pendentes, brilhando contra os tons suaves de seu uniforme. Raven ficava sentada na borda da banheira, vestida com seu uniforme da escola que só começaria em duas horas, pronta para sua mãe deixá-la na casa da sra. Shirlene a caminho do trabalho. *Só uma coisinha para dar um brilho no meu dia*, dizia sua mãe, beliscando suas bochechas. *Já que você não vai estar comigo.*

Ela afastou-se dessa lembrança e desviou o olhar de Akilah. Em sua busca, não conseguia parar de se imaginar trabalhando sem brincos, sentada na cadeira ergonômica que custava quase o mesmo que um mês do seu aluguel, tocando seus lóbulos nus da orelha, sentindo o pontinho sempre inchado onde foram perfurados. Isso a deixaria maluca o dia todo, ela sabia — cada cliente de sorriso tenso olhando apenas para suas orelhas enquanto perguntavam sobre um pacote de dez aulas ou se podiam pegar emprestado um tapete extra ou se havia toalhas para alugar. E, não importa o que os outros pensassem, os brincos eram para Raven. Para *ela* e apenas para ela. Apenas uma coisa — normal, previsível, controlável.

Ela foi até a porta do quarto, fazendo uma rápida listagem mental. Bolsa, carteira, chaves, caderno, canetas, telefone, carregador. TriCard. Livros... era terça-feira. Fisiopatologia. Ela franziu a testa. *Merda*. Tinha uma prova naquele dia, para a qual ela não tivera tempo de estudar, e precisava desesperadamente passar nessa matéria, considerando como as coisas tinham acontecido no semestre passado, quando ela fracassou completa e totalmente em equilibrar seu horário de trabalho com a escola e...

— Só acho que você devia refletir um pouco — Akilah estava dizendo. — Você só... você sempre teve essa coisa. Desde a faculdade. Tipo, por que se importa tanto com o que as outras pessoas pensam de você? E por que isso precisa se manifestar em como se veste? Brincos são legais, mas também são emblemáticos de uma espécie de feminilidade ortodoxa respeitável que não acho tão importante. Tipo, você precisa usar um colar de pérolas para trabalhar?

Raven fechou os olhos e recostou-se no batente da porta.

— Você sabe muito bem que não uso pérolas para trabalhar.

Akilah revirou os olhos, mas agora estava totalmente concentrada. Ela fechou o notebook.

— Não precisa brigar comigo. Só estou conversando com você. Acho que, em um relacionamento saudável, eu devia poder conversar com minha parceira sobre a nossa presença no mundo. E, sabe, sobre padrões tóxicos.

Ravena balançou a cabeça.

— Preciso ir. Desculpa. Eu não... só não tenho tempo agora. Podemos conversar sobre isso mais tarde.

Ela correu de volta para a cozinha. Chaves, chaves, chaves. No balcão? Akilah falou com ela de novo.

— Essa é outra coisa! Você nunca tem tempo... Precisa desacelerar!

Fácil para você dizer isso.

Raven olhou para sua cronopulseira. Eram 9h19. O ônibus que ela queria pegar, o último ônibus que a levaria ao trabalho no horário, estava a quatro minutos do ponto. Se conseguisse pegar as chaves com agilidade, todo o restante estaria em uma bolsa perto da porta, e ela poderia correr até a parada e embarcar por um triz.

Cozinha. Balcão.

Nada de chaves.

Akilah ainda estava falando, mas Raven não conseguia entender muita coisa. Era melhor que não ouvisse. Estava chorando agora, ainda não conseguia respirar direito e tudo parecia quente e incômodo. Seus olhos dispararam ao redor da sala, como se as chaves pudessem aparecer em algum lugar onde não estavam momentos antes, como se uma resposta pudesse aparecer, ou dinheiro para um carro, ou sua mãe com o café da manhã que ela não havia comido. Nenhuma dessas coisas estava prestes a chegar. Mas a porta da despensa estava aberta, e, lá dentro, Akilah já havia guardado o papel higiênico extra, as toalhas de papel e uma caixa de lenços. Raven entrou na despensa, abriu a caixa de lenços e fechou a porta. Ela enrolou-se em um canto, espremida contra os armários e chorou.

Quando terminou, quase se sentiu bem. Estar sozinha, naquele pequeno espaço restrito, sem ninguém para vê-la chorar e comentar seu choro. Ela enxugou o rosto e assoou o nariz. Akilah tinha comprado o lenço macio de marca, e isso era bom. Olhou para sua cronopulseira de novo. Quinze minutos haviam passado. Chegar na hora estava fora de questão, mas, se pudesse lavar o rosto e chegar ao ponto de ônibus, não chegaria tão tarde, e Hilarie provavelmente não se importaria de qualquer maneira. Raven tinha sua aula, então não ficaria presa depois do trabalho, e Akilah voltaria da livraria para abrir-lhe a porta à noite, para que pudesse ficar sem chaves naquele dia. Raven respirou fundo, estremecendo. Talvez funcionasse. Ela levantou-se, esfregando a lombar que havia sido pressionada contra a dobradiça da porta do armário, e caminhou decididamente para fora da despensa e em direção à porta da frente.

— ... há essas coisas que herdamos — Akilah estava falando lá no quarto. — E há maneiras de superá-las. — A testa de Raven franziu. Ela deve estar em uma ligação; reclamar por quinze minutos para o nada era demais, mesmo para Akilah. Raven enfiou a cabeça na fresta da porta.

— Estou indo, amor. Não consegui encontrar as chaves, então pode abrir a porta para mim hoje à noite? Amo você.

Akilah olhou para ela entre um ninho de cobertores. Ela nem se moveu.

— Ah. Claro. Também te amo.

Raven pegou a bolsa. Ligaria para Hilarie assim que entrasse no ônibus, só para avisá-la que chegaria atrasada. Ela seria tranquila quanto ao atraso. Afinal, justificou Raven, ela acabara de se mudar. Todo mundo sabe que a pior coisa é se mudar.

Ela pegou o gorro de malha do gancho na parede onde o havia deixado na noite anterior. *É aqui que as chaves deveriam estar.* Raven olhou para sua cronopulseira. Ela indicava 9h20 da manhã.

Raven flagrou-se oscilando o dia todo entre surtos de energia frenética e fadiga completamente debilitante. Em um minuto ela era a Superfuncionária — dobrando toalhas higienizadas e colocando-as metodicamente na gaveta atrás de sua mesa, limpando a caixa de entrada do atendimento ao cliente na primeira meia hora após sua chegada tardia, cumprimentando cada pessoa que entrava no estúdio de ioga com desenvoltura quase anormal. No momento seguinte, mal conseguia manter a cabeça erguida, em um momento pedindo licença para uma pausa no banheiro que na verdade era uma desculpa para apenas se trancar no pequeno banheiro caiado, encostar-se na parede e fechar os olhos sem ser vista. Atribuiu aquela situação à ansiedade e à exaustão do choro matinal, como se tivesse drenado algo de si que não podia ser recuperado. Quando seus olhos se fechavam, ela imaginava o interior de seu corpo sendo preenchido com ácido de bateria, ou o que ela imaginava ser o ácido de bateria — um líquido turvo, de um verde-azulado, suas marés subindo e descendo de forma imprevisível. Nos momentos animados, ela preparou chá preto, bebeu, preparou mais e bebeu. Procurou on-line por uma oficina barata que não exigisse que ela levasse sua cronopulseira à loja DisCom. O aparelho tinha anos e a garantia já havia acabado, e só Deus sabe quanto cobrariam dela para consertar uma cronopulseira que, de alguma forma, começou a parar por quinze minutos antes de voltar a funcionar. Ela contou as horas até o momento de ir para a aula. Em seu intervalo, caminhou até o café no quarteirão, ficou em silêncio por um tempo olhando para a caixa de produtos de padaria como se ponderasse sobre algo profundo e misterioso, e esperava que ninguém notasse quando secretamente pegou um copo de papel e uma tampa da pilha em um balcão de canto e saiu pela porta sem comprar nada.

De volta ao estúdio de ioga, só teve tempo de encher o copo com café da cafeteira queimada, tampá-lo e vestir a jaqueta antes que

Jazmyne entrasse para o turno da tarde. Ela queria lhe contar sobre como uma mulher branca que era membra do estúdio havia anos e frequentava as aulas quatro vezes por semana havia chamado Raven de "Jazmyne" naquela manhã. Da última vez isso aconteceu, Raven pensou que elas dariam boas risadas sobre isso. Jazmyne era vários centímetros mais alta que Raven e vários tons mais clara, usava óculos sem aro e tinha um piercing no septo onde Raven não tinha nenhum, e gostava de enormes perucas cacheadas 3C. Raven era careca. Mas Jazmyne não riu nem um pouco — apenas acenou com a cabeça em silêncio e foi até o armário de casacos para pendurar suas coisas, magoada e silenciosa. Então, desta vez, Raven guardou a história para si.

Além disso, Jazmyne já parecia arrasada por alguma coisa. Raven deixou a bolsa no balcão, parando sua corrida planejada para a porta.

— Ei! Está bem, mana?

Jazmyne moveu a cabeça de um jeito que não era nem um sim nem um não, acomodando-se na cadeira da escrivaninha.

— Vou ficar bem. Estou um pouco agitada. Acabei de sair do hospital.

Ravena franziu a testa.

— Seu pai?

— Sim. Vai fazer outra cirurgia na segunda-feira. E preciso ligar para o trabalho dele e avisar que não vai, e daí descobrir quem pode pegar uma licença remunerada, se eu, Cece e Trey, mas não sei se consigo contar com Trey para fazer todas as perguntas e anotar tudo o que os médicos disserem e, da última vez...

Ela se interrompeu de repente, sacudindo as mãos diante dos olhos como se afastasse furiosamente uma nuvem de mosquitos.

— Desculpa. Não posso envolver todo mundo nisso. Sei que você tem de ir, e eu me atrasei.

— Eu me atrasei de manhã. Tudo bem. De verdade.

Jazmyne assentiu com a cabeça, engolindo em seco.

— Vamos fazer dar certo. — Ela puxou uma garrafa de água rosa brilhante da bolsa e tomou um gole longo e lento, em seguida olhou para Raven. — Sabe o que me mata? Parece estúpido, mas... não é só o fato de ele estar doente. Tipo, é também. Eu me preocupo. Mas meu pai está doente desde sempre. São todas essas coisas *em torno* da doença que deixam tudo mais difícil. Odeio horário de visitas. Odeio ser informada de que um médico vai vir falar comigo e responder a uma pergunta e ficar sentada esperando por toda a eternidade que o cara apareça, só para ele dar o fora trinta segundos depois. Odeio o prédio. Odeio estacionar longe pra cacete da entrada e depois correr para chegar à porra do pavilhão sei-lá-o-quê e pegar o terceiro elevador no corredor do memorial sei-lá-onde e, quando você chega lá... — Ela expirou com vontade. — Simplesmente odeio isso.

Raven assentiu com a cabeça, tendo tanto a dizer e sem saber o que valia a pena. Jazmyne olhou para sua cronopulseira.

— Menina, você vai se atrasar. Vou bater seu ponto de saída.

O ÔNIBUS ESTAVA QUENTE E LENTO. ALGUÉM NA PARTE DE TRÁS, que Raven não conseguia ver, estava com uma tosse intermitente. Ela verificou sua cronopulseira. Duas voxes da mãe. Raven bateu duas vezes na têmpora direita e ligou para a mãe, que acabara de terminar um turno e estava entrando na estação de ônibus. Raven manteve os olhos baixos para que a tela do aircast pairasse logo acima de seu colo, o rosto de sua mãe brilhando para ela sobre seus joelhos. Ela contou a Raven sobre uma briga que duas pessoas no ônibus tiveram por causa de um TriCard roubado.

— Querida, quando eu te contar que ela ficou tão brava com a outra mulher que a chutou pra fora da droga do ônibus? Isso mesmo, a *chutou*! Parei no sinal vermelho, e ela enfiou o pé bem no rabo da outra, e a velha saiu porta afora! Baixei o hover uns cinco, dez centímetros *bem* na hora. Se fosse um daqueles ônibus antigos com escada e pneus grandes, menina, ela teria rachado a cabeça no chão. E eu peguei o interfone e disse: "*Ei*!" — Ela fez uma pausa e, quando falou de novo, estava rindo tanto que roncou, lutando para pronunciar as palavras. — Eu disse: "*Ei!*" — Ela se esforçou para apontar o próprio peito. — "Só *eu* posso chutar as pessoas pra fora deste ônibus, ouviu?"

Raven soltou uma gargalhada que fez o corpo sacudir.

— Mãe, assim você me mata!

E foi assim que ela perdeu o ponto, enxugando as lágrimas. Pior ainda, as janelas do ônibus estavam embaçadas com o hálito quente e o vapor. E, então, Raven, que estava atrasada para o trabalho, agora estava atrasada para a aula, e fez o possível para manter a cabeça erguida enquanto se dirigia para o único lugar disponível, na primeira fila, bem na frente do professor, que registrou um pequeno aborrecimento com o guincho agudo que emergiu da cadeira de metal com dobradiças quando Raven puxou uma para si. Algumas pessoas olharam para cima, visivelmente incomodadas por terem sido distraídas da prova que já haviam começado.

Parecia que, no momento em que começou, acabou. Então, o ônibus quente outra vez. E, depois, para casa. Dona Cornelia estava no saguão, colocando uma nova etiqueta na caixa de correio. JACKSON & SAINT CLAIR. Estava esfregando a etiqueta plástica com a ponta cega de uma chave, empurrando o adesivo contra o metal. Ela assentiu com a cabeça, cheia de cerimônia, quando viu Raven.

— A caixa de correio está pronta para vocês. Coloquei a chave em um envelope debaixo da sua porta esta manhã.

Raven estava prestes a agradecê-la quando percebeu que esses pequenos detalhes — a caixa de correio, a chave — pareciam a maior gentileza que alguém havia lhe feito o dia todo. De repente, a imagem da caixa de correio em seu último apartamento saltou em sua cabeça: coberta com ano após ano de etiquetas de correspondência descascadas, marcador permanente que escorria na chuva, fita adesiva. Nome embaixo de nome embaixo de nome, nenhum deles o seu. Ela engoliu em seco.

— Obrigada, dona Cornelia — disse Raven, sorrindo. — Muito obrigada *mesmo*. — Ela tentou saborear as palavras, a sinceridade uma pequena nuvem rosa de algodão-doce pairando entre elas.

— Aquele novo apartamento está funcionando para vocês? — Enquanto falava, dona Cornelia olhava com atenção para uma mancha de tinta na porta que estava quase lascada, passando o dedo no verniz.

— Sim, muito obrigada. Com certeza o lugar mais legal onde já morei. O aquecimento estava muito bom ontem à noite.

Dona Cornelia virou-se e a encarou diretamente.

— Bom. Que bom. — Raven estava com um pé na escada, mas esperou, sem saber se a mulher mais velha tinha mais a dizer. — Tínhamos duas unidades vagas ao mesmo tempo, mas, quando te conheci, achei... Achei que uma te faria bem. Nesse sentido, levo meu trabalho muito a sério. Você me entende? — Ela lançou um olhar sombrio para Raven, seus olhos castanho-escuros contornados por uma fina linha azul gélida. *Arcus senilis*, pensou Raven.

— Às vezes, as pessoas pensam que querem uma coisa — continuou dona Cornelia —, mas *precisam* de outra. E algumas pessoas não estão prontas para cuidar do que acham que é certo para elas. Então, penso muito nisso. Penso muito mesmo.

Raven assentiu com a cabeça de um jeito tenso. Não sabia muito sobre propriedades, mas queria dizer algo que soasse como um agradecimento sincero.

— É perfeito. Em especial as janelas voltadas para o sul no solário. Estou pensando em colocar algumas plantas lá. Vai ser bom.

Dona Cornelia assentiu com a cabeça, mas agora desviava o olhar de Raven de novo.

— Vai ser — disse ela, de repente em um tom sonhador. — Vai ser bom. Foi a decisão certa.

Na subida para o terceiro andar, Raven sentiu como se estivesse se movendo debaixo d'água, as pernas carregadas com o peso de um dia de preocupação e correria, sentar-se e se levantar, apressar-se e se preocupar um pouco mais. Na porta do apartamento, ela bateu, depois bateu com mais força. Chamou o nome de Akilah em um volume que esperava que a despertasse se estivesse dormindo sem alertar os vizinhos, porque tinham *acabado* de se mudar, e ela não queria ser *aquela* vizinha tão cedo, não na primeira semana. Ainda não houve resposta, e ela se sentia tão exausta que se sentou no capacho e chorou baixinho, a cabeça inclinada para trás contra a pesada porta de madeira, os nós dos dedos doendo.

Akilah não estava em casa, apesar de saber que Raven estaria de volta exatamente naquele horário e que estava sem as chaves. Raven enviou-lhe uma vox, sussurrando para que os vizinhos não ouvissem. *Vem para casa? Estou trancada para fora.* Sem resposta. Aquelas tentativas frustradas de idas e vindas de sua própria casa pareciam um mau sinal. No entanto, já tendo chorado bastante para um dia — e sem querer ser a vizinha que chora no corredor mais do que queria ser a vizinha que bate à porta —, Raven se permitiu exatamente um minuto de choro silencioso antes de descer as escadas para ver se dona Cornelia podia deixá-la entrar, o que ela fez corajosamente, sem fazer perguntas. Simplesmente virou cada chave na argola enorme de um jeito metódico, examinando-as de perto até encontrar a correta, e disse a Raven:

— Vai ser bom ter um momento de silêncio sozinha no final do dia.

Ravena fez que sim com a cabeça.

— É bom ficar um pouco sozinha — continuou dona Cornelia. — Para assentar os pensamentos. — Ela deu um adeus cerimonioso e fechou a porta antes que Raven pudesse responder.

Lá dentro, a mobília ainda não havia chegado, e também não havia Akilah. Mas ela havia deixado todas as luzes acesas. Claro. Raven encontrou suas chaves quase de imediato, caídas em desamparo sobre a pia do banheiro.

Claro.

Na cozinha, estavam arrumadas as sacolas de papel com os mantimentos não perecíveis que Raven trouxera de seu antigo apartamento, intocadas desde a mudança. Procurando em uma delas, encontrou uma caixa tamanho-família de espaguete e uma lata de atum e descobriu uma panela em uma caixa rotulada "cozinha" que estava pela metade cheia de utensílios de cozinha e na outra metade tinha roupas de ginástica de Akilah. Raven abriu a torneira, deixando-a correr por instantes para tirar o cádmio, depois colocou a panela no fogão e ligou-o. Ela conferiu a hora no relógio do forno: 18h22. Podia simplesmente ouvir o programa do DJ Crash Crash. Bateu três vezes na têmpora esquerda, e a voz familiar inundou-lhe a cabeça. Deixou o atum e o macarrão no balcão e carregou o restante das compras para a despensa.

— Booooom dia, meia-noite! Aqui é o DJ Crash Crash. Se você teve um dia difícil no trabalho, você venceu. Parabéns. Hoje à noite, no programa, temos uma convidada muito especial, a senhora Flora Cruz, revi-

gorada e pronta antes de seu set amanhã à noite, no Hopeless Note Comedy Revue. Todo mundo precisa dar uma passada lá. Bebidas especiais, pontos de TriCard grátis, e ouvi dizer que vamos ter alguns convidados VIP na casa. Flora, como vai?

Raven começou a tirar as latas da sacola e empilhá-las na prateleira em ordem. Feijão-preto, grão-de-bico, feijão-branco de um lado.

— *É bom estar aqui, Crash Crash. Sabe, ouço você a minha vida toda e nunca pensei que te conheceria. Sua cabeça brilha mesmo, como todo mundo diz. Posso tocá-la?*

Várias latas grandes e atarracadas de tomates cozidos. Passata de tomate. Molho de tomate. Tomates picados. Qual era a diferença?

— *Ora, veja bem, Flora, eu teria de cobrar de você, e você é minha eu convidada...*

Ravena deu uma risadinha. Flora Cruz entrou em uma conversa sobre como seria se os rumores sobre a tecnologia de "apagar o dia" fossem reais, ela os usaria para fazer o namorado pensar que todas as ex dele eram feias, e as piadas eram tão estúpidas, mas suas palavras eram tão cativantes e sinceras, e Crash Crash a incentivava com tanto charme, que logo Raven estava rindo tanto que seu peito doía. Ainda recuperava o fôlego quando DJ Crash Crash disse:

— *E agora, seu boletim meteorológico, às sete e dez.* Ela havia perdido completamente a noção do tempo. Empurrando a décima segunda e última lata de feijão-preto na prateleira da despensa, se virou e ficou surpresa ao ver que a pesada porta se fechou atrás de si. Abrindo-a e saindo às pressas daquele pequeno cômodo, Raven quase escorregou com as meias quando virou para entrar na cozinha, esperando ver a panela levantar fervura.

Olhou para dentro da panela, então deu um passo para trás, assustada. A chama estava ligada, mas a água estava plana e parada. Nenhum vapor subia. Raven manteve a mão sobre a superfície da água e não sentiu nada.

Em sua cabeça, ela ouviu uma voz baixinha e grasnada.

— *Booooom dia, meia-noite! Aqui é o DJ Crash Crash. Se você teve um dia difícil no trabalho, você venceu. Parabéns. Hoje à noite, no programa...*

• — •

Quando Akilah chegou em casa, Raven estava sentada no sofá, olhando para a parede e roendo as unhas até o sabugo, a tigela de macarrão e atum comida pela metade e abandonada no chão a seus pés. Quando a porta se abriu, ela teve um sobressalto.

— Ei! Tenho que te mostrar uma coisa.

Akilah ergueu uma sobrancelha e deixou uma sacola cheia de livros no chão.

— Oi, que bom ver você também — disse ela.

Raven fez que sim com a cabeça.

— Desculpe, desculpe. Oi. Eu…

Akilah fez que não com a cabeça.

— Não acredito, cara. Acabei de chegar em casa e vejo a dona Coisinha no corredor. A mulher da manutenção. E me disse que você estava trancada do lado de fora e ela abriu a porta para você entrar? E que não cobrou hoje, mas, *só para eu saber*, a administradora de imóveis vai cobrar uma taxa na próxima vez? Fiquei, tipo… tudo bem, obrigada. Não precisa ser a vigia desta porra.

Ravena franziu a testa.

— Você disse isso para ela?

— Não, não. Só senti que ela estava envolvida demais na nossa intimidade e não gostei disso. Tipo, tudo bem, as pessoas perdem as chaves. E tanto faz.

— Bem, claro, mas é isso, certo? — O braço de Akilah estava enfiado no casaco, e Raven estendeu a mão para ajudá-la. — As pessoas perdem as chaves. E entendo por que não querem que as pessoas liguem para falar sobre chaves perdidas vinte e quatro horas por dia, sete dias por semana.

Akilah revirou os olhos.

— Sim, os desestímulos resolvem tudo. É tão deprimente. Tipo, não podemos simplesmente ter um sistema de atendimento em que não precisamos pagar às pessoas para fazer cada coisinha? Por que ainda temos fechaduras no prédio? Devíamos ser capazes de confiar em nossos vizinhos. Quando eu era criança, nunca trancávamos a porta.

Raven engoliu em seco. Pensou nas visitas de verão à casa onde Akilah havia crescido, uma casa vitoriana em Ursa Island. Havia uma balsa que podia transportar as pessoas de um lado para o outro, em Palo Alto, e exigia um passe de um residente aprovado. Uma vez que você estava na ilha, ela era patrulhada à noite por seguranças, um dos quais parou Raven uma vez quando ela deixou um suéter na casa de um vizinho durante um jantar e foi buscá-lo sozinha. Seu TriCard estava no suéter, e ele a obrigou a fazer um exame de retina, sozinha, no meio da rua. Depois de liberá-la, ele se desculpou — seu registro de hóspede diário quase havia expirado, Akilah tinha se esquecido de renová-lo para a noite, e seu scanner a registrou a trezentos metros de distância como portando uma assinatura de dados não reconhecida. Havia passado a noite sem conseguir dormir, chorando, enquanto Akilah a embalava, sussurrando *me desculpe, me desculpe, me desculpe* até que o sol estava alto e o pai dela estava chamando na escada para o café da manhã com panquecas.

Mas, sim, era verdade. Eles deixavam as portas destrancadas.

Raven olhou para os livros que Akilah tinha abandonado no chão. Quando ela falou, seu tom foi comedido.

— Você acabou de chegar do trabalho?

— Não. Só fiquei lá algumas horas hoje. Willow me convidou para ver o mural no qual está trabalhando e queria devolver alguns livros que emprestei a ela.

— Ah. — O restante da frase permaneceu na garganta de Raven como o gosto de alho queimado. *Então, você ficou em casa praticamente o dia todo. Existe uma razão para você não estar em casa e não me deixar entrar? Ou simplesmente me esqueceu?* Mas ela disse nada disso e tomou a mão de Akilah.

— Tenho que te mostrar uma coisa.

Nos confins da despensa, Raven olhou para sua cronopulseira: 19h08.

— Tudo bem — anunciou ela. — Dez minutos se passaram, certo?

Akilah olhou em volta, fixando o olhar na parte da parede onde havia algum dano causado pela água, e a tinta havia descascado.

— Hum, sim. Se você está falando.

— Não, de verdade. Chegamos aqui às seis e cinquenta e oito. São sete horas e oito. — Ela mostrou a Akilah a cronopulseira como um mágico mostra à multidão sua cartola vazia.

— Tudo bem. Entendi. — O coração de Raven palpitava enquanto ela girava a maçaneta devagar, como se tivesse medo de quebrar alguma coisa. — Tudo bem. Tudo bem. — Ela abriu a porta e puxou Akilah atrás de si, depois ergueu a cronopulseira novamente.

O mostrador marcava 19h08. Seu coração apertou-se. Akilah olhou para ela.

— Sim. Foi, tipo… uma performance sobre a importância da atenção plena e da presença? Ou da passagem do tempo? Me ajude. Não estou sacando alguma coisa.

Raven ficou cabisbaixa. Akilah já havia entrado na cozinha, espiando a geladeira vazia como se desejasse que alguma coisa aparecesse.

— Eu deveria ter comprado um pouco de vinho na volta — murmurou. A mente de Raven disparou. O que havia dado errado? Ou ela estava ficando doida? Ou era algo com *ela*, não com a despensa? Ou…

Ela se virou para Akilah.

— Olha. Sei que vai parecer loucura. Mas você pode simplesmente ir até a despensa sozinha? Sem mim. Por cinco minutos.

— O quê?

Raven já estava puxando-a de volta para a porta da despensa.

— Por favor.

Elas sentaram-se de pernas cruzadas no chão da sala de jantar. Akilah tinha uma expressão no rosto que Raven teve dificuldades para ler. Parecia ao mesmo tempo assustada por sua vida e como se estivesse observando alguém incrivelmente sexy em um bar — a boca ligeiramente aberta, uma sobrancelha levantada, pouco fazendo para esconder seu desejo.

— Então, lá o tempo passa... normalmente... mas não aqui fora. Ou ele reinicia quando você sai daqui.

Raven concordou com a cabeça.

— Mas só se você estiver sozinha, com a porta fechada?

Raven assentiu de novo. Ela não falou nada desde que Akilah surgira. Ter alguém confirmando esse fato extraordinário de repente o tornou real, possível, e pouco a pouco ela estava fazendo a transição do reino reservado de sua mente para pequenos absurdos e da probabilidade de sua insanidade para o reino do que pode ser falado. Aquilo acontecia com lentidão, aos poucos, como se mover através de uma cortina de contas.

Akilah segurou sua mão.

— Sabe o que isso significa?

Raven concordou com a cabeça.

— Significa que não preciso estar... *cansada* o tempo todo. Posso fazer meus trabalhos escolares e não me atrasar. Posso tirar uma soneca antes de ir trabalhar.

Ela bateu triunfante na maçaneta, como se fosse a fonte desse milagre.

— Posso ir visitar minha família e passar um tempo lá e sei que posso compensar quando voltar. Podemos enfim passar mais tempo juntas. Eu posso... eu posso ter tudo de volta, amor. — Ela estava olhando para o teto enquanto falava, esta nova vida disposta em uma constelação diante de si: descanso, sono e tempo. Poderia relaxar com Akilah. Poderia arranjar tempo para pensar. Poderia preencher as partes de si que agora pareciam tão ocas. Apertando a palma da mão de Akilah contra a dela, olhou para baixo, fitando seus olhos...

Akilah encarou-a, incrédula. Não, percebeu Raven depois de um instante. Era *nojo*.

— Você... você está *se ouvindo*?

Akilah levantou-se, encarou Raven, então, de repente, começou a andar pela sala, mantendo os olhos na porta da despensa enquanto andava de um lado para o outro.

— Tudo o que você está dizendo é *eu, eu, eu, eu*. Isso é muito maior do que você, Ray. Isso é... isso é riqueza para a *comunidade*. Devemos abrir esse quarto para… para organizadores que precisam trabalhar! Ou para uma residência artística. Algo bom para todo mundo. Pense em todo o nosso povo. Pense no que isso pode significar para eles.

Raven tentou imaginar artistas e organizadores entrando e saindo do apartamento para usar a despensa. Olhou ao redor, para a sala de jantar, seu piso de madeira brilhante e vazio, uma pilha desordenada de caixas que ainda deixava o espaço quase inutilizável.

— Mas Akilah… esta é… esta deveria ser a nossa casa. Sua e minha.

Nesse momento, Akilah tocou a maçaneta de latão da despensa, traçando um círculo como se riscasse o contorno de um mapa.

— Isso é muito, muito maior do que *você e eu*, Raven — disse Akilah. Era um sussurro, quase inaudível, e Raven, ainda sentada no chão, inclinou-se em sua direção para ouvir.

— Não enxerga o que isso poderia ser? O que isso poderia *fazer*? — Akilah correu os dedos pelas prateleiras sujas, tocando cada uma das latas que Raven havia empilhado de forma ordeira, uma a uma.

— Com este pequeno cômodo, poderíamos mudar todo o sistema, Ray. E você quer usar como home office ou algo do tipo? Para ser mais, o quê, *produtiva*? Para *produzir* mais? — Agora, ela estava zombando. — Sabe que a última coisa que este mundo precisa é de mais coisas.

— Mas não é… não quero fazer mais coisas. Quero ajudar pessoas. Quero ser enfermeira. Isso não é para um bem maior?

Akilah parou de se mexer e olhou diretamente para Raven, toda empertigada.

— Raven. Você não entendeu? Esta sala *rompe nossa relação com o tempo*. É isso. Essa é a coisa toda. O cerne de tudo, entende? Nós poderíamos… nós poderíamos acabar com o capitalismo!

Então, ela se pôs a andar de novo. Raven conseguia ver a parte de baixo de suas meias brancas a cada passo e, no fundo de sua mente, registrou que as meias haviam acumulado uma camada salpicada de poeira cinza. *Não varremos desde que nos mudamos*, pensou ela com desânimo.

Akilah continuou.

— É uma responsabilidade coletiva. Temos uma coisa radical de verdade nas mãos. Precisamos usá-la para mais do que... tirar uma soneca.

Raven recuou como se tivessem cuspido nela. Em um rompante, sentiu tudo de uma vez, todo o peso de todo o cansaço que já havia sentido. Fechou os olhos. Estava no jardim de infância, andando de ônibus com a mãe no final do turno, sentada perto de uma segurança que acabara de sair do trabalho e de seus três filhos, que cochilavam, à espera de qualquer monitor da Autoridade de Trânsito que entrasse no ônibus para rastrear sua mãe pensaria que ela era filha dessa outra mulher. Tinha quinze anos, dizendo ao professor que não podia mais estar no clube de xadrez porque precisava das horas extras da distribuição de sanduíches, esforçando-se para ficar acordada e terminar o dever de casa na biblioteca antes de o trabalho começar às seis, e ficando até meia-noite, as pernas doendo enquanto passava pano no chão. Tinha vinte e três anos, sorrindo para o conselheiro de admissões e dizendo-lhe que sim, sem problemas, poderia lidar com os trabalhos do curso sem problema nenhum, além do estágio, do trabalho de campo, dos grupos de estudo e do trajeto? Sem problema nenhum. Sem problema. Estava correndo, sempre correndo — correndo para o trabalho, correndo para comer, correndo para a aula, estudando às duas da manhã ao passo que Akilah dormia profundamente, cochilando diante do computador, se beliscando, se esbofeteando, chupando cubos de gelo para ficar acordada. Marcou um artigo sobre enfermagem em seu arquivo rápido e destacou a parte sobre salários e como as enfermeiras poderiam usar seu conhecimento de ciência e medicina sem ir para a faculdade de medicina, que custava tanto, e poderiam ajudar as pessoas. Ela disse a si mesma que poderia chegar lá. Mas teria de correr.

Raven estava correndo. Fazia anos que estava sem fôlego. Os dias de seu passado, futuro e presente correndo pesavam no peito, mas ela não conseguia articular nada daquilo. Parecia uma névoa fina pairando no ar entre elas, e Akilah apenas a afastava para longe, como se nada daquilo importasse. Como se Raven não importasse.

Akilah estava balançando a cabeça agora.

— Raven, existem mulheres negras por aí que estão realmente, realmente *necessitadas*...

Com isso, Raven ficou boquiaberta, mesmo sem querer. Akilah parou de andar, encarando-a. Mas, como ela estava boquiaberta, o cérebro de Raven pareceu registrar a possibilidade de sorver mais oxigênio, e ela bocejou com vontade, e a mão voou até a boca para cobri-la.

— Akilah, me desculpe, mas só estou... muito cansada. Podemos conversar sobre isso amanhã? Tenho uma aula de manhã. Preciso acordar às cinco.

Quando Raven foi escovar os dentes, havia um bilhete enfiado embaixo da porta da frente. DESCULPE PELA SUA SITUAÇÃO, MAS VOCÊS ESTÃO BRIGANDO ALTO DEMAIS. TEMOS UM BEBÊ QUE NÃO CONSEGUE DORMIR. POR FAVOR, FALEM MAIS BAIXO, OBG. O rosto de Raven ardeu de vergonha quando leu, e ela instintivamente olhou ao redor, como se o vizinho zangado pudesse estar escondido no armário de casacos. Ela rasgou o bilhete em pedaços.

AKILAH SENTIU CALOR QUANDO ACORDOU E, ANTES DE ESTAR TOTALmente consciente, já havia empurrado as cobertas para longe do corpo. Raven havia deixado as cortinas abertas, e o sol do meio da manhã iluminava seu rosto e tronco. Akilah tinha certeza de que o dia estava lindo, embora aquilo a fizesse acordar com dor de cabeça, suando sob a camiseta branca fina. Ela pegou um caderno da mesa de cabeceira e um lápis quase sem ponta. *Séries de fotos — autorretratos com time-lapse? Retratos matinais?*

Ela verificou sua cronopulseira: 10h04. Precisava estar na livraria às onze. Precisava tomar um banho, parar na cafeteria e procurar Willow para descobrir quando seria a próxima reunião de organização clínica. Ela estreitou os olhos para o armário, que ainda estava sem cabides, sem falar em roupas. Todas aquelas malditas caixas. Ela deveria parar na Exchange depois do trabalho e comprar algumas roupas novas — alguns macacões, talvez, e suéteres de outono.

Akilah escovou os dentes. Raven havia desempacotado uma caixa no dia anterior que incluía uma pilha de calcinhas limpas, e ela puxou uma de onde Raven havia deixado sua cueca boxer cuidadosamente dobrada em uma cadeira. Ela abriu um sorriso.

— Depois de todos esses anos, quando você tem uma garota que dobra sua cueca, você seria idiota se deixasse passar — dissera a Willow. — Ela é assim desde a faculdade.

Willow concordou com a cabeça, distante, pegando um estilete para abrir uma nova remessa.

— Eu sinto isso — comentou ela. — Desde que vocês duas tenham espaço para crescer, depois de todo esse tempo, sabe? Espero que cresçam na mesma direção.

Akilah ponderou por um minuto. *Crescer na mesma direção.* O que a fez pensar na entrada do vinhedo de seus pais, o enorme portão marcado por uma treliça de uvas Zinlot. Todos os anos, os jardineiros subiam em uma escada, carregando tesouras do tamanho de seu braço, e cortavam as partes da videira que não se enrolavam ou não conseguiam se enrolar na treliça. Se partes da planta não podiam crescer da maneira que foram ordenadas, eram impiedosamente cortadas. Algo nesse ritual sempre pareceu terrivelmente violento para Akilah. Coercitivo. Ela comentou com seu pai certa vez em um jantar.

— Meu amor, violência é o homem se recriando — respondeu o pai, tornando a encher o copo. — De acordo com Fanon, pelo menos.

Akilah acreditava em sinais, no destino e no universo contando coisas. Então, quando, precisamente às 10h11, avistou uma cópia de *Os condenados da terra* no topo da sacola que havia pegado com Willow, e a obra veio bem em meio ao seu devaneio sobre as vinhas e Fanon, sentiu que era o sinal exato de que precisava. Pegou o livro primeiro, depois o computador, antes de voltar, pegando a sacola inteira e arrastando tudo para a despensa.

— Pensei muito nisso — disse Raven naquela noite. — E, Akilah, quero estar no mesmo passo que você. De verdade. Você está certa, é muito maior do que nós. Ou poderia ser. Eu quero estar... quero estar aberta a isso. Quero mesmo. E quero trazer alívio ao nosso povo. E alegria. Quero compartilhar sua visão do que é possível.

Akilah assentiu com a cabeça, distraída. Ravena continuou.

— Mas você está sempre falando sobre limites. E só acho que, se temos essa coisa, precisamos de alguns limites. Como talvez não contar a ninguém sobre isso agora e fazer um plano antes, sabe? Algumas... normas. Ou acordos.

Enquanto falava, separava cuidadosamente ervilhas de seu arroz frito com tofu, empilhando-as em um canto da tampa de plástico da embalagem para viagem. Akilah encarava a pequena montanha crescente de ervilhas, sem prestar muita atenção.

— E outra coisa em que eu estava pensando... nem sabemos como isso afeta nossos corpos. Tipo, e se houver algum tipo de efeito colateral? Pode estar, tipo... sei lá. Nos envelhecendo. Ou pode ser cancerígeno. Não sabemos nada sobre isso.

Akilah assentiu com a cabeça, distante. Havia aprendido uma coisa sobre o efeito da sala em seu corpo, algo que não havia considerado, mas que deveria ser óbvio, em retrospecto. Havia passado horas na despensa naquela manhã antes do trabalho — lendo Fanon, escrevendo no diário, fumando maconha, jogando cartas de tarô. Depois de três horas dentro e dois minutos fora, percebeu que estava cansada demais para ir trabalhar, então passou mais uma hora no quarto entrando e saindo do sono antes de acordar, revigorada, tomar banho e chegar à livraria a tempo. Mas aquilo significava que seu dia tinha um acréscimo de quatro horas, e o efeito era tão desconcertante que ela não conseguia processar mais nada que Raven lhe pedia para pensar naquele momento. Era como estar chapada pela primeira vez, sem saber o que estava acontecendo ou o que tinha acontecido ou quando tudo acabaria. Evitou os olhos de Raven, que, aparentemente aliviada por abordar o assunto sem que isso levasse de imediato a outra discussão e achando que a reticência de Akilah era uma contemplação profunda e significativa, ficou feliz em conversar.

— Então, estamos combinadas? — Raven estendeu a mão de repente, com ternura, e tocou a bochecha de Akilah com o dedo indicador, desenhando um coração invisível embaixo do olho. — Estamos bem agora?

Akilah sorriu e a puxou para perto.

— Estamos bem agora.

Os olhos de Raven abriram-se de uma vez. Ela esforçou-se para adormecer e, assim que conseguiu, seu sono foi inquieto, cheio de sonhos malformados e ansiosos causados pelo estresse que eram chocantes, mas incompreensíveis e impossíveis de se lembrar. Mas quando por fim ela acordou de verdade, sabia o porquê — sua prova de farmacologia estava marcada para as nove da manhã. Como podia ter esquecido? Pensou nesse teste o dia todo no trabalho no dia anterior e planejou começar depois do jantar. Mas a conversa planejada com Akilah havia consumido todas as suas reservas mentais e, estranhamente, tinha corrido muito bem. Ter se preparado por inteiro para que aquela conversa fosse um desastre significava que, se não fosse, seria como se a água tivesse sido derramada sobre uma luz-piloto dentro de si e tudo se extinguisse. Tinha ido para a cama sentindo-se nem um pouco aliviada, mas vazia e impaciente, e agora eram quatro da manhã e ela precisava terminar um teste de uma matéria obrigatória em cinco horas e estar no trabalho uma hora depois. Movendo-se em silêncio para a beirada do futon, Raven se sentou e fitou Akilah, incapaz de desviar o olhar daquela forma adormecida, mas, ao mesmo tempo, apavorada de que seus olhos estivessem de algum modo lançando feixes de luz que acordariam Akilah a qualquer momento.

Limites, pensou Raven. *Limites*. Bem, aquela era uma circunstância extraordinária. Ela pegou seu computador, livro didático e notebook de sua bolsa perto da cama. A caminho da despensa, acendeu a luz do banheiro e fechou a porta. Se Akilah acordasse, pensaria que Raven estava lá.

Às dez, quando Akilah se levantou, encontrou um bule de café à sua espera e um bilhete amoroso. Ela sorriu. Raven também havia localizado e lavado uma única caneca e a deixou cuidadosamente centralizada em uma folha de papel-toalha. Akilah lembrou-se da faculdade, a primeira vez que esteve no dormitório de Raven e viu o potinho onde Raven guardava seus poucos talheres, duas tigelas, um par de pratos lascados e... uma pilha que parecia infinita de pequenos quadrados de papel-toalha que ela cortava, de modo meticuloso, com uma tesoura de costura. Ela provocou Raven, que logo desviou o olhar, dizendo apenas que era assim que faziam na casa dela. Akilah achou aquilo encantador na época, porque não moravam juntas. Agora, pagaria qualquer coisa a Raven para ela manter intacto um papel-toalha que fosse.

Turno da tarde — sem trabalho até uma hora de hoje. Embora o café ainda não tivesse batido, Akilah sentia-se recarregada — eletrificada, como se durante o sonho sua mente ficasse agitada e ansiosa. Sentia-se no auge de si mesma, radiante e desperta. Tinha coisas que queria escrever, coisas para ler, perguntas a fazer a si mesma e ao mundo.

Quando se acomodou na despensa, sentada em meio a uma pilha de travesseiros que havia levado do quarto, com o incenso aceso, as primeiras palavras que Akilah escreveu foram as seguintes:

> *Se observarmos com cuidado as obras de arte que consideramos seminais na história do mundo — obras de pintura, literatura, dança, escultura; todas as coisas belas feitas pelas mãos e pela imaginação humana —, é claro que o que as une é o tempo. Tempo comprado com riquezas acumuladas e ilegítimas, tempo arrancado dos músculos de corpos negros, tempo arrancado através de uma alquimia cruel das armas violentas do colonialismo. Amigos, existimos em um estado perpétuo de dívida de tempo, em que apenas aqueles que se beneficiaram com esse roubo alcançam o privilégio do que chamamos alegremente de genialidade. Camaradas, o que significaria se o que já foi roubado pudesse agora ser devolvido?*

•—•

— Obviamente, precisamos considerar quais podem ser as contraindicações para medicamentos orais. Se a epiglote e o esôfago não estiverem totalmente funcionais por qualquer motivo, o paciente pode estar em risco de pneumonia nosocomial, certo? — A professora Nasir olhou ao redor com expectativa, e todos assentiram com a cabeça. — Quer saber, este parece um bom momento para fazer uma pausa de quinze minutos, e então, quando voltarmos, repassarei a prova. Vejo vocês em breve.

A sala encheu-se de pequenas pancadas no feltro de todos que se levantavam de uma vez só dos assentos do auditório. Raven procurou em sua bolsa a rosquinha que havia comprado mais cedo como presente por passar na prova, então se levantou e esticou as pernas.

Ela moveu-se lentamente e se sentou no fundo do corredor, e a maioria de seus colegas já havia saído da sala quando chegou à última fileira de assentos e se dirigiu para a porta. Para seu menor horror, Raven chegou ao mesmo tempo que a professora Nasir e ficou para trás com desajeito para deixá-la passar. Mas, em vez de passar pela porta, a mulher mais velha parou e sorriu para ela.

— Raven — disse ela. — Não é? — Raven concordou com a cabeça. — Você parece um pouco diferente da sua foto na Pupilista. Você tinha dreads no começo do ano, não tinha?

Raven sorriu e passou a mão pela cabeça nua.

— Tinha, fiquei com ele por muitos anos. Já era hora de mudar.

— Hum — disse a professora Nasir, sabendo do que Raven estava falando, seus próprios dreadlocks loiros e vermelhos pendendo de maneira majestosa sobre os ombros. — Aposto que foi um grande adeus. É difícil fazer uma transição assim. Mas, às vezes, é muito necessária.

Raven assentiu com a cabeça de novo, querendo estar presente naquele momento de atenção inesperada, mas imaginando, sem querer, quanto de seu escasso intervalo de quinze minutos havia se passado.

— Mas, olha só — falou a professora —, não vou prendê-la. Só queria dizer que você se saiu bem na prova. Pareceu um grande salto em relação à sua última tarefa escrita. Seja lá o que você estiver fazendo, continue! Tudo bem? — Ela acrescentou a última palavra como se estivesse insatisfeita ou um pouco confusa com a expressão no rosto de Raven, que não era o brilho afirmativo que ela em geral recebia após os elogios dos alunos.

— Tudo bem — respondeu Raven, evocando algo que ela esperava parecer com confiança tranquila. — Muito obrigada. Vou continuar.

Havia uma pequena fila no micro-ondas, e Raven se encostou na parede, equilibrando sua rosquinha em cima de um pote de sobras. Dois alunos na frente dela conversavam sobre o semestre. O mais próximo dela, Raven sabia, era Julián. Ela o seguia na rede, então sabia demais sobre ele — que tocava percussão, mais especificamente conga, que tinha dois gatos chamados Remy e Martin, que tinha sido barista e sabia como fazer cafés sofisticados e dominava a arte do *latte*. Mas nunca haviam se falado. Ele estava conversando com uma garota cujo nome era Stephanie ou Estelle — ela não conseguia se lembrar. Algo com som de *st*.

— Sinceramente, essa aula, micro, química... todas as coisas de ciência? Vou bem. Sinto que foi para isso que me entrei no curso — ela estava dizendo a Julian. — Minha dificuldade é com as outras coisas. Fundamentos, gestão, ética... todas essas *soft skills*, como eles chamam. É tudo tão confuso! Tipo, me fala a resposta!

Julián soltou uma risada alegre. Não ficou nítido para Raven se ele de fato concordava ou se estava apenas sendo educado. Mas agora era a vez de Estelle/Stephanie no micro-ondas, e, sem ter uma parceria para conversar, Julián pareceu notar Raven pela primeira vez. Ele sorriu de um jeito amigável.

— Raven? Como vai?

Raven tinha estado em todas as situações, menos naquela, flagrada traçando os passos que estavam à sua frente depois que a aula acabasse. Ônibus para casa, talvez algumas horas para fazer algum progresso nas caixas se fizesse algo simples para o jantar, lição de casa para Terapêutica Molecular. Ao ouvir seu nome, recompôs-se dentro da normalidade, escapando por pouco daquele momento de silêncio extra que teria deixado tudo estranho.

— Oi — respondeu ela. — Estou bem, bem. Feliz que o bimestre terminou.

Julián assentiu com a cabeça, virando nas mãos o sanduíche embrulhado em papel-alumínio.

— É mesmo. A propósito, sua mina, Akilah? Ela é sua mina, certo? Desculpe se parece estranho. Eu a sigo na rede. De qualquer forma, aquela coisa que ela postou hoje é... alucinante nem é a palavra. É simplesmente muito louco. Li na hora do almoço e não consegui parar de pensar a respeito. Essa merda sobre como o tempo é roubado de nós? E o experimento mental no final? O que se chama... caixa temporal? Como o gato de Schrödinger, mas, caralho, em um próximo nível? Cara...

Mais tarde, quando Raven repassou a semana na cabeça, havia muita coisa que a deixava envergonhada. Tantas coisas que ela tinha certeza de que poderia ter feito diferente, ou entendido com mais rapidez, não importa quantas vezes seus amigos lhe dissessem o contrário. Mas foi aquele momento que permaneceu consigo — o momento em que Julián continuou falando, agitado e enfático, e ela agiu para todo o mundo como se compartilhasse com o que lhe fascinava. Também tinha lido o que Akilah havia escrito, claro, sabia disso, tinha orgulho dela, apoiava tudo, sem dúvida nenhuma.

Na viagem de ônibus para casa depois da aula naquela noite, quando por fim leu o que Akilah havia compartilhado com o mundo digital, começou a chorar abertamente durante um ataque de pânico que passou despercebido por todo mundo. Enviaria a Akilah vox após vox e não obteria resposta, e seria incapaz de parar de rolar os comentários sobre o ensaio de Akilah, incapaz de parar de vê-lo postado e compartilhado por aparentemente todos que conhecia e milhares de outras pessoas que ela nunca encontraria. Veria o comentário de alguém com o identificador BabyxxGirlxx2001: *Minha nossa, minha amiga costumava ter algo assim. em rogers park, vinte anos atrás. Sei que parece loucura, mas eu juro.*

Mas, naquele momento, com Julián, Raven foi convincente em sua pretensa normalidade. E, com aquela mentirinha, ela ficou muito satisfeita.

• — •

Akilah balançou a cabeça.

— Você está pensando a partir de um lugar de medo, Raven. Precisamos pensar a partir de um lugar de possibilidade. Um lugar de abundância.

— Estou pensando em um *acordo* que fizemos. Juntas.

Akilah enxaguou uma caneca na pia. *Mal lavada*, pensou Raven. Manchas de chá marcavam-na por dentro, e um leve e quase imperceptível toque de batom estava na borda.

— Eu sei. Mas a inspiração veio e não podia esperar.

Raven sentiu os dentes batendo, embora não sentisse frio. Akilah virou as costas para ela e voltou a colocar com cuidado fatias finas de queijo em um prato ao lado de biscoitos multigrãos. O braço de Raven estava estendido, desamparado e inútil, uma ponte para o nada. Ela aproximou-se de Akilah, movendo-se de modo que seus rostos ficassem a centímetros de distância, tornando impossível ignorá-la.

— Você viu aquele comentário. Se alguém souber sobre… essa coisa, e agora o que você escreveu é como algum tipo de prova corroborante, a notícia pode se espalhar. As pessoas podem vir e… sei lá, invadir. Tentar usá-la. Tentar nos machucar. Ou podemos ser expulsas do prédio, ou a Nova Aurora…

Akilah fitou seu olhar, mas não disse nada.

Raven olhou para além dela, por cima de seu ombro. Algo pequeno e preto sobre o balcão chamou sua atenção. Estava em movimento. Uma formiga. E, claro, como sempre acontece com as formigas, onde havia uma, havia muitas. Desfilavam pelo micro-ondas e pela dobradiça do armário, depois pelo rodapé até a porta dos fundos. Com rosto impassível, Raven se virou de costas para Akilah e começou a vasculhar o armário. Akilah olhou para ela.

— O que está fazendo?

— Procurando por vinagre. Porque temos formigas aqui. — Raven virou-se, brandindo a garrafa de plástico como se fosse uma prova confirmatória de um crime hediondo. — Porque tudo aqui está uma bagunça. Porque ainda não terminamos de desembalar as coisas, organizar, fazer compras ou fazer qualquer coisa que precisamos para fazer com que este lugar pareça um lar que nós *dividimos*. — Ela arrancou uma folha de papel-toalha do rolo, fez uma bola e a encharcou de vinagre. — Porque não tenho tempo para isso, nem para nada, e porque você aparentemente não nos vê como uma prioridade, porque está muito ocupada escrevendo manifestos. Porque você não respeita nem o nosso espaço compartilhado o suficiente para dar a *mínima*!

A última palavra saiu como um grito gutural, e Raven caiu de joelhos, passando vinagre nas formigas que estavam no rodapé. Uma batida veio de baixo — um cabo de vassoura ou de esfregão contra o teto.

Akilah riu com voz rouca.

— Se eles estão bravos porque o bebê não consegue dormir, para que fazer ainda *mais* barulho?

Raven lançou um olhar de desdém para ela, em seguida se arrastou de joelhos em direção a uma abertura no chão perto da porta dos fundos. Ela se inclinou, gritando na direção dela.

— Sinto muito. De verdade, sinto muito.

Akilah balançou a cabeça.

— Não sei por que está agindo assim, levantando a voz para mim, me xingando. Estou tentando fazer isso em parceria com você. Estou tentando viver de acordo com o que pensei que *nós duas* acreditávamos. Em comunidade.

Akilah encostou-se na geladeira, com as mãos nos bolsos, observando Raven de joelhos, as costas arqueadas, gritando no chão. A cozinha fedia a vinagre. Akilah nunca se sentiu tão mal por alguém em toda a sua vida. Ela se aproximou de Raven, abaixando-se para sentar-se ao seu lado no chão.

— Olha só. Me desculpe.

Os olhos de Raven se voltaram para ela de uma vez, mudando de uma esperança relutante para uma suspeita profunda e de volta para a esperança no espaço de um instante.

Akilah pousou a mão nas costas de Raven.

— Por não desempacotar mais coisas enquanto você está no trabalho. Por escrever publicamente sobre esse negócio sem avisar antes. Por ser bagunceira. E por não te apoiar mais, mesmo sabendo que você está trabalhando demais. Tudo bem? Sinto muito, de verdade. E vou melhorar.

Raven parou de esfregar e rastejou para a frente, pousando a cabeça no colo de Akilah.

— Tudo bem. — Ela fechou os olhos por um momento enquanto Akilah passava o dedo pela orelha, descendo pela nuca, pela clavícula e pelo seio. Era bom. Era possível. Akilah tomou sua mão, levantou-a e levou-a para o quarto.

Depois, vestindo a camiseta, Raven voltou à cozinha para tomar um copo d'água. Deixou os olhos pairarem pelo cômodo, fazendo uma lista mental. *Sacos de lixo. Uma nova vassoura e pá de lixo. Forros de prateleira.* Seus olhos pararam sobre a lava-louça. Seria extremamente conveniente se fizesse todas as coisas sofisticadas que ela devia fazer.

Ela gritou para o outro quarto.

— Amor, acha que poderia ligar para a dona Cornelia amanhã para finalmente vir e consertar a lava-louça?

Uma pausa.

— Quem?

Raven balançou a cabeça, exasperada, e tomou um gole de água.

— A mulher da manutenção. Do prédio.

— Ah. Sim, claro.

Raven assentiu devagar com a cabeça. Elas conseguiriam. Fariam dar certo.

Quando seu alarme tocou na manhã seguinte, e Raven começou a coreografia diária de tentar sair da cama do modo mais silencioso possível, ficou surpresa ao ver Akilah sentar-se ao lado dela.

— Achei melhor começar o dia cedo — disse Akilah, inclinando-se para beijar Raven na bochecha. — Posso terminar de desembalar tudo para podermos finalmente sair desse caos de caixas de papelão.

Raven abriu um sorriso de orelha a orelha.

— Sério? Eita. Obrigada, amorzinho.

Akilah piscou.

— Não precisa fazer essa voz de surpresa.

•—•

Raven estava tão absorta em seu livro de microbiologia que não ouviu a batida à porta quando a mulher entrou. Raven percebeu sua presença apenas quando ela já estava no balcão, ofegante, a testa refletindo a luz do teto com uma fina camada de suor. Era linda, olhos enormes, um cachecol amarelo-mostarda realçando o rico amorenado de sua pele.

— Olá, bem-vinda à Lotus. Como posso ajudá-la?

— Estou aqui para a aula das duas — respondeu a mulher, tirando a jaqueta de uma vez. — Estou atrasada.

Ela não queria olhar, mas, mesmo sem querer, os olhos de Raven se voltaram por instinto para o grande relógio de parede acima da porta do estúdio: 14h01. Uma placa havia sido afixada abaixo do relógio: *Lamentamos, mas, para evitar transtornos, não permitiremos atrasos. Chegue 15 minutos antes.* O olhar da mulher seguiu o de Raven, e ela falou com agilidade.

— Caralho. *Caralho.* Sinto muito, meu amigo me deu um certificado de presente para este lugar porque... Bem, eu devia ter ligado antes.

Raven saiu de trás da mesa. Lidaria com a ira de Katie mais tarde. E, de qualquer forma, a aula de ioga restauradora da tarde estava cheia de pessoas na casa dos sessenta e setenta anos que gostavam de adormecer na pose da criança.

— Vou guardar sua jaqueta — ela disse à mulher. — Pode entrar. Precisa de um tapete?

Quando a porta do estúdio foi fechada, Raven pegou o livro de volta. Faltavam duas páginas no capítulo que precisava ler e, em seguida, seu teste do módulo semanal devia ser entregue às três. Em geral, levavam apenas cerca de quinze minutos, então ela ficaria bem, desde que não houvesse outras interrupções grandes.

No exato momento em que esse pensamento passou pela mente de Raven, Jazmyne irrompeu pela porta com um olhar sofrido no rosto, como se o apoio em si fosse algum tipo de azar. Raven fechou o livro, deslizando um envelope para marcar a página.

— Ei, querida. Tudo bem?

Jazmyne fez que sim com a cabeça, em seguida fez que não e começou a chorar.

· — ·

O ÔNIBUS ESTAVA EXCEPCIONALMENTE SILENCIOSO A CAMINHO DE casa, o que era ótimo para Raven. Ela enrolou a jaqueta e a prendeu entre a janela e a cabeça, curvando-se contra o vidro e olhando para o caderno. Era bonito, europeu, a mãe de Akilah lhe dera de presente de Natal alguns anos antes. Raven pretendia que fosse usado para pensamentos grandiosos e transformadores e, em vez disso, costumava usá-lo para fazer anotações de aula quando estava lutando para ficar acordada e queria parecer focada e atenta. Ela clicou duas vezes na caneta, como se estivesse marcando um ritual, e começou a escrever.

- produto → tempo → abundância em vez de escassez?
- tempo = ? dinheiro? Outras coisas de valor
- E se o tempo fosse compartilhável como um recurso?

Ela fez uma pausa e olhou pela janela, pensando em Jazmyne, que havia chorado em seu ombro até exatamente 14h48. Raven olhava com ansiedade para o gigante relógio de parede, pensando tanto no teste que estava para acontecer quanto nos idosos que sairiam correndo do estúdio às quinze horas, acompanhados pela bela mulher que esperava estar relaxada porque teve uma ótima aula e não envergonhada porque Katie lhe disse algo horrível por estar atrasada, e a própria Katie, que não gritaria com Raven, mas falaria com ela como se fosse uma criança, o que era pior. O tempo todo, esperava que seu batimento cardíaco não subisse tanto que Jazmyne, chorando em seus braços, percebesse, olhasse para cima, a visse olhando para o relógio e se sentisse mal.

Jazmyne não estava chorando por nada específico, mas chorava por tudo: estar atrasada para o trabalho de novo, pela maneira como um médico havia falado com ela, o bando de tratamentos novos e possíveis e incompletos que haviam oferecido a seu pai hoje e quando Jazmyne teria tempo para pesquisá-los, para conseguir uma segunda opinião, para ligar de novo para o advogado de pacientes e tentar marcar uma reunião, para procurar um especialista, para olhar os programas de alívio e descontos e grupos de apoio que todos diziam que estavam disponíveis, mas ninguém conseguia lhe dizer como acessar rapidamente. Havia chorado pelo fechamento da cafeteria antes de poder descer e pegar a única sopa de que seu pai gostava, porque estava esperando o médico chegar e tinha certeza de que, no momento em que ela saísse, alguém apareceria para responder a todas as suas perguntas, e ela perderia, perderia por completo. E chorou pelo constrangimento de chorar no trabalho, até que enfim algo se desencaixou dentro de Raven, e ela começou a chorar também, e ambas ficaram ali sentadas, abraçadas, até que Jazmyne se afastou e foi para o banheiro a fim de lavar o rosto, e Raven havia enviado seu teste com dezenove segundos de sobra e chutado as respostas das últimas duas perguntas. E quando os clientes saíram às quinze horas, com os rostos radiantes, felizes e descansados, foram recebidos pelas duas mulheres sorrindo-lhes lindamente, oferecendo chá de camomila com limão e uma opção de inscrição para um desconto multiclasse.

Raven releu o que havia escrito agora. *Abundância*. Ela sublinhou a palavra duas vezes, depois pulou algumas linhas e escreveu outra coisa.

CAIXA TEMPORAL:
PRINCÍPIOS E
ACORDOS COMUNITÁRIOS

O tempo é abundante, se permitirmos que assim seja.

A caixa de tempo não é uma ferramenta de roubo; não a usamos para roubar tempo para nós mesmos. Usamos a caixa do tempo para oferecer a doação de nosso tempo aos outros. Realocar nosso tempo com essa ferramenta nos permite compartilhar de modo mais livre nosso amor, nossa criação e nosso apoio aos mais necessitados.

Ela hesitou. Aos mais necessitados. Isso exigiria muito raciocínio. Mais necessitados de acordo com quem? Ela mastigou a ponta da caneta por um momento, depois escreveu *Conselheiros*???

Quando Raven chegou ao foyer de seu prédio, sentiu um novo brilho, uma verdadeira alegria que não sentia desde… não tinha certeza desde quando. Mal podia esperar para falar com Akilah. Subiu as escadas de dois em dois degraus. Sentiu um cheiro delicioso, de alguma coisa caseira e perfumada. Akilah havia cozinhado?

Ela quase trombou com dona Cornelia na frente da porta do apartamento. Raven acenou de maneira educada.

— Dona Cornelia! Akilah ligou para a senhora para falar sobre a lava-louça?

Dona Cornelia concordou com a cabeça e, para a surpresa de Raven, estendeu a mão como se fosse colocá-la em seu ombro, então parou e se afastou. Era estranho, mas era uma estranheza a ser considerada mais tarde, depois da urgência daquela conversa com Akilah. Dona Cornelia não havia fechado a porta, e Raven assentiu com rapidez, disse um simples "Obrigada" e passou por ela para entrar no apartamento.

Tirando os sapatos, Raven reconheceu no mesmo instante o cheiro que inundava o apartamento. *Coq au vin*. Era o único prato exclusivo de Akilah, um que seu pai lhe ensinara.

— Akilah! — gritou Raven. — Ki! Onde você está?

Ela foi de cômodo em cômodo, ofegante enquanto avançava. Tudo estava impecável. As pilhas de roupas haviam desaparecido, os pratos deixados por toda parte, os detritos aleatórios jogados das caixas em busca de itens necessários. Na cozinha, o frango fervia no vinho em uma panela fumegante, ao lado do que parecia ser um bilhete. Raven estendeu a mão para pegá-lo, mas, quando ouviu uma voz atrás de si, teve um sobressalto tão grande que quase derrubou a panela elétrica do balcão.

— Não sei se ela vai voltar, querida. Não agora.

Ravena virou-se. Era dona Cornelia. Como ela havia entrado no apartamento tão silenciosamente? Raven semicerrou os olhos para ela, sem entender, em seguida recuou. Seus olhos percorreram a cozinha. Uma faca estava em um bloco no canto à sua direita. A única outra saída era a porta da escada dos fundos. Estava trancada.

Vendo o pânico de Raven, dona Cornelia deu um passo para trás. Seu rosto era de tristeza.

— Desculpe. Não quis assustar você. Só… fiz tudo o que ela me pediu para fazer. — Ela ainda estava andando, dando passos atrás para fora da cozinha, com as palmas das mãos voltadas para Raven, como se para dizer que não queria fazer mal.

Raven franziu a testa.

— A senhora consertou a lava-louça?

Dona Cornelia assentiu com a cabeça. Estava na sala de jantar agora, olhando para Raven através da porta.

— Sim. E fiz tudo o mais que ela me pediu. Olha só, esse é o meu trabalho. Sempre foi o meu trabalho. Uso meu julgamento da melhor maneira que posso, mas, quando as pessoas vêm aqui, elas precisam escolher. Precisam decidir. Não estou aqui para te machucar, juro. Só que… na minha experiência, é melhor ter alguém com você quando chegar a esta parte.

— Que parte? — Raven deu um passo à frente. O cheiro do *coq au vin* de repente a deixou enjoada; era demais, doce demais. Mantendo os olhos em dona Cornelia, ela estendeu uma mão e habilmente desligou a panela elétrica. — Dona Cornelia, me desculpe, mas a senhora está me assustando um pouco. Está me deixando desconfortável. — Ela deu mais um passo à frente, entrando na sala de jantar.

— Eu sei. Desculpa. Achei que deveria estar aqui. Mas vou embora. Vou embora em um momento.

Raven sentiu como se nadasse, sua visão turva ao redor, seu corpo se movendo devagar, como se contra uma corrente rápida.

— Sim — disse ela. Sua voz parecia muito distante. — Sim, por favor, vá embora. A senhora está me assustando. É assustador para mim que a senhora tenha… a senhora acabou de entrar aqui e…

Ela sentiu alguma coisa, algo quase imperceptível, através do tecido fino de sua meia. Algo afiado e pequeno. Raven ergueu a perna, girando o joelho para olhar a sola do pé. Uma pequena espiral de madeira aparada se agarrara ao algodão branco — restos de algo que havia sido perfurado. Ela o arrancou, e seus olhos se concentraram neles, reunidos diante da porta da despensa. Finas espirais de madeira e o mais leve pó de tinta pulverizaram-se no ar e pousaram no chão.

— Ela me pediu — Cornelia estava dizendo. O radiador sibilava. — E é o meu trabalho, entende? É o meu trabalho. E quando conheci vocês, não podia adivinhar que acabaria desse jeito. Às vezes adivinho, mas às vezes não. E vocês pareciam tão apaixonadas. Então, só pensei, sabe…

O olhar de dona Cornelia não se desviou de Raven em momento nenhum enquanto ela estendia a mão para uma caixa de ferramentas que Raven nem havia notado que estava lá. Ela bateu a tampa de metal com determinação e fechou o trinco.

— Mas entendi errado, Raven. Entendi tudo errado desta vez.

Os olhos de Raven moveram-se das espirais de madeira para o espaço estreito embaixo da porta da despensa. Uma luz estava acesa lá dentro. Seu olhar vagou para o alto, para a madeira pesada que tinha sido pintada e repintada ao longo dos anos, sua ornamentação, outrora esculpida, apagada e silenciosa, e para a maçaneta de latão embaçado.

E, embaixo da maçaneta, uma fechadura recém-instalada.

Antes que ela percebesse o que estava fazendo, Raven estava puxando a maçaneta, girando-a inutilmente sem parar, e, em seguida, começou a chorar, sentando-se no chão. Dona Cornelia pôs a mão em seu ombro por um momento. Então, pegou sua caixa de ferramentas e saiu pesadamente do apartamento, fechando a porta da frente.

SALVAR ALTERAÇÕES

12 HORAS

No início da noite de domingo, Amber já estava cansada — e aquela luz da calçada estava demorando uma eternidade para mudar. Com os braços em volta de uma sacola cheia de compras, ela soprou um cacho perdido de cabelo sobre o rosto e o observou flutuar de volta para a testa suada. Era óbvio que a mãe não conseguia fazer as compras, mas quando foi a última vez que a irmã havia concordado em ir?

Aqueles semáforos tinham sido evidentemente projetados para uma versão diferente de Nova York, uma na qual a Broadway ficava lotada de veículos. Ela contou dez — não, nove — pessoas nesta rua em Hamilton Heights. Embora as placas ainda estivessem lá — para bodegas, farmácias e bares —, a maioria dos negócios havia desaparecido muito tempo antes, fechada com tábuas ou grades de aço. Até as latas de lixo estavam vazias.

Não ajudava muito o fato de Amber ter se esquecido de trazer óculos escuros e que o incansável sol de verão estivesse queimando suas retinas, seu rosto e seus braços, marcando linhas bronzeadas no topo de seus pés calçados com sandálias.

Ela estendeu o pescoço e espreitou a rua. Não que houvesse muitos carros por perto, apenas alguns estacionados aqui e ali, e nenhum passando na rua.

Ainda assim, a luz do semáforo piscava um alegre vermelho de "Não atravesse".

Os segundos pareciam intermináveis. Uma grande gota de suor desceu pela têmpora de Amber. Apenas a lembrança do relógio de bolso no qual ela estava trabalhando, um relógio antigo com o mostrador quebrado e o ponteiro dos minutos torto, preso a uma corrente de prata, iluminava seus pensamentos. Alguém devia ter amado aquele relógio antes. Quem disse que não poderia marcar o tempo de novo? Amber tinha reunido todas as peças de que precisava para consertá-lo, deixá-lo como novo, e elas estavam lhe esperando sobre a mesa da cozinha.

Amber levantou um pouco os braços para arejar as axilas e manobrou a pesada e cheia sacola de compras de um lado do quadril para o outro. Ela *obrigaria* Larry a fazer as compras da próxima vez, mesmo que a irmã sempre voltasse com todas as coisas erradas (provavelmente de propósito). Amber não ligava. Na semana seguinte, seria responsabilidade de Larry vagar pelos corredores quase vazios de produtos de hortifrúti com uma lista de compras deprimente e otimista e voltar com invenções químicas embaladas que faziam sua mãe — mesmo em sua condição — torcer o nariz.

Enquanto Amber acomodava a sacola de papel no quadril, uma laranja de aparência triste caiu na calçada e quicou de um jeito aventureiro pela rua. Xingando baixinho, Amber fez uma rápida verificação de DNAs e saiu para a Broadway, pegou-a e devolveu-a à sacola de compras.

— Ora, ora. Não atravessamos a rua com o semáforo aberto — disse uma agradável voz eletrônica de mulher.

Amber endireitou com agilidade o corpo e encontrou o drone do tamanho de uma bola de vôlei zunindo na sua frente, no nível dos olhos. Lutou contra o desejo familiar de largar a bolsa e puxar o colar em volta do pescoço, escondido embaixo da bainha de sua camiseta.

Não para algo tão pequeno assim, pensou ela.

— Verificação de identidade, por favor — disse a bolota, e Amber inclinou o rosto para escanear; não que o drone precisasse disso. Os músculos de seus braços contraíram-se ao redor das compras. Depois de todos esses anos sendo cuidadosa, imagine ser presa por andar pela rua para salvar uma laranjinha murcha.

Era preciso escolher as batalhas, e a política de Amber era não escolher nenhuma.

Devia ter esperado que o semáforo mudasse. O drone emitiu alguns lasers quentes pelo rosto suado de Amber e, com um único pulso rápido, leu sua íris esquerda.

— Está liberada para ir. Tome cuidado por aí, Amber.

— Obrigada — disse Amber — e me desculpe. — Mas o drone já havia zumbido para longe.

Por causa dessa interação, ela perdeu o tempo do semáforo de pedestres e teve de esperar embaixo do sol quente mais alguns minutos até que enfim pudesse chegar ao outro lado da Broadway.

Enquanto se esforçava ao carregar a sacola escada acima até a casa da família revestida de arenito, as cortinas da janela da casa ao lado se abriram, e ela viu o rostinho cinza da sra. Perez espiando, desconfiado. Amber lhe ofereceu um sorriso pálido, mas a sra. Perez imediatamente jogou a cabeça para trás e fechou as cortinas.

Era assim, agora que eram párias.

Logo depois da porta da frente, Larry descia as escadas correndo, e Amber bloqueou sua passagem, empurrando as compras para os braços dela.

— Caramba, mana, oi para você também! — disse Larry quando Amber a agarrou pelos ombros, virou-a e a empurrou em direção à cozinha, onde elas conseguiam ver as costas de sua mãe na bancada.

— O que ela está fazendo agora? — perguntou Amber em um sussurro ao seguir Larry pela pequena e escura sala de estar, na direção da cozinha branca e rosa brilhante de Diana.

— Você vai ver — respondeu Larry, baixinho. — Hora das visitas.

Filmagem de vigilância da Nova Aurora: Prisão domiciliar

Leitura diária da transcrição visual: 17h30.

Reconhecimento facial: confirmado. Reclusa Diana Melo, 43 anos. Ela sempre sorri para a câmera: amigável. Usa batom vermelho e um elegante vestido de saia rodada com avental rosa-claro. Indivíduo cantarola para si, uma música não imediatamente identificada na varredura do banco de dados. Mais perto da câmera estão uma pia, uma bancada e um fogão. Atrás do indivíduo, uma mesa de cozinha arrumada pode ser vista.

Padrões típicos de comportamento observados. O indivíduo executa tarefas domésticas. Hoje, o indivíduo está transferindo cuidadosamente itens oblongos fervidos para potes de conserva cheios de salmoura azul. Ela sela cada frasco e o mostra para a câmera. "Para quando vocês me visitarem", diz ela, em um tom que os algoritmos interpretam como "agradável".

Suas filhas aparecem atrás dela e deixam uma sacola de compras na mesa. O indivíduo ignora-as, confirmando observações repetidas de que está minimamente ciente de seus arredores.

Que a limpeza da reclusa resultou em função distorcida: confirmado. Que a reclusa não representa perigo para a paz coletiva: confirmado.

Fim da verificação diária.

— Ai, Deus, mãe... isso é limpa-vidros?

Diana virou-se para olhar para as duas, abrindo um sorriso largo. O frasco em suas mãos bem cuidadas continha dois bolinhos recheados indestrutíveis nadando em um líquido azul-elétrico.

— Sim, querida?

Atrás de si, a luz da câmera mudou de vermelho para verde.

Larry olhou para o relógio e acenou com a cabeça para Amber. A verificação diária obrigatória havia sido feita.

Diana juntou o frasco azul a um grupo de quatro outros, todos idênticos e repugnantes, e alisou as mãos sobre o avental rosa-claro que estava apertado na cintura.

— Não toque nisso — disse ela, dando uma piscadela, como se todos estivessem sabendo de uma piada interna. — São para nossos convidados.

Amber suspirou e sentou-se diante do relógio. Larry ocupou a cadeira ao lado dela na mesa. Era assim com a mãe agora, o fantasma da Diana Melo que as havia criado.

Mas, independentemente do que houvesse de errado com Diana, não parecia impedi-la de ver as compras como de fato eram: tristes.

Ela desembalou três laranjas miúdas, os vegetais murchos, e franziu os lábios.

— Eu tentei, de verdade — comentou Amber. — O corredor de produtos inteiro estava vazio. Vocês deveriam ter visto.

— Tudo bem, querida — disse Diana, fixando os olhos em Amber apenas o tempo suficiente para deixá-la desconfortável, antes de sorrir. — Obrigada por ter ido. Sente-se. Descanse um pouco.

A mãe começou a movimentar-se pela cozinha, guardando tudo. Os olhos de Amber e Larry não paravam de se desviar para os vidros azul-brilhantes com bolinhos na bancada.

Os médicos haviam lhes dito que esse tipo de comportamento parecia ser algum efeito colateral da limpeza do Nuncamente, que não apenas limpou a mãe de seus instintos impuros e rebeldes mas também neutralizou alguma parte essencial de seu cérebro.

Diana passou quase um ano treinando para se tornar uma Tocha antes que seus supervisores na Nova Aurora desistissem de seu sonho de transformar um computador infectado em um anúncio ambulante do Nuncamente. Os médicos examinaram seu cérebro e não encontraram nada de errado. Ela não conseguia executar de forma coerente nem mesmo as tarefas mais básicas. Deixaram-na voltar para casa com relutância havia pouco mais de um ano. Mas a pessoa que entrou pela porta da frente era uma versão deformada e padronizada da mãe de um livro de histórias infantis, uma boneca quebrada. Os médicos disseram que tudo o que as duas irmãs podiam fazer era ser gentis com ela.

Mesmo assim, a imagem da Diana Melo que aparecia em transmissões forçadas em toda a América, anunciando o início de uma revolução, não havia se apagado da memória da Nova Aurora, mesmo depois de terem decidido que ela era inútil. Com os tumultos em Nova York, Diana se juntou ao panteão dos subversivos, junto a Mary Apple, Jane 57821 — só que elas escaparam, e ela não.

Não, em vez disso, Diana foi colocada em prisão domiciliar, o que ela havia dito ser-lhe muito adequado, porque tudo o que queria era cuidar da casa para suas filhas. Ninguém conseguia imaginar o que Diana pensava, ou se pensava, e talvez fosse melhor assim.

O que não significava que a vida delas era fácil. Os vizinhos evitavam Larry e Amber na rua, e a promessa de um recomeço na escola se desfez no primeiro dia de Amber na City College, quando cada um de seus professores, um por um, a fez sentar na primeira fila de cada aula e ler uma declaração da Nova Aurora, informando a seus colegas quem ela era e avisando-os de que qualquer decisão de confraternizar com ela era uma decisão que tomavam por sua conta e risco. Larry, que começou as aulas no ano seguinte, recebeu o mesmo tratamento.

Amber havia lido sobre como criminosos sexuais tinham de ir de porta em porta quando se mudavam para um novo bairro. Percebeu que era isso que estava acontecendo com ela e Larry, exceto que elas eram criminosas da memória.

Cúmplices de uma criminosa da memória, na verdade. Culpadas pelo sangue que carregavam.

— Eu realmente tentei — repetiu Amber enquanto se sentava na frente de seu relógio, e Larry ocupou a cadeira ao lado dela na mesa.

E, assim, eles eram párias, todas as três, vivendo à sombra da grande revolucionária, sempre em liberdade condicional, sempre à beira da prisão. As pessoas demoraram a esquecer os rostos da família Melo, que apareceram com muito destaque em semanas de transmissões forçadas de incursões em todo o país. Ali estava Diana Melo, posando para uma foto de identificação, a expressão desafiadora, o cabelo desgrenhado. Ali estava uma filmagem sua depois, o cabelo bem penteado para trás, segurando um pedaço de papel branco nas mãos como se fosse salvar sua vida.

Os dias de Diana agora consistiam em um encontro permanente com a câmera da Nova Aurora na bancada da cozinha. Quando ela voltou para casa, suas filhas tentaram convencê-la a passar mais tempo em seu quarto ou na sala de estar, mas ela resistiu, passando horas fazendo maluquices coloridas, um caos intragável na cozinha, como se fosse seu trabalho.

Fazia mais de um ano e, de alguma forma, Amber não havia desmoronado.

Ainda.

Como se pudesse ler seus pensamentos, Diana parou e deu um abraço rápido em Amber, envolvendo a filha no perfume floral que sempre usava. Aquilo fez Amber pensar que talvez parte de sua mãe ainda estivesse lá. Ela piscou para afastar as lágrimas e se voltou para a bagunça organizada diante de si.

O relógio estava sobre a mesa, suas minúsculas entranhas prateadas espalhadas sobre um pedaço de veludo preto. Amber levou horas mexendo nele para descobrir o que o atrapalhava e depois uma semana inteira para encontrar a peça de que precisava em um dos bazares legais que ainda aconteciam no Harlem. Finalmente poderia fazer o trabalho pelo qual ansiava durante toda a semana: substituir o oscilador e ver se conseguia fazê-lo "gemer" na frequência certa e botar os ponteiros para funcionar outra vez.

Em um dia normal, Larry zombaria dela, mas naquele dia ela parecia distraída e quieta. Observava a mãe com a mesma admiração horrorizada que Amber sentia. Era assim agora com a família delas: funcionando mal, assombrando umas às outras como fantasmas.

Amber virou-se para Larry.

— Lembra quando havia frutas? Como mangas e framboesas?

Larry não falou nada, então Amber a cutucou. Mas a irmã murchou na cadeira, olhando para o nada, as pernas abertas de um jeito que Amber se sentiu bloqueada. Quando Larry levantou a mão para acariciar o cabelo da irmã, um brilho dourado refletiu a luz.

Sua irmã estava mesmo usando joias? Larry, que havia jogado o último presente que seu pai lhe dera — um colar com uma abelha âmbar fossilizada dentro pendurada em uma corrente de ouro brilhante — em uma caixinha de joias e se esqueceu dele? Amber agarrou o pulso de Larry no ar e olhou para a fina corrente de ouro, observando o coração que pendia dali.

Só podia significar uma coisa. Uma onda de pavor tomou conta dela, mas logo foi substituída por uma emoção que parecia permitir uma ação: raiva.

— *Vamos subir* — murmurou Amber.

Larry revirou os olhos, mas se levantou. Diana olhou de uma irmã para a outra e seus olhos pareciam brilhar com a compreensão, mas o momento foi tão breve que Amber teve certeza de que fora apenas sua imaginação.

Um dos primeiros retratos de família que haviam tirado, muito antes de sua mãe ser detida, estava pendurado perto do pé da escada, e Amber teve de passar por ele enquanto seguia Larry.

O pai delas economizou para comprar uma câmera chique, um objeto pesado e desajeitado que Larry havia guardado depois que ele morreu. O pai montou-a em um tripé, e os quatro se reuniram em volta do sofá, rindo. Lá estava Larry, vestida com uma camisa abotoada até o pescoço, uma gravata-borboleta horrenda que fazia com que parecesse que tinha saído de algum filme antigo dos anos 1990, e jogada no sofá dos Melo. Ela estava sentada sobre as pernas, e seu sorriso pateta revelava a falta de um dente da frente. E lá estava Amber: em pé atrás do sofá — em cima de um banquinho, ela lembrou —, sobrancelhas juntas sobre um sorriso ansioso, os cachos escuros, mal presos por um grampo de cabelo, que lançavam-lhe uma sombra no rosto. Parecia desconfortável no vestido cheio de babados, embora ela mesma o tivesse escolhido. Larry e Amber eram versões em miniatura de quem se tornariam: Amber conseguia enxergar isso agora.

No entanto, a verdadeira estrela da foto era a mãe delas, sentada no sofá ao lado de Larry, com os três — Pablo, Amber e Larry — inconscientemente inclinados para ela, como flores inclinadas para a luz do sol. Ela usava um vestido preto que mostrava os músculos vigorosos dos braços, e seu cabelo era uma auréola de cachos dourados selvagens.

A mãe recostava-se no pai e parecia relaxada e feliz. Não estava nem sorrindo, mas a serenidade de sua expressão dizia tudo. Parecia quase impossível que a mesma mulher estivesse na cozinha atrás delas, naquele momento mostrando os dentes e andando de um lado para o outro pela cozinha, como uma abelha encurralada.

Assim que tiraram algumas fotos com o cronômetro, o pai correu até a câmera e olhou as fotos na telinha.

— Vamos deixar Âm-barr embaixo da luz. Não podemos deixar nossa garota mais bonita nas sombras. — Mas, a essa altura, a mãe havia se levantado e alisado o vestido. Larry já havia deslizado a gravata na cabeça e começado a empurrar Amber para fora do banquinho, enquanto ela se agarrava ao encosto do sofá, gritando.

Essa foto era a favorita de Amber, aquela em que seu pai estava indo em direção à câmera, enquanto a mãe se levantava, perdida em pensamentos, e Larry e Amber lutavam. Ela não pensava em olhá-la com frequência, mas a tinha guardado no espelho da cômoda de seu quarto.

E, independentemente, não havia muitas fotos de família depois disso. Era como se saber que a câmera estava ali a fizesse parecer, de algum modo, menos importante. Essa foto sorridente, a que seu pai escolhera, estava pendurada ali havia anos, e Amber raras vezes parava para olhá-la. Mas, mesmo quando ela ouviu os passos de Larry subindo na direção do telhado, alguma coisa parou Amber ao pé da escada e levou sua mão ao pescoço, para o peso reconfortante da pedra larimar recostada ao seu peito.

E se?

Seu pai não falava muito sobre a infância, mas Amber sabia que ele havia crescido nas montanhas da República Dominicana e que, em vez de ir para a escola, fora colocado para trabalhar nos poços verticais das minas de larimar, escavando em busca do azul raro do oceano que a terra escondera ali, a mais brilhante de todas. E talvez fosse isto: quem faz o trabalho recebe como recompensa a magia.

Mas ele falhou em usá-la quando precisou. Viram a mãe ser algemada, a fuga pomposa e a inevitável limpeza do Nuncamente do grupo de rebeldes que tentaram incitar uma revolução. Todos assistiram, até mesmo Pablo — foi tudo o que ele fez. Assistir.

Exceto, claro, quando começou a transmissão ao vivo de sua mulher em uma camisa de força, amarrada para a limpeza. Então, ele saiu da sala.

E quem poderia culpá-lo? Amber tinha ficado, mas ela mesma não se lembrava. Tudo que conseguia se lembrar era de sentar-se para assistir e sentir como se fosse ela a apagada — e isso não era verdade?

Que, ao tirar um pedaço de sua mãe, a Nova Aurora estava apagando parte de Amber?

E, claro, a mãe delas ficou desaparecida, porque houve internações, reprogramação, treinamento da Tocha — tudo isso televisionado como um aviso para todos os outros. Na filmagem, a mãe delas ficou quase irreconhecível. Artificialmente brilhante e cooperativa. Ali estava ela, processando a papelada em uma instalação do Nuncamente, destruindo com alegria o contrabando militante, escoltando pessoas com olhos desesperados para suas limpezas.

E tudo isso podia ter sido evitado. Era tão difícil não se ressentir de seu pai por esperar para lhe dar o larimar até que estivesse em seu leito de morte. Ele esperou até que seus dias estivessem contados para dizer a ela que com a pedra era possível voltar no tempo.

A princípio, Amber não acreditou nele, supondo que era uma divagação da quase-morte, mas Pablo foi firme.

— Use com sabedoria — disse ele. — Você só tem um.

11 HORAS

No telhado, as irmãs estavam sentadas, encostadas nas barreiras, e olhavam para o sol, que não dava sinais de minguar. Era um telhado pequeno e nu, abrigando apenas algumas antenas de rede de banda alta. Antes de a mãe ser apagada, havia levado as filhas para lá e lhes dito que os drones da Nova Aurora raramente passavam zumbindo nos telhados de prédios baixos como o delas. Embora o interior da casa quase certamente estivesse grampeado, as irmãs não tinham certeza se a coisa do telhado ainda era verdade. Ainda assim, iam até ali sempre que queriam mesmo conversar em particular.

Larry acendeu um cigarro.

— Isso é nojento — advertiu Amber. — E vai te matar.

— Minha *mãe* está lá embaixo, Âm-barr — disse ela, imitando o *r* trêmulo que seu pai costumava fazer. — Não preciso de supervisão.

— Acho que ela talvez tivesse algo a dizer se pudesse ver você.

— Ainda bem que não pode subir aqui, hein — retrucou ela, dando um longo trago.

— Que pulseira é essa? — questionou Amber.

— Presente de um amigo.

— Ainda imprudente e estúpida. Qual a novidade?

— Ter um amigo? O que você quer que eu faça, Amber? Role e me finja de morta, como você? Fuçar nessas porras desses *reloginhos*?

— Meus relógios não me trazem problemas. Lembra a *última vez* que sua vida amorosa quase nos mandou para a cadeia?

— Eu estava no ensino médio, Amber! Eu lá sabia de alguma coisa?

— Tudo bem. E como faz muito tempo, suponho que agora você já saiba quais são as regras, certo?

— E essa sua coisa com os relógios, afinal? — perguntou Larry, ignorando-a e jogando cinzas na rua vazia embaixo delas. — Não sei o que você e seu pequeno fetiche estão esperando, mas é isso. Veja nossa vida: nossa mãe está fodida e em prisão domiciliar. O pai está morto. Está me ouvindo? Morto? Basicamente, somos órfãs. Ninguém vai vir até aqui nos salvar. Esta é a única vida que temos. Acorda, Amber, é isso.

Amber estendeu a mão e deu um trago no cigarro de Larry.

— Fácil para você falar. Fica despreocupada e se diverte enquanto eu me preocupo e limpo toda a bagunça. Não acha que eu gostaria de ter um encontro?

Não que isso importasse — nenhuma família que temesse a Nova Aurora deixaria seus filhos namorarem uma irmã Melo. Amber tinha aprendido isso da maneira mais difícil. Quem quer que Larry estivesse namorando precisava estar fora do sistema.

O que deixava tudo ainda mais preocupante.

Larry recostou-se e empurrou os ombros contra a parede para que pudesse fitar os olhos de Amber e rir. Acendeu outro cigarro e deu um longo trago.

— O nome dela é Natalie e...

— Pode parar.

Larry zombou.

— Vou vê-la hoje à noite. Não faça essa cara feia — disse ela, mudando para a imitação de sua mãe. — Um dia seu rosto vai ficar paralisado desse jeito.

— Está se escutando? Vai fazer com que a gente seja presa e limpa.

Larry riu de novo, mas, desta vez, os músculos de sua mandíbula se contraíram. Ela apagou o cigarro e o guardou no bolso da calça jeans.

— Vou com você — disse Amber.

— Nem pensar. Pare de ser ridícula. Larry plantou as palmas das mãos no concreto e se levantou.

Amber agarrou a manga da camisa da irmã e a puxou de volta para se sentar.

— Tenho a pedra do papai, lembra? — Ela puxou a longa corrente de ouro de debaixo da gola da camiseta e a ergueu para Larry. Era de um azul-esverdeado impossível, o tom cristalino do mar do Caribe, ou pelo menos foi o que seu pai lhes disse. Quando Amber olhou para a pedra, quase conseguia ver um mundo diferente através de suas águas claras, um futuro maravilhoso além da imaginação. — Se alguma coisa acontecer, se formos pegas, eu posso…

— Ai, minha nossa… Isso de novo. — Larry encarou a pedra e lançou um olhar longo e lastimoso para Amber. — Essa merda não é de verdade, Ambi. Olha a nossa vida: olha o tanto de bem que ela nos trouxe.

— Não vou cometer o mesmo erro que Papi cometeu — disse Amber, quase implorando. — Não vou esperar.

Larry aproximou a cabeça da de Amber e apertou seu ombro.

— Ainda acha que era isso que ele estava fazendo? Esperando alguma coisa mais importante do que salvar a própria esposa?

— Talvez tenha pensado que alguma coisa poderia acontecer conosco, com você e comigo, alguma coisa pior do que o que estava acontecendo com ela.

— Ou talvez *não seja de verdade.* Talvez seja apenas uma história legal e talvez seja apenas uma pedra bonita. — Larry tocou com suavidade na têmpora de Amber com o dedo indicador. — Já pensou nisso?

— Papi acreditava — insistiu Amber ao afastar a mão de Larry.

— Bem, isso é problema seu — retrucou Larry. Ela levantou-se e estendeu a mão para Amber de novo. — De vocês dois, na verdade. Ficarem parados por aí, acreditando muito e não fazendo nada mais.

— Isso é besteira e você sabe disso — falou Amber, pegando a mão de Larry, levantando-se e, de imediato, puxando-a de volta. — Alguém precisa se preocupar com o que acontece com esta família.

— Sua crença e seu larimar não estão fazendo merda nenhuma por nós, Amber. — Larry inclinou-se sobre a barreira e olhou para as ruas quase vazias lá embaixo. — Já pensou em como Nova York costumava ser?

Ela havia mudado de assunto de novo. Amber inclinou-se ao lado dela.

— Vou com você.

— Tipo, tinha gente para todo lado, sabe? Multidões. Carros. Barulho. *Vida.* — Larry virou-se para entrar, mas não antes de dar um soquinho leve no ombro de Amber. — Tudo bem, pode vir. Essa pedrinha não vai fazer milagre, mas ao menos você vai sair um pouco desta casa depressiva do caralho. A mãe pode cuidar dos seus relógios... só falar para ela não os cozinhar.

9 HORAS

O QUARTO DE LARRY FICAVA NO SEGUNDO ANDAR DO PRÉDIO BEM em frente ao de Amber, mas Amber não conseguia se lembrar de ter passado um tempo no quarto de sua irmã desde que começaram a faculdade. Havia pilhas de roupas e livros didáticos por toda parte e as paredes estavam tão nuas quanto ela se lembrava. Os desenhos de Larry, todos em preto e branco, estavam empilhados em um canto ao lado da cômoda, cercados por pedacinhos de carvão. Sempre foi a mais talentosa em suas aulas de arte e, se não fosse pela reputação da família...

Não adianta pensar nisso agora, certo?

Demorou um pouco para fuçar, mas seguiu as ordens de Larry e desenterrou uns jeans boca de sino, que provavelmente obscureceriam seu *hover blade*. Ela decidiu que gostava da aparência deles, caminhando de meias até o longo espelho de Larry e fazendo uma meia-volta tímida a fim de olhar a própria bunda.

— É bonita, Amber, você sabe que é. Pare de ter medo do próprio reflexo — disse Larry. Também estava usando calças boca de sino e um top azul-escuro com amarração na cintura. Seu cabelo estava penteado para trás e ela não usava joias, exceto a pulseira de Natalie.

— Por que nunca usa seu âmbar? Aquele do Papi?

Amber enfiou a mão embaixo da gola de sua camiseta, envolveu os dedos ao redor do larimar e o deixou cair novamente.

— Por que isso importa?

Larry levantou-se de repente da cama e foi até o armário aberto, repleto de roupas amarrotadas penduradas em cabides tortos.

— Foi a última coisa que Papi nos deu, não é? — Mas ela percebeu que Larry não estava prestando atenção. Amber suspirou e se sentou no tapete para vasculhar a bolsa de maquiagem de Larry, que estava espalhada no chão em frente ao espelho. Não queria começar uma nova briga. Chegaram a um armistício desconfortável e, embora Amber odiasse as circunstâncias, ela meio que gostava que estivessem fazendo algo juntas, para variar.

Ela se esforçava para não pensar muito adiante, embora as imagens das vans da Nova Aurora e a lembrança da prisão de sua mãe continuassem circulando na mente. Quais as chances de isso acabar bem? Ela até pensou em ficar para trás e deixar Larry ir sozinha. Quem sabia quantas vezes ela saíra e chegara em casa em segurança antes? Mas Amber se perdoaria se algo desse errado e ela não estivesse lá?

Larry olhou para ela por um momento, inclinou a cabeça para o lado e depois voltou para o armário.

— Você fica tão bem de amarelo, e acho que tenho uma camisa…

— Sério, Larry, por que você nunca usa o âmbar? — Amber levantou-se com um pulo e começou a vasculhar a cômoda de Larry. — Você o perdeu?

— Natalie usa o colar — respondeu Larry, puxando Amber com gentileza para trás para segurar uma blusa amarelo-mostarda com pequenas flores nela. — Que escândalo, querida.

A mandíbula de Amber caiu. O quanto esse relacionamento era sério para Larry ter dado a Natalie algo tão precioso, tão cheio de lembranças? Amber não sabia o que dizer, por isso não disse nada.

Vestiu a blusa, que caiu muito bem. Com satisfação, Larry assentiu e voltou para o armário.

— Ponha um pouco de brilho — sugeriu Larry, com a voz abafada enquanto vasculhava o chão embaixo das prateleiras de roupas. — Viva um pouco. Melhor ficar bem se nos pegarem e colocarem nossas fotos no feed.

— Sem graça — comentou Amber, mas mergulhou um pincel em um pó cintilante e passou nas maçãs do rosto, em parte porque precisava fazer algo com as mãos e, em parte, porque estava bonita quando virou o rosto para ficar embaixo da luz.

Amber passou um pouco de sombra nos olhos e observou as costas de Larry no espelho enquanto afastava as prateleiras de roupas, procurava algo atrás delas e emergia com a velha câmera do pai.

— Achei! Lembra que ela faz vídeos também? — Larry apertou um botão, e a lente se estendeu, como se estivesse se esticando depois de uma longa noite de sono. — Ainda funciona!

O som lembrou Amber de uma sonda espacial.

— Não, não, não — disse ela, levantando-se e pegando a mochila antes que Larry terminasse de fechá-la. — Você está tentando fornecer provas diretamente para Nova Aurora?

— São apenas nossas memórias, para nós — respondeu Larry com calma, mesmo quando deixou Amber levar a câmera de volta para o armário de onde havia saído.

— Já estamos correndo riscos estúpidos demais por um dia, não acha?

Para variar, Larry não tinha nada de inteligente para responder.

Demorou alguns minutos para localizar a mãe e, quando o fizeram, descobriram que a porta do quarto dela estava trancada. Espreitaram por um momento e ouviram sons abafados que não conseguiram identificar. Pela porta, disseram-lhe que dariam um passeio, e ela gritou algo sobre terem cuidado, mas parecia tão distraída que as irmãs trocaram um olhar enquanto seguiam para a porta da frente.

— O que acha que ela está fazendo lá? — perguntou Larry.

— Sei lá. Provavelmente tricotando um suéter de arame farpado ou alguma coisa do tipo.

Larry bufou, mas as irmãs não se pronunciaram mais até estarem na rua em seus *hover blades*, e parecia que haviam brotado oito pernas em Amber, todas rolando em diferentes direções sobre as rodas motorizadas.

— Você costumava usar isso o tempo todo — disse Larry, rindo. — Pensei que lembrasse.

— Também pensei que sim — concordou Amber, tombando em um carro estacionado e disparando um alarme. Olhando para a casa lá atrás, ela vislumbrou um movimento da janela da sra. Perez antes que as cortinas se fechassem de novo.

— Tudo bem, não podemos começar a lidar com DNAs ainda — disse Larry com urgência, agarrando-a com firmeza pelo braço. — Está segura. Deixe os pés paralelos, não muito próximos, isso, e mantenha dos dois aí. Vou puxar você até que seus músculos lembrem.

Mais alguns minutos de pânico e os pés de Amber se lembraram de como patinar. A adrenalina ajudou enquanto examinava as placas de rua e se concentrava em seguir Larry.

Embora não houvesse leis contra sair à noite, poucas pessoas se punham em perigo. Simplesmente não valia o risco de uma interação com a Nova Aurora. Mas havia algum movimento aqui e ali, principalmente pessoas entrando ou saindo de turnos noturnos e os ocasionais drones de patrulha no alto. A cidade parecia um fantasma do que costumava ser, e, embora Amber nunca a tivesse visto em vida, conseguia de alguma maneira imaginá-la como Larry tinha feito no telhado: as pessoas, o barulho, o caos.

O Viaduto Riverside Drive não ficava longe de casa, e Larry as conduziu até ele em círculos preguiçosos, com desvios e zigue-zagues lentos por ruas menores. A pior coisa que se poderia fazer, explicou Larry, era levar um drone para um local fora da rede.

O sistema funcionava porque as pessoas se reuniam nas partes obscuras da cidade, lugares arruinados que a Nova Aurora não achava que valia a pena patrulhar com regularidade, e o objetivo era evitar chamar a atenção para eles. A sorte, disse Larry, era que bairros negros como Harlem e Hamilton Heights estavam cheios de pontos cegos, lugares mágicos onde era possível fazer todo o barulho que quisesse.

Amber continuava cética de que tudo aquilo fosse verdade, e sua mão continuou subindo para tocar o larimar contra seu peito. A apenas alguns quarteirões de casa, encontraram o primeiro DNA, plantado no meio de uma rua vazia para verificações de rotina. Não havia ninguém por perto, e o drone zumbia de um jeito esperançoso de um lado para o outro em busca de impedir que alguém descesse a rua sem ser identificado. Larry agarrou sua mão e a puxou por outra rua lateral, e elas continuaram a descida, com Amber o tempo todo olhando para trás, vendo os semáforos vermelhos piscando.

Na metade do caminho, Larry estendeu o braço e sinalizou para Amber parar. Ela tirou uma das alças da mochila e a puxou contra a barriga, tirando duas máscaras faciais: uma de penas douradas, que entregou a Amber, e uma de couro com orelhas de gato para si. Larry havia explicado que as máscaras confundiam os leitores de rostos dos drones, mas que era melhor esperar para colocá-las até que saíssem de sua vizinhança.

Amber começou a se sentir um pouco mais confiante em sua máscara e estava quase gostando da velocidade e do ar ameno de verão enquanto deslizavam suavemente colina abaixo em direção ao rio Hudson. No silêncio da noite, o som de uma música distante parecia ficar mais próximo e mais alto, até que no sopé da colina — onde a rua encontrava a Twelfth Avenue — duas figuras indistintas apareceram. Lado a lado, elas não se moveram. Havia algo monstruoso em sua cabeça que fez a barriga de Amber gelar, especialmente tendo como pano de fundo os maciços arcos de aço do viaduto, que se erguiam atrás das silhuetas na escuridão.

Embora pudesse ouvir música alta e risos vindos de algum lugar próximo, Amber começou a frear, com a consciência repentina de que não pertencia àquele lugar.

Larry apertou seu braço com rapidez e sussurrou:

— São as máscaras deles, Ambi, não pare. — Ela a puxou em direção às duas figuras e, conforme se aproximavam, viraram dois homens comuns, vestindo jeans e em cima de *hover blades* também. Um usava uma máscara em forma de cabeça de rato, e o outro, uma pomba.

— Ei — disse o pombo com uma voz abafada, o plástico macio se torcendo e contorcendo enquanto ele falava.

— Ei! Obrigada — agradeceu Larry quando se separaram para deixá-las passar. Ela apertou a mão de cada um deles, em um gesto que parecia estranhamente formal e ingenuamente confiante para Amber, mas ela fez o mesmo. Ficou surpresa quando o pombo colocou a segunda mão em cima da dela e disse:

— Bem-vinda.

Ela olhou para a máscara, mas não conseguiu ver nada além do bico de plástico torto.

— Obrigada — disse ela, de um jeito estúpido. O pombo acenou de volta, e as irmãs deslizaram até o final da rua.

Amber olhou para eles lá atrás.

— Não deveriam estar pedindo uma senha especial? E se formos espiãs?

— Todo mundo sabe quem somos, graças à mãe, lembra? — explicou Larry. — Além disso, queremos que todos se sintam bem-vindos.

— Nós — disse Amber em um pequeno sussurro estridente. — *Nós*?

Amber queria insistir em uma resposta, mas ficou quieta quando dobraram a esquina e o viaduto se expandiu acima delas, a majestosa rede de arcos de aço escurecendo tudo, exceto a explosão de música e cor diante delas.

Havia pelo menos uma centena de pessoas dançando e se misturando. De alguma forma, era como a cidade que ela sempre pensou que Nova York deveria ser.

8 HORAS

Estacionado atrás da multidão havia um ônibus de turismo de dois andares, e as pessoas se aglomeravam ali também, balançando-se e rindo. Um banner que dizia amor livre e foda-se a nova aurora em letras com as cores do arco-íris pendurado em um corrimão na parte superior. Alguém havia colocado um poste de bombeiros ali também, e uma pessoa sorridente vestida com uma fantasia de morango gigante e redonda conseguiu envolver as duas pernas rosa em torno dele e segurá-lo com força o suficiente para descer deslizando, para a loucura da multidão.

A festa ocupava toda a largura da rua abaixo do viaduto, ladeada por armazéns abandonados e terrenos baldios atrás de cercas de aço. Amber conseguiu entender por que aquele local fora escolhido.

Larry tirou a máscara e esfregou as mãos nos lugares onde ela tinha deixado marcas nas bochechas. Embora tivesse dito a Amber que as máscaras não eram necessárias nas áreas fora da rede, Amber ficou com a sua.

O baixo pesado daquela música caribenha estridente, a soca, vibrava nas costelas de Amber, que cravou as unhas no braço de Larry.

— Eles têm de abaixar isso. Vão cercar a gente!

Larry apenas sorriu e continuou avançando.

Um grupo de pessoas estava reunido em torno de uma churrasqueira e, pelo que ela sabia, os pedaços de carne grelhada estavam sendo distribuídos de graça. Seu estômago roncou, e ela se lembrou da vitrine vazia do açougue no supermercado.

Havia um aerocarro roxo dançando sobre os amortecedores enquanto um mecânico orgulhoso enxugava as mãos em um pano e recuava, a chave de torque ainda no bolso. Uma bola de vôlei inflada rolou onde as rodas do carro deveriam estar antigamente e foi chutada de volta para a multidão.

Uma cadeira paraglider deslizou em seu caminho, uma mulher sentada no colo de outra mulher. Estavam vestidas como dançarinas burlescas dos anos 1940. Cada uma delas bateu por um instante na mão de Larry e deu as boas-vindas a Amber antes de desaparecer de novo na multidão. Todos pareciam conhecer Larry.

Algumas pessoas carregavam máscaras em varetas; outras as usavam na cabeça como óculos de sol. Amber nunca tinha visto tanta pele nua em um só lugar. Sentindo-se assustada, ela desviou os olhos de um casal se beijando apenas para enxergar outro ao lado. Observou uma garota bonita em um minivestido moderno dançando sozinha, os quadris se movendo com uma facilidade sinuosa ao ritmo, como se fosse a coisa mais natural — e seu coração disparou quando a garota de repente se virou e acenou para Amber. Estava prestes a levantar a mão quando olhou para trás e viu alguém acenando para a garota. O coração de Amber desacelerou, mas a deixou trêmula e inquieta. Ela cruzou os braços sobre o peito.

— Não tem como a gente não ser pego aqui — disse ela, só para falar alguma coisa.

— Cala a boca — ralhou Larry, seus olhos examinando a multidão. Se ela acabou de testemunhar o que aconteceu, estava fingindo não perceber. — É por isso que não posso te levar a lugar nenhum.

Aquilo doeu.

— Desculpa por...

Mas Larry já deslizava em direção a um grupo sentado em cadeiras de praia. Pessoas com a sua idade, mais ou menos. Uma delas era uma garota bonita com um casaco cor de maçã do amor, dreadlocks longos e um piercing no nariz. Ela vestia shorts e meias até o joelho, ao redor dela havia dois caras com calças boca de sino, um dos quais usava uma faixa em volta do cabelo encaracolado, o outro usava óculos escuros de aviador.

De repente, Amber não conseguia se lembrar da última vez que havia se aproximado de um grupo de pessoas na esperança de fazer um amigo. Não sabia o que fazer com as mãos. Encaixou o cabelo atrás das orelhas.

Larry estendeu a mão para trás e agarrou a mão da irmã.

— Não se preocupe. Eles são legais — disse ela, olhando para Amber. — Tipo, legais *mesmo*.

Larry patinou até eles e abraçou a garota de jaqueta vermelha com força. Então, Larry a beijou no nariz, e a garota lhe deu um selinho nos lábios. As duas riram, como se, de repente, tivessem se lembrado de onde estavam. E os dois caras riram. Claro que já tinham visto isso antes.

— Vão pro motel! — disse aquele com a faixa na cabeça. Era Franky, irmão de Natalie. O outro irmão se chamava Jay.

Larry tomou a mão dela e a puxou.

— Amber, esta é Natalie.

Natalie beijou-a na bochecha e deu um sorriso tão doce que Amber não pôde evitar e acabou gostando dela de imediato. Tentou recorrer à raiva que guardava especificamente para Larry, que sempre encontrava uma maneira de relaxar ao passo que Amber estava presa à ansiedade impotente de manter a família unida por força de vontade e desejo. Mas, naquele momento, ela não conseguia se lembrar do que a deixara tão zangada.

Quando foi a última vez que tinha visto Larry tão feliz?

Natalie derramou algo da cor de um picolé laranja de uma jarra em duas xícaras, acrescentou uma dose saudável de uma garrafa de rum em cada uma e as entregou a Larry e a Amber.

— *Morir soñando.*

Os olhos de Amber arregalaram-se com os pedaços de laranja de verdade no leite de verdade, mas não conseguiu pensar em uma maneira de perguntar discretamente a Larry se aquelas pessoas eram muito ricas.

— É a outra irmã Melo! — disse Jay. — Bem-vinda! Vocês são famosas por aqui.

— Sinto muito pelo que aconteceu com sua mãe — disse Franky. — E com seu pai.

— Obrigada — disse Amber, surpresa com a desconfiança em sua voz. — Faz muito tempo que ninguém diz algo assim para mim.

Na verdade, quando pensou no assunto, teve absoluta certeza de que ninguém havia dito.

Amber terminou sua bebida rápido demais e deixou seus olhos vagarem. Essa festa não parecia como nada que já tinha visto. Havia uma espécie de selvageria ali. Um caos orgânico. Havia diferentes tipos de música tocando e, embora a multidão fosse composta de grupos, as pessoas pareciam se mover como uma só. Uma reunião de pecadores, adorando as coisas erradas — e Amber estava ali no meio. Uma pequena parte assustada de si estava se desenrolando com a batida. Alguém colocou um *morir soñando* novo em sua mão, e ela bebeu, e saboreou a maneira como o rum suavizava tudo, inclusive as arestas mais agudas de seu medo.

A multidão ondulava, e o baixo estrondoso da música abafava todos os seus outros pensamentos. Ela permitiu-se apenas ser, observando tudo. Depois de alguns minutos, Jay se afastou, e ficou nítido que Larry e Natalie queriam ficar sozinhas.

A metros de distância, um grupo de dançarinos de *break* estava reunido em torno de um antigo aparelho de som, e uma multidão os aplaudia enquanto davam saltos e cambalhotas uns sobre os outros. Amber não conseguia se lembrar da última vez que tinha visto um aparelho de som, mas lá estava ele, como algo saído de um livro de história, tocando uma música que ela jamais tinha ouvido, mas que todos na multidão oscilante pareciam reconhecer. Franky perguntou se ela queria ir vê-los, e Amber concordou com a cabeça, sentindo uma facilidade ondulante enquanto o seguia, admirando os músculos de seus ombros.

Os dançarinos usavam meia-calça preta com ossos estampados nela. Os incríveis feitos graciosos e atléticos eram amplificados apenas pelo fato de estarem em *hover blades*. Um menino deu um salto-mortal, e o movimento puxou sua máscara para baixo sobre o rosto, e então todos estavam usando suas máscaras, exibindo a hipermobilidade e dançando juntos de um jeito que parecia tanto coreografado quanto espontâneo, tanto coletivo quanto individual. Uma garota subiu deslizando por uma rampa improvisada, uma prancha encostada sobre uma van de aparência surrada, e girou no teto. Então, sem sequer olhar para ter certeza de que seus amigos estavam lá para pegá-la, deu uma cambalhota para trás, deixando Amber sem fôlego com ela enquanto girava lentamente no ar, uma, duas vezes, e aterrissou em um amontoado de esqueletos aplaudindo.

Enquanto batia palmas junto aos outros espectadores, Amber teve de admitir, mesmo que apenas para si mesma, que havia uma sensação de sagrado em tudo aquilo, um baile de máscaras turbulento e confiante na estrutura de catedral do viaduto. Havia pessoas de todas as idades e, por um estranho momento, Amber desejou ter uma arca como a de Noé para poder levá-los embora quando a Nova Aurora inevitavelmente inundasse a parte inferior daquela ponte com seus DNAs e transportes brancos.

Deu uma olhada de soslaio para Franky e descobriu que ele já estava olhando para ela, como se tentasse lê-la através de seus cílios escuros e curvados. Inalando profundamente, Amber deu um passo rápido para o lado à procura de fugir de seu olhar, esquecendo tudo sobre *hover blades* e caindo sobre um joelho.

— Eita — disse Franky, ajudando-a a se levantar rapidamente, segurando-a pelos antebraços. Ele não riu do arranhão vermelho no joelho dela. — Vou levar você até alguém que tenha um kit de primeiros socorros.

Seguindo Franky, Amber se moveu no meio da multidão, e foi como navegar pelos canais da rede, a música e as roupas mudando a cada poucos segundos: uma mulher lendo cartas de tarô, um grupo de músicos tocando jazz, um grupo de pessoas armados com tinta spray criando um céu noturno em um dos toldos de aço. Alguém estava servindo cuba-libre de um balde enquanto meia dúzia de dançarinos girava ao som de uma salsa.

Era demais e ainda não era o suficiente. Não havia tempo suficiente para aproveitar tudo aquilo. Amber lutou para acompanhar o vermelho da bandana de Franky no meio da multidão, mesmo à medida que tentava ver o máximo que podia.

Uma drag queen vestida como Maria Antonieta passou deslizando, longos cílios prateados roçando o meio da testa, sua peruca prateada estilo Pompadour erguendo-se bem acima da multidão.

Amber, que tinha acabado de alcançar Franky, sussurrou: "Linda", antes que ela percebesse que havia dito isso. E a drag deu um aperto no braço dela.

— Obrigada, queridinha.

Franky riu.

— Fico feliz que você tenha gostado da festa.

— Como alguém pode não gostar? — questionou Amber. — Mas tudo parece muito trabalhoso para ficar aqui por apenas algumas horas. É sempre assim?

— Sim e não — respondeu Franky, examinando a multidão. — Para que mais serve nosso tempo? Mas hoje é o solstício de verão, o dia mais longo do ano, e aquele é o meu amigo com os Band-Aids — gritou ele, agarrando a mão de Amber. Franky apontou para um cara vestindo uma fantasia branca de pelúcia enquanto colocava uma cabeça enorme de coelho. — Siga o coelho branco!

A vários metros de distância, um par de orelhas brancas pairava sobre a multidão, presas a um corpo branco e peludo. Como se cumprisse uma missão, o coelho avançava com rapidez a multidão em direção ao rio. O amigo de Franky se movia rápido.

Por alguns minutos, tudo foi um borrão de cores, música e risadas, e Amber não precisou admitir para si mesma que estava curtindo segurar a mão de Franky enquanto passavam pela multidão.

Quando o coelho disparou para fora da fronteira da festa e em direção ao Hudson, Amber acreditou que parariam, mas Franky só parou por tempo o suficiente para procurar as bolotas no ar.

Deslizaram até o píer, onde o coelho estava sentado no chão olhando para o Hudson. Ele tirou a máscara e sacudiu o cabelo, expondo brevemente uma tatuagem de uma mulher nua crucificada na lateral do pescoço antes que seu cabelo escuro caísse sobre ela como uma cortina.

— Espere, não...

— Ah, tudo bem. Só uso para não ter de carregar — disse o coelho. Ele estendeu a mão para Amber. — Meu nome é Eric. Eles cancelaram essa zona inteira.

Franky sentou-se ao lado dele, deixando espaço para Amber entre os dois, e apontou para o joelho machucado de Amber.

— Tem Band-Aids aí, cara?

Eric vasculhou os bolsos e tirou um pequeno kit de primeiros socorros de plástico.

— Mas como você tem certeza? — perguntou Amber, sentando-se com cuidado, ainda examinando o terreno em busca de flashes de vermelho.

— Não tenho — admitiu Eric, com um dar de ombros para indicar que não se importava muito de um jeito ou de outro. Com dedos hábeis, derramou um pouco de antisséptico em uma bola de algodão limpa e a segurou sobre o carmesim que escurecia em seu joelho. — Mas olhe para cima. Olhe para a lua.

Os olhos de Amber estavam fixos em tudo, menos no céu — no horizonte, na água, em Franky, em Eric e em sua fantasia de coelho —, mas quando olhou para cima, suspirou. A lua estava redonda, cheia, parecia próxima o suficiente para ser tocada e era de um rosa profundo. Ela mal sentiu o ardor do antisséptico em seu corte.

— Gosta? — Franky a cutucou. — É a lua de morango.

Eric grudou um Band-Aid novo no joelho dela, então começou a remexer em sua fantasia novamente, que revelou ter um bolso ao estilo canguru na frente, de onde tirou meia garrafa de champanhe e uma pequena pilha de copos plásticos.

— Magia — disse ele ao abrir a rolha e servir três copos.

— A lua nova supera a Nova Aurora — disse Franky, erguendo um copo. — Ah, e esperem! — Eric tateou sua estranha bolsa de novo e, de algum lugar nas dobras, tirou um saco de papel. Com um floreio, abriu e retirou um pequeno frasco de vidro contendo seis lindos morangos gigantes. — Estamos marcando a ocasião em grande estilo.

Em silêncio reverente, cada um deles pegou um. Desfalecer era algo que as heroínas magrelas faziam nos romances água com açúcar, mas Amber não conseguiu se refrear e encostou o ombro no de Franky. Era um choque para o sistema, toda essa doçura esquecida.

Ficaram sentados e observaram a lua por um tempo, e Eric contou a Amber que estava estudando para ser médico e que trabalhava tanto fora da rede quanto no hospital onde era residente.

— Você faz parecer que tem um mundo inteiro fora da rede — disse Amber. — Não são apenas alguns grupos de pessoas aqui e ali?

Tanto Franky quanto Eric riram, e ela ficou surpresa ao ver como ficou satisfeita por estar errada.

— Tem um pedaço de papel aí? — perguntou Franky a Eric, que tateou por alguns segundos e não encontrou, exceto pelo saco de papel pardo onde estava o pote de morangos.

Franky pegou-o, apalpou os próprios bolsos e tirou uma caneta. Com cuidado, rasgou o saco de papel pelas sobras até que ficasse plano e espalhado na calçada. Amber tinha a lembrança impossível de ver seu pai fazer isso para produzir capas para seus livros da escola pública. A terna exatidão de seu processo, embora ele próprio nunca tivesse conseguido terminar o ensino médio. Ela piscou para afastar aquele pensamento, mas Franky já estava olhando para ela, preocupado.

— Tudo bem?

Ela fez que sim com a cabeça.

Ele desenhou um esboço rápido da ilha de Manhattan e começou a preenchê-lo com versões em miniatura da estátua de Juan Duarte perto de Chinatown, a *Garota Destemida* em Wall Street, os Claustros na parte alta da cidade.

— Uau! — exclamou Amber. — Não acredito que você está desenhando tudo isso à mão livre.

— Quero ser cartógrafo um dia — disse ele ao acrescentar pequenos arranha-céus para designar o centro da cidade.

Amber bufou, e as bolhas do champanhe fizeram cócegas dentro do seu nariz. Franky olhou para ela e continuou o desenho.

— Desculpa, isso é muito legal — disse ela rapidamente —, mas o mundo já não está mapeado? Ainda precisamos de novos mapas?

— Acha mesmo que os mapas são permanentes? Estamos aqui — falou ele, desenhando um X para marcar os Píeres do West Harlem.

— O sol da Nova Aurora não brilha em todos os lugares — cantarolou Eric cantou com alegria, tomando um gole de champanhe e sorrindo para a lua.

Franky começou a adicionar pequenas luas crescentes por toda a ilha, muitas delas ao longo da costa do Harlem, incluindo uma ao lado de uma representação do Pequeno Farol Vermelho.

— Todos esses são esconderijos, sítios ou zonas fora da rede.

Amber não sabia o que dizer, então passou o dedo sobre as reentrâncias da caneta esferográfica no papel pardo.

— Todos esses?

— Sim e não. — Franky deu de ombros. — Alguns pontos são fechados, e outros aparecem.

Eric bateu no mapa de um jeito grandioso.

— Aqueles morangos que comemos são cultivados em Nova York. Estamos fazendo tudo fora da rede.

Amber pegou o mapa com cuidado, estudou-o por um momento, atordoada, então o devolveu para Franky.

— Fique com ele — disse Franky, afastando-o com um aceno. — É hora de voltarmos para a festa. — Ele se levantou e estendeu a mão para ajudá-la, depois fez o mesmo com Eric.

— Tem certeza?

Franky assentiu enquanto Eric cambaleava atrás dele, tentando várias vezes até finalmente se endireitar em seu *hover blade* e colocar sua cabeça de coelho de volta.

— Esses mapas são vivos — comentou Franky. — Os esconderijos mudam o tempo todo, e há alguns antigos que não colocamos nos mapas. Mas, se você for pega, livre-se dele.

— Vou engoli-lo — disse Amber de modo solene, e todos riram. Deram uma última olhada na lua de morango e voltaram para a festa.

— Parece bobagem fazer uma festa para uma lua em um lugar onde você nem consegue ver — opinou Amber ao entrarem de novo na cobertura do viaduto.

— Por quê? — perguntou Franky. — Só porque você não pode ver algo não significa que não esteja lá. — Ele bateu um ombro contra o dela.

— Olha, me desculpe pelo que eu disse antes sobre mapas — falou Amber enquanto Eric acenava com um braço branco e peludo e suas orelhas desapareciam na multidão. — Eu entendo. Quero dizer, amo relógios. Estou aprendendo sozinha sobre eles. Se dependesse de mim, seria relojoeira.

Ela estava falando rápido demais e muito, ela conseguia sentir.

— Relógios? — perguntou Franky, virando-se e rodando até parar na frente dela.

— Sim — respondeu Amber enquanto um rubor subia por suas bochechas.

— Sério? Relógios?

— Não seja maldoso. Por que é mais estranho do que…

— Fala sério — interrompeu Franky, levantando a voz enquanto eles abriam caminho de volta para a multidão. — Eu tenho um relógio para você consertar. As pessoas trazem seus talentos para cá — disse ele, apontando para o Chevy roxo conversível sacolejante. — Seja lá em que você é boa, tem alguém aqui que vai gostar. Larry fez um desenho meu outro dia... foi como me olhar no espelho. Alguém viu o Mohammed? — perguntou ele a duas mulheres que sussurravam com animação; Amber não conseguiu entender, mas parecia que estavam falando sobre alguém chamado Doc Young.

De qualquer forma, não sabiam quem era Mohammed e fizeram que não com a cabeça.

Eles circularam entre diferentes grupos até que alguém apontou para eles um amontoado de caras no meio de um jogo de cartas recostados a uma cerca de arame.

— Encontrei sua relojoeira! — gritou Franky.

— Cara, é difícil levantar rápido com essas coisas ligadas, espere aí — disse Mohammed, e Franky deslizou para perto deles e estendeu a mão.

Mohammed tirou um pacote de uma mochila próxima e espalhou o que tinha nela na calçada, revelando um relógio de mogno de aparência antiga com cerca de trinta centímetros de altura.

— Uau — disse Amber, caindo no chão na frente dele, esquecendo completamente o joelho arranhado.

— Não vai funcionar — avisou Mohammed —, e eu abri a caixa, mas não quero correr o risco de estragá-lo enfiando a mão nele para desmontá-lo.

— Desmontá-lo é a única maneira de fazê-lo funcionar — disse Amber. — Mas você está certo em não tentar... você pode quebrar um dedo se não fizer direito, e esse é um relógio de corda.

Mohammed riu e, em seguida, parou de rir quando viu que a moça estava falando sério.

— Se souber o que está fazendo, então faça — disse ele, sentando-se em frente a ela e apontando para o relógio.

— Vamos ver. Não acho que este seja o lugar para desmontar todo o mecanismo, mas talvez possamos ter uma ideia geral do que acontece.

Os rapazes reuniram-se em torno de Amber, que sentiu como se estivesse em uma sala de cirurgia. A música foi sumindo ao passo que ela examinava as partes do coração do relógio.

— É o mecanismo do escapamento — concluiu ela.

— É disso que estou falando — disse Mohammed, e todos riram.

— Tudo bem, para o relógio funcionar, você precisa de um pêndulo, que balança de um lado para o outro, certo?

— Certo?

— Certo. Duas coisas mantêm o pêndulo balançando e girando com precisão: esta roda dentada bem aqui, e esta parte em forma de V invertida, chamada de escape. O escape prende os dentinhos da roda para equilibrar a oscilação do pêndulo. Estão vendo?

Ficou evidente pelo vigoroso aceno de cabeça de todos que não viram, mas Amber já examinava sua memória dos bazares para encontrar uma roda de reposição daquele tamanho.

Sua família estava um pandemônio. Sua vida estava sob constante vigilância. Sua mãe era uma estranha sorridente.

Mas aquilo ali — aquilo Amber podia consertar.

6 HORAS

Um assobio distante perfurou o ar, seguido por outro.

— Abaixar — disse Franky. E todos ao redor se agacharam. Houve um terceiro apito, e a música parou. Os assobios continuaram chegando, em uma longa e lenta repetição.

— Minha irm... — Amber começou a se levantar, mas Franky a puxou para baixo novamente. Os assobios continuaram. Ela seguiu o exemplo de Franky e se deitou no chão, o chão frio e áspero contra a pele de sua bochecha à medida que observava Franky.

Ele pegou sua mão e deu um aperto, fazendo com a boca: *Espere*.

Era um gesto bonitinho, mas ela não podia esperar. Não esperaria. Tinha visto imagens de ataques como este, das falanges de uniformes escuros descendo sobre a multidão, as listras vermelhas brilhando no peito. Seu coração palpitava tanto que a terra podia tremer.

Ela abaixou as palmas das mãos para se levantar, mas então os apitos do alarme pararam, com tanta rapidez quanto começaram.

A conversa recomeçou devagar enquanto todos se levantavam e se limpavam. Um grupo de foliões às gargalhadas ajudou a colocar a morango de volta em pé, e ela fez uma grande reverência antes de deslizar para a multidão.

— Alarme falso — anunciou Franky quando a música voltou, mais suave que antes.

— Acho que a festa acabou — comentou Amber enquanto se levantava, furiosa consigo mesma, para começo de conversa, por ter ido. — Preciso ir embora. — Ela já estava buscando Larry em meio à multidão.

— Leve o relógio — disse Mohammed. — Consegue consertá-lo e me devolver quando eu te encontrar de novo?

— Mas vou te encontrar de novo? — Ela envolveu o relógio no tecido de veludo, desfrutando do peso dele, mesmo quando o devolveu a ele.

— Tenho a sensação de que sim — respondeu Mohammed.

— Vou trazer as ferramentas certas da próxima vez — comentou Amber para ser educada.

— Obrigado — agradeceu Mohammed, e, por um momento, Amber conseguiu imaginar o que significava ser uma garota normal, ter amigos que pudesse encontrar de novo.

Amber virou-se para Franky e lhe deu um abraço forte. Ela não sabia como dizer adeus, então não disse. Não disse nada ou pensou em nada, mas lhe deu um selinho. Tinha gosto de morango e seus braços envolveram sua cintura. Ela estava firme em seu *hover blade* quando recuou desta vez. Mesmo que não fosse corajosa o bastante para olhar nos olhos de Franky, conseguia enxergar com nitidez agora.

Ouviu-o começar a dizer alguma coisa, mas já estava se afastando no meio da multidão, tendo visto o vermelho da jaqueta de Natalie. Larry e sua namorada estavam sentadas no teto de um Fusca cor-de-rosa, com as pernas balançando no ar. Cada uma delas usava um único fone de ouvido e colaram as têmporas. Pelo jeito que estavam dançando, Amber imaginou que era uma balada melosa. Lembraram a Amber aquelas velhas fotos de casais bebendo com dois canudos no mesmo milk-shake.

— Vamos — chamou Amber, deslizando até o carro. A palavra saiu meio como um latido. O olhar dela deve ter sido o suficiente, porque, em vez de discutir, Larry se virou para Natalie e beijou ambas as palmas de suas mãos, e então inclinaram suas cabeças juntas, testas se tocando, e se beijaram enquanto Amber fazia um estardalhaço com sua mochila, à procura de sua máscara.

Quando Larry e Natalie saltaram do Fusca, e Larry subiu em seu *hover blade*, seus olhos estavam úmidos.

Sem pensar, Amber passou por Larry e deu um abraço rápido e forte em Natalie.

— Se cuide — disse ela.

— Você também.

Amber agarrou a mão de Larry e apertou com muita força.

— Vamos, vamos, vamos.

As duas irmãs deslizaram colina acima, em direção à casa. Havia duas novas sentinelas no ponto de entrada, desta vez um galo e um sapo.

Filmagem de vigilância da Nova Aurora: Vista aérea de Manhattan, dois pontos vermelhos rodopiando do viaduto até a Broadway. Na 135th Street, os pontos param abruptamente e mudam de repente de curso, subindo em direção a Amsterdã em paradas e partidas.

Começaram a viagem de volta para casa no alto da colina, com Amber seguindo Larry enquanto ela traçava uma rota em zigue-zague de volta para a casa de arenito. A cidade estava quieta. Sempre era quieta, mas, depois de escurecer, o silêncio era algo que era possível sentir, em especial depois da cacofonia da festa. Os ouvidos de Amber captavam cada som que penetrava o silêncio: um carro aqui e ali, uma pessoa curvada e cansada caminhando, indo para o turno da noite ou voltando dele, o zumbido silencioso de um DNA a distância.

Estavam apenas a três quarteirões de casa quando um drone apareceu em uma esquina e deslizou preguiçosamente na direção delas.

— Identificação, por favor — disse ele, aproximando-se dos rostos mascarados. — Por favor, remova a cobertura do rosto.

— Ai, que merda — sussurrou Amber. Ela ficou paralisada, mas Larry sibilou "Vamos!", e as duas irmãs giraram ao mesmo tempo e dispararam pela rua na direção oposta, com o DNA no seu encalço.

— Parem — gritou o drone. — Identificação, por favor.

Por quase oitocentos metros, as irmãs conseguiram ultrapassar o drone, apenas porque era um modelo mais antigo. Por fim, Larry puxou o braço de Amber e fez sinal para que ela parasse. Viraram em uma rua lateral, deslizaram para trás das grandes caçambas de plástico na frente de uma casa de arenito — e prenderam a respiração quando o drone de monitoramento passou por elas, ainda gritando:

— Esperem, identificação, por favor.

Elas se agarraram às barras de metal por longos minutos, com medo de se mover, e, então, voltaram para casa com cautela. Amber alternava entre o tremor alimentado pela adrenalina e a raiva agitada. O trajeto pareceu levar horas, embora só tivessem de voltar alguns quarteirões.

5 HORAS

A RAIVA VIBRAVA NOS OSSOS DE AMBER. NÃO CONSEGUIA ACREDITAR que tinha embarcado em um passeio tão perigoso com apenas um colar — se é que funcionava — como proteção.

Tudo acabou bem, mas e se não tivesse acabado? Larry havia arriscado a vida de toda a família, e para quê?

Na porta, as irmãs pararam para tirar seus *hover blades*. Amber olhou para a janela da sra. Perez e viu apenas o lento balançar das cortinas, como se alguém tivesse acabado de passar por ali.

Nunca mais, murmurou Amber para Larry, que abriu a boca para dizer alguma coisa, mas pareceu pensar melhor e se calou. Em vez disso, pegou seu *hover blade* e subiu as escadas da casa. Destrancou a porta e a deixou entreaberta para Amber, que entrou pisando forte atrás dela, determinada a dar seu recado.

Larry caminhou em direção à cozinha, mas alguma coisa a deteve na porta. Amber aproximou-se por trás dela, com a intenção de empurrá-la, mas a transmissão forçada na parede da cozinha também a deteve. Ela apoiou o queixo no ombro de Larry e sussurrou:

— Ai, que merda.

Com uma faca gigante, a mãe cortava um pano de prato na tábua, os olhos vidrados e fixos na projeção.

A incursão no Viaduto Riverside Drive foi rápida e impiedosa e deve ter começado poucos minutos depois que elas saíram de lá.

A boca de Amber ficou seca. Larry correu até a parede, e Amber sabia que, se pudesse entrar diretamente na tela e no ataque em si, ela o faria, apenas para encontrar Natalie.

A transmissão da Nova Aurora mostrou as bolotas e oficiais vestidos de preto se movendo no meio de uma multidão no escuro, as listras vermelhas de seus uniformes brilhando. Ela se lembrou de todas as luzes estroboscópicas e holofotes que as pessoas haviam levado para a festa. Conseguiu imaginá-los desligando-os rapidamente para dificultar ainda mais as coisas para os oficiais e para os drones de monitoramento pegarem todos enquanto fugiam em direções diferentes. No entanto, um porta-voz da Nova Aurora falou sobre a filmagem, explicando com orgulho que as forças haviam bloqueado a multidão contra o rio.

Em desespero, as pessoas colocavam máscaras, e os oficiais dos Padrões as arrancavam com a mesma ansiedade em meio ao vermelho brilhante das bolotas girando no meio da multidão, identificando e registrando.

Enquanto os oficiais empurravam as pessoas para as filas, as irmãs observavam em pânico, à procura de rostos familiares. A filmagem era rápida, extraída de DNAs durante seu voo pela multidão como mosquitos famintos, procurando rostos identificáveis à medida que os policiais arrastavam os detentos mascarados para um comboio de transportes. Mas, mesmo com tal filmagem frenética, Amber reconheceu Mohammed, sentado em um meio-fio e parecendo mal-humorado, sua máscara em volta do pescoço, segurando seu TriCard ao passo que seu rosto era escaneado.

Um corte: Eric estava sendo algemado contra um carro estacionado, a cabeça de coelho de sua fantasia rolando de lado na rua. Outro corte: o pombo que deu as boas-vindas a Amber arrancou a máscara e a agitou no ar, revelando um belo rosto barbudo. Outro: alguém com uma máscara de zumbi tentava acertar as bolotas no ar e conseguiu derrubar três delas antes que os uniformizados o contivessem.

Amber e Larry assistiram, horrorizadas, enquanto Diana continuava, com o rosto inexpressivo, serrando seu pano de prato esfarrapado.

A filmagem foi cortada para mostrar um homem e uma mulher sentados atrás de uma bancada de noticiário.

— Esses distúrbios periódicos não são motivo de preocupação — disse a mulher. — A ordem é sempre rápida ao reagir e corrigir os desordeiros. Uma boa limpeza nessas pessoas, e elas ficarão perfeitas.

— Eu não poderia ter dito melhor, Tammy. Isso é brincadeira de criança. Essas redes são tão fragmentadas que seria difícil imaginar um esforço de resistência eficaz e organizado.

— Isso mesmo, Ron. Não há histórico para isso — comentou Tammy. — Vamos verificar novamente o evento ao vivo.

Sorrindo, a mãe pegou um martelo de carne e começou a bater com ele no pano de prato sobre a tábua.

A filmagem mostrava Maria Antonieta, planando, de cabeça erguida, em direção a um dos transportes de detenção, seguida por mais dez minutos de apreensões e altercações. Amber olhou para Larry. Embora a irmã estivesse imóvel como uma pedra, sabia que seus olhos estavam examinando e reanalisando a multidão obscura em busca de flashes de vermelho.

Diana bateu na tábua de corte como se quisesse esmagá-la por completo. E, pela primeira vez, Amber ficou grata por sua "culinária" bizarra.

O martelo abafou o palpitar de seus corações.

4 HORAS

No telhado, Amber estava sentada no concreto frio com os braços em volta dos joelhos, virando o larimar várias vezes com os dedos úmidos, enquanto Larry andava em um círculo apertado ao redor dela.

— Devo ativá-lo? Devo usar o colar para reverter o ataque?

— Não sabemos se Natalie foi apanhada.

— Mas todas aquelas outras pessoas…

— Em primeiro lugar, não sabemos se essa coisa faz o que Papi disse que faz — disse Larry, com a voz tensa. — Em segundo, se for real, não podemos simplesmente usá-lo em um piscar de olhos.

— E daí, não fazemos nada? Igualzinho ao Papi?

Larry ignorou essa última acusação e se abaixou ao lado de Amber.

— Paramos e avaliamos a situação. Nós temos um plano para isso.

— *Nós*?

— Se Natalie estiver bem, vai me encontrar no Pequeno Farol Vermelho em uma hora. Vou sair em alguns minutos.

— O caralho que você vai — repreendeu Amber. — Pare e pense para variar. Já passa da meia-noite.

— Eu vou — disse Larry. — Todo mundo está focado nas prisões no viaduto, então é onde estão todos os DNAs.

— Você acha que só existem, tipo, dez bolotas em Nova York?

— Você é livre e pode continuar sendo covarde, Amber. Nada disso é da sua conta.

— Não é da minha conta? Se você for pega…

— Como assim? Vou ser limpa? Melhor do que ter medo da minha sombra o tempo todo.

— Isso não é justo, e você sabe disso.

— Eu sei disso, Amber? Aqui estão as coisas que *eu* sei: sei que nossa mãe está fazendo conservas de bolinhos em limpa-vidros porque nosso pai não achou por bem salvá-la. E sei que, em determinado momento, você e eu teremos de tomar uma decisão por nós mesmas, porque ninguém, nem mesmo nossos pais, vai cuidar de nós.

— Então, você quer ser egoísta e só usar o larimar para salvar Natalie.

— Correto — disse Larry, levantando-se e acendendo um cigarro. — Tenho de descobrir se ela conseguiu escapar.

Amber levantou-se também. Ela esfregou as têmporas na esperança de aliviar a dor de cabeça que martelava nas suas têmporas.

— E depois? Se ela estiver bem, não usamos? E todas as outras pessoas que você conhecia na festa? *Seus* amigos. Que se fodam?

— É — falou Larry, endireitando os ombros e fitando os olhos de Amber. — Nós temos, na melhor das hipóteses, se essa coisa funcionar, uma bala engatilhada. Esses ataques acontecem o tempo todo e não podemos salvar todo mundo, Amber.

— O que faz você pensar que sabe mais do que eu? Que, de alguma maneira, é mais inteligente?

Amber arrancou o cigarro da mão de Larry e deu uma tragada, quase saboreando a onda de náusea que a acometeu. Ela merecia sofrer.

— Sempre foi assim. Você se recusa a ver a situação como ela é e, ao mesmo tempo, quer estar no comando. — Larry aproximou-se dela, de um jeito que as testas delas quase se tocaram. — Você é apenas um ano mais velha do que eu. Quem você pensa que é?

— Bem, se você é tão sábia para o jeito que o mundo funciona, então sabe que o que você faz afeta a todas nós — retrucou Amber, apontando para baixo —, incluindo nossa mãe, que não pode nem se defender. É egoísta pra caralho da sua parte... você sabe disso, certo?

— Tudo bem, que tal isso pelo egoísmo: vou terminar com a Natalie. Você tem razão, é perigoso. Para ela e para nós. Então, se ela estiver segura, você consegue o que sempre quis. Não perde nada. Não faz sacrifícios e não enfrenta as batalhas. Está feliz? Os olhos de Larry umedeceram, mas rapidamente ela virou as costas e se recostou na varanda, a fumaça do cigarro rodopiando ao seu redor.

Amber começou a falar, querendo discordar, mas se conteve. Não era isso que ela defendia?

Não havia nenhuma vitória nisso.

3 HORAS

A viagem ao Pequeno Farol Vermelho foi um dos vinte minutos mais estressantes da vida de Amber.

A essa altura, ela se sentia confortável nos *hover blades*, mas não o suficiente para acompanhar Larry, que disparava pelas ruas de mão única sem verificar o tráfego, entrando e saindo da vista dos DNAs.

No momento em que chegaram ao parque Fort Washington, estavam encharcadas de suor — Larry por disparar em meio ao tráfego, e Amber por se esforçar para alcançá-la e conduzi-la por ruas menos movimentadas e longe das patrulhas de bolotas. Foi Amber quem teve de parar Larry e lembrá-la de colocar a máscara quando estivessem longe o suficiente de casa.

Mesmo em seu estado atual, com as águas do Hudson aumentando tanto ao seu redor que estava meio submerso, o Pequeno Farol Vermelho dificilmente era tão pequeno assim. Sua torre pontiaguda pairava triunfante sobre elas, sem ser movido pelas águas crescentes e impetuosas do rio. Em algumas décadas, talvez desaparecesse completamente de vista.

O vermelho deixava a jaqueta de Natalie mais difícil de localizar no deque de vigilância, mas, quando a viu, Amber soltou um suspiro que não tinha percebido que estava segurando. Larry soltou um grito alto e agarrou Natalie em um abraço rodopiante.

Natalie e Franky estavam quase fora da festa e saíram correndo por um beco no momento em que os uniformizados desceram no viaduto. Amber sentiu um alívio inexplicável quando soube que Franky também havia conseguido escapar. Mas era difícil comemorar qualquer coisa com as imagens do ataque ainda tão frescas na lembrança.

Larry lançou-lhe um olhar significativo, e Amber pediu licença e se sentou na grama próxima para esperar sua conversa. Franky estava em segurança. Ela abraçou o próprio corpo. Estranhamente, a parte dela que estaria desesperada para correr para casa não estava presente. Ela poderia olhar para as ondulações do Hudson para sempre. A lua de morango ainda estava lá no alto, mas agora parecia sangrenta para

Amber. Será que poderia mesmo viver em paz consigo mesma se não usasse o larimar naquele momento para salvar todas aquelas pessoas? Poderia realmente esperar e não fazer nada?

Ela olhou para Larry e Natalie, que estavam de mãos dadas. Por um momento, Amber pensou que Larry se ajoelharia e a pediria em casamento, mas então se lembrou de por que estavam ali.

Lembrou a si mesma de que Larry estava fazendo a coisa certa, embora lutasse contra o impulso de ir até lá e dizer a ela para esquecer, para ficar com Natalie. Mal conseguia acreditar em seus pensamentos.

Puxou o larimar sobre a cabeça e segurou-o na palma da mão. Uma coisa tão pequena poderia realmente apagar todo aquele ataque? Ela olhou para o lugar onde a pedra havia sido partida em duas. Papi disse que bastava virar as duas metades da pedra em direções opostas...

SE TIVESSE RECEBIDO A PEDRA QUANDO CRIANÇA, AMBER PROVAVELmente a teria desperdiçado em algo bobo, como derrotar Larry em um jogo ou reverter a quebra do vaso de cristal de sua mãe. Agora, estava paralisada. As pessoas sempre diziam para ouvir seu instinto, mas o que o instinto dela dizia?

Não importava. Lá estava Larry, com lágrimas escorrendo pelo rosto, o colar de âmbar balançando estranhamente contra o peito. Devia ter pegado de volta com Natalie. Amber percebeu que não combinava em nada com ela. Pertencia a Natalie, assim como Larry. Era algo que seu instinto sabia.

ANTES DE MORRER, PABLO DEU UM COLAR DE PEDRAS PARA CADA UMA de suas filhas. A mãe delas ainda estava treinando para se tornar uma Tocha, para trabalhar nas instalações do Nuncamente, seu rosto aparecendo na parede da cozinha quase todos os dias.

Entre essas transmissões, Pablo se reuniu com as filhas na mesa da cozinha e ofereceu a cada uma bolsinha de joias de seda, uma azul para Amber e uma amarela-escura para Larry.

Para Larry, deu a abelha presa em âmbar.

— Larissa, minha filha inquieta — disse ele, fechando a mão em torno da pedra. — Lembre-se de que acompanhar o tempo importa tanto quanto correr para o futuro. E para você, Amber, um larimar. A única maneira de mudar o futuro é manter o passado.

Larry aceitou seu colar com um revirar de olhos mal disfarçado e depois o jogou em uma caixa de joias em seu quarto. Mas Amber escutou, segurando a corrente de ouro durante a explicação do pai sobre como havia pegado aquela pedra pela primeira vez.

Aos dezesseis anos, Pablo era, a princípio, um mineiro profissional, treinado no perigoso trabalho que colocou sua aldeia nas montanhas no mapa. Depois de um longo e inútil dia batendo picaretas em uma rocha em busca de vislumbres de azul, ele arrumou suas ferramentas. Os outros trabalhadores voltaram para casa, famintos e cansados, mas algo retardou Pablo e fez seus olhos vagarem, uma última vez, pela mina.

Em um canto remoto, avistou uma pedra azul-brilhante, maior do que qualquer outra que já tinha visto — tão brilhante que pensou estar alucinando de exaustão. Mas a pedra parecia ondular, e era como se a montanha tivesse engolido o oceano vivo.

A pedra soltou-se com facilidade na mão de Pablo, mas ele deve ter dado um passo errado porque caiu em um poço vertical não marcado, quebrando as duas pernas. Por quase um dia inteiro, ele ficou agarrado à pedra e esperou para ser resgatado, seu corpo quebrado contando a passagem dos segundos com uma exatidão excruciante enquanto vozes abafadas no alto pensavam em como resgatá-lo.

Por um longo tempo, Pablo deixou de lado o que aconteceu com ele no poço da mina como uma alucinação da dor avassaladora que queimava suas pernas — em especial a direita, que quebrou em três lugares e nunca se recuperaria por completo. Na escuridão quente, ele virou a pedra em suas mãos, encontrou uma fenda na rocha crua e não polida, como se tivesse sido cortada com uma serra com ponta de diamante.

Para sua surpresa, parte da rocha girou entre seus dedos, e a caverna escura foi inundada por uma luz azul-brilhante. Ao lado dele, uma mulher azul-translúcida apareceu. Ela explicou que o larimar reverteria o tempo apenas uma vez em sua vida, e depois ele deveria passá-lo para seu filho ou filha mais velho. Nunca seria possível ter certeza de quanto tempo a pedra apagaria ou qual seria o tamanho de seu alcance.

Apagaria a filhinha recém-nascida de seu irmão? O visto recém-emitido de seu primo para Nova York?

— Esse é o risco que você corre — disse a mulher azul. — Os humanos tentam controlar o tempo com números, mas o tempo faz o que quer, e esta pedra também. Pode optar por nunca usar o larimar, guardá-lo para outro momento, Pablo, ou pode optar por usá-lo agora mesmo.

E aquele, Pablo sabia — mesmo com a dor cegante nas pernas —, era seu primeiro teste. Se aceitasse o presente da pedra agora, sua queda seria revertida e toda a dor que estava sentindo evaporaria. Seria como se nunca tivesse encontrado a pedra.

Por alguns momentos de angústia, Pablo considerou as opções. Seu povo, seus irmãos, seus tios clamavam lá em cima. Ele não conseguia entender o que diziam, mas, pelo tom de sua voz, podia afirmar que eles tentavam tranquilizá-lo. Ele podia confiar neles para içá-lo, não importava quanto trabalho extra fosse necessário.

Então, Pablo cerrou os dentes e voltou as metades da pedra para sua posição original. A mulher azul desapareceu, levando consigo toda a sua luz azul e deixando-o no escuro.

Nos dias seguintes ao seu resgate, Pablo começou a se convencer de que havia imaginado tudo. Suas pernas sararam, até que a única lembrança da queda foi a pedra que ele agora carregava como um talismã da sorte e um leve mancar.

Quando apresentou a pedra para Amber e lhe contou sua história, pouco antes de morrer, ela simplesmente olhou para o larimar. A discussão que se seguiu foi amarga e, principalmente, unilateral. Funcionava mesmo? Se sim, por que ele não impediu nenhuma das coisas ruins que haviam acontecido? Por que não impediu a ascensão da Nova Aurora? Ela engoliu em seco. Por que não salvou a mãe delas?

— O que você teria feito?

— Eu teria salvado a mamãe — respondeu Amber. — Teria salvado todos eles!

— Só pode ser usado uma vez e não é simplesmente como voltar os ponteiros de um relógio — disse Pablo com suavidade. — Só o larimar decide como seu poder flui.

O pai dispensou todas as outras perguntas dela, dizendo apenas:

— Para mim, agora é uma pedra bonita, mas, para você, é uma fonte de poder. E com o poder vêm escolhas difíceis. Você vai ver.

— Bobagem — retrucou Amber. — Tudo isso é bobagem! — E chorou pela última vez nos braços de seu pai, já sofrendo por ele. Amber sempre lamentaria que aquela tivesse sido uma de suas conversas finais.

Nos dias após o velório de Pablo, Amber e Larry estavam sozinhas na casa de arenito. As transmissões passavam fotos e filmagens de seus pais, anunciando a morte de Pablo Melo como algo a ser comemorado. O Estado havia decidido que as garotas tinham idade suficiente para cuidar de si mesmas e, na maioria das vezes, elas cuidavam — comendo queijo enlatado e andando pela casa como zumbis, solitárias e unidas em seu luto.

Em seu quarto, furiosa com o luto, Amber se jogou na cama e virou as metades da pedra do jeito que Pablo havia lhe mostrado, e tudo de repente assumiu um brilho verde-azulado ofuscante.

A mulher azul realmente apareceu, translúcida e vestida como se viesse de um futuro distante. Amber deu um tapinha instintivo na cabeça e nas orelhas, embora soubesse que não estava usando um fone de ouvido, então pulou para trás e se ajoelhou na cama, boquiaberta, enquanto a mulher se aproximava.

De alguma forma, Amber sabia que não deveria ter medo, embora pudesse ver as próprias estantes atrás dela. Quando passou a mão trêmula pelo peito da mulher azul, a mulher apenas sorriu, como se achasse Amber divertida.

— Você deseja ativar a pedra? — A mulher estava segurando um cubo giratório na mão. Ele parou no ar, um de seus cantos pontiagudos pairando sobre a palma da mão da mulher azul.

— Quanto você pode apagar?

A mulher ergueu a palma da mão um centímetro, e o cubo azul pareceu ficar maior, até que Amber pôde ver que havia gente ali dentro. Ela olhou dentro da caixa e viu a si mesma e Larry, ainda vestidas de preto após o velório do pai, encolhidas no sofá, embaixo do retrato de família.

— Só isso?

— O larimar decide o que quer oferecer-lhe quando você pede — disse a mulher azul.

A mente de Amber passou por tudo o que Pablo havia dito. Se a pedra pudesse apagar apenas algumas horas, ela não poderia salvar seu pai e não poderia salvar sua mãe. Ela fez que não com a cabeça.

— Se eu fosse você, não me chamaria sem motivo — avisou a mulher, e o cubo azul começou a girar de novo. — Toda vez que você ativa a pedra sem usá-la, você drena o poder dela, e ela lhe dá menos.

Amber inclinou a cabeça.

— Mas espere aí... se meu pai nunca a usou, não teria mais poder, em vez de menos?

A mulher azul inclinou a cabeça.

— Ah, mas seu pai invocou o larimar. Ele o usou.

— Quando? Para quê?

— Não é assim que as coisas funcionam.

E a mulher azul desapareceu.

1 HORA

Pensando em retrospecto, a viagem de volta para casa foi tão monótona quanto poderia ser. As irmãs ouviram o zumbido de mosquito dos DNAs enquanto avançavam para o centro da cidade, serpenteando pelas ruas laterais paralelas à Broadway. O ar da noite estava abafado, como se a chuva estivesse chegando, e a blusa de Amber grudava nas costas.

As ruas pareciam estranhas, mais silenciosas do que o normal — ela não tinha certeza de como, mas o silêncio parecia se aprofundar. Provavelmente porque era tarde, e as pessoas estavam com medo de sair depois das batidas nos viadutos. Mas, mesmo no calor, alguma coisa naquela quietude fazia os braços de Amber se arrepiarem. Seus sentidos pareciam mais aguçados também, captando cada buzina de carro distante e batidas de porta como se estivessem acontecendo na frente dela. O fedor de sacos de lixo à espera da coleta encheu suas narinas enquanto elas passavam.

Larry parava com vagarosidade a cada semáforo para enxugar o rosto. Amber dizia a si mesma que era assim que as circunstâncias precisavam ser, que Larry tinha feito a coisa certa, mas suas pernas pareciam pesadas. Ela olhou para cima, esperando ter um vislumbre da lua, mas não o conseguiu.

Só porque não se pode ver algo não significa que não esteja lá.

Quando viraram para a rua, o coração de Amber apertou-se sobre os *hover blades*. A porta da casa delas estava escancarada. As duas irmãs trocaram um olhar aterrorizado e avançaram em uníssono, chutando os *hover blades* e correndo escada acima, passando pela sala de estar e entrando na cozinha rosa brilhante de Diana — onde sua linda mãe estava sentada à mesa da cozinha, cercada por quatro uniformizados perplexos e uma bolota.

Observavam-na como se estivessem paralisados, enquanto ela, sorrindo radiante, enrolava uma massa verde-limão com um rolo. Como sempre, nada na maneira como se movia mostrava que estava ciente do que estava acontecendo, embora houvesse manchas escuras se formando onde sua manga dobrava embaixo do braço, e havia um brilho incomum quando sua testa refletia a luz.

A mão de Amber seguiu imediatamente para o colar, mas ela sabia que não devia envolvê-lo com os dedos. Ela descansou a palma da mão no peito.

— Larissa Melo — disse um dos homens, voltando-se para as irmãs. — Estamos levando você para varredura e diagnóstico em relação a bugs que podem ter resultado em atividades que violam os Padrões de Virtude Moral da Nova Aurora.

Larry deu um passo à frente, com os olhos ainda vermelhos. O DNA aproximou-se e leu seu rosto.

Um dos policiais estendeu a mão para as algemas, mas outro estendeu a mão para detê-lo.

— Não precisamos disso, certo? — perguntou ele em voz baixa. Como todos representavam a Nova Aurora, os oficiais não usavam crachás de identificação, mas este parecia ter sido uma pessoa decente um dia.

Diana levantou-se da cadeira e deu um longo abraço em Larry.

— Vai sair para passear? Nos vemos em algumas horas, querida. — Ela beijou a filha na testa. Um dos uniformizados riu, e outro lhe deu uma cotovelada nas costelas.

Amber deu um abraço rápido em Larry; em seguida, ela e Diana observaram os uniformizados escoltarem Larry até a parte de trás de um transporte branco e partirem, o DNA zunindo atrás dele.

Tudo aconteceu tão rápido. Larry se foi. Desapareceu.

Amber esperava que a sra. Perez finalmente tivesse conseguido o espetáculo que esperava.

Ela fechou a porta da frente, encostou-se nela e puxou o colar do pescoço, quebrando a corrente. Seu instinto finalmente estava falando. Era isso.

Na cozinha, sua mãe abria e fechava gavetas. Ver Larry ser levada de alguma forma a afetou? Estava tendo algum tipo de colapso?

— Vou falar rápido — disse Diana, virando-se de repente quando Amber entrou na sala. Ela estava segurando um rolo de fita adesiva prateada e uma garrafa marcada com CALAFETAÇÃO À PROVA DE SOM em seus dedos com unhas pintadas de carmesim. Com movimentos rápidos e hábeis, borrifou a calafetação diretamente no microfone de vigilância e, em seguida, arrancou um pedaço de fita adesiva com os dentes para selá-la, antes de passar para a câmera. — Porque sei que você vai usar o larimar, mas há várias coisas que você precisa saber.

O choque fez Amber estacar. Sua mãe, sua verdadeira mãe, estava falando com ela. Não havia sorriso falso nem olhar vago. Estava selando a câmera com fita adesiva como se soubesse exatamente o que estava fazendo.

— Espere, espere aí. Você não pode fazer isso! — disse Amber, começando a arrancar a fita do microfone. — A Nova Aurora estará de volta aqui em menos de dez minutos! Lembra quando você colocou um pano de prato acidentalmente sobre a câmera no ano passado?

Diana riu atrás dela, e isso assustou Amber. Quando foi a última vez que ela ouviu a mãe rir?

A mente de Amber moveu-se como um raio através da memória: oficiais invadiram a casa e quase levaram sua mãe de volta para a custódia. As duas irmãs amontoaram-se em silêncio aterrorizado enquanto Diana se recusava a reconhecer os uniformizados reunidos ao seu redor. Com mãos firmes, ela despejou a massa em um saco de confeiteiro, respondendo às perguntas deles com uma conversa-fiada sem sentido, e começou a cobrir com glacê rostos sorridentes em uma bandeja com placas de mictório cor-de-rosa, que ela ofereceu com um ar de magnífica hospitalidade aos oficiais.

Depois de alguns minutos, os uniformizados pareciam tão amedrontados quanto as irmãs. Afastaram-se devagar, murmurando em tons calmos e apaziguadores antes de efetivamente fugir da cozinha.

Falando como se a mãe não estivesse ali, os uniformizados levaram Amber e Larry para a sala e as avisaram para evitar que Diana tocasse as câmeras. Entendiam que ela estava em uma condição delicada, mas ela também era uma prisioneira de alto perfil, e obscurecer as câmeras desencadearia visitas domiciliares potencialmente estressantes. As irmãs tinham idade suficiente para ouvir a ameaça e entendê-la. Quando as autoridades se viraram para ir embora, Diana abriu um sorriso radiante e lhes ofereceu as placas de mictório com cobertura rosa para a viagem. A humilhação e o medo daquela lembrança estavam aos poucos transformando-se em outra coisa agora, enquanto sua mãe se inclinava sobre a mesa, os olhos tão brilhantes e lúcidos como sempre foram.

Desta vez, eles iriam prendê-la, Amber simplesmente sabia disso. E a fita não estava saindo rápido o suficiente.

— A Nova Aurora estará aqui em onze minutos — disse Diana ao ajustar um cronômetro de cozinha e o colocar sobre a mesa, onde ele começou a contar o tempo. — Venha aqui, meu amor. Ainda tem a pedra larimar, certo? Você não a usou. — Ela disse aquilo como uma afirmação e não como uma pergunta. Amber não tinha certeza se deveria estar ofendida, mas o fato de que sua mãe parecia estar falando com ela dos mortos e que ela se lembrava da pedra larimar era bastante chocante.

Atordoada e muda, Amber seguiu as ordens de sua mãe e se sentou, seu punho apertado ao redor do larimar.

— Temos uma janela — disse Diana, empoleirando-se na beirada de sua cadeira e pegando a mão de Amber. — Os uniformizados que prenderam Larry, um deles faz parte da resistência. Se sairmos agora, podemos encontrá-lo e...

Amber puxou a mão de volta.

— Espere aí, desde quando você sabe alguma coisa sobre...

Diana pousou as palmas das mãos sobre a mesa, como se tivesse perdido a paciência e estivesse prestes a se levantar e deixar Amber ali. Ela olhou para o cronômetro da cozinha novamente (nove minutos e quarenta segundos).

— Sou eu, Ambi-Bambi. Era eu aqui o tempo todo. Nunca saí daqui. Isso — ela disse, apontando para a cozinha e para seu vestido lilás engomado — foi o que eu tive de fazer para chegar em casa e manter você e Larry seguras.

E, assim, a mente de Amber voltou para o momento em que sua mãe lhes foi devolvida em uma camisola branca de hospital. Como a cobertura da mídia tinha sido sobre o quanto ela era gentil e dócil, e como seus treinadores se desculparam.

Havia acidentes em todas as tecnologias, até mesmo na melhor das melhores, disseram enquanto Diana se sentava recatada no sofá, sorrindo, os olhos fixos no retrato de família.

Nas primeiras semanas, Amber e Larry tentaram. Puxaram-na para o banheiro e mostraram suas anotações manuscritas, sobre o larimar, sobre Pablo. Haviam mostrado seus álbuns de fotos. Ela foi extremamente afetuosa com as filhas, mas parecia se distanciar durante essas conversas, com os olhos vidrados. Saía da sala e as deixava lá, segurando fotos de uma jovem Diana e de um jovem Pablo dançando no dia do casamento. Elas a encontrariam na cozinha, preparando pratos intragáveis, com o sorriso tenso e os olhos na câmera de vigilância.

Amber olhou para o cronômetro da cozinha. Nove minutos. A mãe levantou-se e foi para o quarto. Voltou com três sacolas pequenas.

— Pablo usou o larimar, Amber. Fui levada até uma câmara de limpeza, contida e largada lá. Me perguntaram se eu estava pronta para ser limpa e, antes que eu pudesse responder, o procedimento começou. No final, recebi um cartão branco assinado que confirmava que eu havia sido apagada. E, enquanto eu estava sendo desamarrada, essa luz azul iluminou tudo, e então eu estava na fila para entrar na sala, mas o cartão ainda estava na minha mão.

"Por muito tempo, eu disse a mim mesma que deveria manter a paz para você, fosse lá o que custasse. Mas já deixamos esse negócio de manter a paz no passado." Ela apontou para a cozinha e para a câmera selada novamente. "Nunca deveria ser permanente. Essa não é a vida que quero deixar você.

"Quando mostrei aquele cartão, as pessoas acreditaram em mim. Depois disso, não foi tão difícil convencer a Nova Aurora de que a limpeza havia me bagunçado de alguma forma, mas eles me levaram à sequência de reprogramação de qualquer maneira. Deu-lhes algum trabalho me mandarem para casa. Seus sonhos de campanhas publicitárias com Diana Melo como a Tocha principal da instalação foram difíceis de matar." Ela sorriu. "Mas eu consegui."

Diana agarrou duas das bolsas e colocou uma na mesa na frente de Amber. Ela vasculhou uma e viu que continha algumas de suas roupas favoritas, artigos de higiene, todos os seus relógios guardados em um estojo novo e elegante de mogno, uma foto sua e de Larry no zoológico e a foto de família que ela guardava no espelho da cômoda.

— Quando você...

— Tenho juntado isso aqui e ali desde que voltei — disse sua mãe, de um jeito quase tímido. — Mas reservei cinco minutos para você pegar qualquer outra coisa em que possa pensar...

— Para quê? Ainda não estou entendendo. Aonde estamos indo?

— Agora que vocês cresceram, está na hora — respondeu Diana, deixando as duas bolsas na cozinha. Ela ergueu o cronômetro. Sete minutos.

— Tempo para quê? Está sugerindo que, em vez de usar a pedra, vamos *todas* provocar nossa detenção?

Diana inclinou a cabeça para trás como se não tivesse previsto nenhuma resistência de Amber.

— Não podemos salvar todo mundo — disse Amber, lembrando-se do que Larry havia dito. — Não podemos ser heroínas se nós mesmas estivermos presas.

Amber não tinha certeza, mas não era o som de sirenes a distância?

— Não temos muito tempo — falou Diana, olhando para o cronômetro da cozinha. — E estou pedindo que você confie em mim.

— Confiar em você? Como, se você mentiu para nós esse tempo todo? Quando mais precisávamos de você?

— Justamente você, Amber, deveria ser capaz de entender o que significa ficar quieta para se manter em segurança. Estou sugerindo que guardemos a pedra e a usemos para salvar mais pessoas, em vez de menos.

Amber fez que não com a cabeça. Ela recuou e encontrou a divisão no larimar, onde a pedra fora partida em duas. Ela virou as duas metades em direções opostas.

Nada aconteceu.

As têmporas de Amber latejavam. Acima do som do cronômetro da cozinha, sua mãe ainda falava, rápido e claro, sobre as redes que ainda tinha e as pessoas que ajudariam Larry a escapar da instalação de limpeza.

Então, a sala foi inundada por uma luz azul-brilhante, e sua mãe congelou no meio da frase. A mulher azul apareceu, segurando seu cubo giratório. Olhou com curiosidade para o cronômetro da cozinha, que havia parado a contagem regressiva, depois para Diana, depois para Amber.

— Olá de novo — disse ela. — Está pronta para ativar o larimar?

— Sim — resmungou Amber.

O cubo giratório parou de girar.

— Tem certeza? Pense, pense.

Na frente dela, um grande número 60 apareceu em seguida e, enquanto Amber observava, tornou-se um 59 e, em seguida, 58.

— A pedra só oferecerá seus poderes a você *uma vez* — disse a mulher azul, dobrando um pouco o joelho para olhar de novo o perfil congelado de Diana, como se tentasse se lembrar de como a conhecia. Ela voltou-se para Amber. — Então, só vai funcionar para seu filho ou filha mais velho. Uma vez.

Amber observou os segundos passarem, observou a mãe, que ainda estava imóvel com uma das mãos no ar. Ela notou a intensidade em seus olhos e o quanto ela sentia falta de sua verdadeira mãe.

Quarenta segundos. Os números pareciam sólidos, mas, quando estendeu a mão para tocá-los, se dissolveram.

— Posso ver o que a pedra vai apagar, como da última vez?

A mulher azul pareceu pensar por um momento, olhando para o cubo que pairava sobre sua palma.

— Não — respondeu ela.

Amber pensou em todas as coisas boas que poderia estar apagando, o tempo entre Natalie e Larry, a festa do solstício de verão, sua amizade incipiente com Franky. Tudo isso desapareceria. Será que *ela* se lembraria, será que merecia se lembrar, se todo mundo esquecesse?

E se o larimar não funcionasse?

Ela imaginou Larry em algum quarto frio de paredes brancas, sozinha e assustada.

— Tem *certeza*?

— Tenho! — gritou Amber na marca de dez segundos.

O rosto sério de sua mãe desapareceu, e tudo ficou escuro como breu.

Amber piscou e estava parada em uma faixa de pedestres na Broadway, com os braços em volta de uma sacola de compras, o sol da tarde insistente acima da cabeça. Olhando para o poste com a luz de semáforo vermelha, manobrou a sacola de compras de um quadril para o outro e pegou a laranja antes que ela caísse da sacola.

Amber sorriu para a bolota que virou na Broadway e pairou sobre ela com desconfiança por alguns minutos, mas não a enfrentou. Realmente tinha funcionado? Quando o semáforo mudou, Amber saiu em disparada pelo restante do caminho até em casa, subindo as escadas dois degraus de cada vez.

Larry descia as escadas e Amber deixou cair as compras no chão perto da porta. Ela agarrou a irmã e a abraçou o mais forte possível, mesmo quando Larry tentou empurrá-la.

— O que está fazendo? Sai de cima de mim, maluca!

Mas agora Amber estava chorando. Segurou até Larry parar de lutar e retribuir o abraço.

Ela puxou Larry para a cozinha, querendo mantê-la perto, e abraçou a mãe, que a abraçou de volta, como sempre fazia, embora parecesse tão confusa quanto Larry pela demonstração incomum de afeto.

Amber voltou para as compras e, enquanto Diana se movimentava, desempacotando-as, ela decidiu o que precisava fazer para manter sua família segura.

Com determinação severa, virou-se para Larry, puxou gentilmente a pulseira em seu pulso e então murmurou:

— *Vamos subir.*

Larry revirou os olhos, mas caminhou em direção às escadas. Amber levantou-se para segui-la e deu uma última olhada em Diana, que estava olhando para longe, torcendo as mãos com unhas pintadas de vermelho.

Por quanto tempo conseguiria manter-se na corda bamba antes que a corda arrebentasse? Diana flagrou-a olhando e sorriu.

Ela de fato não se lembrava.

Amber virou-se para seguir Larry para fora da cozinha, passando pela sala de estar e subindo as escadas. Ela contaria a Larry sobre o larimar e o que tinha feito. Ela poderia provar isso, descrever Natalie e Franky, que ela não havia conhecido antes. Talvez fossem até capazes de impedir com segurança que a festa do viaduto acontecesse.

Talvez até mentisse um pouco e dissesse que Natalie havia sido presa; sabia que Larry faria qualquer coisa para proteger sua namorada, mesmo que significasse nunca mais falar com ela. E não diria nada para a mãe, porque ela era como uma bomba esperando para explodir a vida deles em mil direções imprevisíveis. Amber enfim foi forte o bastante para mantê-las juntas, mantê-las todas em segurança.

Mas lá estava, o retrato de família e seu instinto falando novamente.

Acorde, Amber, é isso.

Ela virou-se.

Passando apressada pela mãe, começou a abrir e fechar gavetas, até encontrar o spray de calafetar e a fita adesiva. Amber era mais desajeitada com tudo isso, mas a mãe arregalou os olhos para dela e imediatamente começou a trabalhar, entregando-lhe um pedaço de fita adesiva e bloqueando as lentes da câmera de vigilância. Amber pegou o cronômetro da cozinha e programou onze minutos nele.

— Você vem? — gritou Larry da escada.

Amber jogou fora o restante das compras. Cortou o saco de papel e o abriu sobre a mesa da cozinha, ao lado do velho relógio.

— O que está acontecendo? — perguntou Larry, aparecendo na cozinha. Diana pegou sua mão e a puxou para a mesa, onde Amber desenhava uma aproximação desleixada da ilha de Manhattan, adicionando pontos aos esconderijo de que ela se lembrava do mapa de Franky. Havia poucos dos quais ela tinha certeza.

Larry observou, ficando boquiaberta.

A memória de Amber não era perfeita, mas tinha uma coisa ainda melhor. Entregou a caneta para a mãe.

— De quais estou esquecendo?

Filmagem de vigilância da Nova Aurora: Prisão domiciliar

Leitura diária da transcrição visual: 17h30.

Reconhecimento facial: confirmado. O indivíduo está cantarolando, mexendo em algo que está cozinhando no fogão. Como de costume, está usando um vestido justo e elegante, com um avental imaculado amarrado na cintura. Leva uma concha de madeira ao nariz e sorri.

Com uma pinça, enfia a mão na panela e tira um velho relógio de bolso, pingando água quente. Ela sorri para a câmera. "O tempo acabou", diz ela.

Armados com um aríete, os oficiais vestidos de preto invadiram a casa de arenito da família Melo. Os DNAs esvoaçavam, coletando imagens ao vivo para a transmissão da detenção. As imagens da casa dos Melo apareceram nas paredes das cozinhas e salas de todo o país.

Surpresas ao ver uma batida no que parecia ser uma casa de família, as pessoas se levantaram de suas cadeiras para ver melhor, seguindo os drones à medida que avançavam pela casa, entrando e saindo dos quartos enquanto os uniformizados abriam as portas. Um deles quebrou o vidro de um retrato de família. Quando a moldura caiu no chão e cacos de vidro caíram dela, um drone escaneou os rostos na fotografia anexa.

A casa estava arrumada, mas vazia, como se as moradoras tivessem simplesmente saído para viver seu dia. Na cozinha, uma velha câmera rodava o vídeo de Diana em loop. Atraído pelo som de uma voz humana, um dos drones zumbiu até ele, transmitindo suas imagens ao vivo para as casas da parte nordeste da América. Alguém na Nova Aurora demorou muito para desligar a transmissão.

— O tempo acabou — Diana continuou dizendo, segurando o relógio morto. — O tempo acabou.

A CAIXA TEMPORAL ALT[AR]ERADA

Dizem que você chegou ao fim da estrada quando chega a Freewheel. É como o fim do mundo, sem nenhum outro lugar para ir. Bug e seu irmão mais velho, Artis, e Ola e Trell vivem todos em uma comuna perto da fronteira não mapeada de Freewheel, muito além dos lados conectados do Setor Sete e do Setor Nove. Residem na periferia do passado e do futuro, onde as encruzilhadas do que foi, do que é e do que poderia ser se cruzam, se afastam e depois se juntam de novo.

Freewheel era a cidade-fantasma esquecida de outro século, ferrovias enferrujadas e placas danificadas distante dos oficiais dos Padrões e varreduras de retina da Nova Aurora, principalmente sem o patrulhamento de seus drones. Lá, o ar ao redor brilhava com intensidade.

Nesse dia, caminharam até que a forma do idioma falado não fosse mais familiar, até que encontraram o que buscavam: perder-se. A primeira criança emergiu, ofegante, da grama na altura dos ombros, andando como se envolta em uma aura azul. A cabeça redonda e careca balançava entre o mato alto cor de musgo que quase envolvia sua pequena estatura. Lágrimas escorriam daqueles olhos profundos, maiores do que a maioria: Bug.

Mais tarde, a segunda criança marchou com as costas retas, os olhos escuros piscando em meio ao pólen e aos mosquitos. Atravessou a cortina verde, agitou os braços longos e as mãos esguias como se nadasse no ar, as tranças enroladas nos ombros como duas antenas: Ola.

Trell caminhava devagar, seu sorriso banguela parecendo gentil, mas seus olhos eram severos. Suavizaram-se apenas ao som do nome de sua melhor amiga.

— Ol-a-booooom-dia! — gritou ele, exagerando cada sílaba. — Ola, Ola, ei, Ola, Ola, ei!

— Cala a boca, moleque.

— Olagunde, você pegou elu?

— Não! — Ele ouviu detrás de uma árvore inclinada. Ola cutucou a casca com as unhas sujas, arrancando as camadas soltas ainda não afastadas pelo vento. — Não sei pra onde Bug fugiu. Artis disse que pode ter vindo para cá.

Ola saiu detrás da árvore, a camisa azul uma explosão brilhante de índigo entre o preto, o marrom e o verde.

— Para alguém tão pequene, Bug com certeza sabe como criar confusão — comentou Trell. Ele empurrou uma pedra grande na terra com o sapato. — Tem que ser a pior festa de aniversário de todos os tempos.

Ola limpou a mão na perna da calça e se juntou a Trell, observando a pedra com cuidado, como se fosse pular sobre ela.

— Por que correr justamente aqui? Parece um pouco triste pra mim — disse ela, olhando diretamente para o descampado ao seu redor. — É como se a gente pudesse sentir todo o ar cheio do que costumava ser.

Trell grunhiu e virou a pedra para o lado sujo. Nada ficou exposto, exceto a terra preta, escura, úmida e perfumada.

— Você conhece Bug. Cabecinha de bagre. Deixa Artis falar, é tudo que aquela criança pensa que tem. Fica sonhando, falando sobre coisas que nunca viu.

— Não seja maldoso, Trell. Nem todo mundo tem isso como você tem.

— *Bah.* E o que eu tenho? Um pai que fica na minha cola.

Ola ficou em silêncio. Inclinou-se para pegar a pedra de Trell.

— Algumas pessoas nem isso têm. — Ela examinou a pedra, virou-a nas mãos e sacudiu a terra molhada, acariciando-a como se fosse um talismã.

• — •

Bug é a criança que fica descalça, do lado de fora da varanda à noite, nada além de olhos famintos olhando para cima e além das estrelas. Bug era a criança que nunca pedia mais do que tinha, e a única coisa secreta que mais esperava havia sido roubada antes mesmo que a esperança tivesse tempo de criar raízes naquele coraçãozinho.

Mamãe.

Um número, um nome, um rosto, o fim — a pele lisa de pedra do rio, o reflexo da própria pele de Bug. Mamãe era um holograma desbotado, um computador infectado flutuando nesse espaço do "entre". Ela era mais um som do que uma lembrança completa, uma voz que Bug imaginou cantando para que elu pudesse dormir. Mamãe ocupava o tecido dos sonhos de Bug e vivia no espaço entre o teto baixo e descascado do vovô e os lençóis frios que separavam Bug e o irmão mais velho, Artis, da escuridão.

Mas, naquele sétimo aniversário, Bug acordou com uma visão. Em vez de esperar à porta, como fazia todos os anos, Bug passou a manhã inteira vasculhando a casa, abrindo gavetas, espiando atrás dos móveis e desenhando de maneira frenética. Papel amassado cobria o chão. Naquela tarde, quando todos se sentaram juntos diante do bolo inclinado com muito glacê e apenas uma vela, porque o vovô havia perdido o restante, Bug encheu a mente e as bochechas com o mesmo desejo, e, quando soprou a única vela, Bug decidiu parar de sonhar.

Sonhar não traria a mãe de volta, não do buraco que chamavam de Redesignação, não do lugar que vovô chamava de prisão. Não do buraco que era aquele coração que era a lembrança mais antiga, quando mamãe estava ali em carne e voz, quando colocava suas mãos quentes na cabeça, no ombro ou no peito de Bug, todos os cômodos da casa do vovô cheios do doce perfume dela.

Mamãe.

Uma palavra tão pequena para um mundo inteiro.

Nunca havia tempo suficiente para Bug segurar todas as partes que eram as melhores dela. A lembrança do riso, a trilha sonora dos sonhos de Bug; calos levantados em palmas ásperas cuja força e cujo toque Bug já começava a esquecer. Quem precisava de um aniversário cheio de presentes quando a única presença necessária não estaria lá? De novo.

Então, Bug correu. Pisou em uma sombra apartada da noite, apartada de sonhos sombrios que terminaram com a descida dos drones da Nova Aurora. Algumas noites, ele ainda conseguia ouvir os zumbidos dos drones pairando, os gritos da mãe quando as autoridades dos Padrões vieram buscá-la, vovô e Artis segurando Bug, um pesadelo recorrente que sempre terminava com um desaparecimento. O pior tipo de sonho.

Nem mesmo o bolo de chocolate podia deixar mais doces as promessas não cumpridas.

Lágrimas cintilaram nos olhos de Bug. Com o coração latejante por causa da dor e dos produtos químicos pesados rodopiando no ar do verão, Bug irrompeu pela porta da frente, pintade de azul-esverdeado para manter os robôs e os maus espíritos afastados e desceu os degraus da varanda, caindo na grama baixa e esfolando o joelho.

— Bug! — gritou vovô. — Ela vem para casa ano que vem. — Mas, mesmo virade de costas, correndo, correndo, correndo, Bug conseguiu ouvir a mentira ao vento.

Artis sabia que aquilo com que se contentava nem sempre era suficiente para outra pessoa. Não pelo vovô, que se alvoroçava e se preocupava tanto com ele quanto com Bug, e não por Bug, que ansiava por mamãe, e não pela mamãe, que ansiava por algo que disse que deveria ser gratuito, mas que custava muito caro a todos.

Artis também sentia falta da mãe. Aos treze anos, ele tinha mais lembranças do que a criança mais nova da família. Às vezes, sentia pena de Buguítis, porque Bug não tinha nenhuma lembrança de seu pai. Às vezes, ele sentia inveja e se perguntava se era realmente possível sentir falta do que nunca se teve. O pai deles foi levado quando Artis era muito pequeno, e Bug era apenas bebê de berço.

Em alguns dias, Artis precisava se lembrar de que o pai de fato existia, que a mãe não era um fantasma. Lembrar-se dos mortos era um trabalho árduo.

Ao contrário do vovô, Artis sabia que Bug precisava de mais do que histórias do passado, de quando era bem menor. Bug estava ficando mais velhe agora. Fazia perguntas para as quais ninguém sabia as respostas. A criança precisava da história mais difícil de todas. Mesmo com uma alma velha, uma criança que já esteve aqui precisava ouvir a verdade. Era uma história que Artis desenvolvia na própria cabeça, retrabalhando e amassando as lembranças úmidas e o horror como argila. Em alguns dias era mais fácil do que em outros. Em alguns dias, ele conseguia sonhar com a criança, sustentar a outra história que vovô havia contado sob a luz do sol cheia de esperança e listras douradas. Mas, a cada ano que passava, outro aniversário em que a mãe ainda não havia sido libertada, o dourado escurecia, e Artis ficava com os restos enferrujados de uma verdade mais sombria: que mamãe poderia nunca voltar e, se ela pudesse, talvez não voltasse a ser a mesma mãe que conheceram.

Com cansaço, tristeza e desorientação, Bug saiu correndo e chorando da casa em ruínas. Artis e vovô chamaram, Ola e Trell — amigos do irmão mais velho de Bug — correram atrás delu. A princípio, parecia que Bug havia corrido para se chocar com uma parede de calor. O sol incidia com força, batendo em seu rosto e pescoço. Com o coração partido, Bug partiu para a torre, o obelisco sombrio que se erguia acima do setor como um punho cinza e brilhante.

Bug tinha ouvido os sussurros, pedaços de histórias que aconteceram com aqueles que lá entraram. As pessoas sempre pediam silêncio e paravam de falar quando Bug entrava na sala, mas elu ouvia coisas. Ouviu falar da torre. Todos nas comunas chamavam-na de Casa da Aurora, mas Bug sabia que não havia luz dourada ali — a menos que ser Tocha iluminasse a pessoa. Era um lugar monstruoso, uma fera que havia engolido sua mãe inteira.

Vovô disse que mamãe resistiu. Ela recusou-se a pensar em si mesma — em seu marido ou em qualquer pessoa, nem em seus amigos e vizinhos — como impuros.

Mas os drones da Nova Aurora e os autores dos Padrões levaram-na embora, sem nem considerar esse fato, e não importa quantas vezes Bug perguntasse, vovô disse que eles não tinham permissão para visitá-la.

Bug sentia falta de mamãe, das partes que conseguia lembrar, os momentos especiais que desapareciam da mente de Bug como uma luz que se dissolve.

Mas a saudade não conseguia cobrir a distância do medo. Quando os autores vieram buscá-la, durante o aniversário de Bug — um antes do presente —, Artis disse que mamãe não fugiu. Ela abraçou os filhos pela última vez e depois disse ao vovô para se esconder. Naquele dia, o céu parecia ter se aberto, mas, em vez de separar as nuvens, a escuridão desceu sobre elas.

— Ava! — gritou vovô, puxando seus netos para junto de si. Artis disse que mamãe correu para a luz brilhante do dia, se jogou contra as figuras mecânicas vestidas de carmesim e preto, com os braços prontos para lutar. De algum jeito, prometeu que voltaria para casa, de algum jeito terminaria de comemorar o aniversário de Bug.

Ela prometeu.

Artis não gostava de contar aquela história, a história de uma festa interrompida, uma promessa impossível lembrada por tempo demais. Mas Bug insistia. A promessa era a parte favorita de Bug, recontar uma coisa que podia guardar quando a memória nem sempre era uma escolha.

Agora, longe da família pela primeira vez, o mundo além da varanda do vovô parecia diferente. O punho cinza da Nova Aurora, que abarcava tantos, não parecia mais tão acessível. Ou tão próximo. Bug lembrou-se da raiva de Artis, rara como o sol brilhando durante a chuva.

— Ela não era corajosa! — murmurava ele em seu travesseiro, no beliche duplo do quarto dos fundos que dividiam. Em seu sono, ele gritava:

— Nuncamente! — Alguma coisa sobre memórias ensacadas como lixo e depois jogadas fora. No entanto, Bug nunca quis esquecer, embora mamãe fosse mais uma história do que uma lembrança. Às vezes, é tudo o que importa. Assim, na versão da história de Bug, ela sempre foi corajosa, sempre gentil, sempre amorosa.

— Você tem os olhos de sua mãe — dizia o vovô. — Tem o espírito sonhador dela também.

— Ela era uma tonta — retrucava Artis, resmungando nas noites em que a ausência dela ficava insuportável, nas noites em que ele estava cansado de ser forte, esperançoso, sendo a única testemunha seu travesseiro molhado e o ar fresco da noite. — Deveria ter fugido, não lutado — sussurrava Artis, sua voz embargada sobre a fronha. — Talvez ainda estivesse conosco.

Estar com ela era tudo o que Bug queria, naquele dia mais do que nunca. Mas nada poderia surgir de bom por dançar nas chamas ou olhar para o sol, e se jogar de modo voluntário nas mãos dos autores era algo que Bug não tinha coragem nem estupidez o suficiente para fazer. Bug tinha ouvido rumores sobre a agitação civil em algumas das outras comunas, e o vovô tinha cuidado para onde viajavam. No entanto, como muitos que vivem no aglomerado, vovô teve de viajar para trabalhar na conectada Cidade das Luzes. Nunca sabia quando um protesto poderia irromper ou quando os DNAs e autores podiam encontrar um novo alvo, e sua cautela aparecia no rosto e na curvatura dos ombros. E Bug viu aquilo. Então, encarou o obelisco cinza a distância, estremeceu e se virou, correndo na direção oposta, correndo por um caminho, sem se importar aonde iria.

Ola e Trell encontraram Bug nos trilhos, estirando o corpo, cabeça baixa, orelha no chão, ouvindo os sons estrondosos de trens fantasmas de um passado distante. Um século antes, os Setores Sete e Nove eram cruzados por estradas de ferro. Antigamente, as ferrovias conectavam todos os pequenos setores e suas comunas desorganizadas das redondezas ao restante da nação, até mesmo à parte onde Ola, Trell, Bug e Artis viviam. Mas aqueles dias haviam ficado para trás, parte de uma revolução industrial que acabou por se tornar obsoleta. Após as Guerras do Diesel, quando as empresas petrolíferas falharam em manter de forma violenta a dependência global do petróleo, as ferrovias foram destruídas, recicladas e redistribuídas — como tudo o mais do velho mundo —, todas, exceto aquela que Bug encontrara no fim do caminho sinuoso de terra que levava ao interior da floresta, aquela que parecia uma cena saída dos velhos filmes do vovô ou dos livros de histórias encadernados em couro do pai.

Sentindo a exaustão da corrida e o constrangimento da confusão, Bug deu boas-vindas à oportunidade de escapar da decepção. Elu não queria mais pensar no obelisco cinza, em sua mãe ou no olhar magoado de dor nos olhos de Artis e do vovô. Em vez disso, a criança imaginou o som dos apitos de um trem fantasma. Ouviu o *clique-claque* rítmico dos cavalos de ferro galopando sobre trilhos novos e brilhantes.

— Uau! — gritou Bug, enxugando novas lágrimas. O suor escorria por suas costas, a camisa amarela grudava ao passo que as ondas de calor brilhavam no ar. Bug virou-se, imaginando chaminés e nuvens fofas como nos velhos desenhos animados. Sinos e faróis, um limpa-trilhos vermelho intenso avançando desabalado pela estrada de ferro.

— Abram caminho! Abram caminhooooo! — gritou Bug. — Hú-hú! — Agitando os braços, a criança se chocou contra o peito estreito de Trell. — Caceta!

Assustado, os grandes olhos de Bug se arregalaram.

— Você quase arrancou todo o meu ar. Aliás, o que está fazendo aqui? — perguntou Trell, a voz cheia de exaustão pelo calor e com uma curiosidade genuína. Ele verificou com cuidado a cabeça de Bug em busca de inchaços e hematomas, fez Bug mostrar a língua e olhou a criança de cima a baixo. Satisfeito, Trell afastou um mosquito do braço e olhou, maravilhado, para o cruzamento de trilhos de trem enferrujados que pareciam se estender de maneira infinita em direção a lugar nenhum. Ninguém havia viajado para lugar nenhum desde o advento dos aeromóveis, nem desde que os veículos rodoviários com combustível inflamável foram abandonados, anos antes.

— Podíamos estar comendo agora, toda aquela comida especial que seu avô fez pro seu aniversário — disse Trell —, mas, em vez disso, estamos aqui, na velha e empoeirada Freewheel, queimando embaixo do sol em um lugar esquecido pro qual ninguém dá a mínima.

O rosto de Bug contraiu-se um pouco, passando de uma emoção para outra: tristeza, confusão, e, então, de volta à tristeza. A criança parecia querer chorar, pois não havia esquecido.

Vendo a expressão de Bug, Ola lançou um olhar de advertência para Trell, que murmurou um pedido de desculpas rápido.

Ela pousou a mão firme no ombro de Trell, deu um leve aperto e caminhou até Bug. As mãos dela eram muito talentosas; conseguia consertar qualquer coisa.

— Tudo bem. Também não gosto de aniversários — afirmou Ola. — Mas aquele bolo que o vovô fez parecia bem bom. Eu adoraria comer uma fatia, você não?

— Olha o que você falou! — Trell riu.

— Cala a boca, Trell. Eu não estava falando com você — ralhou Ola.

Ela não mencionou que, por ter sido uma sem-teto com os pais, não tivera muitas festas de aniversário ou presentes.

Vovô trabalhava como cozinheiro e, às vezes, fazia porções extras para dividir com Ola e sua família. Nada de especial ou muito vistoso, apenas comida simples que dizia *não precisam agradecer* em vez de *vocês estão em dívida comigo*. Ele entendia o que era a fome e como ela corroía mais que o forro da barriga, como corroía o coração e dificultava mais ainda se concentrar e sonhar à noite.

Mas Bug não parecia ter interesse em comida agora.

— Minha mãe me deixou um presente. Preciso encontrá-lo — declarou Bug. A criança deu um passo à frente, apavorada, e olhou para os trilhos da ferrovia, ainda imaginando uma corrida para muito, muito longe. Na mente de Bug, os velhos trilhos viravam uma estrada feita de madeira e metal, de todas as promessas de Deus, e, no final dessa estrada, a mãe de Bug estava parada na varanda, chamando Bug, Artis e o vovô para entrarem em casa, porque o poste estava aceso e era hora de comer.

Bug estava com fome, conseguia senti-lo mordendo o fundo do estômago, mas ainda não sentia que podia voltar para casa, para o vovô; por isso, a criança se abaixou e correu, equilibrando-se no trilho mais próximo. Trell gritou e foi atrás de Bug.

— Você não pode correr mais do que eu, gafanhoto! — O ar encheu-se de risadas enquanto os três amigos corriam em círculos, girando e girando, Bug conduzindo-os para mais longe no caminho em espiral até que o céu estivesse coberto por uma copa de grandes árvores frondosas.

Ali, o ar ficava mais fresco, silencioso. Restos da cidade velha espalhavam-se no meio do mato e nas rochas ao redor.

— Onde estamos?

No círculo de comunas fora dos Setores Sete e Nove, quase todo mundo havia nascido de forma natural. Qualquer talento que possuíam viera naturalmente. Nenhum acesso a melhorias ou programas de enriquecimento — apenas os altamente privilegiados e os ricos com herança podiam pagar por eles.

Mas a arte era universal, uma coisa que até os mais pobres das comunas podiam criar por conta própria. Tinham de ser engenhosos, coletando suprimentos de onde quer que pudessem ser recuperados. Bug desenhava desde que seus dedinhos gordinhos conseguiram segurar um marcador ou um pincel. Vovô e Artis ajudaram a montar a primeira exposição de Bug no corredor estreito de seu casebre. Fizeram as molduras com bastões de giz de cera colados em papelão, e Artis até ajudou Bug a escrever os convites. Então, quando emergiram das sombras das grandes árvores e entraram em uma clareira ampla e aberta, Bug sentiu como se tivessem saído do mundo real para um de seus sonhos em pintura.

Um antiquado papa-gasolina meio afundado erguia-se da terra, com o capô levantado, como um dinossauro. Bug correu até lá, as palmas das mãos afastando as lascas de metal castanho-avermelhadas. Ali, um odor estranho enchia o ar, como aço misturado com madressilva. Um armazém dilapidado inclinava-se sobre um vagão fechado e danificado coberto de arco-íris pintados. Um vento suave carregava um leve cheiro de ferrugem e borracha derretida, ofertas de tempos passados. Lixo descartado, reaproveitado e reinventado, adornado com todas as cores que Bug imaginou em sonhos.

O ar estava pleno do aroma das árvores. Elas ofereciam seus grandes galhos como abrigo para as crianças, um dossel verde que os protegia dos drones. Bug saltitava, deliciando-se com o que restava, um espírito perdido na clareira verde selvagem que alguém havia redesenhado, ao que parecia, apenas para a criança.

— Olhem! — Bug correu até um quarteto maciço de rostos acidentados, cada um distinto, esculpido em lajes de concreto. Ficavam diante um do outro, sentinelas de pedra gigantes, talhados pelo vento sob o sol.

— Eles têm olhos — disse Ola, intrigada. — Quem deixaria isso aqui?

— Sei lá, mas, quem quer que seja — respondeu Trell, balançando a cabeça —, parece que foram embora. Tem mais.

Figuras altas feitas de pedaços de madeira, placas antigas, bicicletas retorcidas e semáforos enchiam a área, remanescentes de outra época. Alguém se deu ao trabalho de esculpir um Homem de Lata gigante. Ele espiava para as crianças com refletores no lugar dos olhos e um aro papa-gasolina oxidado no lugar do chapéu. Parecia que o chapéu do Homem de Lata e os cata-ventos deviam girar e iluminavam a escultura no passado.

— Fê-fi-fô-fum! — gritou Trell, olhando em volta, espantado. — Parece que entramos no cenário de *João e o Pé-de-Feijão*! Vamos devagarinho pela estrada, como no filme *O Mágico Inesquecível!*

— Não — disse Bug. — Este é o presente que a mamãe me prometeu! Pensei que eu precisava encontrá-lo, mas agora entendo.

— Entende o quê?

— Temos que *construir* o presente.

— Do que está falando, criança? — Trell era apenas quatro anos mais velho do que Bug, mas falava como se fosse uma eternidade.

— Sei exatamente o que fazer, só me sigam. Vamos precisar disso — disse Bug, pegando uma placa de "Aberto 24 horas". Esforçaram-

-se para carregá-la, mas ninguém discutiu. Bug apontou para a clareira onde estavam os quatro rostos gigantes, olhando ao longe.

— Norte, Sul, Leste, Oeste. Pontos cardeais. Vamos construir aqui.

Eles arrastaram a placa para o centro do diamante de pedra. Ola balançou a cabeça.

— Esta não é a festa para a qual você convidou a gente — disse ela com um sorrisinho afetado.

— Não se preocupe, Ola — tranquilizou Bug, dando um tapinha na mão dela. — Isso aqui é muito melhor do que bolo! Isso é arte! *Nossa* arte, e ninguém pode nos dizer o que fazer ou como fazer.

Ola inclinou a cabeça, maravilhada com aquele pequeno espírito à sua frente. Bug era muito especial e, afinal, era seu aniversário.

Juntas, as crianças levantaram cadeiras de madeira viradas e cobertas de musgo, carregaram tijolos das pilhas espalhadas, a poeira vermelha manchava a palma de suas mãos. Bug gritava a cada vez que encontrava uma estaca de ferro ferroviário e a erguia acima da cabeça, quase tão longa quanto seu antebraço. Ola encontrou uma caixa de velhos discos de 78 rotações com títulos como *Joshua White and the Carolinas*. Trell resgatou uma caixa de revistas velhas, *Life* e *Ebony*, algumas páginas se desfazendo ao seu toque. Descobriram placas antigas de lojas que havia muito estavam abandonadas. Nada estava velho ou sujo demais, era estranho ou estava quebrado demais para ser reimaginado aos olhos de Bug. Tudo era arte, tudo era lindo.

Encontraram uma cesta de fitas de cores vivas e as enrolaram em galhos de árvores baixas e nos arbustos raquíticos que brotavam da terra.

Brincaram por tanto tempo que até o sol se cansou. Foi para trás de uma nuvem para descansar.

Foi quando ouviram o canto, uma estranha melodia da qual nenhum deles conhecia a letra.

— *Around the world in a day* — cantava a voz. Estava aproximando-se cada vez mais. — *Swing low, sweet chariot. Let me... ride.*

Uma figura alta com uma túnica longa emergiu das árvores. Com vestes brancas dobradas que flutuavam ao seu redor ao vento do verão, uma echarpe acobreada enrolada na cabeça, um *gélé* dourado. As crianças ficaram paralisadas, sem saber o que fazer.

— Cada vez mais curiose — disse a mais velha, acenando com um bastão dourado com fitas brilhantes. — Bem, viajante, parece que temos companhia. *Que não foi convidada* — murmurou, e bateu os pés. Estava usando botas brancas altas com pompons laranja no centro. — O nome é senhore Tangerine Waters. Tangí para vocês.

Trell olhou para Ola, Ola olhou para Bug, mas Bug não teve medo. Bug aproximou-se para cumprimentar a figura com um aperto de mão, sentindo-se animade.

— Prazer em conhecer você, sre. Tangí! — disse Bug. — Olha o que construímos!

Bug afastou-se de Ola, que tentou segurar a criança, e agarrou os dedos cheios de anéis de sre. Tangí, encaixando os dedos gordinhos naquelas mãos envelhecidas.

— Senhore chegou bem na hora — falou Bug. — Está quase pronto. O que acha? — perguntou a criança, subitamente tímida.

Senhore Tangí caminhou devagar, o bastão dourado girando a luz do sol ressurgida, para inspecionar a obra que estava diante de si: uma estrutura em forma de tenda construída com tudo o que se possa imaginar. Erguia-se do centro das quatro pedras esculpidas como se brotasse da terra, uma flor selvagem, uma profusão de cores e texturas, um refúgio para itens resgatados e esquecidos.

— Parece-me que você construiu um altar para si mesme, uma tenda dos milagres. Parece que se encaixa neste lugar aqui. Você está andando nas linhas do tempo, em terra sagrada.

A carranca no rosto de Ola finalmente dissolveu-se. A menção às linhas do tempo intrigou-a. Ela puxou a camisa, o azul agora manchado de suor e terra, e se juntou a Bug ao lado de sre. Tangí.

— Vocês sabem, em todo o mundo existem linhas do tempo, pontos de poder, mistério e intriga antiquíssimos, lugares onde nossa bela terra canaliza todas as suas energias — comentou sre. Tangí. — Essas florestas ao seu redor são sagradas para os wyandot, chickasaw e choctaw. Se tiverem a sorte de descobrir onde essas linhas notáveis se cruzam... e tiverem o bom senso de deixar a pá de lado e apenas *sentir*... criança, não há nada que não possa construir. Então, você está trabalhando em uma magia profunda!

Trell parecia cético.

— Se este é um lugar tão mágico, por que tudo está tão arruinado? Ninguém viveu em Freewheel por mais de um século. E, quando estavam aqui, alguém sabe se prosperaram?

Senhore Tangí abriu um sorriso astuto.

— Você é o curandeiro — disse ela. — Médico, cura-te a ti mesmo.

— O quê? — perguntou Trell, confuso.

— Se sabe tudo sobre todas as coisas que são alguma coisa, você pode responder à sua pergunta.

Bug e Ola riram. Trell assentiu com a cabeça, sem saber ao certo se havia entendido.

Ainda assim, essa mulher estranha era divertida.

Ela desamarrou o cachecol, soltando os dreadlocks, em seguida voltou a ajustá-lo e a amarrá-lo de novo com cuidado.

— Não se trata apenas de prosperar, se trata de *progredir, conectar-se, explorar* algo maior que você mesmo, para que possa enxergar de verdade. Não se pode construir nada se não se pode sentir nada. A comunidade vem do sentimento, e o sentimento anda de mãos dadas com a criação. O que estão criando agora?

— Meu presente — respondeu Bug. — Minha mãe me prometeu da última vez que a vi. Disse que eu reconheceria quando visse. Eu vejo.

— Com certeza vê — disse sre. Tangí. Ela tirou um dos brincos em forma de besouro gigante. Carregava uma lua em suas patas dianteiras douradas. — Isto aqui é para você. Para acrescentar ao seu altar.

— Por que senhore chama assim? Parece um clubinho para mim — opinou Trell. — "Altar" faz parecer que é uma igreja. Não tem nada de errado nisso, só estou comentando.

— E, talvez, de certa forma, seja como o espírito de uma igreja. Juntos, vocês fizeram uma coisa especial, com *intenção*, em um lugar em um dia diferente de todos os outros.

— Sem *vento*? — perguntou Bug, intrigade.

— Não, *quando*. Não se trata de onde ou de quem, mas do quando. Esse é um assunto de Sirius, de ocasiões auspiciosas. Constelações e estrelas se movem lá em cima, *sacam*?

As crianças estavam dizendo "sim", mas fazendo que "não" com a cabeça.

— Tudo bem, vão *sacar* com o tempo. Tudo chega a um círculo completo. E o tempo cuida de si mesmo. Nosso trabalho é o trabalho dos vivos, do presente. O agora constrói o amanhã. E, embora o quando seja importante, também é importante estar atento ao como. Como essa daqui — disse e cantou outra música. — *Souls look back and wonder, how I got ova!* — Ela guiou-os até a primeira pedra esculpida perto dela, aquela voltada para o norte.

— Venha, criança, hum...

— Ola.

— Sim, venha, Ola. Este aqui é o viajante do norte. Esse espírito em pedra está ligado às energias da terra que correm naquela direção. — Sre. Tangí sacou uma adaga cerimonial, sua lâmina crivada de belas marcações, runas. — Risque a primeira letra do seu nome. Faça tudo com *intenção*. Pense em como seu coração bate e seu sangue flui. O que quer que esteja verdadeiramente em você, parte de você, fluirá com liberdade.

Trell estava atrás de sre. Tangí, murmurando a palavra Nãããããão. Ele deu uma risadinha, mas observou, ansioso.

Ola pegou a lâmina. Ela achou que seria mais leve. Pedras preciosas roxas e madrepérola decoravam o cabo. Ola ergueu a lâmina, apontou para a pedra e esculpiu, com alguma dificuldade, um *O* muito vacilante.

— Muito bem — parabenizou sre. Tangí, apertando a palma da mão contra a polpa de pedra, assentindo com aprovação. — Ar, início, um começo. Bem, está começando agora.

— Senhore mora aqui? — perguntou Bug. Sre. Tangí apenas sorriu. — Quero ir na próxima. — Bug ficou na ponta dos pés, puxando a túnica brilhante daquela figura mais velha.

Sre. Tangí riu e levou a criança até a escultura de pedra voltada para o leste.

— Sou o que se pode chamar de companhia de viagem. A maior parte da vida vivi no limite do que todo mundo proscreveu para mim. Mas, em algum lugar ao longo do caminho, decidi que a vida tinha de ser diferente.

Bug precisou de ajuda para esculpir seu *B*.

— Muito bem — disse sre. Tangí. — Às vezes, bons amigos podem nos ajudar a concretizar uma visão. Bug, sua pedra está voltada para o leste, representando a terra e a redenção.

Bug dançou como se tivesse ganhado um prêmio.

Sre. Tangí passou a adaga cerimonial para Trell, que se esquivou, balançando e ziguezagueando, boxeando com um adversário imaginário. Por fim, aceitou a lâmina e a ergueu no ar.

— Eu tenho *a forçaaaaaa*! — gritou ele.

Bug e Ola gargalharam. Sre. Tangí apenas balançou a cabeça.

— Você brinca demais — disse Ola, sorrindo.

— Qual pedra, sre. Tangí? — perguntou Trell. — Imunda do Sul ou Malvada do Oeste?

— Sul. — Sre. Tangí apontou para a pedra mais distante deles. — Cheia de fogo, a centelha da vida, o amor.

— Amor! — gritaram Bug e Ola. Trell corou.

— Isso mesmo, isso mesmo — brincou ele. — Um amante, não um lutador. Não tenho nada além de amor por todos vocês, então, é isso aí. — Ele esculpiu um T ousado na pedra e deu duas piruetas antes de passar a adaga de volta para sre. Tangí.

A adaga desapareceu embaixo de uma das dobras volumosas da túnica, e, de olhos fechados, ela sussurrou palavras que foram levadas pelo ar.

— Falta uma — comentou Bug.

— Sim, ele virá em breve.

As crianças piscaram para sre. Tangí, surpresas.

— Como ela sabe disso? — sussurrou Trell.

— Talvez tenha ouvido a gente falando de Artis? — questionou Ola.

Bug seguiu sre. Tangí enquanto ela caminhava até uma das grandes árvores frondosas e sussurrava uma oração.

— Obrigade, ancião, pelo abrigo que fornece. Perdoe-me por pegar emprestado este seu pequeno pedaço — sussurrou ela enquanto quebrava um galho fino. Ela entregou-o para Bug. — Agora, trace um grande círculo no chão. — Em seguida, ela apontou seu cajado para Ola. O objeto cintilou à luz. — Você, crie os rios. — A menina fez que não com a cabeça. — Já sei que você não entende. Tudo bem, Ola, apenas desenhe o que acha que um rio pode fazer.

Ola pensou por um momento e, em seguida, ao pegar o galho de Bug, criou uma série de linhas sinuosas fluindo do grande círculo de Bug.

— Parece um sol gigante — comentou ela.

— Um girassol, uma estrela gigante — disse Bug. — O sol é uma estrela gigante e adivinhe, adivinhe — disse Bug, puxando a túnica de sre. Tangí. — Sabia que focas e besouros navegam pelas estrelas? Viajam pelas estrelas!

— O que você sabe sobre *viagens pelas estrelas*? — perguntou sre. Tangí, divertindo-se. — Essa música é de antes do seu tempo.

— *Na-na-nina* — respondeu Bug. — A música é feita *de* tempo e por isso a música é para sempre. A música é para todo mundo.

— Isso é, isso é — disse sre. Tangí, radiante. — E, agora, está feito. Gosto dessa boa visão que você acrescentou, pequenine. Com certeza, precisamos disso.

Ela olhou para o que as crianças haviam criado. A estrutura parecia a alegria de uma criança personificada, mas o rosto dela mudou, como o céu depois da chuva.

— Qual é o problema, sre. Tangí? — perguntou Bug, pousando a palma da mão na mão dela.

Ela não falou a princípio, e seu silêncio pairou no ar para se juntar ao brilho ondulante de calor. O suor escorria por sua testa, e Bug percebeu que se misturava às lágrimas.

— Como podem esquecer um futuro? — perguntou sre. Tangí, virando a cabeça como se questionasse o ar.

— Quem? — questionou Ola.

Bug olhou para sre. Tangí com atenção, como se tentasse ver algo a distância.

— Eles não — disse Bug. — *Nós.*

Ficaram ali, juntos, cabeças abaixadas como se estivessem em oração, cada um perdido em seus pensamentos. Então, Bug sentiu uma inquietação, a decepção e a empolgação do dia atraindo seu espírito para duas direções diferentes. Por fim, a empolgação venceu e, antes que Ola ou Trell pudessem impedir Bug, a criança fugiu mais uma vez, como o escaravelho dourado que sre. Tangí lhe dera de presente. Nesse momento, ele pairava sobre a abertura do altar que Bug já havia reivindicado como sua arca.

— É como nosso navio — disse Bug —, mas está em terra e não tem âncora, e não estamos na água, mas tudo bem. É como uma nave espacial que ainda não alcançou as estrelas. Somos viajantes, certo, sre. Tangí, viajantes em uma arca?

— Com certeza, criança.

— Arcas são para proteção, mantêm você em segurança. E... e... — Bug buscou as palavras certas. Às vezes, a criança conseguia ouvir e ver a coisa, como a arca que construíram, muito antes de surgirem as palavras ou mesmo o desenho. Estava tudo dentro da criança, as ideias e as imagens, as cores e os sons. Tudo fluía. — Esta é a nossa proteção. Nenhum drone e nenhum autor pode vir aqui e levar nenhum de nós embora. Tudo bem?

Ola e Trell trocaram um olhar. Tanta coisa ficava não dita entre eles. Algumas coisas não precisavam ser ditas. Sabiam o quanto Bug levava as promessas a sério. Nenhum dos amigos da criança queria desapontar ou prejudicar Bug, então ficaram em silêncio.

Nesse momento, a criança estava diante da arca — assim foi batizada, assim seria —, a luz do sol fazendo parecer que seu corpinho eclipsava a abertura, como se fosse o espírito de Bug que orgulhosamente estava diante deles, e não apenas a carne. Cada coisa interessante que encontraram naquele dia, todas as melhores descobertas de Bug, foram adicionadas com amor e intenção à arte que fizeram juntos.

Em vigília, Ola e Trell observaram Bug se virar com um aceno e entrar. Ninguém seguiu a princípio, como se fosse ponto pacífico que a única coisa de que precisavam agora era de uma testemunha.

• — •

Bug sentou-se com as palmas das mãos voltadas para baixo, sentindo o chão vibrar embaixo da ponta dos dedos. Um perfume doce, almiscarado e metálico, notas musicais estranhas enchiam o ar. Embora seu corpinho não tivesse se movido, Bug sentia como se o tivessem carregado, e, em seguida, seus pensamentos se espalharam por todas as coisas ao redor da arca. Os ossos viraram água, a pele virou árvore, o sangue virou ar.

Em um momento, Bug estava lá e, no momento seguinte, não estava mais.

Do lado de fora, Ola e Trell aguardavam. Sussurraram e, em seguida, chamaram o nome de Bug. Como a criança não respondeu, Ola enfiou a cabeça lá dentro.

— Bug! — arfou ela.

— O quê? O que foi? — perguntou Trell, inclinando-se ao lado dela.

— Sumiu! — disseram em uníssono. Trell ficou tão chocado que quase derrubou a arca tentando entrar e depois sair.

— Aonde pode ter ido?

— Hum! *A lugar nenhum!* — disse Ola com ênfase, sacudindo as mãos. — Não tem porta dos fundos. Não tem nenhum túnel, só se for invisível. E nós dois estávamos *bem aqui.*

Trell fez que não com a cabeça, os braços longos balançando no ar. Nada havia restado de Bug, e a única pista de que a criança já estivera ali era o galho que sre. Tangí havia lhe dado. Estava pousado no local onde Bug estava sentade de pernas cruzadas.

— Por que toda essa confusão? — perguntou sre. Tangí, caminhando até eles.

— Bug sumiu! — disseram as crianças em uníssono.

Ela rapidamente contornou Trell e, com gentileza, afastou Ola para o lado. Depois de examinar o interior vazio da arca, pegou o galho e saiu.

— Sem dúvida, viajante — concluiu ela com esperança na voz.

— O que quer dizer com "viajante"? Artis vai nos matar se perdermos Bug! Vovô vai acabar conosco também. Não sei o que é pior — exclamou Ola com pânico na voz.

— Acalme-se, criança. Por que vocês acham que fizeram todo esse trabalho? Às vezes, quando a gente faz arte, nunca sabe aonde ela vai levar.

— Como pode dizer isso quando *Bug desapareceu*? Quer dizer, se escafedeu. Aonde Bug foi? *Como aconteceu*?

— Cara, é realmente o pior aniversário de todos! — disse Trell. — Eu sabia que devia ter ficado em casa.

— Olha só — disse sre. Tangí com gentileza. — Sei que é muita coisa para entender, para absorver de uma vez. Mas vocês têm de confiar no processo. Bug pôs intenção boa, muito boa em todo esse lindo trabalho. Ele não levaria a criança a nenhum lugar onde ela não precisasse ir. Está tudo aqui em cima — disse ela, com a palma da mão direita sobre o coração e o dedo indicador na têmpora. — Intenção.

— Tudo o que sei — disse Trell —, é que é melhor trazer Bug de volta com alguma *intenção*, alguma prevenção e alguma intervenção, ou Artis vai fazer uma coisa com a gente que não posso nem fazer menção.

Sre. Tangí jogou a cabeça para trás e gargalhou.

— Você é uma coisa rara, criança. A gargalhada com certeza cura, e você sabe muito bem disso. Esse é o seu dom.

Trell cobriu os olhos.

— Não consigo lidar com provérbios agora, sre. Tangí. Não sei como vamos para casa sem Bug conosco. Como vamos explicar tudo isso?

— Lembre, confie no processo. Ele vai se explicar.

QUANDO BUG ABRIU OS OLHOS, SE VIU SENTADE A UMA GRANDE MESA, tão larga que podia esticar os dois braços e ainda sobrava espaço. Garrafas de água colorida estavam dispostas sobre ela. E Bug não conteve a empolgação ao ver os tubos, tubos de tinta *de verdade* com pigmentos em diversos tons. Cada sombra que já havia colorido os sonhos mais vívidos de Bug.

Em casa, vovô e o Artis ajudavam Bug a fazer tinta e costumavam guardá-la em antigas caixas de ovos. Qualquer cor que faziam era mais água do que pigmento. Mas ali — aonde quer que fosse — Bug tinha tudo de que precisava. Nada de pintura em jornais ou no verso de pacotes retirados de latas de lixo no trabalho do vovô no setor. Papel pardo, papel branco, pilhas e resmas de papel para aquarela e telas esperavam que Bug delineasse o invisível, tornasse permanentes suas novas lembranças.

Em nenhum momento ocorreu a Bug que tudo aquilo não lhe pertencia — afinal, tinha sido a arca que levou Bug até ali — e, então, elu pegou um pincel comprido e passou a ponta dos dedos naquelas cerdas tão macias que pareciam ser pelo de zibelina. Bug já estava desenhando com atenção por muito tempo quando um cheiro maravilhoso encheu a sala. Foi aí que Bug finalmente percebeu que não estavam a sós.

— Beauford Delany Dumas — disse uma voz calma.

Bug virou-se.

— Mamãe!

Elu abriu os braços e derrubou um tinteiro, a tinta rosa se empoçando na mesa.

— Eu sabia! Sabia que você não quebraria sua promessa, mamãe. Encontrei meu presente, no parque, um parque engraçado. Tem aquela moça e aquelas pedras e...

A mamãe sorriu e segurou Bug em seus braços.

— Parece que seu presente encontrou você — disse ela.

Ficaram naquele abraço por muito, muito tempo — o melhor aniversário de todos.

— Ei, Bug! Ola, Trell!

Eles conseguiram ouvir Artis gritando antes de avançar pelo caminho, a voz rouca e muito, muito cansada.

Trell ficou paralisado, em seguida se virou para olhar Ola, que deu de ombros como se dissesse *Não sei de nada*. Sre. Tangí girou seu bastão, sem parecer sentir nem um pouco de incômodo.

Até os pássaros nas árvores pararam de piar. Todos os olhos em Freewheel observavam Artis, o irmão mais velho de Bug e principal protetor, chegando ali pisando duro enquanto atravessava o campo.

Os três emergiram ao lado da arca, Ola olhando para todos os lados, menos para Artis, e Trell com a cabeça tão baixa que mal tinha pescoço ou queixo.

— Aí estão vocês! Ufa! Estou chamando vocês o dia todo. Bug! — disse ele e balançou a cabeça para os cata-ventos e esculturas frenéticas que sre. Tangí tinha espalhado por toda parte. Ola tinha consertado o Homem de Lata e agora ele dançava de um jeito robótico, todo iluminado, seu chapéu de aros cromados girando como os anéis de Saturno.

— Ola, Trell, o que há de errado com vocês? Sei que Bug está aqui, porque *isso*... o que quer que seja *isso*... tem a cara de Bug de cima a baixo.

Trell assentiu com a cabeça.

— Oh, com licença, senhore, me desculpe. Meu nome é Artis.

— Senhore Tangí, prazer em conhecer você.

— Igualmente. Estou procurando Bug, minhe irmãzinhe. É aniversário delu e... — Artis não tinha certeza de como descrever a tristeza para uma estranha. — Não aconteceu do jeito que esperávamos. Bug abandonou a própria festa, sabe, um pouco decepcionade, fugiu para desopilar. Simplesmente sumiu e deixou meu vô todo preocupado...

— Bem, já que você colocou dessa forma — disse Trell, tentando interromper —, preciso te mostrar uma coisa.

— O quê? Bug está se escondendo aqui, vocês estão brincando de esconde-esconde neste calor? Nunca vamos encontrar Bug aqui com tudo isso.

— Olha só, é isso que estamos dizendo — começou Ola, seus olhos disparando de um lado para o outro.

Artis ficou paralisado. Não gostou do olhar na expressão de seus amigos. Já tinha visto aquele pânico, aquela impotência antes. Quando os pais da Ola perderam a primeira casa e ela faltou muito na escola. Quando o pai de Trell teve um problema de saúde e eles não tinham certeza se ele voltaria a acordar quando fosse dormir. Alguma coisa estava errada.

— Não estou entendendo. Vocês não estão falando nada com nada. Cadê Bug?

— Bug sumiu — respondeu sre. Tangí —, mas vai voltar.

— Como sabe, sre. Tangí? — perguntou Trell, exasperado. — Esperamos o dia inteiro.

— Esperaram pelo *quê*? — perguntou Artis. Parecia que uma pedra havia caído sobre seu peito.

Quando Ola tentou lhe explicar, e sre. Tangí começou a falar sobre as linhas do tempo e o alinhamento das estrelas, Artis bloqueou tudo. A única coisa que nunca quis, o pesadelo que nublava seus sonhos. Não conseguia encarar a ideia de que havia perdido Buguítis.

Não poderia perdê-le também.

As lágrimas escorreram e, em seguida, vieram dor, confusão, raiva.

— Uma pessoa não pode desaparecer assim, sem mais nem menos. Têm certeza de que Bug não escapou pelos fundos e se escondeu em algum lugar, se perdeu e está esperando que a gente encontre com elu? Vocês só ficaram aqui, nem mesmo procuraram?

— Escapar para onde, Artis? Entre lá e veja você mesmo. Não tem nenhum lugar para onde Bug pudesse escapar. Nós estávamos bem aqui. Todos nós. Tem algo de muito estranho neste lugar. Algo... como mágica. Sei lá — disse Ola.

— Como vou falar para o vovô que Bug simplesmente desapareceu de um jeito mágico? — Artis baixou a cabeça. — Precisamos de ajuda. Temos que encontrar Bug. E se estiver com medo, com sede ou com fome? E se os drones pegarem elu, pois é um alvo fácil? Talvez nunca... — Artis não conseguiu concluir o pensamento, mas outra coisa substituiu seu medo.

A raiva.

— Como pôde deixar isso acontecer? — perguntou ele, virando--se para sre. Tangí.

— Deixar? É como perguntar sobre um meio de impedir que a Terra "gire".

— Você enlouqueceu, nem se importa! Como pôde deixar uma criança desse jeito? Perdê-la!

O vento aumentou, rodopiando para longe do rio que espreitava por trás das árvores na fronteira da antiga ferrovia. Os pássaros que estavam ouvindo se refestelaram, abriam as asas e alçaram voo.

Sre. Tangí pareceu abalade, as palavras de Artis acabando com sua energia.

— Nunca feri uma criança na vida — disse sre. Tangí, sua voz suave e tranquila. — Nunca faria, nem poderia. Mas isso não impediu o mundo de tentar me ferir. Fui a criança que teve de aprender a viajar sozinha. Fui a criança que precisava prestar atenção em cada palavra, cada expressão, visão, som e fala minha. O mundo nem sempre foi gentil, nunca foi fácil, mas me mantive o mais forte que pude, o máximo que pude. Ninguém quis me ajudar, então eu me ajudei. E, mais tarde, quando envelheci, decidi que seria a ajuda que nunca tive.

Artis sentiu-se envergonhado. Engoliu em seco e enxugou as lágrimas das bochechas. Ola e Trell ficaram ao lado dele, tentando aliviar sua dor.

— Me desculpe...

— Tangí — disseram os três.

— Estou tentando ajudá-lo — disse ela. — Posso tentar explicar da melhor maneira possível, mas é melhor se você somente... ver com os próprios olhos.

Ela apontou para a arca. Todos fizeram o mesmo.

Artis parou na frente dela, olhando para a embarcação de verdade pela primeira vez. Absorveu as cores brilhantes, as placas antigas, os discos antigos que de alguma forma conseguiram não quebrar ou derreter durante todos esses anos. As revistas com as fotos antigas que penduraram como papel de parede, de alguma maneira não afetadas pela umidade ou pela luz solar. As latas e tampas girando, os tijolos vermelhos dispostos em uma fileira organizada. E, ao fundo, uma parede que Bug não poderia empurrar sem ajuda ou pela qual não conseguiria passar.

Tinha uma coisa no ângulo — na verdade, naquele lugar todo — que parecia muito familiar. Artis enfiou a mão no bolso e tirou um pedaço de papel amassado, um dos desenhos que Bug havia feito naquela manhã.

— Já vi este lugar.

— Sim, você viu — confirmou sre. Tangí. — Buguítis está aí.

— Mas não tem ninguém aqui! — exclamou Artis, confuso.

— Tem e não tem. Tenha paciência. Vai chegar antes que você...

— Bug! — gritou Artis.

Como se tivesse ouvido seu nome, a criança emergiu da arca, sem fôlego, com um grande sorriso de dentes tortos no rosto.

Artis ergueu Bug nos braços e rodopiou.

— U-hú! — gritou Bug. — De novo. De novo!

Sre. Tangí girou o bastão e sorriu, e o alívio iluminou seu rosto.

— Onde você esteve? — gritaram todos, falando ao mesmo tempo.

— E você cresceu lá dentro? — perguntou Artis, finalmente deixando Bug no chão. Alguma coisa estava muito estranha. O topo da cabeça de Bug costumava chegar apenas até o umbigo de Artis. Agora, Buguítis parecia ter aumentado de tamanho.

E, de certa forma, havia mesmo. Bug tinha voltado com muita esperança. Se o tempo havia levado a mamãe, talvez o tempo pudesse trazê-la de volta para casa. Bug sentia uma grande satisfação, como se estivesse acordando de um sonho lindo, seu desejo secreto mais antigo realmente podia se tornar realidade.

Artis afastou-se de Bug. Conseguiu sentir o cheiro familiar de sua mãe, o cheiro tomando conta dele e através das próprias lembranças. Era como se o cheiro tivesse desbloqueado algo precioso dentro de si.

— Eu me lembro disso — disse Artis. — Aonde, Bug, aonde você foi?

Bug tentou explicar, mas cada palavra que vinha à mente afastava a criança de onde realmente ela queria estar. Como explicar o que significava estar em plena paz, ter a mamãe ali e simplesmente poder sentar-se, desenhar, rir e conversar com ela?

Quando Bug pensava a respeito, não era como uma grande aventura nos vídeos do vovô. Não havia escalado uma montanha, corrido com lobos ou viajado em uma nave estelar para salvar o universo. Como explicar todo o tempo que Bug vivenciou, apenas acordando todos os dias, simplesmente ouvindo seu íntimo, expressando-se com plenitude, de um jeito natural, com mamãe encorajando Bug?

— Eu vi a mamãe — revelou Bug. — Pintamos e desenhamos, tantos desenhos. Sabia que a mamãe escrevia poemas? Ela leu alguns para mim. Não entendi muito bem, mas pareciam muito bonitos. Ela diz que adora meus desenhos e que eu sempre devo fazer quantas artes quiser. Ela disse mais uma coisa…

— Como sabe que era a mamãe? — perguntou Artis. Ele examinou Bug com cautela. Trell praticamente fez um check-up médico, perguntando-lhe um milhão de coisas que Bug de fato não poderia responder. Tudo o que Bug sabia era que definitivamente era a mamãe e que nunca se sentiu tão bem. Passaram tanto tempo conversando, pintando e desenhando, que era como um zilhão de festas de aniversário juntas.

— Se quiserem entender o que Buguítis acabou de vivenciar — disse sre. Tangí —, todos vocês terão de experimentar.

— Não vou subir lá — disse Trell.

— Você precisa ir — gritou Bug. — Todos vocês precisam.

— Por que, Bug, por quê? — perguntou Trell. Ele estava balançando a cabeça, *na-na-ni-na-não.*

— Porque você não pode construir um futuro se não sonhar com ele.

DENTRO DO ALTAR, O AR ESTAVA PESADO COM A UMIDADE, O PESO DO calor era pegajoso. A distância, as crianças conseguiam ouvir os drones disparando pelos céus como libélulas gigantes. Mas o ar estava cheio de uma sensação de mistério. Sentaram-se amontoados, empurrando-se de um lado para o outro, cada um tentando encontrar um canto onde pudessem caber de um jeito confortável. Esperaram, esperaram, mas nada aconteceu e, por fim, um por um, saíram de lá, derrotados.

— O que quer que tenha acontecido com Bug, acho que não vai mais funcionar — comentou Trell com tristeza.

— Como funcionou da primeira vez? — quis saber Artis.

— Fui só eu mesmo — disse Bug, reorganizando um tanto das artes que havia ali, acrescentando àquilo que sre. Tangí continuava chamando de altar. — Só vai ter que ser corajoso. Como eu! — acrescentou Bug, erguendo as mãos.

Ola, Trell e Artis se entreolharam. Ninguém queria ir primeiro. Finalmente, Ola deu de ombros.

— Eu vou.

OLA EMERGIU DAS SOMBRAS E DA NEBLINA E ENCONTROU A OFUSCANte luz e amarela do sol, os sons de aerocarros zunindo ao seu redor. Alguém apertou uma buzina alta. Assustada, ela teve de se abaixar para desviar de um caminhão de entrega marrom que passou meros centímetros acima de sua cabeça. Ola mergulhou no chão, sua camisa virou um borrão azul, e ela esfolou o joelho. Incrédula, observou o veículo de entrega tombar de lado, recuperar o controle e pousar na rua.

Mas não foi o fato de a arca de segunda mão que ela havia ajudado a construir para Bug ter sumido, ou de ela não poder mais ver nenhum de seus amigos ou sre. Tangí. Não foi o fato de ela claramente não estar mais na estranha clareira cheia de cacarecos velhos e trilhos de trem enferrujados que sre. Tangí chamava de "arte encontrada", e Ola achava tudo um lixo.

Nem era o fato de o horizonte parecer completamente diferente de tudo o que já tinha visto. O lado conectado dos setores era todo de linhas retas e arestas, vidro frio e brilhante e torres cinzentas que pareciam dentes podres e ossos secos. Ali, o céu estava cheio de árvores, grandes copas como os Jardins do Éden adornadas com estruturas orgânicas redondas e bem iluminadas.

Mesmo assim, não foi tudo isso que fez a mão de Ola tremer. O que a abalou foi algo que ela não conseguia explicar. Inconcebível que fosse o rosto dela que olhava para o seu próprio de um enorme letreiro iluminado, que trazia as palavras que ficariam para sempre gravadas na mente: BOAS-VINDAS À FREEWHEEL, ONDE TODA CRIANÇA TEM UM LUGAR.

Ola começou a chorar. Não teria se reconhecido se não fossem os olhos cheios de esperança no rosto da mulher, os dedos longos e finos nas mãos estendidas. Ela mesma. E era uma mulher, embora não tivesse certeza da idade. Ola não conseguia se lembrar de quando havia sorrido daquele jeito, com uma alegria descomplicada, esperançosa, confiante.

Diante de si, de um jeito impossível, estava a prova de um sonho que Ola ainda não sabia que tinha. Ela abraçou o próprio corpo, chorando baixinho, pensamentos em disparada, até que engoliu em seco e respirou fundo. Onde estava?

Ou, melhor ainda, *quando*?

Ola apoiou-se nos cotovelos, as tranças enroladas ao redor dos ombros. Observou um caminhão de entrega voador voltar e estacionar do outro lado da rua, bem na frente do que parecia ser uma mercearia de cem andares. Ali próximo havia estruturas habitacionais cobertas de grama. *Jardins crescendo em cima de casas?* Os olhos de Ola arregalaram-se com a visão. Nunca tinha visto tanta comida em toda a vida, nem mesmo nos vídeos.

Um homem largo e baixo surgiu de um conjunto de portas de correr que se abriam na lateral do caminhão. Ele saltou para o chão, o cabelo preto brotando como um arbusto debaixo do boné bonito. A preocupação brilhava em seu rosto enquanto olhava para os dois lados, até correr na direção de Ola.

— Sinto muito, senhora. Está tudo bem? — Ele ofereceu a mão a Ola e a levantou. Ola parecia confusa e o encarou com desconfiança. Nunca havia sido chamada de *senhora* antes. Estava prestes a lhe dizer que estava bem quando percebeu que a aflição do homem havia mudado de preocupação para outra coisa que não conseguia identificar.

— Ola? — gritou ele. — Tinha que ser justamente você que eu quase matei! — Ele balançou a cabeça, envergonhado. — Minha filha nunca me perdoaria. Ela é uma grande fã sua. Nem vai acreditar nisso!

Ola ficou parada, olhando, sem palavras e incapaz de acreditar em qualquer coisa, a exuberante cidade verde se espalhando ao seu redor. O ar tinha um cheiro fresco e doce. O motorista tagarelava, mas Ola não conseguia ouvi-lo. Sua mente não conseguia registrar nada.

Por fim, ela perguntou:

— Por que está falando assim comigo? Sou apenas uma criança.

Ela não sabia mais o que dizer.

— Uma criança? — Ele riu. — Ah, então você gosta de piadas, prefeita Ola, mas tem razão. — O homem apontou para o outdoor. — Não pode ter mais de trinta e nove anos, mas tem a visão de uma anciã. É a visão certa de que precisamos.

— Prefeita? — Ola balançou a cabeça. — Não, eu tenho onze anos. Faço doze anos em setembro.

— Sinto muito — ele voltou a se desculpar, seu rosto irradiando preocupação. — Não é todo dia que encontro uma lenda... ou quase atropelo uma. — Ele riu sem jeito, mas, em seguida, abaixou a voz, os olhos cheios do que Ola agora percebia ser gratidão. — Somos muito gratos à senhora, à sua equipe. Acreditamos no que a senhora já fez. No que faremos juntos.

"O Poder do Ainda."

Ela sempre quis abandonar o mundo que havia esquecido sua família e todos os outros abandonados nos arredores das Cidades de Luz. Imaginou renunciar a esse mundo, mas ainda não havia imaginado o que poderia substituí-lo. Estar imersa em um lugar que havia escolhido com a intenção de abandonar os mundos sombrios de silício e fibra de carbono e abraçar outra coisa deixou Ola se sentindo tão leve, como se seus pés não coubessem mais nos sapatos.

Os setores antigos e a Nova Aurora, com suas Tochas e falas de luz que escondia sombras escuras, nada tinham do brilho verde-azulado que pulsava nas estranhas ruas desta cidade.

Pensar que ela pôde ter participado de sua criação plantou uma semente de esperança em Ola que ela nunca queria esquecer.

— Onde estou? — perguntou ela com timidez.

Intrigado, o motorista a encarou, em seguida apontou na direção da placa brilhante.

— Freewheel, a cidade que a senhora criou? A senhora está bem? — Ele mesmo respondeu: — Claro que não, que grosseiro da minha parte. Só um segundo.

Ele disparou pela rua enquanto os veículos passavam em alta velocidade no ar. Ola o observou levantar a palma da mão diante do painel lateral da caminhonete. Voltou às pressas com uma sacola marrom de mercearia apertada contra o peito. Enfiou a mão lá dentro e entregou a Ola um pedaço de fruta fresca, a coisa mais deliciosa e linda que já tinha visto.

— Minha filha adora tangerinas. Temos de implorar para ela comer outras coisas. Achei que talvez a senhora gostasse delas também.

— Não posso aceitar isso do senhor — respondeu Ola. Frutas frescas, qualquer coisa fresca era um deleite muito raro.

— Considere um presente. Por sua causa, minha filha tem uma casa, e uma boa casa, e um jardim também. Cultivamos a maior parte de nossa comida. E estamos seguros. Foi tudo o que sempre quisemos. Ficarmos juntos e seguros. É o mínimo que posso dar para a senhora. Obrigado, Ola.

Confusa, mas animada, ela aceitou a oferta e inspirou a fragrância cítrica, passando o polegar pela superfície irregular e rugosa da fruta. Estava cravando a unha nela quando um drone de segurança desceu da faixa brilhante no ar, os veículos cruzando o céu. Ola entrou em pânico. Com as costas eretas, deixou cair a fruta preciosa, mantendo as mãos trêmulas ao lado do corpo.

— Saudações, Olagunde 32917. Sentimos angústia. Prepare-se para um escaneamento de saúde e bem-estar de cortesia — zumbiu o drone. Não maior que um capacete, o drone era uma elegante criação verde e dourada, com uma cor mais parecida com mariposa, menos metálica. O aparelho zumbiu, e luzes suaves piscaram na tela de exibição da interface. Ola ficou apavorada.

Um raio saiu do corpo liso do drone e cobriu Ola com um cone de luz azul que circundou sua cabeça, uma coroa índigo. Os drones que ela conhecia tinham luzes vermelhas e assustadoras.

Ela ficou tensa e preparou-se para a paralisia desconfortável, a sensação de violação, a dor e a vergonha que acompanhavam todas as sondagens dos drones. Em vez disso, Ola sentiu um calor que pareceu acalmar o espírito. Ela sentiu cheiro de camomila e capim-limão. Passaram-se mais alguns segundos antes que percebesse que a luz azul do drone havia começado a curar as pequenas esfoladuras em seu joelho.

— Escaneamento completo de saúde e bem-estar, Olagunde 32917. Como está se sentindo? — perguntou o drone, a voz suave e reconfortante, não o brusco tom monótono dos drones cujas palavras eram uma ordem.

Ola ficou fascinada.

— Melhor — respondeu ela de modo educado. Ela queria tocar o drone-mariposa, conversar com ele e descobrir como havia sido projetado. Mas Ola apenas balançou a cabeça e imaginou quantas outras coisas estavam de cabeça para baixo naquele novo mundo ao contrário.

Intrigada com, bem, com tudo, observou em silêncio enquanto o drone-mariposa se virava para o motorista do caminhão de entrega e realizava uma varredura semelhante. Depois que o drone confirmou a sensação de bem-estar do motorista, recuou um pouco, como se para encaixar Ola e o motorista em seu campo de visão.

— Vocês dois precisam ter mais cuidado. Escaneamentos de tráfego revelam que nenhum de vocês estava prestando atenção ao seu entorno. — O drone virou-se para o motorista. — Tenha um bom-dia, Daveed 29424 — disse ele, depois voou para longe, deixando atrás de si um leve zumbido.

O motorista assentiu com a cabeça e se virou para Ola.

— Aliás, meu nome é Dave. Estou bem feliz que você esteja bem. Muito obrigado por ser tão gentil. Não sei o que eu teria feito se... Bem... — Ele sorriu com gratidão brilhando nos olhos. — De qualquer forma, desejo paz e progresso interior à senhora, o Poder do Ainda. Fluímos.

Então, Dave saudou Ola com dois dedos e voltou correndo para seu caminhão de entrega.

Ola mal havia organizado os pensamentos quando outro drone de formato estranho apareceu do nada. Nao parecia ser feito de silício, ou pelo menos nenhum que Ola já tivesse visto. Listrado em preto e branco como uma zebra, suas lindas asas finas — um cruzamento entre as de uma libélula e as nadadeiras de um peixe — ondulavam e pulsavam como se estivessem se movendo em câmera lenta. Flautas suaves e sinos de vento salpicavam o ar, ficando um pouco mais altos à medida que se aproximavam. O drone peixe-leão zumbiu com suavidade ao redor da cabeça de Ola conforme o caminhão de entrega subia cerca de um metro acima de sua vaga de estacionamento e avançava pela rua.

— Ola-Ola-ei! — cantarolou o drone peixe-leão em voz baixa que fez Ola rir mesmo sem querer. Ela ficou tensa, mas relaxou depois da experiência relativamente agradável com o primeiro drone de saúde e bem-estar. — Minha nossa! Tenho procurado por você em todos os lugares. — Ele fez uma dança tremulante no ar. — Escaneando seu itinerário e arquivos de projeto. Ai! Você está atrasada para seus compromissos e, lembre, espera-se que compareça à recepção do artista esta noite.

Ola conseguia ver seu reflexo no rosto redondo e espelhado do drone. Era ela e não ela. A Ola que ela era e a Ola que ela poderia se tornar. Curiosa, resolveu entrar no jogo.

— E você é?

— Não faz tanto tempo a ponto de você me esquecer. Mas se precisa perguntar, sou Lọwọ, seu *olùrànlọwọ*, companheiro.

— Meu companheiro, como meu assistente? Um assistente pessoal?

Lọwọ assentiu. Ola soltou um gritinho.

— Claro — confirmou Lọwọ. — Você mesma me projetou e me batizou. Certamente se lembra, não?

Surpresa e orgulho encheram Ola. Encarou as próprias mãos e depois o drone. Só havia fugido deles antes, nunca tinha imaginado criar um só seu. Trell e Artis sempre disseram que ela conseguia consertar ou construir qualquer coisa. Nunca acreditou neles, mas ali estava a prova — se é que um sonho pode ser prova de alguma coisa.

Começava a acreditar que era exatamente isso que os sonhos podiam fazer.

— Onde será a recepção? — perguntou ela.

— No Centro de Arte e Cura, claro. Você está bem, senhora Ola? Não parece estar. — O drone inclinou a "cabeça" vacilante em um gesto que Ola reconheceu: o seu.

— Sim, estou, mas me diga uma coisa — pediu Ola. — Onde fica esse… centro de cura?

O drone peixe-leão fez um som de estalo de língua como o da mãe de Ola, suas asas batendo com ansiedade. *Esses drones são legais, mas ainda conseguem ser bem expressivos*, pensou Ola e sorriu. Aquele ali era adorável.

— Prefeita Ola, a senhora sabe melhor que ninguém onde fica. A senhora ajudou a concebê-lo. Bem ali — disse Lọwọ, apontando com a ponta preta de uma de suas asas direitas.

Ola virou-se e viu um impressionante edifício em forma de um aglomerado de cristal erguendo-se em um ângulo acima de exuberantes casas com jardins no telhado. Luzes âmbar e roxas brilhavam ao redor.

— É espetacular! — gritou Ola.

— É isso mesmo — confirmou o drone peixe-leão, parecendo sorrir-lhe. — Mas a senhora está atrasada para sua consulta com o idealizador de planejamento civil e engenharia e… — Lọwọ fez uma pausa como se lesse uma lista interna. — Uma passada rápida no cabeleireiro antes da recepção. Gostaria que eu chamasse um carro? Ou, se preferir, eu mesmo posso transportá-la até lá.

— Cabelo? — perguntou Olagunde, tocando a cabeça com um tanto de vergonha. — Não, hum, por favor, reagende tudo isso — gaguejou ela. — Por favor, envie minhas desculpas. Posso ir andando até a recepção.

— Tem certeza?

Isso é tão impressionante.

— Tenho — disse ela depois de dar um suspiro profundo e tranquilizante. — Consigo encontrar o caminho.

— Sim, senhora Olagunde — disse Lọwọ, inclinando a cabeça na outra direção. Por um momento, seu tom soou como o de sua mãe. — Fica logo ali, passando pelo Parque Arca das Crianças.

Ola abriu um sorriso largo.

— Obrigada, Lọwọ.

— Por nada, *Ola-Ola-ei*!

Durante a caminhada, Ola absorvia todas as imagens e sons daquele maravilhoso mundo novo que havia encontrado. Tão diferente das comunas do Setor Sete e do Setor Nove. Mas o que mais a impressionou foram as coisas que ela não via. Nenhuma rua suja transbordava de pessoas cansadas, ansiosas e famintas. Nenhum palete estava empilhado em becos perigosos. Ninguém estava desabrigado, como ela e seus pais ficaram quando a mãe e o pai de Artis e Bug os ajudaram. Notou como os prédios cintilavam na mudança de luz, como a comunidade estava cheia de verde crescendo — não cromado brilhante de parede a parede ou concreto opaco e manchado de dor. Como a cidade irradiava cuidado e compaixão e não o medo e o grande sentimento de carência que permeava a chamada Cidade da Luz com suas terríveis "Tochas".

Havia até instalações públicas de verdade, onde qualquer um podia lavar as mãos ou tomar banho e saber que estaria sempre limpo e seguro. Foi então que Ola percebeu, com certo espanto, que em todos os quarteirões que havia percorrido naquela nova Freewheel, que nenhuma das pessoas que vira tinha aparência de faminta ou parecia não ter outro lar senão a rua.

Mais importante ainda, Ola começou a notar o rosto das pessoas por quem passava. Pessoas de todas as identidades, nações e idades, parecendo felizes, protegidas, bem alimentadas, lembradas. Era uma cena maravilhosa se ver, verdadeiramente ver, e não passar por cima ou espreitar como se não existisse, como se não devesse existir. Ali, Ola conseguia sentir a paz que vinha daqueles que perambulavam com facilidade, que eram mais do que tolerados, eram respeitados, honrados, amados.

Ah, viver em um mundo que enxergava e valorizava as pessoas!

Até os drones eram diferentes ali, codificados com algoritmos, uma geometria sagrada que de fato incorporava a dignidade e a humanidade de uma pessoa. Os únicos drones que ela conhecia eram do tipo que perturbavam e apagavam. Alertavam os oficiais de Padrões que escoltaram para longe as pessoas que ela admirava e amava em sua comunidade — como a mãe e o pai de Bug e Artis. Mas não ali, não naquele lugar de verdor e sonhos iluminados por pedras preciosas.

Esperava sempre lembrar-se de tal serenidade e graça — um mundo onde a bondade fluía em correntes.

Ola parou dentro de uma loja quando uma capa de livro chamou sua atenção. Era uma história de Freewheel. Folheou as páginas, lendo com agilidade. Uma passagem marcou-a.

> *... grato que a Era da Desunião das Máquinas, uma época terrível, ficou na história e não é nosso futuro. Desde aqueles dias sombrios, sistemas autônomos e pessoas desfrutaram de décadas de paz e prosperidade incomparável — para todos. Muitas bênçãos aos que lutaram por uma nova forma de ser. Agradecemos muito aos colaboradores de ALTAR, a Anos de Luz, Tecnologia, Amor e Rejuvenescimento.*

A lista dos contribuintes fez com que ela largasse o livro e corresse, pois viu ali seu nome incluso com destaque, assim como o de seus queridos amigos.

Os pensamentos de Ola rodopiavam, círculos concêntricos de ideias e suposições. Quanto mais achava que entendia, mais não entendia nada. Seu peito apertou-se à medida que esperanças, imagens e vozes não ditas se elevavam dentro de si, lutando para ir de seu coração ao cérebro. Enquanto corria, viu anos de sua vida que ainda não havia vivido. *O Poder do Ainda*, dissera o motorista. Ela se viu emergindo da turbulência e da crescente inquietação cívica causada pelas constantes batidas de segurança, detenções e limpezas mentais em massa — o Nuncamente — na Casa da Aurora. Viu-se terminando o ensino médio com Trell, orientando Bug, mudando-se para um dormitório universitário, graduando-se em cursos avançados de engenharia de sistemas cibernéticos e planejamento urbano, cura comunitária e psiquiatria. O livro de história dizia que havia uma nova era de cooperação incomparável entre pessoas e pessoas, pessoas e máquinas, e ela viu como ela havia sido — seria — parte disso.

Sem fôlego, Ola se viu diante do parque que Lọwọ havia apontado. Lia-se em uma bela placa em arco no alto PARQUE ARCA DAS CRIANÇAS.

Quando Ola entrou pelos antigos portões de ferro fundido que pareciam sinais e símbolos, selos de outra época, foi recebida pela gargalhada das crianças. Algumas brincavam em estruturas parecidas com carrosséis; outras balançavam e ziguezagueavam em uma pista colorida de obstáculos. Outras ainda subiam escadas que os levavam para dentro de casas nas árvores. Gangorras e algo que parecia com mochilas a jato preenchiam o espaço aberto. Mas foi a estrutura no centro de tudo que chamou sua atenção.

Balançando a cabeça, Ola caminhou até parar ao lado do primeiro rosto esculpido. Ali, entre árvores e belos jardins floridos, estavam as quatro esculturas misteriosas que Bug havia descoberto. Quando viu a letra *B* gravada com caligrafia infantil, pela primeira vez desde que havia chegado ali, Ola soube exatamente onde estava.

— Olhem! É a prefeita Ola — sussurrou uma criança. Um grito elevou-se, e uma pequena multidão se reuniu ao redor dela, cantando com doçura uma música que ela conhecia tão bem.

— *Ola-Ola-ei* — uma voz familiar, a de Trell, falou de algum lugar no fundo de sua mente.

— OLA, ACORDE. CONSEGUE ME OUVIR? — AQUELA VOZINHA ESGAniçada parecia a de Bug.

Então, em um piscar de olhos, todos os prédios de pedras preciosas, exuberantes e cobertos de videiras, desapareceram. O Parque Arca das Crianças também, mas Ola ainda conseguia ouvir as risadas alegres das crianças, sua adorável canção. *Ola-Ola-ei!* Em um piscar de olhos, a velha Freewheel substituiu a nova, e Ola se viu de volta dentro da arca improvisada no cruzamento da ferrovia. Com o mato alto e o rio atrás dela, a Casa da Aurora, um dragão sombrio que espreitava ao longe, ela emergiu, com determinação nos olhos.

Sua mente e seu corpo ainda pulsavam e latejavam com vozes desencarnadas, lembranças desconectadas que puxavam o próprio centro de sua essência. O ar carregado dividiu-se em torno dos ombros.

O corpo de Ola não havia mudado, nem os cabelos ou as unhas, os olhos ou as mãos — aquelas mãos construtoras, talentosas e criadoras. Mas alguma coisa em seu espírito mudara. Tudo o que tinha visto, tudo o que veria. Ela voltou com um corpo inteiro, um espírito dividido em dois — uma metade que sabia o que já havia sido e uma metade que era nova em folha. Duas pessoas distintas, como uma haste de madeira de lei cortada no grão.

Como se estivesse atordoada, Ola olhou ao redor e encontrou Bug e Artis parados à direita. Sre. Tangí espiou por cima dos ombros dela.

— Minha nossa, Ola, por que você está assim? — perguntou Trell.

— Foi tão bonito! — disse ela e abraçou Bug com força.

Trell e Artis entreolharam-se e se juntaram ao abraço coletivo.

— Vejo que você voltou, viajante. — Sre. Tangí acariciou sua bochecha.

— Conte-nos o que viu.

As tranças de Ola balançavam enquanto ela agitava as mãos em frenesi, descrevendo as maravilhas que vira.

— Não sei o que está acontecendo aqui — disse Trell , sua voz imitando a que vovô usava sempre que flagrava as crianças fazendo algo ruim —, mas acho que vou descobrir.

Ele estendeu os braços longos e se curvou para rastejar para dentro da arca. Fez uma apresentação grandiosa, mas a verdade é que, se os outros não estivessem ali, Trell teria desistido de pronto.

— Como deixei me convencerem disso? — resmungou Trell, seus olhos ajustando-se à escuridão apertada dentro da arca. Tentou sentar-se como Bug havia dito para fazer, mas as pernas de Trell eram muito longas, e toda vez que tentava dobrar os joelhos ficava preso, esfregando-se contra a parede dentro da arca. Ele encolheu-se e xingou baixinho — Trell odiava ficar sozinho no escuro.

— Não se preocupe, Trell — disse Ola, como se lesse sua mente. Sua amiga sempre o protegeu, como a irmã que nunca tivera. Apesar de seu humor e das risadas, e da altura extra que às vezes fazia os outros pensarem que era mais velho do que era, Trell carregava muito medo dentro de si. Preocupava-se com o alvo invisível em suas costas, já que os drones tendiam a selecioná-lo para escrutínio e assédio extras, mesmo quando estava ajudando o pai a entrar e sair da cadeira de rodas. Preocupava-se em ser apagado na escola em certas aulas, onde sua mão levantada, sem falar de sua voz, nem sempre era bem-vinda. Adorava ciências e biologia, gostava da certeza da matemática, do conforto que ela trazia, de saber que alguns problemas talvez tivessem respostas de verdade. Trell preocupava-se com o caminho de volta para casa, imaginando se aquele seria o dia em que não conseguiria evitar uma briga, tendo de se defender dos garotos mais velhos que o viam como uma presa fácil, socando para seu alívio e entretenimento.

Mas sua maior preocupação era com o pai. Como a doença estraçalhou o sistema imunológico do pai e deixou os membros, outrora poderosos e fortes, incapazes de sustentar seu peso por longos períodos de tempo, seus sonhos não realizados pesavam sobre os ombros do jovem Trell, assim como o peso morto de segurar o pai pesava sobre os joelhos e as costas de Trell. Às vezes, sentavam-se juntos após uma refeição, e o pai repassava vídeos antigos de sua juventude. Ele contou a Trell sobre as vezes em que perseverou, em que teve alguma vitória pessoal. O olhar distante que seu pai exibia na expressão levava um brilho enevoado aos de Trell, que não queria ser privado em sua juventude, a vida desacelerada por minúsculos glóbulos brancos que ele não conseguia enxergar.

No entanto, não era o medo de que a doença fosse hereditária ou de que a família parecia nunca ter pontos suficientes para cobrir até mesmo os procedimentos médicos mais básicos de que seu pai precisava. Era o tempo. O tempo que fora roubado não apenas de seu pai mas também de sua mãe, de Trell e de todos os outros na comuna que sofriam de problemas de saúde física ou mental e não tinham aonde ir. O horror daquilo deixava Trell com tanta raiva que às vezes sentia como se pudesse abrir um buraco no mundo inteiro, mas sabia que não podia. No entanto, a raiva em seu peito às vezes era tão pesada que era como se não conseguisse respirar, como se todo o sangue que bombeava nele estivesse cheio de fogo e veneno, explodindo como enxofre nos velhos vídeos de desenhos animados.

Então, Trell ria. Virou o brincalhão, o embusteiro astuto, aquele que sempre verificava e controlava, provocando risadas e o sorriso largo, largo com todo aquele *não atire em mim, não me soque, não me apague* para tornar o dia de todos um pouco mais fácil, para que se sentissem mais confortáveis em sua presença e se sentissem seguros — um sentimento com que ele não vivia na maioria dos dias —, quando o viam, para que os golpes fossem mais suaves, que diminuísse a humilhação que ele sentia quando sua mão erguida nunca era vista, para fazer acalmar a raiva que dormia com ele à noite e se levantava pela manhã quando acordava, acalmasse tudo.

Trell grunhiu e tentou equilibrar-se, agachando-se dentro da arca. Ele inclinou-se para a frente, mas seu pé escorregou, e ele bateu com a testa em alguma coisa dura, uma coisa que apareceu no espaço cada vez mais escuro, algo que não conseguia enxergar. A força do golpe enviou ondas de cores brilhantes piscando diante de seus olhos, preenchendo o espaço com uma escuridão tão estonteante, tão onipresente; era como se ele pudesse estender a mão e agarrá-la na mão, capturá-la com um punho.

A dor foi mais forte do que Trell esperava. Embora estivesse sozinho, ainda se concentrou em segurar as lágrimas. Sempre estava escondendo alguma coisa. Algumas noites, desejava poder simplesmente deixar tudo para lá. Trell esfregou os olhos com os nós dos dedos esfolados, esperando mais escuridão, mas, quando olhou em volta, não estava mais na arca.

Trell viu-se no meio da rua, diante dele sua casa, mas ele não estava em pé, estava curvado, inclinado para a frente. Era bem cedo. Parecia haver mais árvores nas ruas do que Trell se lembrava, e a casa parecia em melhor estado. O ar tinha um aroma mais doce, como o final da primavera ou o início do verão. Trell ouviu uma voz que parecia familiar à sua direita, mas era impossível, porque seu avô... não podia ser... ele estava havia muito...

— Em suas marcas! — disse a voz familiar.

— Vovô! — gritou Trell.

— Preparar!

Ele olhou para a esquerda e quase teve um sobressalto de susto ao ver o pai ao seu lado, de shorts e camiseta folgada. O pai piscou para Trell, o rosto cheio, as olheiras que uma vez eclipsavam seus olhos como luas pálidas haviam desaparecido. O pai estava equilibrado, forte, pronto para correr pela rua e levantar voo.

— Já! — gritou vovô da calçada.

Com os músculos ondulando nos braços e pernas, o pai de Trell abriu um sorriso brilhante, cintilante como uma manhã de domingo, antes de sair em disparada. *O que é isso?* Na maioria dos dias, a dor permeava as articulações e os ossos de seu pai e o fazia passar grande parte do dia na cama, fingindo sentir-se melhor do que de fato estava. Mas, naquele momento, tudo o que Trell conseguia ver era a parte de trás dos calcanhares do pai, a sola de seus pés. Papai estava voando baixo!

— É melhor você correr, Tre-Tre! Ele estará bebendo água na sombra enquanto você ainda vai estar comendo poeira! — berrou Vovô.

Trell riu.

— Tenho uma coisa para ele — disse ele e disparou como uma estrela cadente. Havia esquecido o quanto adorava correr, a sensação de mexer os braços, os joelhos subindo e descendo, cortando o espaço, voando alto sobre o solo. Quando corria, esquecia as preocupações, esquecia as decepções, a raiva e o medo. Era como se seu corpo queimasse por completo todas as emoções contidas, todas as coisas que tentava esconder quando se movia pelo mundo no ritmo *delas*. Quando corria, não precisava ir para um lado ou para o outro, suas pernas e seus braços longos e esguios apenas fazendo exatamente o que foram feitos para fazer. Ele movia-se. Movia-se como se a gravidade não pudesse segurá-lo, como se fosse parte do ar, e o ar fosse parte sua.

Correr era algo que ele e seu pai adoravam fazer juntos, mas não o faziam desde que seu pai ficara doente. Tudo mudou quando a doença começou de forma lenta mas segura a transformar o corpo de seu pai em algo que nenhum dos dois reconhecia.

Mas não era de correr juntos que Trell sentia falta, mas do tempo que perdiam. Grande parte dos dias e noites de seu pai eram gastos na tentativa de lidar com a dor. Partia em mil pedaços o coração de Trell e de sua mãe ver a pessoa que amavam sofrendo — e não conseguir fazer nada a respeito. O que deixava tudo pior era saber que não havia aonde ir. Não se ouvia falar em seguro-saúde nas comunas. Ninguém tinha pontos suficientes nem para arrumar os dentes, muito menos custear um tratamento para uma doença crônica. Apenas aqueles que viviam no lado conectado dos Setores Sete e Nove tinham a chance de receber tais cuidados.

O que mais doía era que o pai lutava muito para que não o vissem lutando. Fingia estar bem todos os dias que conseguia, tentando parecer como se não estivesse controlando o pior tipo de dor.

Mas os sonhos que o pai já tivera para si agora recaíam em Trell. Todos os dias, Trell ouvia o que estava em jogo, o que precisava fazer para ter sucesso e ter uma chance de sair das comunas. No entanto, Trell nunca sentira que podia viver à altura desses sonhos. Agora, ver seu pai saudável de novo, movendo-se como se nada pudesse detê-lo, deixou Trell curioso sobre um mundo onde aquilo era possível.

Então, Trell corria, apostando tudo o que tinha em seus braços e pernas, pensando em como momentos antes toda a corrida teria sido inconcebível.

Quando chegou ao final do quarteirão, descobriu que o pai estava se alongando, esperando por ele.

— Falei que ainda tenho lenha para queimar — gritou o pai de Trell em tom de vitória. — Você sabe que as pessoas podem voar! Nós sempre carregamos aquele fogo!

Trell estava sem fôlego e mal conseguia falar. Ficou surpreso quando seu pai praticamente o ergueu no ar, abraçando-o. Fazia muito tempo que o pai não era tão afetuoso.

Mas a preocupação se instalou.

— Papai, não podemos exagerar. Você pode ficar tonto e...

O pai parecia confuso.

— Tonto? Perdi alguma coisa, Trellis? Jovenzinho, foi você quem perdeu! Podemos tentar outro dia se quiser se redimir. Tenho certeza de que seu avô e sua mãe já botaram alguma coisa boa na churrasqueira.

Trell conseguia lembrar-se da doença avançando pelo corpo do pai como um vento perigoso, fazendo os pulmões tremerem, corroendo os músculos, em alguns dias deixando-o fraco demais até mesmo para comer. Às vezes, Trell e sua mãe se revezavam, fazendo a sopa do pai, tentando temperá-la um pouco, apenas o suficiente para dar um toque de sabor, mas não tanto a ponto de ele não conseguir engoli-la. Ele lembrou-se dos dias em que a mãe se trancava no banheiro e seus lamentos suaves passavam por baixo da porta. A doença havia tomado mais que tempo de todos eles.

— Você não está mais doente? — perguntou Trell com cuidado.

— Doente? Trell, você sabe que superamos isso faz alguns anos. Não tive uma recaída desde aquela época.

— Mas como? — perguntou Trell. — Aonde você foi?

O pai pegou a mão dele e fitou seus olhos.

— Acho que está com insolação. Trell, você e sua mãe estavam bem do meu lado. Sabe que tive o melhor médico que se podia querer — disse ele com uma piscadela. — E todos os dias sou grato a você. Agora, venha, vou voltar correndo com você!

Rindo, correram até que o som de sua corrida fosse o de água corrente, até que o passado fosse uma lembrança distante que Trell ainda não havia vivido. Ele correu, pensando que nunca queria parar, nunca queria parar de estar naquele momento. Ele correu o mais rápido que suas longas pernas permitiam, mas não achava que poderia superar o passado, então, prometeu a si mesmo que encontraria uma maneira de correr em direção ao futuro.

— Eu sei quem você viu — disse Ola. — Consigo ver no seu rosto inteiro.

Trell parecia calmo, centrado, como se tivesse recebido a resposta para uma pergunta que temia fazer. Não sabia exatamente ao certo como explicar o que tinha visto, ou mesmo como estava se sentindo, mas tentou. As palavras saíram-lhe aos tropeços. Quando terminou, acenou para Ola e caminhou até sre. Tangí, que aguardava.

— Obrigado, sre. Tangí.

— Não precisa me agradecer. Agradeça à terra. Agradeça ao sol e às estrelas. Àquele rio. Você está firme em sua verdade.

— Artis, sei que você não quer, mas acho que deveria testar a arca — disse Trell.

Artis desviou o olhar.

— Não precisa se não quiser. A arca não é uma prisão, é uma porta aberta. Você só pode passar por ela se realmente quiser. Mas se quiser — disse sre. Tangí —, tem uma coisa a fazer antes que você possa ir. Venha comigo.

Artis e as crianças seguiram as vestes brancas e esvoaçantes de sre. Tangí até as quatro pedras esculpidas.

— Oeste! Oeste! — gritou Bug. — Artis, você tem que esculpir seu sinal no rosto de pedra.

— A primeira letra do seu nome. — Sre. Tangí entregou-lhe a lâmina ornamental. — Lembre-se, o que quer que você crie, faça-o com grande intenção. Ponha seu coração nisso. Nada mais, nada menos.

Quando Artis terminou, ele olhou para sua obra e riu.

— Esse foi o *A* mais fácil que consegui!

Trell e Ola riram enquanto Bug andava ao redor da escultura de pedra, as palmas das mãos roçando aquele rosto.

— Parece um cavalete de pintura — comentou Bug.

— Sim, parece mesmo. Venha cá, Bug — disse Artis. A criança estendeu a mão. — Sabe que eu nunca abandonaria você, certo?

Bug fez que sim com a cabeça.

— Nem precisava falar — respondeu Bug. — Eu já sei.

Com escuridão e calor pressionando por toda parte, Artis imaginou o que encontraria dentro da arca. Parte dele ainda queria acreditar que Bug estava lhe sacaneando, Ola e Trell também. *Talvez tenham inventado tudo isso*, pensou Artis. *Talvez houvesse uma porta escondida lá dentro*. Mas nem seus olhos nem seu coração o enganavam. Existia alguma coisa maravilhosa, alguma coisa que levou Buguítis e os amigos para longe, mesmo que apenas por um tempo, da tensão da Cidade da Luz, das comunas e dos intermináveis drones e oficiais de Padrões.

Um conto de fadas saído dos velhos livros do pai, aqueles que ficaram para trás quando as autoridades chegaram e o levaram. Mesmo que Artis quisesse acreditar que aquela era apenas mais uma de suas histórias inventadas que ele contava para confortar Bug nas noites em que nenhum dos dois conseguia dormir, sabia que não poderia ser como um daqueles personagens incrédulos dos vídeos do vovô. Ao contrário de Ola e Trell, Artis tinha visto os desenhos de Bug, os que elu fez muito antes deste aniversário. O que descobriram na antiga Freewheel abandonada, os rostos de pedra com estranhos entalhes, o clubinho improvisado que construíram juntos que Bug chamava de "arca" e que sre. Tangí chamava de "altar" — tudo isso podia ser encontrado nos pedacinhos de arte que Bug desenhava desde que tinha menos idade ainda. Como uma criancinha podia saber que um dia todos chegariam àquele último cruzamento ferroviário?

Gotas de suor escorriam pelo pescoço de Artis e faziam a camiseta grudar na barriga. Artis não queria demonstrar medo e nunca desejou vê-lo refletido nos olhos de Bug. Já haviam passado por muitas coisas, sofrido várias perdas. Todos os dias, ele e vovô tentavam ajudar Bug a acreditar que poderiam vencer. Artis não tinha certeza se ainda acreditava nisso, não até aquele dia, quando Bug encontrou o que Artis havia parado de procurar: esperança.

Vovô e até mesmo os amigos de Artis acreditavam que a Nova Aurora era a coisa mais perigosa do seu mundo. Mas Artis sabia que não era verdade. A esperança era. Ter pouco demais, ter muito. Tentar trabalhar esse equilíbrio invisível para não ser esmagado, mas também não ficar à deriva era um trabalho que Artis nem sempre se sentia forte o suficiente para fazer. Às vezes, doía demais ter esperança. Melhor apenas *ser*, aceitar o que vier da forma mais graciosa que puder, porque viria de qualquer forma, quer queira quer não.

Artis enxugou o pescoço com as costas da mão larga e ajeitou a camisa sobre a barriga. Estava muito escuro dentro da arca. Olhou ao redor. Algo havia mudado — ele sentia essa mudança zumbindo nos ossos. Ainda conseguia ouvir as crianças correndo ao redor da arca, sussurrando sobre o que tinham visto, o que tinham testemunhado. Ele ouviu Bug e Ola rindo, Trell fazendo um rap. Sre. Tangí entrou em um freestyle — ela realmente tinha um *flow*. Artis sorriu. Não importava o que acontecesse, de algum modo as crianças mais novas sempre conseguiam ficar animadas.

Artis imaginou Trell dançando ao redor da arca com Ola e Bug seguindo cada movimento seu. Divertindo-se com o pensamento, desejando poder rir e fazer rap e somente estar com as outras crianças, Artis se inclinou para a frente, pressionou sua orelha contra a superfície quente e escura do interior do altar, e, em seguida, alguma coisa dentro de si mudou, como se acionasse um interruptor.

Em um momento, estava encolhido na arca de Bug, no altar de sre. Tangí; no momento seguinte, ouvia murmúrios suaves e o que parecia ser…

Jazz.

A música que seu pai costumava ouvir nas manhãs de domingo. Lembranças inundaram a mente de Artis, imagens do pai tomando uma taça de vinho em silêncio. O tempo e a alegria que dedicava a explicar a história e as qualidades especiais dos ritmos e dos instrumentos. Como o baterista manteve o compasso, reunia todos enquanto o trompete e o saxofone adicionavam suas vozes de metal à mistura e o piano se movia em um ritmo próprio.

Lembrou-se da intensidade do pai enquanto criava sua arte, uma pintura em que trabalhava entre os turnos, ouvindo um dos novos poemas da mãe.

O peito de Artis ficou apertado, a garganta parecia ter um nó. A tristeza encheu os olhos, ela e a saudade de uma vida que não havia sido arrebatada justamente quando Artis começava a apreciar a beleza da música, justamente quando pensava que talvez ele próprio se interessasse por arte.

Ele estremeceu. Talvez fosse por isso que nunca havia tentado. Ver os pais, os dois artistas, serem tirados, sem necessidade, de sua família, de Bug, dele, fazia Artis sentir às vezes que criar não valia o risco. Mas ele não podia tirar essa alegria de Bug, que empenhava todo o coração em sua arte.

O som da música ficou mais alto. Artis apoiou as mãos na parede da arca, sem saber o que estava acontecendo. A parede cedeu um pouco, o que o surpreendeu, pois não havia porta para a arca, e a entrada ficava do outro lado. Uma luz amarela e suave traçou o contorno da abertura no escuro à sua frente. Nesse momento, as vozes e risadas ficaram mais altas.

Assustado, Artis se preparou, movendo-se como se estivesse em um sonho. Ele rastejou adiante, em seguida se levantou, percebendo que o espaço ao redor havia se expandido. Confusão e curiosidade o forçaram a avançar, seus olhos rastreando o filete de brilho amarelo que cintilava dentro da escuridão. Espiando por essa fresta, Artis viu uma cena surpreendente se desenrolando diante de si.

Pessoas lindamente vestidas — homens, mulheres e não binários, sem falar nas crianças — conversavam em pequenos grupos. Paredes altas estavam cobertas com a arte mais notável, cores ousadas e formas maravilhosas, e algo nas pinceladas e na paleta de cores parecia familiar. Nervoso, Artis saiu e descobriu que a porta não estava mais atrás de si. A arca, a clareira, tudo o que ele conhecia havia desaparecido.

Passou pelas portas de correr de um grande saguão. O edifício, em forma de pedra preciosa gigante, impressionava. À esquerda, havia uma bela fonte com água amarela e laranja subindo pelos ares. Lia-se em uma placa: ÁGUAS DE TANGERINA. Ele caminhou, constrangido, ciente de que não estava vestido de modo adequado, mas os outros ao redor apenas sorriram e acenaram com a cabeça quando o viram. *Como se me conhecessem*, pensou Artis. Imaginou o que viam nele que ele não via em si.

Artis caminhou até um retrato que ia do chão ao teto, e a alegria brotou em seus olhos ao ver na pintura alguém que só podia ser sua mãe.

— *Ela é linda, não é?*

— *Bem, este é o meu favorito.*

Artis virou-se para ver a arca. Não a arca de verdade, mas uma pintura da arca. Artis a reconheceria em qualquer lugar. Os quatro rostos de pedra erguendo-se da terra verde, formando um diamante. O círculo sagrado com os rios fluindo ao redor.

Mesmo quando Bug tinha muito menos idade, ficou claro como era uma criança especial.

— Eu desenho o que está na minha cabeça — contou Bug quando estavam terminando a arca.

— Criança, você desenha coisas que ainda não viu nascerem no mundo — respondeu sre. Tangí. Artis ainda não estava lá, mas se lembrava com nitidez.

E como essas palavras eram verdadeiras.

Aquele trabalho parecia ser uma união entre a arca da vida real que Artis havia testemunhado e a interpretação de Bug do que poderia ser. Artis mal conseguia acreditar no que estava acontecendo. Estava em pé na arca e olhando para a arca ao mesmo tempo. *Meta demais para pôr em palavras*, pensou ele. O dia inteiro tinha sido assim.

De repente, se sentiu cansado, e parte dele quis recuar, rastejar de volta para o interior escuro da arca, retroceder um dia inteiro, mas a entrada atrás dele estava selada.

Bug tinha visto a mãe deles. Ola tinha visto a si mesma, e Trell tinha visto seu pai, saudável, ainda mais feliz do que antes.

Artis estava com medo de que, se a arca trouxesse *seu* pai, talvez não viesse de acordo com os sonhos de Artis? Ou que Artis talvez fosse aquele que decepcionaria?

Parte de Artis queria correr para os braços do pai, não importava o que acontecesse, segurá-lo e nunca mais soltá-lo. Se haveria um reencontro, ele não queria fazê-lo na frente de todos, mesmo de estranhos gentis como aquele. Não entendia por que a arca o levara a uma ocasião tão formal. Embora estivesse orgulhoso de Bug, feliz por aquela criança, Artis nunca havia questionado seus dons. Sentiu alívio por haver um mundo onde Bug pudesse ser seu eu verdadeiro e completo e ser celebrade por isso. Artis observava os amigos de seus irmãos abraçando-se, conversando com crianças pequenas. Bug não estava mais só. Bug tinha uma comunidade, uma família escolhida. Os lábios de Artis tremeram. Era realmente tudo o que esperava para Bug. Que Bug recebesse acolhimento em um círculo mais amplo de segurança e amor.

A percepção era um fardo tirado dos ombros de Artis. Ele não precisava mais carregar aquela preocupação — ali, ele não precisava. Ao menos naquele lugar estranho, onde as paredes pareciam cristais de ametista e as pessoas andavam como se nunca tivessem de temer drones ou oficiais de Padrões, ele podia abaixar espada e escudo emocionais e se deleitar com a informação de que pelo menos sua vigilância tinha valido o esforço. Bug estava segure, talvez ainda estivesse.

Desviando os olhos da arca na tela, Artis estava indo pegar um petisco quando se aproximou de um grupo de pessoas admirando outra pintura. Seguravam taças de vinho e mordiscavam deliciosos canapés em pratos do tamanho da palma de suas mãos. Todos olharam com atenção para uma pessoa que estava trajada com vestes coloridas. Havia uma coisa em seu espírito que convidava as pessoas a entrar, que as convidava a adentrar o espaço compartilhado.

A pessoa usava o corte chanel lavanda nos cabelos com uma mecha gigante que se projetava do topo da coroa, como um unicórnio negro. Acenava com as mãos ao falar, os pulsos cobertos com búzios e outras conchas, além de pedras semipreciosas. Tinha um rosto redondo e escuro com bochechas cheias que traziam a Artis a lembrança de seu pai. Os olhos de Artis arregalaram-se com o choque e a possibilidade de tudo aquilo. Em seu coração, imaginava se seu sonho finalmente se tornara realidade. A arca havia devolvido Bug para a mãe. *Agora está devolvendo o papai para casa, para mim.*

Então, Artis notou um detalhe. Seus olhos haviam se enganado. Os olhos de papai estavam focados e escuros com compreensão e responsabilidade. Eram olhos claros e caprichosos, sonhadores como os de sua mãe. Como os olhos de Bug. Artis aproximou-se do grupo, apertando os olhos até não ter mais certeza.

— Artis?

Quando a pessoa pronunciou seu nome, Artis soube. O rosto dela iluminou-se, revelando a criança que Artis lutou tanto para cuidar e nutrir na ausência de mãe e pai. Aquela pessoinha adorava desenhar e olhar para o céu até que nuvens passageiras se transformassem em luzes incandescentes das estrelas. A criança que acreditava que um campo de sonhos estilhaçados podia ser recomposto. Aquela magia era real.

Bug fez Artis acreditar na esperança e no Poder do Ainda.

Eles abraçaram-se ao passo que a luz suave e quente das paredes de cristal brilhava sobre eles.

— Aqui está o verdadeiro artista — disse Bug, sorrindo para o irmão mais velho. — E vejo que trouxe suas pequenas obras-primas com você. Tentando fazer uma exposição na minha exposição. — Bug riu.

Pequenas obras-primas? Artis ficou intrigado.

— Baba Bug! — um par de vozes gritou, uma de cada lado de Artis.

Artis olhou para baixo e viu duas crianças, em pé à sua esquerda e à sua direita. Bug agachou-se e as abraçou. Uma criança lembrava Artis de sua mãe, a outra de seu pai. Os dois tinham o sorriso de Dumas.

— Vocês não têm dado muito trabalho ao seu pai, não é? — Bug ergueu uma sobrancelha e olhou para as duas crianças.

— Tenho me comportado bem, *Baba* Bug, mas ele não — disse a criança menor.

— *Na-na-ni-na*, eu tenho me comportado bem, *Baba* Bug — interrompeu a mais alta antes de se virar e se dirigir a Artis. — Fala para *Baba* que me comportei, papai.

— E você, papai? Tem se comportado? — Bug deu um sorrisinho para Artis.

Artis não sabia como responder àquela pergunta ou como descobrir o nome de seus filhos sem parecer que havia batido a cabeça. E talvez tivesse. No momento em que abriu a boca para perguntar a Bug sobre a pintura da arca, foi atingido por outra visão.

— Pai? — A voz falhou. Dessa vez, não havia como os olhos se confundirem.

— Ei, filho, vejo que você conseguiu chegar. Oi, Estelle, oi, Chip. Adocem um pouco a vida do vovô aqui.

Lágrimas encheram os olhos de Artis. Ele não conseguia falar.

— Eu sei, Art. Também me sinto desse jeito. Sempre me surpreende como Bug tem talento. E, olhe para nossa criança, alegre, sentindo-se completamente em casa. Difícil imaginar como era uma criança tímida, mas era só colocar um pincel naquela mãozinha e deixar a sós. Quando terminava de pintar a casa toda, já estava falando pelos cotovelos. E você sempre foi tão bom com Buguítis. Não era a mente mais fácil de compreender. Mas estou tão orgulhoso de vocês que nem sei. Nossa família foi abençoada de verdade.

Artis buscou as palavras certas, sua mente arrastada pelas correntes lentas de um idioma feito de sentimento. Não conseguia parar de olhar o pai, maravilhado por ele estar realmente ali. Não era tão alto quanto Artis se lembrava, e sua barba estava toda grisalha, mas ainda tinha aquele cheiro quente de canela que Artis recordava de quando era pequeno, e aquele seu jeito descontraído, o humor que fazia Artis saber que tudo era tudo e tudo ficaria bem.

Enquanto estava lá, segurando a mão de seu pai, observando seus filhos — *ele era um pai agora,* embora parte dele soubesse que tinha agido como um por muito mais tempo — dançarem e brincarem, Artis encontrou as palavras que estava buscando.

A esperança é maior do que o medo.

Com as últimas notas musicais flutuando no ar, Artis se viu de volta ao cruzamento da ferrovia com a arca atrás dele. Bug e seus amigos estavam conversando, mas tudo o que ele conseguia ouvir era a voz do pai. *Mas estou tão orgulhoso de vocês que nem sei.* Com os olhos brilhando, Artis abraçou Bug com muita força, como se nunca fosse soltar a criança. Era melhor do que qualquer final de livro que ele já havia lido.

O PRIMEIRO SINAL FOI O SILÊNCIO DOS PÁSSAROS, ATÉ MESMO DOS insetos. Em seguida, um zumbido aterrorizante encheu o ar. Por instinto, Trell estremeceu. *Drones.*

Ainda não conseguiam vê-los, e isso também compunha seu terror. Ouviam, quase já sentiam a maldade antes que seu casco preto e carmesim pairasse à vista.

— Atenção, Fugitivo 11001... 11011... apresente-se à Casa da Aurora!

Sem preocupação, sre. Tangí se recompôs.

— Virá atrás de mim.

Bug começou a se balançar e gemer. Já haviam perdido os pais. Sre. Tangí e Bug: falavam a mesma língua, compartilhavam uma língua materna, de espírito para espírito. Estavam começando a se entender ainda. Agora, ela também seria levada

Artis abraçou Bug, tentando proteger seus olhos, mas a criança sacudiu a cabeça e se soltou.

— Precisamos salvá-la! — gritou Bug, correndo até sre. Tangí.

— Não se preocupe, Bug! — exclamou Ola e fez sinal para que Trell a seguisse. — Rápido, me ajude com o Homem de Lata.

Os dois correram até a escultura dançante.

— O Homem de Lata tem frequências próprias. Está acostumado a improvisar — disse Ola. — Agora, vamos fazer com que bloqueie o sinal do drone, ganhar um tempo, mandá-lo de volta ao seu porto.

Quando Bug chegou a sre. Tangí, elu estava prestes a entrar na arca. Bug agarrou sua manga e puxou a roupa branca esvoaçante. Elu conseguiu ver o desespero nos olhos da criança.

— Sre. Tangí, precisa ir antes que peguem você — disse Bug, chorando. — A arca vai proteger você, mas não quero que nos deixe. Não quero que a gente fique sozinho.

Sre. Tangí abraçou a criança com força.

— Nunca sem ninguém, Bug. — Ela apontou para Artis, que puxou Bug para um abraço. Ela acenou para Ola e Trell, ocupados trabalhando na escultura. — Vocês sempre terão uns aos outros. — Sre. Tangí tocou o coração. — E eu sempre terei você.

— Mas por que você veio se já estava indo embora? — perguntou Bug, com lágrimas escorrendo enquanto estavam perto da entrada da arca, o drone berrando ordens lá de cima. — O que quer de nós?

— Quero que vocês se lembrem do seguinte. — Sre. Tangí girou o bastão pela clareira e apontou para o céu. Como se fosse ao seu sinal, dois pássaros saltaram das árvores e começaram a circular o drone.

De repente, a máquina começou a girar, desordenada. — *Eles* não são donos do futuro. Lembrem-se.

Bug levantou-se das sombras, a voz tão baixa quanto o vento que farfalhava e rodopiava em seus ombros.

— Vou me lembrar — afirmou Bug. — Minha memória está cheia.

— Ótimo. Carregue-a com você. Leve-a adiante — disse sre. Tangí. — Sabe para onde nosso mundo deve seguir.

Ela apertou o lenço de cobre em volta da cabeça, colocou-o atrás das orelhas e acenou.

— Trell, não perca sua risada ou sua luz. Um dia você vai brilhar mais que o sol, curar a todos nós.

Trell acenou com a mão e sorriu.

— Ola, olhe para você. Já está construindo algo especial. O futuro precisa de uma imaginação como essa. Artis, como um corpo tão jovem pode conter um coração tão grande? Seu amor viaja no espaço e no tempo. — Ela pousou a palma da mão na cabeça de Bug. — Viajante, sua arte é sua arca. Sempre questione, sempre procure entender.

Os olhos de Bug abaixaram, pensamentos e lágrimas girando na poeira. Vaga-lumes piscavam de um jeito solene atrás deles.

— Vou ver você de novo?

— Escute, você vê um pássaro, bem no meio do ar, apenas voando. Quando está lá em cima, não está estudando nada além do dom de voar, mas, quando está pronto para pousar, tem de voltar para casa, para a terra, para a terra verde rica. Pense nisso quando o vir voando tão alto e saiba que ele voltará. — Ela tocou a palma da mão na bochecha de Bug. — Não é uma promessa, Bug. É um fato. — Com isso, ela abaixou a cabeça, o tecido brilhante caindo com suavidade sobre seus ombros, e dobrou o corpo alto para entrar na arca.

O ar parecia elétrico. O drone zumbiu, estalou e depois desabou.

Ola, Trell e Artis comemoraram conforme Bug esperava do lado de fora, parade à grade enferrujada. Não precisava olhar para dentro para saber que sre. Tangí havia partido.

•—•

Um grande pássaro emplumado, uma visão rara, cruzou o céu. Uma pena branca solitária flutuou no ar e pousou aos pés de Bug, que esperou, mas sre. Tangí não voltou. Uma meia hora sombria, imóvel como pedra, passou, e então Trell avançou e enfiou a cabeça na arca procurando por ela.

— O que acha que está acontecendo? — perguntou ele. — Nenhum de nós ficou tanto tempo fora. O que está acontecendo?

Todas as crianças observaram Bug, mas ninguém falava sobre seus piores medos. Ola pegou os restos do drone, estudando-o de forma ponderada. Trell continuou traçando as linhas de vida escuras de suas palmas. Artis olhou para Bug enquanto o monólogo mutável da criança se transformava em caleidoscópio como vidro colorido.

— E se ela não voltar? — perguntou Bug com desespero na voz.

— Este mundo é tão terrível que eu também não voltaria aqui — comentou Trell. Ola cutucou-o.

— Vamos torcer para que ela encontre a felicidade aonde quer que vá — interveio Ola.

Bug pensou no dia em que os drones levaram mamãe. Mas a criança também tentou lembrar-se do que sua mãe havia dito quando Bug entrou na arca. Algo sobre o espaço e o tempo serem parentes, como uma família. Nenhum dos dois foi consertado, mas, a depender de como se pensa sobre eles, podem ser alterados.

A esperança estava no coração da criança, guerreando com a tristeza, mas principalmente sentiram alívio e gratidão. Gratidão por não terem sido forçados a assistir às autoridades tirarem deles outra pessoa com quem se importavam.

Artis não aguentava ver Buguítis com tanta angústia. Não era o aniversário que havia imaginado para elu. Tantos altos e baixos, revelações alucinantes, a percepção de que o mundo era mais do que qualquer um deles imaginou quando acordaram naquela manhã.

Era demais para ele, imagine para ume garotinhe de sete anos.

— Sou o mais velho — disse Artis, escolhendo as palavras com cuidado. Não queria que Bug se preocupasse com a possibilidade de não voltar também. — Vou ver se a arca me leva aonde sre. Tangí foi.

Ola e Trell balançaram a cabeça.

— Não — disse Trell. — Não pode arriscar. E se... — Ele deixou o pensamento não dito pairar no ar. — Eu posso ir.

— Não, Trell — disse Ola. — Seu pai, ele não aguentaria se...

— Se o quê? — gritou Bug. — Tudo o que você está fazendo é falar em ir embora, em sre. Tangí não mais voltar. Sobre você não voltar. Mas e se não a gente *não tivesse* de sair? E se a gente tivesse de *ficar*?

— Mas sre. Tangí foi embora — disse Ola.

— Eu sei — respondeu Bug —, porque a hora dela ainda não havia chegado...

Ola assentiu com a cabeça, quase compreendendo. Trell suspirou. Artis balançou a cabeça.

— Já esqueceu o que ela disse, o que sre. Tangí nos mostrou? — Bug enxugou os olhos.

Todos olharam para a criança mais nova.

— Ela quer que nos *lembremos*.

— Lembro-me do dia em que levaram nosso pai. Lembro-me do dia em que levaram nossa mãe. Não quero ter de me lembrar disso também. Não é justo! — Artis disse com o coração palpitando. — Não podem continuar tirando de nós, de todo mundo, o tempo todo e tornando impossível para nós respirarmos e vivermos com tranquilidade. Sre. Tangí não deveria ter de fugir. Sre. Tangí não deveria precisar se esconder. Ela é! Não existe essa coisa de impuro. É apenas uma das mentiras que inventaram para esconder a própria sujeira.

— O que você está falando? — perguntou Trell.

Artis virou-se para Trell e Ola, implorando.

— Estou dizendo que me lembro do que vi. Vocês são muito importantes para o futuro.

— Um médico... o curandeiro de sre. Tangí. Uma construtora de cidades... uma arquiteta de sonhos. Ume artista que muda corações, inspira mentes. — Artis mal conseguia respirar, mas continuou: — Lembre-se do que você disse quando saiu, Ola, do *Poder do Ainda*. Independentemente do que construamos, sei no meu coração que vai começar com cada um de vocês.

E, então, antes que Bug ou qualquer outra criança pudesse protestar, Artis rastejou para dentro da arca. Fechou os olhos, ficou parado com os braços rígidos e os dedos trêmulos, mas nada aconteceu. Confuso, Artis abriu os olhos e ficou com o corpo tenso. *Tudo o que você fizer, tem de fazer com muita intenção*, ele podia ouvir sre. Tangí dizer. Concentrou-se muito no que esperava encontrar do outro lado, qualquer que fosse o lado para o qual a arca escolhesse levá-lo.

Ainda assim, sem sombras, sem neblina, sem perfume doce metálico, sem vozes, música ou mudança de cenário. Artis murmurou, socou o ar. Abraçou a própria barriga, a camisa suja coçando contra a pele, e gritou.

Ninguém falou quando enfim ele se arrastou para fora da arca, cambaleando. Gemendo baixinho, apoiou a testa na mão e deixou as lágrimas sacudirem seus ombros — lágrimas que ele segurou por muitos anos, uma corrente contínua de tristeza.

Trell e Ola ajoelharam-se ao lado de Artis. Bug segurou sua mão.

— Artis?

— Sim, Bug.

— Não chore. Você também é importante.

Um a um, os outros tentaram, entrando na arca com grande intenção, mas um a um falharam. Emergiram do altar vazio de sre. Tangí, e a arca permaneceu em silêncio, o mundo continuou inalterado.

Embora as lágrimas transbordassem, a lembrança de Bug estava cheia.

Havia sua *promessa*.

Embora sentisse falta de sre. Tangí, Bug sabia que seria eternamente grate pela magia e graça que ela havia lhe mostrado.

Ainda assim, esperou até que as estrelas traçassem círculos no céu noturno e, finalmente, decidiu voltar para casa.

— Obrigade, sre. Tangí — sussurrou Bug à medida que se afastavam, nuvens formando-se no céu. — Obrigade por ajudar a tornar minha arca real.

Bug pegou o desenho que Artis havia trazido, uma das peças que Artis disse que Bug desenhava quase desde o seu nascimento. Ninguém sabia o que era antes, mas era sua arca o tempo todo. Bug olhou para as cores vivas, os círculos escuros que representavam os discos de 78 rotações que Ola havia encontrado na clareira, o grande Homem de Lata ao fundo com seu chapéu prateado feito de aros e as quatro esculturas de pedra, enfrentando com bravura um mundo em mudança, enviando amor dos pontos cardeais. O orgulho enchia o peito pequeno de Bug, brotando dos cantos de um largo sorriso que brilhava em seus olhos.

A imagem de sre. Tangí sorrindo, parada ao lado da arca, falava com Bug, enchia a criança com os mesmos murmúrios e sussurros que a arrastaram para aquele lugar especial. Naquele momento, Bug não achou certo levar o desenho para casa consigo. Em vez disso, Bug fez uma oração, como sre. Tangí tinha feito quando pegou emprestado o galho da velha árvore.

— Obrigade, mais velhe, por nos abrigar — disse Bug e, com gentileza, colocou o desenho dentro da arca.

Eles passaram a noite tempestuosa cheios de sonhos, um quadro de visão em retalhos, composto de todos os mundos que testemunharam.

Pela manhã, Bug e Artis engoliram as panquecas do vovô.

— O que estão aprontando? — perguntou ele entre os bocados. — Estão agindo de um jeito esquisito. Mais ocupado que dois…

Quando os irmãos irromperam pela porta da frente, Ola e Trell já estavam esperando do lado de fora.

Ao contrário das outras visitas, a viagem à antiga Freewheel foi tranquila. Ninguém quis falar sobre os pensamentos que os preocuparam à noite durante a caminhada pelo mato molhado. Mas, quando as crianças terminaram de percorrer o caminho sinuoso e retornaram ao cruzamento da ferrovia, encontraram a arca em ruínas.

A tempestade. O caos cobriu a clareira e o cruzamento da ferrovia. A arca deles, o altar de sre. Tangí, foi desmontada, com muitas de suas decorações, sua arte encontrada, espalhadas. O vento transformou a arca em uma bagunça.

O mundo havia tirado tanto deles. Algumas coisas nunca teriam de volta. Não sabiam como viveriam se também tivessem levado embora a magia.

Abatidos, saíram de Freewheel, movendo-se como se seus membros tivessem perdido...

— Música?

Uma canção atravessou o ar. Bug afastou-se de Artis e começou a correr, as perninhas subindo e descendo como pistões. Os outros correram atrás das pernas de gafanhoto de Bug, os joelhos quadrados de Trell para cima e para baixo, Ola avançando como uma tesourinha, seu corpo magro cortando o ar, com Artis em disparada atrás. O medo e a emoção ondularam pelos corpos cansados e cobertos pela poeira dos sonhos, as mentes preenchidas com o conhecimento dos anos roubados que o tempo carregou e depois lhes devolveu, as lembranças ainda se movendo na consciência como ouro derretido.

Bug viu antes de todos a nova criança. Olhou com espanto. O menino, não muito mais alto do que Bug, estava parado no meio do mato, com botas brancas grandes demais com pompons laranja brilhante, girando uma estaca de ferrovia.

A criança misteriosa acenou e puxou um pedaço de papel amassado do bolso. Sorriu quando ofereceu o presente a Bug, que o reconheceu no mesmo instante. Era o desenho deixado na arca, no altar de sre. Tangí, mas havia uma nova mensagem rabiscada do outro lado, numa caligrafia que Bug memorizara de velhos cartões de aniversário e poemas dobrados.

Grandes floreios nos "és" e nos "esses", como notas musicais.

Mamãe.

— O que diz o bilhete?

Bug passou o desenho para Artis. As mãos de Artis tremiam enquanto ele lia em voz alta:

Feliz aniversário, Bug. Artis, estou tão orgulhosa de você. Voltem inteiros, meus filhos, seus olhos uma constelação de estrelas. Plenos, sabendo que eu amo vocês, que somos o que carregamos – os anos, as noites e os segundos, e todos os espaços entre uns e outros. Ele flui através de nós, flui de dentro de nós.

Esse amor não pode ser interrompido. Ele cresce – e deve ser livre. O tempo para sonhar é sagrado, Trell. Ele cura, nos anima. Ola, toda criança, não só as minhas, precisa disso. Nosso mundo exige. Você precisa sonhar um futuro antes de poder construí-lo. Juntos, vamos começar este sonhar acordados.

Aproveitando a deixa, a criança girou, agachou e dançou, apontou ao cantar cada um dos nomes, notas inteiras flutuando no ar.

— Bug, *Arrrrr*-tis, Trell, Ola-Ola-ei!

— O quêêêêêêêê? — gritou Trell, com a mão sobre a boca.

Ola socou-o de brincadeira. Bug bateu palmas. Artis balançou a cabeça enquanto riam e seguiam a criança de volta pelo caminho descampado em direção ao parque, um desfile barulhento, alegre e mágico. Com Bug segurando a mão de Artis, passaram correndo por uma placa desbotada na qual se lia STAR CORE METRO, passando pelos papa-gasolinas quebrados e pelos aquecedores enferrujados também. Marcharam juntos pelo caminho, a estaca da ferrovia girando à luz cintilante.

A arca desapareceu, mas o poder permaneceu.

Nós lembramos, pensou Bug.

Então, se curvou sob o dossel da floresta, os outros seguiram a criança, e deixaram o esplendor verde-escuro envolvê-los.

AGRADECIMENTOS

Para todos os fandroids, F.A.M. (*free azz muthafuckas*), viajantes do tempo e computadores infectados, só tenho a agradecer por apoiarem esta expansão do universo do álbum *Dirty Computer*. Vocês FAZEM EU ME SENTIR vista e ouvida, por isso, em troca, espero que possam ver um pouco de si mesmos neste livro. Espero que tenham sentido como penso em nossa comunidade e abraço vocês enquanto navegamos em nosso caminho para o futuro.

Agradeço aos meus copilotos criativos, N8 "Rocket" Wonder e Chuck Lightning, por seu incentivo no início deste empreendimento que, para mim, é totalmente novo. Enquanto eu lutava contra a ansiedade e sentia tanto medo pela humanidade, vocês me lembraram de que somos criadores de beleza, e que nossa imaginação tem o poder de inspirar nações. Foi uma honra desenvolver o mundo do roteiro de imagens emocionais de *Dirty Computer* com vocês, o que me trouxe uma base conceitual para estas histórias. Nada disso teria sido possível sem seu coração aberto e nossas conversas sob o pôr do sol do PYNK.

Obrigada, mamãe, por sempre incentivar meu amor pela leitura e escrita de ficção científica como uma pequena DJANGO JANE.

Para minha falecida avó Bessie, obrigada por despertar meu amor pela ficção científica preparando frango e bolinhos para comermos enquanto assistíamos *Além da imaginação* MUITAS LUAS atrás.

Obrigada a toda a minha família Wondaland Arts Society. À minha equipe de gerenciamento — especialmente Kelli Andrews e Mikael Moore —, obrigada por seu apoio constante a cada nova visão que tenho. Obrigada ao meu editor, Kyle Dargan, por ser a cola cósmica e dedicar tanto amor e tempo para garantir que estas histórias fossem publicadas no prazo! Obrigada a Eve Attermann e a todos da William Morris Agency. Obrigada a David Pomerico, da Harper Voyager, por apresentar esta oportunidade e mantê-la aberta para que possamos nadar criativamente em águas intocadas!

Obrigada, Octavia Butler. Obrigada, Greg Tate.

E, por fim, e mais importante, preciso agradecer a todas as pessoas escritoras que decidiram TROCAR UNS BYTES comigo. Obrigada por se apropriarem deste mundo da maneira que eu sempre quis. Como uma comunidade de contadores de histórias, obrigada por usar sua luz da maneira de que nosso futuro precisa. Não apenas todes vocês disseram "sim" em um momento que era muito agitado no mundo, mas todes tornaram a aventura, a sensualidade e os riscos destas histórias maiores do que eu se estivesse sozinha. Alaya, Danny, Eve, Sheree e Yohanca — estou muito feliz por ter tido a oportunidade de colaborar com vocês e estou ansiosa pelo brilhantismo que todes vocês continuarão a trazer para esta VIDA LOUCA, CLÁSSICA.

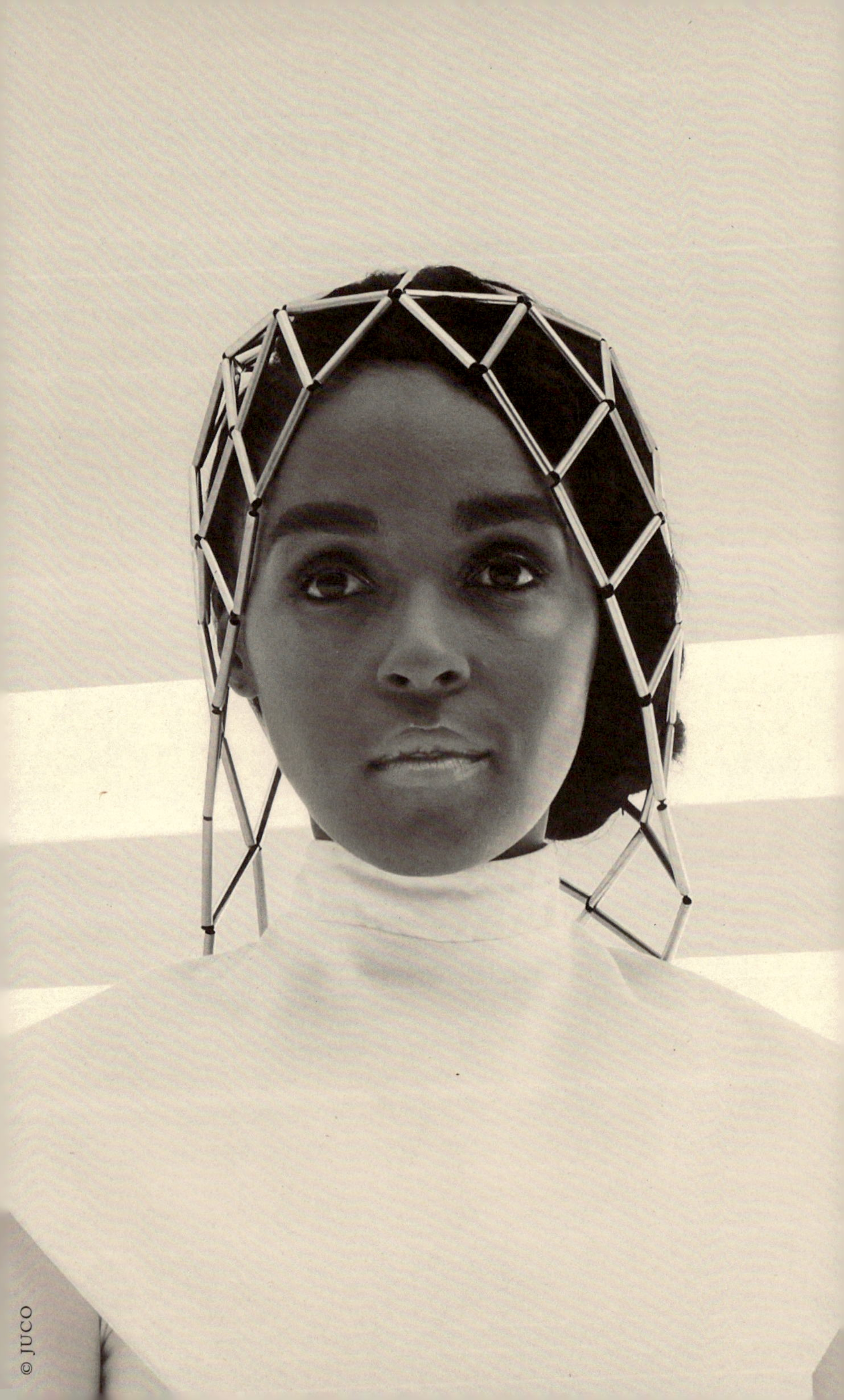

SOBRE A AUTORA

JANELLE MONÁE é celebrada mundialmente como cantora, compositora, atriz, produtora, ícone fashion e futurista, cuja inventiva carreira de sucesso se estende por quase duas décadas. Criada em uma família de classe trabalhadora de Kansas City, conquistou oito indicações ao Grammy com canções que combinam ritmos R&B, pop, soul e hip-hop e desenvolveu o próprio selo, a Wondaland Arts Society. Desde 2014, começou sua trajetória expoente no cinema, tendo participado de longas-metragens aclamados pela crítica, como *Moonlight: sob a luz do luar*, *Estrelas além do tempo*, *Harriet* e *Glass Onion: um mistério Knives Out*. É vencedora de quase cinquenta prêmios da música e do cinema e concorreu a mais de cem. *A Bibliotecária de Memórias e outras histórias de Dirty Computer* é seu livro de estreia, concebido a partir de *Dirty Computer*, álbum de estúdio e filme homônimos, este último nomeado ao Hugo e ao Nebula.

QUEM COLABOROU

YOHANCA DELGADO é bolsista Wallace Stegner 2021–2023 da Universidade de Stanford. Sua escrita apareceu nas publicações *Best American Science Fiction and Fantasy*, *Nightmare*, *One Story*, *A Public Space*, *The Paris Review*, entre outras. Tem um MFA (Master em Belas-Artes) em escrita criativa pela American University e é graduada pela Clarion Workshop.

EVE L. EWING é autora e socióloga da educação cuja pesquisa se concentra no racismo, na desigualdade social, na política urbana e no impacto dessas forças nas escolas públicas norte-americanas e na vida dos jovens. Seus trabalhos incluem *Ghosts in the Schoolyard: Racism and School Closings on Chicago's South Side*, as coletâneas de poesia *Electric Arches* e *1919* e o texto infantojuvenil *Maya and the Robot* (ilustrado por Christine Almeda). Escreveu para as séries *Champions*, *Coração de Ferro* e outros projetos da Marvel. Junto à premiada autora e poeta Nate Marshall, Ewing escreveu a peça *No Blue Memories: The Life of Gwendolyn Brooks*, encomendado pela Poetry Foundation. Eve atualmente é professora-assistente na Escola de Serviço Social, Política e Prática da Crown Family da Universidade de Chicago e instrutora do Projeto de Artes Prison + Neighborhood, um projeto de artes visuais e humanidades que conecta artistas e estudiosos a detentos da Prisão de Segurança Máxima de Stateville por meio de aulas, oficinas e palestras.

ALAYA DAWN JOHNSON é autora de sete romances para adultos e jovens adultos. Seu romance para adultos mais recente é *Trouble the Saints*, vencedor do World Fantasy Award de 2021 de Melhor Romance. Seu romance para jovens adultos *The Summer Prince* foi indicado para o National Book Award, e *Love Is the Drug* ganhou o Norton Award. Seus contos foram publicados em muitas revistas e antologias, incluindo na *Best American Science Fiction and Fantasy.* Mora no México, onde fez mestrado com louvor em Estudos Mesoamericanos na Universidad Nacional Autónoma de México, por sua tese sobre alimentos fermentados pré-colombianos e seu papel no calendário religioso-agrícola.

DANNY LORE é escritore/editore queer negre criade no Harlem, que atualmente reside no Bronx. Sua ficção especulativa contemporânea e ficção científica foram publicadas em *FIYAH, Podcastle, Fireside, Nightlight, EFNIKS.com* e em outros lugares. Seus trabalhos em quadrinhos incluem *Queen of Bad Dreams*, para Vault Comics, *Quarter Killer*, para Comixology, *James Bond*, para Dynamite Comics, e *Star Wars Adventures*, para IDW Publishing. Tem quadrinhos breves em *Dead Beats* e *The Good Fight*, além de ter editado a antologia *The Good Fight* e *The Wilds*, dos quadrinhos da Black Mask. Seu trabalho está incluído na antologia em prosa para jovens adultos *A Phoenix Must Burn*, da Viking Books.

SHEREE RENÉE THOMAS foi finalista do Locus Award e do World Fantasy Award com sua primeira coletânea de ficção, *Nine Bar Blues: Stories from an Ancient Forever.* Seu trabalho também aparece em *The Big Book of Modern Fantasy* (1945-2010), editado por Ann e Jeff VanderMeer, da Vintage Anchor. Também é autora de duas coletâneas multigênero/híbridas, *Sleeping Under the Tree of Life*, indicada para o Otherwise Award de 2016, e *Shotgun Lullabies*. Participante do Programa Cave Canem Fellowship, agraciada com residências na

Millay Colony of the Arts, VCCA, Bread Loaf Environmental, Blue Mountain e Art Omi/Ledig House, suas histórias e poemas constam em diversas antologias, e seus ensaios apareceram em publicações como *The New York Times*. Sheree editou os dois volumes de *Dark Matter* (2000, 2004), vencedor do World Fantasy Award, que apresentou o trabalho de W. E. B. Du Bois como ficção científica, e coeditou a antologia *Trouble the Waters*. Foi a primeira autora negra a receber o World Fantasy Award desde sua criação, em 1975. Atua como editora associada do premiado periódico *Obsidian: Literature & Arts in the African Diaspora* e como editora da *The Magazine of Fantasy & Science Fiction*, fundada em 1949. Recentemente foi homenageada como finalista do World Fantasy Award de 2020 na categoria Prêmio Especial — Profissional por suas contribuições ao gênero. Mora em Memphis, Tennessee, perto de um rio caudaloso e de uma pirâmide.

Esta obra foi composta em Adobe Caslon Pro e
impressa em papel Pólen Natural 70g com capa
em Couché Fosco 150g pela Coan para
Editora Morro Branco em agosto de 2023